W0221579

Fabrizia Ramondino

Jedes Wesen schreit stumm

Fabrizia Ramondino

Jedes Wesen schreit stumm

Die Frauen in der Via Gambini

Aus dem Italienischen von
Maja Pflug

Arche

Copyright für die deutsche Ausgabe:
© 2002 by Arche Verlag AG, Zürich-Hamburg
Alle Rechte vorbehalten
Die italienische Originalausgabe erschien
u. d. T. *Passaggio a Trieste*
© 2000 Giulio Einaudi editore s. p. a., Torino
Umschlag: Max Bartholl
unter Verwendung eines Fotos
aus: *Women of Molise*
Four Seasons Publishing Limited © Frank Monaco
Satz: Greiner & Reichel, Köln
Druck und Bindung: fgb · freiburger graphische betriebe
Printed in Germany
ISBN 3-7160-2297-7

Inhalt

Zu Assunta, zur einen und zur anderen:
»Warum nur mußte ich mich
bei euch einmischen?
Es ging uns so gut zusammen,
dem Himmel und mir.«

Jedes Wesen schreit stumm,
um anders gelesen zu werden.
Simone Weil

Mein Triest

Wer ist Elio Gianturco?
Bobi Bazlen

Am Anfang war mein Triest eine reine Männerstadt – und ganz intellektuell: Den finsteren Mord an Winckelmann verband ich damit; meine jugendliche Entdeckung von Rainer Maria Rilke, dem ich immer treu geblieben bin; die spätere Entdeckung von Italo Svevo (über den, wie man weiß, vielleicht zu seinem Glück, in der Schule kein Wort verloren wird); die Psychoanalyse via Doktor Weiss; das Gastspiel von James Joyce an der Berlitz School und seine Freundschaft mit Ettore Settanni aus Capri, der ihm später, in Paris, half, das erste Kapitel des unübersetzbaren *Finnegans Wake* ins Italienische zu übersetzen; den *dolce stile novecentesco* von Umberto Saba – provokant fragte Elsa Morante die Freunde: »Wem hättet ihr den Nobelpreis gegeben, ihm oder Montale?«; die graue Eminenz der Briefe, Bobi Bazlen; die neue Psychiatrie von Franco Basaglia; die Dichtung des »Hermetikers« Carolus Cergoly.
Einen Sinn für Geschichte vermittelte mir, in Form eines Aphorismus, ein neapolitanischer Onkel, ein gebildeter Literat, Croce-Gegner, Philosoph Bergsonscher Prägung, Übersetzer in Reimen sämtlicher Shakespeare-Sonette – auf den Spuren von Stefan George und Valery Larbaud. Der Onkel war ein Antifaschist, der Mitte der dreißiger Jahre der Stadt den Rücken kehrte, um als einzelgängerischer und hochmütiger Landedelmann in einem Dörf-

chen auf der Halbinsel von Sorrent zu leben, wo er, obgleich ein furchtsamer Mensch, einmal einen deutschen Juden versteckte. Er verließ den Ort nur ab und zu, manchmal zu Fuß, um den Zirkel antifaschistischer Verschwörer in der Villa Benzoni am Kap von Sorrent aufzusuchen – wo nach der Befreiung Gaetano Salvemini aufgenommen wurde, bis zu seinem Tod, und wo vor ihm unter anderen auch André Gide nach seiner empörten Rückkehr aus der UdSSR vorbeigekommen war und der geniale neapolitanische Mathematiker Renato Caccioppoli, der hingegen bis 1956 mit der UdSSR liebäugelte, weshalb mein Onkel die Beziehungen zu ihm erst lockerte und die Jugendfreundschaft dann ganz abbrach.
Also: Der Onkel pflegte beim Erwachen auf die Loggia hinauszutreten und der Köchin – Königin der unterirdischen Welt der Dienerschaft – durch ein freudiges Händeklatschen anzuzeigen, daß er für das Frühstück bereit war: englischer Tee, geröstetes Brot, Butter, Orangenmarmelade. Eines Tages, als er mir Fotos aus dem Ersten Weltkrieg zeigte, an dem er wider Willen teilgenommen hatte und in dem er zum Pazifisten geworden war, rief er entrüstet: »Was für ein Wahnsinn, der Krieg!« – und fügte mit ebensolcher Entrüstung hinzu: »Es ist, als würde einer beim Erwachen am Morgen, anstatt sein Frühstück zu bestellen, anordnen: ›Ich will Trient und Triest!‹«
Schließlich spukte in Triest noch ein sehr privates Gespenst von mir herum: das von Elio Gianturco – er war die große Liebe meiner Mutter vor ihrer späten Heirat und Protagonist der erotischen Ur-Szene meiner Adoleszenz. Wie oft habe ich heimlich diesen jungen Mann im Familienalbum betrachtet und seinen Namen flüstern hören in den Gesprächen von Tanten und Onkeln. Denn

meine Mutter erwähnte ihn nie. Er war ein junger Neapolitaner aus einer heruntergekommenen Großindustriellenfamilie, schön, vorurteilslos, elegant in seiner Erscheinung und erlesen im literarischen Geschmack, Übersetzer deutscher Dichter und selbst Poet, ein wenig in der Tradition von d'Annunzio und Vincenzo Errante.
Ein Freund des Onkels natürlich. Er steht auf den Erinnerungsfotos neben meiner Mutter – nie namentlich genannt, aber mit liebevollen Unterschriften versehen, die ein eher intellektueller als wissender Humor entschärfte – in Pompeji und in Rom, in Venedig und auf Capri, vor einem Auto, auf einem Tennisplatz, auf einer Yacht … Nie jedoch in Luxor oder am Toten Meer, wo es ungehörig gewesen wäre für ein anständiges junges Mädchen, mit einem Mann zu reisen, selbst in der Gruppe. Er verließ sie Ende der zwanziger Jahre, um seinen Abenteuern in Argentinien entgegenzueilen – und dann in New York. Meine Mutter reagierte auf diese Untreue mit hohem Fieber, die Diagnose lautete: Hirnhautentzündung. Zu meiner Großmutter sagte Doktor Moscati, den sie ans Krankenbett ihrer Tochter geholt hatte und der schon damals den Ruf eines großartigen Diagnostikers und auch eines Heiligen genoß – vor wenigen Jahren hat ihn die Kirche seliggesprochen: »Sie wird genesen, sie wird genesen. Sie leidet, aber sie ist nicht krank. Nicht nur der Körper erkrankt, auch die Seele kann krank werden.« Dem Geflüster von Tanten und Onkeln zufolge hatte jener junge Mann meiner Mutter gegenüber ein »schimpfliches« Verhalten gezeigt, der Grund dafür, daß sie danach lange unverheiratet blieb.
Wenn ich so hartnäckig diesem Gespenst hinterhergelaufen bin – fast sah ich es manchmal wieder neben meiner

Mutter und malte mir aus, es sei Gegenstand der Eifersucht meines Vaters –, so wahrscheinlich deshalb, weil ich es mit dem Eros gleichsetzte, da ich ahnte, daß er das Gegenteil der ruhigen ehelichen Liebe darstellte, die mein Vater verkörperte; zu jener Zeit hatte ich mich, was sexuelle Dinge angeht, leider schon verbarrikadiert. Vielleicht wollte ich weniger von dem Mann, den meine Mutter geliebt hatte, als vielmehr von ihrer Vergangenheit Besitz ergreifen und benutzte dieses Gespenst als Symbol, als Verbindungsglied zwischen ihr und mir, im geheimsten Winkel der liebenden Seele. Daher habe ich mich lange gefragt und überall herumgefragt: »Wer ist Elio Gianturco?«

Nun hat mir im vorigen Sommer ein befreundeter Buchhändler aus Ischia, mit dem mich übrigens die Schwärmerei für Bobi Bazlen verbindet, zufällig dessen Gesamtwerk geliehen, das in einem einzigen, im Verlag Adelphi erschienenen Bändchen enthalten ist. Und wie der Blitz hat mich die Frage getroffen, die Bazlen am Schluß eines Briefes an Eugenio Montale stellt: »Wer ist Elio Gianturco?«

Diese Frage, in der plötzlich all die einzelnen Fäden zusammenliefen, die mich nach Triest führten, wirkte auf mich weniger wie ein Echo, als vielmehr wie eine unvermittelte Erleuchtung.

Es war, als hätte Elio Gianturco beziehungsweise sein Gespenst meine Mutter als junges Mädchen entführt, wie Hades Kore, und hätte sie ins Reich der Toten mitgenommen und der Demeter entrissen, die nunmehr ich bin, wäre aber dann von den anderen Göttern gezwungen worden, sie mir zeitweise zurückzugeben, so daß sie aus dem Reich der Finsternis auf die Erde ins Reich der Fruchtbarkeit zurückkehren konnte. Und wie in den Träumen jede Person, wenngleich sie sich als Gesamtheit vieler

anderer darstellt, stets uns selbst verkörpert, so wurden mir auf einen Schlag, zusammen mit meiner Mutter, auch ich selbst als Kind und meine Tochter zurückgegeben.
Kurz, durch Bobi Bazlen und das von ihm herbeigerufene männliche Gespenst hat sich mir auf seltsamste Weise der Weg in das Triest der Frauen eröffnet, der mir widerstrebte, als Assunta Signorelli ihn mir schon vor Jahren wies, weil ich meine Weiblichkeit ablehnte und eine unterschwellige Verachtung für Frauen im allgemeinen oder als Geschlecht empfand, woran auch die feministische Bewegung der siebziger Jahre nicht rütteln konnte.
Heute arbeitet Assunta in Triest im Centro Donna Salute Mentale, dem Frauenzentrum für mentale Gesundheit, das sie mitgegründet hat.
Kennengelernt habe ich sie in einem ganz anderen Zusammenhang, an der Küste von Amalfi, wohin sie, die Sehnsucht nach ihren neapolitanischen Wurzeln hatte, vor etwa 20 Jahren in Urlaub gekommen war und den anderen Gästen und Freunden unseres Hauses und des Strandes ihre barbarische und zugleich erlesene Schönheit, ihre leidenschaftliche Intelligenz, ihr offenes Wort und ihren lebhaften Geist mitgebracht hatte. Aber sie war schon erschöpft von der harten, wenn auch mitreißenden Arbeit, die sie von Jugend auf mit Franco Basaglia in der österreichisch-ungarischen Irrenanstalt San Giovanni geleistet hatte – und vielleicht war der Schatten, der, wie zartes Violett, um ihre Augen lag, oder eher in den Augen selbst, das Zeichen für zu große Anteilnahme am Leid. Vielleicht ist es kein Zufall, daß Assunta, stets von edler, zigeunerhafter Eleganz, die Farbe Lila bei ihrer Kleidung bevorzugt.
Später sah ich sie in Triest wieder, kurz nach der Verabschiedung des Gesetzes 180[1], als infolge der Schließung

der Irrenanstalten verschiedene Initiativen Gestalt annahmen: betreute Wohngemeinschaften, häusliche Betreuung, erste Ansätze zu Genossenschaften für produktive Arbeit, die von ehemaligen Insassen gegründet wurden. Aber die lebhafteste Erinnerung an Assunta ist an die Haltung geknüpft, die sie gegenüber einer ehemaligen alten Patientin aus dem Ospedale San Giovanni und deren neapolitanischer, zugleich aristokratischer und populistischer Lebensart einnahm. Diese Frau, einmal »befreit«, weigerte sich, in einer Wohngruppe zu leben; gleichzeitig lehnte sie jedoch auch ihre Familie ab, und zwar zu Recht, da ihre Angehörigen sie um ihren Besitz gebracht und dann hatten entmündigen lassen. Als Mensch gehobener sozialer Herkunft, der sie vor ihrer lange zurückliegenden Einweisung gewesen war, begnügte sie sich nicht mit dem kleinbürgerlichen Komfort in den betreuten Wohngemeinschaften, sondern zog diesen ein unstetes Leben vor, unter den Brücken im Sommer, in den Bahnhöfen im Winter und wer weiß, wo sonst noch. Der Figur der psychiatrisch Betreuten zog sie also die Wahnsinnige vor. Dennoch wurde sie zu jener Zeit von Assunta und einem Pfleger betreut; die beiden suchten sie an ihren »Orten« auf oder verabredeten sich mit ihr, wo sie wollte. Und sie wählte am liebsten das *Caffè degli Specchi*, eines der exklusivsten – und teuersten – Cafés von Triest. Dort traf ich sie eines Abends zusammen mit Assunta und dem Pfleger. Assunta verspätete sich; der Pfleger machte sich Sorgen, daß zum einen sein Geld nicht reichen könnte, um die teuren Bestellungen zu bezahlen, die sie aufgegeben hatte, und zum anderen, daß die Begegnung überhaupt scheitern könnte. Endlich erschien Assunta, die gewöhnlich immer pünktlich ist außer in Fällen von »höherer Gewalt« – und wie oft gibt es die in ihrem Beruf! –, wie eine rettende Göttin, und es gelang ihr nicht nur, dem Pfleger aus der Verlegenheit zu helfen wegen der Rechnung, sondern ihn auch hinsichtlich der Situation der aufrührerischen Signora zu beruhigen. Sie konnte diese nämlich überreden, wenigstens für die Wintermonate eine weniger prekäre Unterbringung zu akzeptieren – ein *juste milieu* zwischen Psychiatrisierung und Wahnsinn. (Diese Episode hat mich dann zu einem Theaterstück inspiriert, *Caffè degli Specchi*, nie veröffentlicht oder aufgeführt, dessen Entwurf vor einigen Jahren im Rahmen einer Gruppenarbeit mit Patientinnen und Mitarbeiterinnen des Centro Donna Salute Mentale entstand.)

In letzter Zeit haben Assunta und ich nur gelegentlich telefoniert oder uns gesehen – besonders bedeutsam war ein gemeinsamer Urlaub auf Ventotene, der letzte ihres Lebensgefährten Fabio, Vater ihrer zwei Kinder, der plötzlich mit 56 Jahren starb.

Sich wenig zu sehen oder wenig voneinander zu hören schließt die Möglichkeit einer intensiven Kommunikation zwischen zwei Menschen nicht aus, und wenn diese zustande kommt, kann das Schweigen zuweilen sogar ein Zeichen leidenschaftlicher Treue sein, die keine Begegnungen oder Worte braucht, um sich auszudrücken. Und es kann geschehen, daß sich, hört man plötzlich die befreundete Stimme am Telefon, die abgenutzte Formel »Gerade habe ich an dich gedacht« bewahrheitet. Oder, im Gegenteil, daß der Anruf eines fernen Freundes, an den man nicht im geringsten dachte, auf einmal Quelle des Trostes oder der Rettung wird.

So geschah es mir, als ich Ende Mai einen Anruf von Assunta bekam. Wir hatten schon vereinbart, daß ich nach

Triest fahren sollte, um zu diskutieren, ob ich eventuell einen Beitrag über die Arbeit des Centro Donna Salute Mentale beisteuern sollte zu den Veranstaltungen, die in Triest zum 20. Oktober 1998 organisiert wurden, zum 20. Jahrestag jenes Gesetzes 180, für das Franco Basaglia und sein Team mit solcher Ausdauer gekämpft hatten. Doch mir ging es nicht gut – ich befand mich in einer Phase des akuten Alkoholismus –, und Assunta sagte zu mir, beinahe ein strikter Befehl: »Komm.« Kaum war ich angereist, lieferte sie mich zur Entgiftung eine Woche lang in die Abteilung für Allgemeinmedizin im Krankenhaus von Cattinara ein. Diese Woche (4.–10. Juni) fiel auch mit einer beruflich bedingten Abwesenheit Assuntas von Triest zusammen. Es war eine entscheidende Erfahrung, was mein Projekt einer Zusammenarbeit mit dem Frauenzentrum anging. Und ich betrachte sie als eine Art Einführung zu den Geschichten, von denen ich erzählen werde.

In der Abteilung für Allgemeinmedizin im Krankenhaus von Cattinara, in die ich eingeliefert wurde, liegen vorwiegend alte Patientinnen, nur zwei Zimmer sind mit alten Männern belegt. Erst am Tag meiner Entlassung tauchte in meinem Zimmer ganz ausnahmsweise ein junges Mädchen auf.

Assunta dachte, es sei besser für mich, mit den »alten Weiblein« zusammenzusein, weil das Leiden alter Menschen weniger schwer auszuhalten ist als das junger Leute. Doch die Verkleinerungsform, die sie benutzte, brachte mich zum Nachdenken über die Euphemismen, auf die man heute zurückgreift, um das Alter zu verschleiern. Zu welcher Bevölkerungsgruppe gehöre ich, in Anbetracht meines Alters? Zu den »Senioren«, zu den »älteren Semestern«, noch nicht zu den »Pflegefällen«? In meinem Wörterbuch ist eine Zweiundsechzigjährige – so alt bin ich – eine alte Frau, ebenso wie eine Frau, die in einem Haushalt hilft, eine Putzfrau ist und keine Raumpflegerin und ein Mann, der die Straßen saubermacht, ein Straßenkehrer und kein Umweltassistent. Die Sprache kann nämlich täuschen und falsche menschliche Achtung vorgaukeln, während sie die Beziehung zwischen Mensch und Wirklichkeit abtötet. So kann es geschehen, daß kein Raum mehr bleibt für Nachdenken, Leiden, Barmherzigkeit, Kampf, Gebet – und auch nicht für Freude.

Nachdem Assunta die Formalitäten erledigt hat, verabschiedet sie sich in einer Art Gemeinschaftsraum von mir, zu dessen Einrichtung auch einige an der Wand gestapelte Klappbetten gehören. Eine Schwester fragt mich, ob ich es mir einstweilen in diesem Raum »bequem machen« oder lieber in einem Zimmer bei einer »sehr, aber sehr« kranken Patientin warten möchte, bis am Nachmittag ein Platz frei wird. An die neapolitanischen Krankenhäuser gewöhnt, deute ich dieses »bequem machen« fälschlich als keineswegs provisorische Zuweisung eines dieser Notbetten und wähle entschieden die andere Lösung. In dem Krankenzimmer stehen nur zwei Betten, ich weiß nicht, ob deshalb, weil es den schwerkranken oder weil es den reicheren Patienten vorbehalten ist.

Ich verstaue meine wenigen Sachen in dem Schränkchen und lege mich angekleidet hin. Die alte Dame neben mir röchelt und ringt nach Luft unter der Sauerstoffmaske, krümmt sich und deckt dabei unter dem dünnen rosa Morgenmantel ein durchsichtiges geblümtes Nachthemd auf, aquamarinblau. Sie wird von einer privaten Pflegerin

betreut, und rund um sie herrscht ein ständiges Kommen und Gehen von Ärzten, Pflegern, sogar ein Chefarzt ist dabei, anscheinend sind sie unsicher, wie sie vorgehen sollen, und kümmern sich nicht um die private Pflegerin, die anfangs noch eifrig und liebevoll versucht, die Krämpfe jenes Körpers zu lindern und die Sauerstoffmaske vor den fahrigen Gesten der Frau zu schützen, dann immer verwirrter und schließlich ganz wehrlos ist, als der Chefarzt beschließt, daß die Patientin verlegt werden muß – in ein anderes Krankenhaus, das »besser ausgerüstet« ist, sagt er. Unterdessen ist flüchtig eine Verwandte der Kranken aufgetaucht, vielleicht die Tochter, und hat ihr einen Blumenstrauß auf den Nachttisch gestellt. Die kleine Pflegerin schaut mich ratlos an, sie weiß nicht, ob sie die Sachen ihrer Patientin einpacken soll, ob sie sie begleiten soll, und wohin überhaupt? Inzwischen hat sich der weiße Riemen ihrer Korksandalen von der Sohle gelöst, und sie hinkt, bewegt sich aber dennoch gewandt; als ich ihr vorschlage, sie solle sich doch von einer der Krankenhausschwestern Sandalen ausleihen, erwidert sie, das sei nicht möglich, weil sie eine »Private« ist; zuletzt behilft sie sich mit einer Rolle Pflaster, die sie wer weiß wo aufgetrieben hat. Sie fühlt sich, als sei sie nicht gern gesehen – und so ist es.
Die Patientin findet in ihrem äußersten Leiden oder vielleicht schon im Todeskampf noch die Kraft, mir, während sie auf der Bahre hinausgetragen wird, zu sagen: »Behalten Sie die Blumen, danke.«
Am Spätnachmittag ist in einem Vier-Bett-Zimmer das mir zugedachte Bett frei geworden. Ich nehme auch die Blumen mit und hoffe für die, die sie mir geschenkt hat, daß ich sie nicht einer Toten wegnehme. Der Strauß – große rote Rosen und rosa Röschen in einer Spitzenman-

schette aus weißem Papier und einer Wolke ätherischer weißer Blümchen, deren Namen ich nicht weiß, vielleicht aus Widerwillen, weil sie immer in die Sträuße eingebunden werden, um das Volumen und die »Anmut« zu vergrößern – ähnelt im Stil dem Morgenmantel und dem Nachthemd der Geberin: Ein Hauch kleinbürgerlicher »Anmut«, um das Leiden zu lindern oder eher zu verbergen, als wäre die zu große Schönheit einer einzelnen Blume oder der zu große Schrecken einer nackten Agonie unerträglich.

Sobald ich meine Sachen eingeräumt habe, arrangiere ich die Blumen nach meinem Geschmack: weg mit der Spitzenmanschette und den weißen Blümchen, nur die Rosen, denen ich dann jeden Tag ein Stückchen vom Stiel abschneide und frisches Wasser gebe, was mir die Sympathie einiger anderer Patientinnen einträgt, als Zeichen häuslicher Anteilnahme, geschärft durch den Müßiggang, der Zeit läßt für Blumen, und durch die Krankheit, die ungern das Welken der Blütenblätter duldet, wenn der weich hängende Stiel das Gewicht nicht mehr trägt.

Das Eintreten des Priesters stört diesen kleinen Kult. »Man hätte sie besser der Muttergottes gegeben«, sagt er. Ich antworte ihm nicht, daß ich gehört habe, wie die Spenderin in ihrem Schmerz nicht die Muttergottes, sondern die Mama anrief, oder vielmehr die »Mammina«, so wie vor Jahren die zahlreichen »alten Weiblein« in dem Krankensaal, in dem Elsa Morante nach ihrem Selbstmordversuch lag – und wie Elsa selbst es tat.

Während die »alten Männer« hier in der Abteilung dieses Krankenhauses immer nur sagen: »Uff!«

Die sterbende, in ihrer Sauerstoffblase eingeschlossene Frau, die Rosen, zwei noch rotbäckige, fröhliche Patientinnen bäuerlicher Herkunft, die untereinander slowenisch sprechen, scheinen mir in dieser Abteilung die einzigen runden Formen zu sein, oder besser gesagt, in einen Kreis eingeschrieben.

Denn die gesamte architektonische Struktur und die Einrichtung sind geradlinig, eckig, oft gefährlich kantig, als wollten sie andeuten, daß die Kranken samt ihrer Krankheiten ordentlich spuren sollen. Oder all die barocken Formen der inneren Organe ausgleichen, die launisch und bizarr sind, weil angeschwollen oder ausgetrocknet.

In allen Wartezimmern und Gemeinschaftsräumen sind starre Sitze aus Sperrholz an der Wand befestigt, je zwei, vier oder sechs, fast als sollte vermieden werden, daß man im Kreis sitzen kann, um sich zu unterhalten oder auch nur anzusehen – aber den Kreis bilden sie trotzdem, mit ihren Rollstühlen, die Frauen, die gehbehindert sind, oder die, darunter ich, die sich einen freien Rollstuhl ergattern, wenn es möglich ist, der Aufsicht zu entwischen; zum Glück gibt es genug davon, und man muß sich nicht darum streiten, wie ich es in anderen Krankenhäusern und sogar in teuren Privatkliniken gesehen habe.

Den berühmtesten Architekten, die doch unter anderem wunderbare, kühne Museumsbauten erschaffen, in Form eines Schiffes, wie in Bilbao, oder einer weißen Muschel, wie in Köln, ist es noch nicht gelungen, ein schönes Krankenhaus zu entwerfen – und doch kann die Ästhetik, im eigentlichen und engeren Sinn die Fähigkeit zu sinnlicher Wahrnehmung, den Bereich des körperlichen und geistigen Leidens nicht einfach ausklammern. Ich wundere mich, wieso sie nicht in der Lage sind, die therapeutische Funktion des Schönen einzubeziehen oder sich vorzustellen, wie sehr ein Springbrunnen, ein Maschinen-Mobile à la Jean Tinguely, ein Aquarium, das Rauschen einer Linde oder eines Ölbaums vor einem Fenster vom Schmerz ablenken und die Angst beruhigen würden – für alle geht von Bewegung ein Zauber aus, besonders aber für Menschen, die zur Unbeweglichkeit verdammt sind, oder solche, die Ärmsten der Armen, die Analphabeten sind und deshalb noch mehr als die anderen gezwungen, ihren eigenen Gedanken nachzuhängen.

Unter den Patientinnen in meinem Zimmer ist eine Frau, die auch die Zahlen nicht kennt, daher muß ich für sie den stets unauffindbaren Sohn anrufen, und wenn sie mich darum bittet, pflegt sie mit einem Lächeln hinzuzufügen: »Sie sind doch so gebildet, aber nett« – Worte, die auf einmal mein Vertrauen in die Segnungen der Bildung ins Wanken bringen.

Oh! Die blaßgelb gestrichenen Wände. Man braucht nicht Goethes *Farbenlehre* zu kennen, um zu wissen, daß Gelb, wenn es nicht kräftig oder strahlend ist, auf Fäulnis anspielt. Und dieses rosa angehauchte Beige! Und diese durch ein unentschiedenes Blaßblau verdorbenen Grautöne! Und das schmutzige Weiß, an einem Ort, an dem die Hygiene Königin sein sollte! Oder diese Versuche à la Mondrian, unterbrochen von unsäglichem Rosa oder Orange oder von himmelblauen Glasfenstern! Zum Glück hängen keine Bilder an den Wänden. Und warum wird das obligatorische Kruzifix nicht durch eine Auferstehung ersetzt?

Mich beeindruckt das Protestplakat einer Gewerkschaft des Pflegepersonals, das ich an einer Wand sehe: Seit 1974 seien ihnen »die Hände gebunden«, weil sie keinen »Aufgabenkatalog« bekommen hätten. Ich bitte um eine Erklärung. Man sagt mir, daß die unterschiedlichen Aufgaben des Personals noch nicht festgelegt worden sind, daß die Pflegekräfte, wenn es an Hilfspersonal fehlt, alles mögliche übernehmen müssen. »Wäre ich heute abend zum Beispiel nicht dagewesen«, sagt eine Krankenschwester zu mir, »hätten Sie nichts zu essen bekommen.« Besser, denke ich, als das, was in Neapel passiert, wo Hilfskräfte aufgrund von Beziehungen als Krankenpfleger eingestellt werden. Schlimmer jedoch als die Art, mit der Pflegekräfte, Hilfspersonal, Patienten und deren Angehörige sich in den neapolitanischen Krankenhäusern gegenseitig helfen. Denn hier erlebe ich täglich, daß es nicht gern gesehen wird, wenn ein Patient einem anderen, dem es schlechter geht, hilft, fast als wüßte er nicht, wo sein Platz ist, das heißt im Bett, möglichst unbeweglich.

Der bürokratisch-technischen Sprache des Krankenhauses – die für mich in dem Wort »Aufgabenkatalog« zum Ausdruck kommt – steht häufig die süßliche, durch Euphemismen und Verkleinerungsformen verfälschte Sprache gegenüber, die im Umgang mit den Patientinnen benutzt wird: das »Popochen«, das »Bäuchlein«, die »Äuglein«, das »Breichen«; von dem »Apparätchen«, das Katheter bedeuten soll, gar nicht zu reden. (Dennoch läßt sich die Wahrheit nicht zum Schweigen bringen: »Habe ich Ihnen weh getan? Entschuldigen Sie, aber seit Sonnenaufgang mache ich nichts anderes, als mit Fleisch zu hantieren!« sagte eines Nachmittags eine Krankenschwester zu mir, nach dem dritten Versuch, meine Vene zu finden. Und ihr müdes Lächeln milderte die Roheit ihrer Sprache – und ihrer täglichen Anstrengung.)

Doch der Mißbrauch von Koseformen fördert keineswegs, wie man vielleicht erwarten könnte, die Toleranz gegenüber irgendeiner Form der Koketterie – sei sie auch

naiv und bescheiden – oder sogar der persönlichen Hygiene. Es ist nicht erwünscht, daß man sich duscht, sich die Haare oder die Füße wäscht, sich kämmt, sich im Spiegel betrachtet, sich den Nagellack entfernt oder aufträgt oder einen Hauch Lippenstift benutzt; und wehe, wenn man nicht immer einen Morgenrock trägt.
Die große technische Effizienz der Abteilung – die Sauberkeit der Toiletten, Überfluß an Seife und Klopapier, Getränkeautomaten, beinahe täglichen Wechsel der Bettwäsche, ja sogar einige Wasserbetten gegen das Wundliegen einschließt – unterscheidet diese zwar von den meisten neapolitanischen Krankenhäusern, die ich kennengelernt habe und die einem »Marktplatz« gleichen, nähert sie aber einem Supermarkt an, denn an beiden Orten werden massenweise »Optimismus« und »Gesundheit« ausgegeben.
In der letzten Nacht meines Aufenthalts werden zwei mittlerweile freigewordene Betten – eines mir gegenüber, das andere neben mir – mit zwei Frauen belegt: Um zehn Uhr kommt eine schwerkranke Patientin, unter Protest des Arztes im Nachtdienst, der zu ihrer Begleiterin sagt: »Warum sie um diese Zeit zum Sterben hierherbringen?«; um Mitternacht eine schwerstkranke Patientin, die das Bett direkt neben mir bekommt. Trotz des Beruhigungsmittels, das eine Schwester, obwohl es mir nicht verschrieben worden ist, schließlich nach einigem Zögern auf meine Bitte hin herausgerückt hat, da ihr bewußt ist, daß ich angstvolle Stunden neben der Sterbenden ausharren muß, kann ich nicht schlafen. Und ich bin die einzige, die über diese lange Agonie unter der Sauerstoffmaske wacht; denn Verwandte und Pfleger sind gegangen, und von den Frauen im Zimmer ist eine schwer krank, und die andere, die slowenische Bäuerin, die nicht lesen und schreiben kann, schläft

eingehüllt in den beruhigenden Kokon, den die Stimme des Sohnes um sie gewoben hat, als sie ihn endlich erreicht und er versprochen hat, sie am nächsten Tag abzuholen.
Die Frau im Todeskampf liegt still, gibt nur ein Röcheln von sich, genährt von der Sauerstoffmaske. Ich wage nicht, ihre Hände zu halten, mit ihr zu sprechen oder mich ihr zu nähern. Ich fühle ihn jedoch ganz nah, diesen reglosen Körper, das groteske geflügelte Ei der Sauerstoffmaske und jenes Geräusch, das den sehnlichen Wunsch zu leben oder zu sterben ausdrückt. In seiner *Musikantenhölle* hat Hieronymus Bosch mit seinen mißgestalteten Phantasieinstrumenten schon die modernen vorweggenommen, die, anstatt harmonische oder rettende Klänge zu erzeugen, die irdische Hölle mit ausgeklügelten musikalischen Torturen verlängern.
Ab und zu, wenn es unerträglich wird, unterbreche ich meine passive Wache – eben weil rein passiv, nicht einmal kleine Gesten der Sympathie sind ihr vorausgegangen, so daß mein Herz stumm bleibt und Gefahr läuft, nur noch eine pulsierende Maschine zu sein, von der ich einzig das Geräusch wahrnehme, wodurch meine Anteilnahme an dieser letzten Angst dem Einklang zwischen einer rasenden Uhr und einem Röcheln ähnelt – und gehe aus dem Zimmer, um draußen vor der Abteilung eine Zigarette zu rauchen, in dem menschenleeren, halbdunklen Raum, wo die Aufzüge sind und die starr an der Wand festgeschraubten Sitze, doch es gelingt mir nicht einmal, dort die Gespenster der Patienten und der Besucher des Tages sitzen zu sehen, so sehr ist meine Einbildungskraft gelähmt.
Frühmorgens sehe ich das Gesicht der Frau, noch nicht vom Wandschirm verdeckt, aber von der Maske befreit: Man hat ihr die Augen geschlossen, jedoch nicht mit ei-

nem Tuch den Kiefer hochgebunden, um auch den Mund zu schließen, der folglich weit offen steht, und das Leben ist aus ihr gewichen, aber das Mitleid der Lebenden hat sich noch nicht auf sie gesenkt. Vielleicht auch wegen der Form der Nase, schmal und spitz, ähnelt das Gesicht für mich eher einem Ausrufe- als einem Fragezeichen, denn in der Krümmung des Fragezeichens drücken sich die banalsten oder spekulativsten Ängste aus, während das Ausrufezeichen sich darauf beschränkt, die bloße Feststellung zu bekräftigen, gleich, ob sie sich auf ein Zuviel oder ein Zuwenig bezieht.

Als die Krankenschwester kommt und ich ihr einen stummen Blick zuwerfe, erwidert sie: »Der Signora geht es sehr schlecht.« Und nach einer Pause: »Die Signora ist tot.« Das erinnert mich an die unnachahmliche Rhetorik von Bossuet, als er dem Hof den Tod der Königin Henriette von England verkündet: *»La Reine se meurt. La Reine est morte.«*

Zwei Stunden lang bleibt die Tote neben mir liegen, denn sie fortzubringen und herzurichten steht nicht den Pflegern der Nachtschicht, sondern denen der Frühschicht zu – und aus meiner Position verbirgt mir der Wandschirm nicht ihr Gesicht.

Im Raucherzimmer bin ich oft einem alten Mann begegnet, der immer ganz zerzaust ist, den schlampigen Morgenrock immer geöffnet über einem jugendlichen T-Shirt mit Zeichnungen und englischen Schriftzügen, städtischen Graffiti ähnlich, deren Kodex ich nicht kenne und er selbst wahrscheinlich auch nicht, immer mit einer heruntergerutschten und einer straffgezogenen Socke, und der sehr viel hustet, sehr viel raucht und nie seine Kippen ausdrückt; und der sich nie auf Gespräche einläßt.

Doch heute früh löst ihm der Anblick dieses Wandschirms die Zunge, und als ich ihn bitte, die Kippe auszumachen, sagt er: »Darum hat Mama mich auch immer gebeten«, und drückt sie aus. »Voriges Jahr«, fügt er hinzu, »lag ich zusammen mit ihr hier im Krankenhaus. Um Mitternacht habe ich ihr gute Nacht gesagt und bin in mein Zimmer ins Bett gegangen. Sie hat gesagt: ›Ich bin sehr müde‹, und nach einer halben Stunde ist sie gestorben.« Da fühle ich mich plötzlich auch wie die Mutter dieses vernachlässigten, einsamen alten Mannes, und als er nach dem Rauchen die Kippe wieder nicht ausdrückt, sage ich nichts, sondern tue es für ihn. Eine Geste, ähnlich dem Brauch der Frauen in Süditalien, die den Verwandten der Toten zum Trost Brühe anzubieten pflegen.
Hier in Triest, erzählt mir Assunta später, werden die alten Männer und Frauen, auch wenn sie schon im Todeskampf liegen, zum Sterben ins Krankenhaus gebracht, und zwar allein, sogar ohne den Beistand eines Kindes. (Assunta lobt das Mitleid gegenüber den Sterbenden bei uns im Süden – aber ich weiß nicht, wieviel davon noch übrig ist.)
Wenige Stunden, nachdem man die Tote fortgebracht hat, wird ihr Bett einem sehr jungen Mädchen zugewiesen, provozierend in ihren hautengen Jeans, dem Top, das den Bauchnabel frei läßt, dem Make-up, der ganzen Aufmachung (»Ich bin drogensüchtig«, sagt sie zu mir, »aber nach Kokain, nicht wie die aus dem unteren Stockwerk.«) – wer weiß, dank welcher Vorsehung, die auch meine Einweisung gelenkt hat, sie hier gelandet ist. Wenig später werde ich entlassen. Das Mädchen weiß nicht, daß in diesem Bett, in dem sie weder ihre Kleider noch sich selbst richtig unterbringen kann, eine alte Frau gestorben ist.

Ihre ungewohnte und erstaunliche Anwesenheit beunruhigt Patienten und Pflegekräfte kaum, sondern erheitert sie eher, da es sie von der Routine der harten Arbeit des Sterbens und Heilens ablenkt. Die beiden letzten Rosen, die mir geblieben sind, schenke ich, bevor ich gehe, nicht dem Mädchen, sondern der slowenisch sprechenden Bäuerin, die Tag für Tag das Welken der anderen mit mir beobachtet hat.

Am selben Nachmittag beginne ich, unter der Ägide von Assunta, meine Seefahrt im Centro Donna Salute Mentale in der Via Gambini.

An dieser Stelle bin ich mir – und dadurch auch meinen Lesern – eine Erklärung schuldig, warum ich diese Einleitung gewählt habe für das Logbuch, das folgt.
Meine kindlichen Phantasien waren von dem Wunsch nach Aufstieg beherrscht, im eigentlichen, physischen Sinn des Wortes; ich wäre gern ein Vogel gewesen, hätte im Internat gern die Rolle des Schmetterlings gespielt, wäre gern Tänzerin geworden. Erst viel später hat dieser Wunsch die Form des literarischen Aufstiegs angenommen. Doch wenn man dann nicht lernt, auch wieder herunterzukommen, kann der Aufstieg tödlich sein. Zwischen Aufstieg und Abstieg gibt es natürlich eine zeitliche Abfolge, doch ist sie nie ganz meßbar nach der Einteilung der Uhr oder der einer Biographie oder historischen Autobiographie, daher kann es zu Gleichzeitigkeit, Durchdringung und Verschmelzung von Auf- und Abstieg kommen.
Im Laufe meiner Geschichte hat sich Triest für mich als der exemplarische »Ort« der imaginären und emotiona-

len Erfahrung des Abstiegs erwiesen. Triest hat mich gelehrt, wieder hinabzusteigen – nach den »Höhen«, die ich mit Hilfe wichtiger Mentoren berührt habe, als sie zu verschiedenen Zeiten und auf unterschiedliche Weise meinen Intellekt genährt und geleitet haben – und mein Lehrmeister hier war ein Gespenst, Elio Gianturco, das die Fähigkeit besaß, Kultur und Eros zusammenzufassen in den Bildern der »romantischen« Liebe, deren Existenz ich immer bestritten habe, obwohl ich ihr in Taten nachgab. Hinabzusteigen, durch den Feminismus von Assunta und ihren Gefährtinnen, in meine geschlechtsspezifische Besonderheit, der gegenüber ich trotz der vielen körperlichen Erfahrungen stets einen aristokratischen Abstand zur Schau getragen hatte – so als geschähe das alles einer anderen. Hinabzusteigen, nach dem leichtsinnigen Vertrauen auf die Unversehrtheit des Körpers, in das Gefühl für seine unvermeidliche Grenze. Hinabzusteigen schließlich, und ich weiß nicht, ob es mir gelingen wird, bis auf den Grund, wo der gute wie der böse Samen begraben liegt, um in mir selbst und in den anderen eine Atempause zu finden im Wettstreit, nicht so sehr zwischen Vernunft und Wahn als vielmehr zwischen Liebe und Wahn, denn letzterer ist durch einen höheren Urteilsspruch des Göttergerichts gezwungen, die Liebe zu leiten, die er selbst geblendet hat, ihr seinen Schritt anzupassen und bei der Berührung ihrer Hand die eigenen Exzesse zu mäßigen, damit sie den Fortbestand des Lebens und den inneren Zusammenhalt des Kosmos sichert.

1 Mit diesem Gesetz wurden im Mai 1978 die Irrenanstalten in Italien abgeschafft. (Anm. d. Ü.)

Logbuch
10. Juni – 19. Juni 1998

Mittwoch, 10. Juni

Fünf Personen, einander verbunden, aber
nicht durch Verwandtschaft, sitzen im Café in jenem Winkel,
den die Scheibe von der Straße trennt,
seit zwanzig und mehr Jahren, jeden Abend.
Voll heimlicher, selbstzufriedener Bosheit
funkeln hinter der Brille die Augen einer
von ihnen; eine andere kritzelt auf den weißen Marmor
ihre seltsamen Zeichnungen, alle hören,
wenn eine spricht …
Vom Ansehen nichts, arm sind sie,
nicht kreditwürdig, fast unbekannt: das Beste
der Großstadt, in der sie geboren sind.
Umberto Saba

Assunta geht, nachdem sie mich vom Krankenhaus in ihre Wohnung begleitet hat, zu einer Versammlung ins San Giovanni. Während ich meine Wäsche wasche, läutet das Telefon. »Wer ist da?« »Ich bin eine Freundin von Assunta.« »Sie ist nicht zu Hause.« »Dann sagen Sie Assuntas Mutter, daß ihre Tochter spinnt und dringend eingewiesen werden muß.« »Assuntas Mutter ist auch nicht da.« »Aber lebt sie noch, oder ist sie tot?« »Sie lebt.« »Dann sagen Sie es ihr trotzdem, daß ihre Tochter spinnt.« Und legt auf: eine Frauenstimme.

Anfangs, mit den Gedanken anderswo, verstehe ich nicht, was los ist, und mache mir Sorgen: Ich weiß nämlich, daß Assuntas Mutter am Meer ist, und befürchte, ihr sei etwas zugestoßen. Als ich dann begreife, wird mir bewußt, wie sehr sich Assunta in ihrer Arbeit exponiert. Später entdekke ich noch, daß sie manchen Patientinnen unter besonderen Umständen sogar ihre Handynummer gibt.
Mittags holt mich Sabina, eine junge Krankenschwester, mit dem Auto ab; sie habe gleich in der Nähe eine Verabredung mit einer gewissen Maria, »einer etwas trägen Frau«, die in diesen Tagen bei der Bücherschau am Computer arbeite. »Sie braucht viele Hausbesuche, weil sie nicht gern ins Zentrum kommt«, fügt Sabina hinzu.
Sabina trägt ihren Charakter schon im Namen eingeprägt: Sie hat eine gesunde Hautfarbe, üppige Kurven, dichte, kupferrote, leicht krause Haare, die im Nacken zusammengebunden sind; ihr Lächeln ist süß und stark – eine Frau von Renoir, keine »Badende«, sondern die »Lesende«. Nun, nachdem sie vom Zentrum begeistert ist, erledigt sie ihre Arbeit dort mit der Besonnenheit, Aufrichtigkeit und Anmut einer adeligen Matrone. Trotz dieser magischen Übereinstimmung zwischen Namen und Charakter nenne ich sie einige Tage immer wieder Simona – und Assunta blickt finster, wenn ich von all den Namen ausgerechnet diesen verwechsle, weil sie den Sinn dieser Übereinstimmung erkannt hat: Die poetische Wahrheit duldet weder Zerstreutheit noch Unachtsamkeit.
Als wir ankommen, steht in der Tür des Zentrums, die immer offen ist, ein kleingewachsenes, rundliches junges Mädchen mit kindlichem Gesicht und zu unschuldigem Blick; sie hat krause, kastanienbraune, ein wenig ungepflegte offene Haare und trägt eine Hose und ein zerknit-

tertes weites T-Shirt. In einer Hand hält sie eine Schachtel MS, in der anderen eine Zigarette, mit der sie unsicher hierhin und dorthin deutet, man weiß nicht, ob ins Leere oder auf der Suche nach jemandem, der ihr Feuer gibt.
Das Mädchen will weggehen. Sabina hält sie freundlich auf: »Komm mit. Ich will dir diese Signora vorstellen.« »Das interessiert mich nicht.« »Gehen Sie mit rauf«, sage ich und nehme eine Marlboro. »Dann rauchen wir eine zusammen.« (Und ich habe wirklich große Lust auf eine Zigarette, nach einer Stunde Autofahrt.) Wie von meinem Feuerzeug angezogen, folgt sie uns ins obere Stockwerk und irrt mit ihrer brennenden MS unsicheren Schrittes einem anderen Ziel entgegen.
Sie heißt Maria Lourdes, und, so erklärt mir Sabina, »auch wenn sie nicht ZE ist, soll sie lieber nicht alleine ausgehen«. ZE bedeutet zwangseingewiesen, und die zwangseingewiesenen Frauen schlafen im San Giovanni und dürfen, wie gesagt, nicht alleine ausgehen. Aber dort schlafen auch manche FE, freiwillig eingewiesene Frauen wie Maria Lourdes, der es zur Zeit nicht gutgeht.
Es ist Mittagessenszeit. Rechts vom Treppenabsatz liegt die Küche, links ein großer Saal und zwei Zimmer, davor ein langer Flur. Sabina kümmert sich irgendwo um Maria Lourdes. Ich sehe mich um: In dem Saal sitzen um einen langen, geschwungenen blauen Tisch etwa 30 Frauen, während ein paar andere hastig essen: entweder stehend in dem Raum rechts oder sitzend in dem – kleineren – Raum links, in dem es weder Tisch noch Stühle gibt; der erste ist vielleicht ein Büro, wozu der zweite dient, weiß ich noch nicht. Nach dem Gesamteindruck kann ich nicht unterscheiden zwischen Patientinnen, Psychologinnen, Pflegerinnen, Psychiaterinnen, Volontärinnen, Besu-

cherinnen … Ich werfe einen Blick in die Küche, fasse Mut, trete ein, und da ich schlecht sehe, beuge ich mich zu tief über eine Salatschüssel. »Die Haare im Salat!« murrt die Köchin, und ich entferne mich sofort. Sabina, der es inzwischen gelungen ist, Maria Lourdes neben den anderen zu plazieren, bringt mir Obstsalat – »aus frischen Früchten« – in einem Porzellanschälchen. »Wir benutzen hier kein Plastikgeschirr«, sagt sie zu mir, »und das Essen wird jeden Tag aus frischen Zutaten zubereitet.«
Durch mein unvorsichtiges Betreten der Küche habe ich meine erste Erfahrung mit der »unsichtbaren Schwelle« gemacht. Im Zentrum stehen nämlich alle Türen offen, außer den Toilettentüren, der des Shiatsu-Raums und mancher kleinerer Zimmer, wenn sie für ein Gespräch zwischen Therapeutin und Patientin genutzt werden – besonders im heiklen Augenblick einer ersten Kontaktaufnahme. Doch das bedeutet nicht, daß es keine Verbote gibt.
Die Küche, übrigens klein und wundersam effizient, ist offen, aber »man weiß«, daß man dort kurz vor oder direkt nach den Mahlzeiten nicht willkommen ist und daß einige Verhaltensweisen, wie die meinige heute, mehr oder weniger freundlich abgewiesen werden, je nach Laune der Köchin. »Man weiß«, daß man nicht an den Toilettentüren scharren darf, wenn sie von innen abgeschlossen sind; und »man weiß«, daß man sich der Schlafzimmertür – drei Betten – vorsichtig nähern muß, um nicht die zu stören, die müde sind, im engeren und weiteren Sinn.
Doch heikler als diese physischen Schwellen – offene, geschlossene oder angelehnte Türen – sind die psychischen, auf die erstere verweisen, in einem Spiel der Verschleierung anstatt der Spiegelung.

Ausgerechnet dieser Ort, an dem es leichter wäre, sichtbare wie unsichtbare Schwellen zu mißachten – und außer an die Grenzüberschreitungen des Wahnsinns denke ich vor allem an die der Psychiatrie –, hat meine Aufmerksamkeit für die Schwellen geschärft, die es im »normalen« Leben gibt, verbotene, mißachtete, verborgene – oder scheinheilig durch die »gute Erziehung« respektierte.
Die Regel »Vor dem Eintreten anklopfen« etwa wird hier zur wirksamen Metapher, sie schützt die Leidenden und diejenigen, die versuchen, zu heilen oder vielmehr sich der Leidenden anzunehmen. Und wenn auch der zögerliche Schritt vieler Patientinnen häufig den Medikamenten geschuldet ist, so ist der *Stil* des Zögerns diesem Ort eigen – wo übrigens Stilbrüche nicht fehlen, aus Übermaß oder Mangel oder auch aus übertriebenem Eifer.
Um 14 Uhr findet in dem Saal, in dem gerade das Mittagessen zu Ende gegangen ist, die für alle offene »Mittwochssitzung« statt, bei der eine Bilanz der vergangenen Woche gezogen wird und die kommenden Tage geplant werden. Vor der Sitzung feiert heute eine junge Krankenschwester ihre Rückkehr von der Hochzeitsreise in die Karibik und gibt Sekt und Süßigkeiten aus.
Sie lächelt, ist braungebrannt und lebhaft: wie ein Nachhall des Wortes Karibik im unmittelbar touristischen Sinn. Wir anderen sind allesamt »Bleichgesichter«, abgesehen von einer gewieften blonden Signora in Shorts und lila Sandalen, die freudig um mich herumscharwenzelt, weil sie mich nach drei Jahren Abwesenheit wiedererkannt hat; zwischen den Fingern, mit weiß lackierten Nägeln, ein Glas Sekt. Sie erzählt mir, daß sie bei schönem Wetter ans Meer geht, badet und nur Angst hat, daß die Wale die Delphine fressen; sie verspricht mir 300 Kindermärchen, die

sie in den langweiligen zehn Bürostunden erfunden und geschrieben hat. Es ist Zoe, der ich allerdings danach nicht mehr begegne.
Die Sitzung beginnt. Assunta stellt mich »offiziell« vor: Sie kommt aus Neapel ... und will über das Zentrum schreiben ... Dann berichtet sie über den Plan einer langen Reise, nicht bis in die Karibik, sondern nach Amsterdam, die für das Monatsende vorgesehen ist, und die Einzelheiten werden besprochen. Maria Lourdes unterbricht die Diskussion und sagt mit Blick auf mich: »Ich wollte in Mergellina auf den Strich gehen, um meiner Mutter zu entkommen.« Sie weint. Sofort hat sich zwischen uns ein Kontakt hergestellt – vielleicht durch ihre Gedankenassoziation bei dem Wort »Neapel«, gewiß durch meine bei ihrem »... Mutter ... entkommen«. Dann lacht sie und klatscht in die Hände: »Aus dem Frauenzentrum gehe ich nicht mehr weg!«
Anna, die Sozialarbeiterin, die ich von meinem ersten Besuch her kenne, in ihrem Äußeren Fellinis Saraghina so ähnlich – die ja, auf ihre Weise, auch Sozialarbeiterin ist –, Anna schlägt vor, eine Massageliege in das Friseurzimmer zu stellen. Ich kann der Diskussion über den Vorschlag nicht recht folgen. Vielleicht von der »Massageliege« angeregt, klettert Maria Lourdes langsam auf den Tisch, robbt bis zu einem gegenübersitzenden Mädchen, bietet ihr eine Zigarette an und nimmt auch sich selbst eine, doch beide zünden sie nicht an (noch bitten sie um Feuer), vielleicht, weil sie wissen, daß Rauchen im Saal nicht »erwünscht« ist. Auch ich habe, obwohl es mir noch nicht gesagt wurde, wahrgenommen, daß man dort nicht rauchen sollte – allerdings werde ich, wie die anderen, trotz meiner guten Absicht die Regel häufig übertreten,

jedoch versuchen, ihre kostbare Fragilität zu respektieren.
Ich frage mich auch, weshalb einige zwar Zigaretten, aber nie Feuerzeuge haben. Nachdem ich eine Weile vergeblich gerätselt habe, folgt die schreckliche Entdeckung: Es kommt vor, daß sie sich Verbrennungen zuziehen, weil sie besonders leicht entflammbare Nylonkleider tragen, obwohl ihnen davon abgeraten wird.
Während der Sitzung haben sich einige Frauen abseits in Sesseln oder auf Sofas niedergelassen, andere wandern um den Tisch herum, ruhig oder unruhig.
Ihre Zerstreutheit oder Gleichgültigkeit »ähnelt« der meinen, als Annas Vorschlag diskutiert wurde.
In diesen wenigen Stunden sind schon etliche Gestalten meiner Erzählung aus dem Chor herausgetreten, und ich will noch einige weitere hinzufügen, denen ich, dank Sabina, einen Namen geben konnte.
Allegra ist groß, stark, hat schulterlange, dichte, schwarze, offene Locken, die ihr noch jugendliches Gesicht mit den markanten, leicht männlichen Zügen eher entblößen als einrahmen; sie trägt Schwarz – ausgeschnittenes T-Shirt und Hose –, und an allen folgenden Tagen werde ich sie immer so gekleidet sehen. Sie erzählt mir – und beim Erzählen lacht sie oft und wirft stolz und herausfordernd den Kopf zurück –, daß sie aus dem ehemaligen Jugoslawien stammt, wo sie zwei Kinder hat, die der Mutter anvertraut sind; daß sie in einer Pension wohnt und kein Geld mehr hat, um die Miete zu bezahlen; daß ihre Aufenthaltsgenehmigung bald abläuft, sie aber nicht mehr »da runter« – es sind 20 Kilometer – zurückwill; daß vielmehr ihre Kinder nachkommen sollen. Das in ihrer Rede häufig wiederkehrende und immer im Gegensatz

zu Kroatien stehende »Italien« hat keinen patriotischen Anklang, es ist das Land der Schönheit und des Wohlstands, der Liebe und der Freiheit. Einigen eher verschämten als berechnenden Andeutungen – »gestern abend hat mich ein Freund im Auto mitgenommen, weil ich nicht in die Pension zurückkonnte … ein Freund will mir nicht mehr helfen … meine Mutter will nicht, daß meine Kinder zu mir kommen … meine große Liebe hat mich hier auf einer Straße stehenlassen …« – entnehme ich, daß sie als Prostituierte arbeitet, sich mit diesem Gewerbe durchschlägt, sich aber weder damit abfindet noch es verteidigt. Sie schwankt zwischen Lachen und zurückgehaltenen Tränen, mildert die Härte der Worte mit einem feinen Humor, verfällt nie in Selbstmitleid, distanziert sich von ihrer augenblicklichen Lage, als wäre es gar nicht die ihre, und scheint zu erwarten, daß das junge Mädchen, das sie gewesen ist, ihren legitimen Traum von einer ehrbaren Braut und Mutter dennoch verwirklicht. Es ist rührend, zum Glück noch nicht quälend, zu sehen, wie dieser Traum plötzlich in ihre bruchstückhafte Rede einbricht und ihre männlichen Züge, die brüsken Bewegungen, die harte Stimme besänftigt. Ich hatte diese Eigenarten schon bei anderen Frauen bemerkt, vor allem bei Prostituierten – und Maler wie Toulouse-Lautrec und Grosz haben sie auf meisterhafte Weise erfaßt –, aber auch bei alten Jungfern; als wollten die ersten, durch ihre Übung im Umgang mit Männern, nicht die biologischen und soziokulturellen Besonderheiten der Männer entmystifizieren, sondern eher die des Verhältnisses zwischen Ware und Geld, in seiner elementarsten Form, dem weiblichen Körper, und der abstraktesten Form, den Banknoten. Und als werteten die zweiten die offensichtlichsten Züge der Männlichkeit aus

umgekehrtem Grund in ihrer Phantasie so auf, daß sie sie übernehmen.
Melania ist eine junge staksige Gazelle, ihr Schritt ist immer rasch, aber brüsk, und in ihrem Blick liegt ferne Sanftmut, die man nur kurz erkennt, weil sie ihn sofort senkt und blitzartig abwendet, als warte sie ständig wehrlos auf ein wildes Tier, das sie zerreißt, auch wenn sie es vielleicht längst nicht mehr fürchtet. Es scheint, als habe sie glückliche Augenblicke gekannt, aber endgültig die Erinnerung daran verloren – etwas davon bewahrt haben vielleicht nur ihre Schritte, die sie rasch hierhin und dorthin lenken, im Zentrum oder auf der Straße.
Edoarda ist eine alte Frau mit traurigem Gesicht, stets würdevoll in ihren Kostümchen und im Ausdruck ihrer körperlichen Gebrechen – heute schmerzen ihre Füße; ihr Blick hinter der leicht getönten Brille ist mild, ein wenig erstaunt über das, was mit ihr geschieht, ob es von ihrem Körper herrührt oder einer ihr zugewandten Aufmerksamkeit. Ihre Freundlichkeit ist wie die farbige Scherbe einer Vase aus anderen Zeiten, noch glänzend trotz der Abnutzung, an deren Rändern der Ton durchschimmert: Sie gemahnt an einen Geschmack und an Sitten, die weniger anmaßend, vulgär und überheblich waren als die heutigen. Ihr liebenswürdiges Benehmen enthält, aber verschleiert nicht, die Zerbrechlichkeit ihres Körpers und den Ruin einer kleinbürgerlichen Schicht, die, fleißig, ohne zu übertreiben, gemäßigt in den Wünschen, würdevoll im Unglück, bedacht auf das bescheidene Wachstum des wirtschaftlichen wie des kulturellen Vermögens der Familie, ebendeshalb, und nicht so sehr wegen der ausgeübten Berufe, einst den proletarischen oder armen Schichten gegenüber eine pädagogische Rolle spielte.

Leda schreibt gern, und daher überlasse ich ihr das Wort: »Ich bin alt, aber aufgeschlossen, ich trage mit Vorliebe breitkrempige Hüte und schminke mir immer die Augen grün.« Da sie stets »die Dinge beim Namen nennt«, kritisiert sie den Mangel an Demokratie im Frauenzentrum, wo »das Unkraut der Vetternwirtschaft noch nicht ausgerissen« wurde, und deshalb bezeichnen die Ärzte sie als »Nervensäge«. Ihr Vater war Sozialist, ist in Buchenwald gewesen, von Alessandro Pertini dekoriert worden. Als sie auf die Klosterschule ging, wollte sie nicht beten, und die Nonnen sagten zu ihr: »Die Reichen geben Geld, damit ihr betet, also betet, dann kommt ihr auch in den Himmel.« Mit 57 hatte sie »eine manisch-depressive Krise«. Sie schreibt darüber:

> Rot ist meine Lieblingsfarbe. Sie hat mich mein ganzes Leben begleitet. Vielleicht, weil ich die Mama eines Achtundsechzigers bin, weil ich demonstrieren gegangen bin, nach Kuba gefahren bin und immer die *Internationale* gesungen habe. Oder weil etwas geschehen ist, an einem Tag vor fünf Jahren. Als ich mich mit erhobener Faust auf der Straße wiederfand und *Bandiera Rossa* sang. Dann habe ich angefangen, meine Kleider auszuziehen und meinen Schmuck zu verschenken. Danach bin ich zu meiner Blumenfrau hingegangen, die mich »Pasionaria« nennt, und habe sie gefragt: »Signora, wo wohne ich?« Mit 57 Jahren ist mein Leben zerbrochen, von einem Augenblick zum andern, ohne Grund.
>
> Ich schreibe Gedichte in mein gelbes Heft. Ich verstecke es, weil in meiner Phantasie mein Mann hereinkommt, der sehr lieb ist, aber eine ganz andere Mentalität hat als ich. Wenn mein Mann hereinkommt, verstecke ich dieses Heft. Ich schreibe auf jedes Stück Papier meine Leitsprüche über Krieg, über Frieden, über meine Heimat, die Toskana. Diese Art mich auszudrücken habe ich nach dem Tod meiner Mutter entdeckt. Meine Mutter war so explosiv wie ich. Einmal hat sie meinem Vater sein Mittagessen in hochhackigen Schuhen und blauen Wildleder-

handschuhen zur Arbeit gebracht. Da hat er zu ihr gesagt: »Tilde, tu das nicht mehr, meine Kollegen haben mich ausgelacht.« Und meine Mutter: »Gut, dann komm du und hol dir das Essen zu Hause ab.« Meine Mutter war wirklich eine Feministin. Dieses Heft von mir gibt es, auch wenn ich es nicht zeige, da stehen solche Sachen drin. Ich schreibe über meine Toskana. Wir stammen von den Etruskern ab, wir haben 3000 Jahre Geschichte hinter uns. Ich bin nicht katholisch, aber Jesus nenne ich »unseren Gewerkschaftsfreund«. Er hat die Schwachen seiner Zeit verteidigt, dann ließ er sich von Maria Magdalena mit ihren Haaren abtrocknen und wurde verraten wie ich von meinem Vater.

Sie sagt, sie sei stolz auf ihren Namen, Leda, und verweist auf den griechischen Mythos in der um die Jahrhundertwende gängigen Fassung, in der jedoch die Verwandlung Ledas in eine Gans untergeht.

Wie viele Eigennamen in meiner Generation und der davor stammen aus der griechisch-römischen, germanischen, seltener auch orientalischen Mythologie! Vor allem im Kleinbürgertum und in der Mittelschicht waren sie verbreitet. Nur ab und zu tauchte, beinahe unwillig, ein volkstümlicher katholischer Name auf, als notwendiges Zugeständnis an einen nahen Vorfahren. Ich zähle in meiner Familie einen Onkel Eros, zwei Tanten Lidia, einen Großvater Achille, zwei Cousins Fabrizio, eine Fabrizia – ich selbst, die eigentlich ein Junge werden sollte. Bei den anderen weiß ich es nicht, doch bei meinem Namen standen der Fabricius, der mit Pyrrhus kämpfte, Pate und der Sohn von Galeazzo Ciano (das ist wirklich ein Name in der Tradition des *De vulgari eloquentia*) und Edda Mussolini. Ich habe meinem Namen gegenüber immer solches Unbehagen empfunden, daß ich ihn in der Jugend lieber mit Fabrizio del Dongo in Verbindung brachte. Wie viele

beschnittene Flügel, wieviel häusliches Heldentum, wieviel schwülstiger Größenwahn in diesen Namen – und wieviel erotischer Kitzel!
Damit auch sie ein wenig lächelt, widme ich Ledas Intelligenz diese Verse von Heinrich Heine:

Aber tief muß uns empören
Was wir von der Leda lesen –
Welche Gans bist du gewesen,
Daß ein Schwan dich konnt betören!

Sie sind mir entschieden lieber als Goethes Worte über den Schwan in der *Walpurgisnacht*: »Einer aber scheint vor allen/brüstend kühn sich zu gefallen/[segelnd rasch durch alle fort]/dringt er zu dem heiligen Ort.«
Die Begegnung mit dem Namen Leda, von der Person, die ihn trägt, mit mythologischen Bedeutungen im Stil der dreißiger Jahre aufgeladen wie in einem Roman von Lucio d'Ambra, verweist mich auf die morgendliche Begegnung mit dem Namen Sabina, den die entsprechende junge Frau in ihrer frischen Natürlichkeit trägt wie jeden anderen, den sie hätte bekommen können, während ich ihn voller Bedeutungen finde, was meine Aufmerksamkeit schärft für den Unterschied zwischen dem Namen, der uns aufgezwungen wurde und einen Teil unserer Geschichte enthält – die Eltern oder deren Vertreter mit ihren Projektionen oder Erwartungen an uns, die historische Epoche, die Gesellschaftsschicht und das Herkunftsland –, und dem, den wir gern gewählt hätten oder den uns die anderen geben, die uns beobachten (Spitznamen, Kosenamen, Künstlernamen). Den Unterschied also zwischen dem Namen, den wir tragen (Maske des Ich), und unseren ver-

schiedenen Identitäten, die er auf eine einzige zu beschränken vorgibt.
An diesem Ort versucht man, der allen Eigennamen von Personen gemeinsamen Bürde keine weitere hinzuzufügen – den Nachnamen, das »Signora« oder »Signorina«; das »Kollegin«, »Genossin«, »Schwester«; und vor allem das »Frau Doktor« und die verschiedenen diagnostischen Etiketten wie »depressiv«, »manisch-depressiv«, »schizophren«, »exhibitionistisch«, »psychisch labil« etc., womit die Kategorien aus dem 19. Jahrhundert ersetzt wurden – »Rasende«, »Gewalttätige«, »Ruhige«, »Melancholiker«, »Selbstmörder« –, denen in der alten, aber damals modernsten österreichisch-ungarischen Irrenanstalt ebenso viele Häuser, eher Straf- als Heilanstalten, entsprachen, in aufsteigender Linie angeordnet, im Krankenhaus und der Kirche gipfelnd, und durch eine Allee in zwei Reihen geteilt: Frauen und Männer.
Sich im Umgang miteinander mit Vornamen und mit »du« anzureden ist jedoch kein Einebnen der Unterschiede, sondern nur das Spielfeld, auf dem diese in Beziehung gesetzt und verglichen werden können, ein nicht auf eine Mannschaft oder ein Spielschema beschränktes Feld, es steht jedem offen, der sich beteiligen will – hier werden also nicht nur die verschiedenen »Statuten« und »Protokolle« des psychiatrischen Wissens akzeptiert, sondern auch Beiträge anderer Wissensgebiete, von der Philosophie bis zur Malerei, von den Körperkünsten bis zum Schreiben: Hier werden die Gefahren der Kontamination denen der Methode, die Ethik des Zweifels der theologischen oder wissenschaftlichen Wahrheit vorgezogen.
An einem Schwarzen Brett auf dem Treppenabsatz hängen mehrere Bekanntmachungen aus. Ich lese, daß man

sich gerade heute um 16 Uhr zum Thema *Vom gefangenen Körper zum befreiten Körper* trifft. Das ist eine der vielen Sitzungen oder vielmehr Workshops, in denen unterschiedliche Ausdrucksformen geübt werden: Eurhythmie, Mimik, Malerei, Schreiben, Fotografie usw. Durchgeführt wird das Projekt von Gabriella, Dozentin für Literatur am Collegio del Mondo Unito in Duino, von Barbara, einer Theaterschauspielerin, und von Marisa, einer Fotografin, die seit ein paar Monaten am Projekt mitarbeiten. Es ist eine Initiative des Kulturvereins *Luna e l'altra*, entstanden 1990 »aus der Begegnung von Frauen, die in verschiedener Eigenschaft die Triestiner Erfahrung der institutionellen Veränderung im Bereich der mentalen Gesundheit erlebt hatten und auch auf dem theoretischen und praktischen Gebiet der frauenspezifischen Thematiken Protagonistinnen anderer Erfahrungen waren«. Dieser Verein hatte mich vor drei Jahren eingeladen, einen »Schreibkurs« zu geben. Der Kurs, an dem ich heute teilnehmen werde, soll bis Oktober dieses Jahres eine Fotoausstellung und ein Video produzieren, wenn in der ehemaligen Stazione marittima und im Teatro Verdi die Veranstaltungen und Tagungen über die 20 Jahre stattfinden, die seit dem Erlaß des Gesetzes 180 vergangen sind.
Treffpunkt ist die Mansarde, ein geräumiges, helles Zimmer, möbliert mit einem schwarzen Holztisch, Stühlen, einem Klavier, einem kleinen Sofa, einer unglaublichen Hausbar, und in der Mitte ein großer freier Raum; es wird für verschiedene Zwecke genutzt wie fast alle Zimmer des Zentrums, worin sich, außer der Kunst, sich mit der Knappheit der Räume zu arrangieren, der rastlose Geist widerspiegelt, der hier herrscht, darauf bedacht, die Rollenhierarchie zu durchbrechen, die Gewohnheit zu retten,

ohne sie starr und langweilig werden zu lassen, das Unvorhergesehene anzunehmen, den Kurs zu ändern, wenn man den Irrtum erkennt, weise den Sturm vorauszusehen, um sich ihm mutig zu stellen, und bei Windstille nicht zu verzagen. Deshalb gleicht das Innere des Zentrums nicht einem Haus, sondern einem Schiff, als diese noch mit Segeln fuhren. Die Höhe vom Erdgeschoß bis zur Mansarde ist die des Masts eines alten Seglers; und so wie der Matrose beim Nahen ungünstiger Winde oder bei einem Wirbelsturm oben durch Seile gesichert ist, wenn er das Segel einholt, damit er nicht herunterfällt, so umgibt ein leichtes Geländer, das eher einem beweglichen Seilgeflecht als starr gekreuzten Stäben gleicht, den Treppenschacht, um das Schicksal aufzuhalten, wenn bei Widrigkeiten Seele und Mut verzagen. Schwindel auf der Treppe ist um so tückischer und unvorhersehbarer, wenn da ein leerer Raum ist, der die Illusion einer Wiege oder eines Schoßes erwecken kann.

Oft sind, wie ich bei meinem Aufenthalt im Zentrum bemerkt habe, Treppen der bevorzugte Ort für Streitereien und Versöhnungen, Entschlüsse oder Unentschlossenheit, Begegnungen oder Abschiede, vielleicht wegen der Ambivalenz zwischen Hinauf- oder Hinuntergehen und wegen des synkopierten und gleichzeitig regelmäßigen Schritts, zu dem dich die Stufen zwingen, denn wenn du deinen Schritt nicht zügelst, wenn du übertreibst, kannst du im Hinaufgehen außer Atem geraten, im Hinuntergehen kannst du stürzen, und wenn du im Hinauf- wie im Hinuntergehen zu sehr zögerst, läßt er jene Ungewißheit aufkommen, die Ziel und Verneinung gleichermaßen einschließt. Deshalb gibt es so viele Treppen in den antiken wie den heutigen imaginären Vorstellungen.

Als ich mich zur Mansarde aufmache, treffe ich Franca, die ich bei meinem vorigen Aufenthalt hier kennengelernt habe und die mich Tag für Tag auch bei diesem begleiten wird. Sie ist der Kobold des Frauenzentrums.
Wie die Ikonographie Gestalten in Bildern festgehalten hat, die ihrem Wesen nach flüchtig, allgegenwärtig, vielschichtig oder mit Bedeutungen aufgeladen sind, worüber sie ständig spotten – ich denke besonders an den Narr im Tarot, an den Joker bei den französischen Karten, an die Dschinnen in *Tausendundeine Nacht*, an die helfenden oder boshaften kleinen Gespenster aus dem Märchen, an die Hofnarren –, so muß ich es auch mit Francas Person halten, indem ich mir die Freiheit nehme, sie mit Worten darzustellen: Franca ist mager, aber stark; von durchschnittlicher Größe, aber scheinbar klein aufgrund ihrer verschlungenen Posen; sie hat kurze, struppige blonde Haare, die immer von einer Radfahrermütze oder von einem bunten Stirnband gekrönt sind; sie trägt eine Brille mit Fensterglas und rotem Gestell, das mir vielleicht nur so vorkommt, weil etwas Rotes ihren hellen Blick umrandet; sie trägt Hosen, T-Shirts, Hemden, weite Jacken, halb *casual*, als Huldigung an eine Mode, halb Phantasie, als ihre freie Entscheidung, dazu flache Turnschuhe, die aussehen, als wären es ihre echten Füße; und umgehängt trägt sie immer einen unförmigen, großen Sack, unter dessen Gewicht sich ihre Schulter verzieht, während sich ihr Gesicht hebt und leicht zum Sack hin neigt zum Gruß oder im Gespräch. Die Haltungen ihres überaus beweglichen, bald elastisch, bald hölzern wirkenden Körpers gleichen denen eines Clowns, einer Marionette, eines Hofnarren.
Obwohl sie eine eigene Wohnung hat, scheint es, als trüge sie jeden Tag ihren ganzen Haushalt in dem Sack mit sich

herum, der dem alten Bündel des Landstreichers ähnelt, gleichzeitig zu schwer und zu leicht. Franca kommt und geht im Zentrum – oder innerhalb des Zentrums von einem Ort zum anderen – jeden Tag und jeden Augenblick, als würde sie für immer aufbrechen oder nach Jahren zurückkehren. Sie dreht sich um und geht. Doch plötzlich steht sie wieder neben dir. Sie ist ständig auf der Suche nach etwas, doch dieses Etwas werden weder du noch das Zentrum – so scheint es – ihr je geben können; und deshalb fühlst du dich radikal in Frage gestellt und hast keine Antworten, weder für sie noch für dich selbst. Nichts scheint für sie ein für allemal unveränderlich festzustehen, und nimmst du dich oder sie zu ernst, macht sie sich über dich und sich selbst lustig, lädt dich aber zugleich ein, auf deinem/ihrem Schachbrett zu spielen und über das Quadrat hinauszugehen, das das Spiel begrenzt, als wolle sie dir die unlösbare Quadratur des Kreises aufzeigen. Manchmal setzt sie dich schachmatt, ab und zu wird sie schachmatt gesetzt; hat sie genug von dem Spiel, entfernt sie sich, aber sie mogelt nie, nur selten kippt sie aus Ärger das Schachbrett um. Sie nimmt Lappalien ernst, scherzt über ernste Dinge, spielt mit den Wörtern wie ein Jongleur, flattert von Thema zu Thema wie ein Vogel. Mehr als alle anderen spottet sie, aufgrund ihres Wesens, über die wissenschaftliche Sprache; und Psychiaterinnen, Psychologinnen, Krankenschwestern, die, wenn auch selten und ungern, in Augenblicken der Müdigkeit und Selbstvergessenheit auf die psychiatrischen Klassifizierungskategorien zurückgreifen, haben noch kein passendes Kästchen für sie gefunden.

Doch wehe dem, der das allzu menschliche Geheimnis des Narren oder des Kobolds verletzt, sein Talent, Zärtlichkeit, Liebe, Zuneigung zu geben und zu empfangen, das um so echter ist, je weniger es anerkannt wird, da die ihm zugewiesene Rolle ihn ja dazu bestimmt, Verwunderung oder Spott auszulösen.

Mit Franca gehe ich hinauf in die Mansarde.

Um einen Tisch sitzen mehrere Frauen; einige gehen dann während der Sitzung oder kommen und gehen; wieder andere kommen später hinzu.

Gabriella schlägt das Thema vor, das einige Wochen lang im Mittelpunkt verschiedener Übungen stehen soll, bis es als erschöpft betrachtet wird. Sie bittet jede, sich ein Phantasietier vorzustellen, das alle zusammen bauen werden, so daß am Ende, obwohl es eine Collage von vielen Tieren ist, doch nur ein einziges dabei herauskommt.

Dann lädt sie die Frauen ein, auf Matten in der Mitte des Raums im Schneidersitz Platz zu nehmen oder sich hinzulegen.

Nicht alle tun es.

GABRIELLA: Bevor ihr euch vorstellt, wie das Tier aussieht, wo es ist, was es macht, entspannt euch.

Sie steht zwischen den sitzenden oder liegenden Frauen, schließt die Augen und hält einen Moment inne, regungslos, aber nicht starr.

GABRIELLA: Mein Körper ist schwer und ganz warm.
I. STIMME: Allerdings ist es warm!
GABRIELLA: Mein Verstand ist klar …
I. STIMME: Alles Quatsch!
GABRIELLA: Ich fühle, wie mein Körper atmet, und der Atem dringt in alle Gliedmaßen, löst die Knoten, die Spannungen, er befreit meine Energie … Jetzt bin ich ru-

hig und entspannt und kann in mich hinabsteigen … Ich finde eine Tür, ich öffne sie, da ist eine Treppe, ich gehe hinunter, eins, zwei, drei, vier, fünf, sechs, sieben …

2. STIMME *(lachend)*: Es geht abwärts, abwärts!

GABRIELLA: Ich betrete meinen inneren Raum … Und heute stelle ich mir ein Tier vor, das es nicht gibt, es existiert nur in meiner Phantasie … Es ist seltsam, besonders, nur meins …

3. STIMME: Ich garantiere für nichts!

GABRIELLA: Ich gehe wieder hinauf … Eins, zwei, drei, vier, fünf, sechs, sieben … Ich öffne die Tür, dann schließe ich sie fest zu, ohne den Schlüssel zu verlieren, damit ich nächstes Mal wieder hinunter kann …

1. STIMME *(lachend)*: Der Schlüssel, der Schlüssel!

GABRIELLA: Langsam wache ich auf … Und wenn ich mich bereit fühle, stehe ich langsam auf …

Allegra ist eingeschlafen.

GABRIELLA: Kommt an den Tisch.

2. STIMME: Schade, es war so schön und gemütlich!

GABRIELLA: Versuchen wir, uns anzusehen, was wir gedacht haben.

4. STIMME *(ein bißchen zu schrill)*: Nein, ich will schlafen.

Außer Allega setzen sich alle Frauen um den Tisch.

ANDERE STIMME: Zuerst habe ich ein Landtier gesehen, dann, während der Entspannung, einen Thunfisch mit Raubtierzähnen, Löwenmähne und Flügeln.

ANDERE STIMME *(weiter)*: Vor und nach der Entspannung habe ich ein Äffchen gesehen, das anstelle der Vorderbeine

Flossen hatte. Es tollte auf dem Meer herum. Und mit den Händen aß es Fisch …

FRANCA: Oh, die Skorpione! Jedesmal, wenn ich sie berühre, sterben sie, weil ich giftiger bin als sie. Und die bösen Geister …

ALLEGRA *(die aufgewacht und im Gehen begriffen ist, als Gabriella sie fragt, an welches Tier sie gedacht habe)*: An das Tier, das mich so sehr hat leiden lassen.

MELANIA: Ich habe mir einen geflügelten Hund vorgestellt, mit einem Stern auf der Stirn wie die kleine Seejungfrau. Der Hund bin ich.

MARIA LOURDES: Ich eine hübsche, nette, spiralförmige Schlange. Sie war regungslos.

LEDA: Ich habe die Schlange auch gesehen und mit den Füßen berührt. Sie heißt Carbone, eine kohlschwarze, funkelnde, glänzende Schlange. Sie ist nicht giftig. Sie war elegant in den Bewegungen, sogar als sie abhaute.

FRANCA: Ich habe eine menschliche Katze gesehen. Sie schlug die Beine übereinander und sah mich lächelnd an, als wollte sie sagen: »Mädchen, paß auf! Ich kontrolliere dich genau!«

EIN MÄDCHEN MIT NEAPOLITANISCHEM AKZENT *(die erst jetzt, nachdem sie sich schweren Herzens von der Matte losgerissen hat, mit unsicherem Schritt und verträumtem Blick an den Tisch kommt)*: Ich habe ein rosa Kaninchen mit weißem Schwanz gesehen. Es ähnelte sehr einem Ferkel. Es lief durchs Gras, kletterte einen Baum hinauf, knabberte Nüßchen und verwandelte sich in ein Eichhörnchen. Dann verkündete ihm der Marienkäfer die gute Nachricht: »Geh und du wirst Nahrung finden.«

FRANCA *(zu der vorigen)*: Man sieht, daß du nie an ein Tier gedacht hast!

Es folgt eine lebhafte Diskussion über das Tier, das als Totem für die Gruppe gewählt werden soll. Caterina möchte keines mit Flügeln. Leda erwidert: »Warum denn keine Rotkehlchen?«
Gabriella faßt erst die Hauptmerkmale der mündlich beschriebenen Tiere zusammen und fordert dann alle auf, sie zu zeichnen. Man tauscht die Zeichnungen aus, betrachtet sie gegenseitig, Gabriella sammelt sie ein. Aus den Zeichnungen sind neue Tiere hervorgegangen.

GABRIELLA: Hier, ein Eselchen …
1. STIMME: Nein, kein Eselchen, die sind zu fügsam, wir dagegen sind rebellisch.
2. STIMME: Ich will einen Affen, weil er klettern kann, frei ist, kratzt. *(Viele applaudieren.)*
GABRIELLA: Hier ist ein blauer Wal mit weißen Flügeln.
3. STIMME: Wenn wir von Farben reden, werden wir schneller fertig, wenn wir ein Kleid kaufen.

Zum Abschluß schlägt Gabriella als Totem einen Wal vor, der die ganze Gruppe im Bauch hat. Aus dem unteren Stockwerk sind unterdessen Platten mit Petits fours und Getränke heraufgekommen: Gabriella hat Geburtstag, sie feiert ihren 50.
Ein Mädchen improvisiert einen Reim:

Äffchen,
Wal und
Kuh,
die Schönste,
die bist du!

Gabriella ist eine kleine Meisterin in der Kunst des Maßhaltens. Schon in ihrem Äußeren und beim ersten Kontakt: klein und zierlich, einfach, aber sorgfältig gekleidet, entschieden in den Gesten, aber niemals rigide, mit scharfem Blick, aber nie unangenehm beobachtend, klug, aber nicht altklug, zurückhaltend, aber nicht verschlossen, unauffällig, aber nie banal.

Der Tonfall, mit dem sie die Frauen während der Sitzung zur Entspannung angeleitet hat, ist nicht der, den Gurus oder Heilerinnen benutzen, eher der von Müttern von früher, wenn sie ihre Kinder in den Schlaf wiegten: Der Ton steigt, senkt sich, steigt wieder, senkt sich, senkt sich, senkt sich, bis er in einem Flüstern bei einem Wort innehält, das immer leiser wiederholt wird; und sie ließen sich bei dieser Hinführung zum Schlaf nicht ablenken, die Mütter, vom Zucken des Körpers oder einem stimmlichen Ausbruch des plötzlich hellwachen Kindes, das der Beschwichtigung widersteht, sondern versuchten vielmehr, seine Aufmerksamkeit auf ein einziges von den vielen Bildern zu lenken, die am Anfang des Zubettgehens heraufbeschworen worden waren.

Auf dem Treppenabsatz begegne ich Assunta, heimgekehrt – und nie wird ein der Trägheit der Feder entschlüpftes Wort passender sein – von einem Fortbildungskurs für »Ehrenamtliche«, die sich vorgenommen haben, Suizidgefährdete telefonisch zu retten.

Rasch läuft sie von Zimmer zu Zimmer.

Und während ich auf sie warte, bemerke ich, daß man sich im großen Saal aufs Abendessen vorbereitet: ein kaltes Essen um 19 Uhr, bevor das Zentrum um 20 Uhr schließt.

Im Vergleich zum Mittagessen nehmen wenige, haupt-

sächlich alte Frauen daran teil. Sie essen hier, weil sie weder Geld noch Lust haben, für sich allein zu kochen, oder weil sie es vorziehen, den Tag im Zentrum bis zur Neige auszukosten.
Heute abend sind auch drei Mädchen da, Maria Lourdes und Graziella, die FE sind, samt der Krankenschwester, die sie ins San Giovanni begleiten und die Nacht mit ihnen verbringen wird.
Deshalb kommt mir das Abendessen im Vergleich zum Mittagessen traurig vor – doch man weiß, daß die Schatten in der Dämmerung länger werden.
Den ganzen Tag ist es mir nicht gelungen, mit dem Mädchen mit neapolitanischem Akzent zu sprechen, die mich neugierig gemacht hatte: Ihre Stimme, süß und weich, ist mir aufgefallen, als sie in der Mansarde ihr imaginäres Tier heraufbeschwor. Ich hörte die unverwechselbare Kadenz Kampaniens, die wie eine gute Sauce ihr Schulitalienisch würzte und ihre Tierfiguren à la Walt Disney in einer geheimnisvollen Grotte anzusiedeln schien, wo die »frohe Botschaft« verkündet wird. Sie heißt Graziella, stammt aus Sperlonga, einem kleinen Ort am Meer zwischen Neapel und Rom.

Am Abend, während wir bei Assunta zu Hause essen, kommt Lucio.
Lucio ist ein Gentleman mit Down-Syndrom oder besser »down«, wie er von sich selbst sagt, dessen Eltern vor einigen Jahren gestorben sind und ihm etwas Geld hinterlassen haben. Ungefähr zwei Jahre lang lebte er abwechselnd als Gast bei fünf Familien, unter anderem auch bei Assunta, und bald wird er in eine eigene Wohnung ziehen.
Er arbeitet als Gärtner in einer Genossenschaft der Ge-

sundheitsbehörde. Das Zimmer, in dem ich schlafe, war seines.
Als ich Assunta zu Weihnachten anrief, um ihr alles Gute zu wünschen, sagte sie zu mir: »Es ist das Weihnachten der Waisenkinder« – Assuntas Kinder und Lucio.
Lucio bleibt nicht zum Abendessen. Vielleicht lockt ihn das Menü nicht, oder unsere Gesellschaft ist nicht lebhaft genug – Assuntas Kinder sind in den Ferien. Er verabschiedet sich liebenswürdig, geht aber entschlossen.
Nach dem Essen bin ich zu müde, um die während des Tages gemachten Notizen durchzusehen, Dokumente des Frauenzentrums zu studieren oder ein Buch zu lesen.
Ich möchte einen Film sehen. Oben auf dem Stoß Videokassetten entdecke ich *Das verflixte siebte Jahr*[1] mit Marilyn Monroe und greife ohne Zögern zu.
Begünstigt durch die Müdigkeit hat mich der Zufall zu Marilyn Monroe geführt, einer Schauspielerin, der ich vielleicht eine Wiedergutmachung schuldete, denn als junges Mädchen fand ich ihre Filme albern und frivol. Welche Entdeckung: Sie ist ein weiterer großer Clown des Kinos, von der Sorte, die dich, wie Buster Keaton und Charlie Chaplin, Tati und Totò, zum Lachen bringen und dir gleichzeitig das Herz brechen und die, im Stolpern, blind oder unschuldig dem »normalen« Schritt spotten und dir andere Straßen und Wege weisen.
Die Marilyn-Filme werden während meines Aufenthalts zum abendlichen Ritual.
Im Bett versuche ich, wie gewohnt in Erwartung des Schlafes, mich auf ein Bild des Tages zu konzentrieren, bis unter den vielen, ungeordnet und rasch vorüberziehenden das richtige kommt, dem ich mich anvertraue und das mich begleitet, bis ich schließlich einschlafe. Ich weiß

nicht, wer oder was diese Auswahl leitet, wenn der Wille aufgehoben, der Schlaf noch nicht gekommen und der Traum noch nicht frei und geheim am Werk ist.
Diesmal ist das Bild der berühmte hochfliegende weiße Rock von Marilyn auf dem Subway-Gitter, der, so erkenne ich im Halbschlaf, nicht deshalb die Phantasie von Millionen von Männern genährt hat, weil Marilyn ihre Beine zeigt, sondern weil er an einen unschuldigen, glücklichen Flug der Seele erinnert.

1 Die Originaltitel der im folgenden genannten Filme sind auf Seite 372f. aufgeführt.

Donnerstag, 11. Juni

Wieviel Frieden gab es da auf der Welt, ehe ich geboren,
nur ich allein hab ihn gestört; – ein verbogener,
ein falscher Traum; es ist der Fieberwahn, ihn lieben Dinge.

Und dabei lächelt mir doch alles. Und selbst der Ruhm erscheint;
und seinen Kuß, der so lang säumte, spüre ich.
Umberto Saba[1]

Ich habe verschiedene Zentren für mentale Gesundheit besucht, die sich an der Erfahrung von Franco Basaglia orientieren, aber in keinem davon eine Einrichtung gefunden, die den von ihm verfochtenen Ansprüchen an freundliche Aufnahme und Zusammenleben genügt hätte – anders hingegen im Frauenzentrum. Hier ist alles so natürlich angenehm, daß man auf den ersten Blick gar nicht wahrnimmt, warum.

In den anderen Zentren bleibt, auch wenn kein schlampiges Durcheinander heterogener Elemente vorherrscht und für Ordnung und Sauberkeit gesorgt wird, der Eindruck von Büro und Krankenhaus, Schule und Betsaal.

Heute morgen entdecke ich hinter dieser vermeintlichen Natürlichkeit einen Stil: die geglückte Zusammenstellung von reich/arm, barock/funktional, elegant/verwahrlost, prachtvoll/schlicht, erlesen/einfach, überflüssig/notwendig, schwer/luftig …

Es gibt also blau gestrichene Holztische, bestehend aus Einzelelementen, die sich zu verschiedenen geschwungenen Formen kombinieren lassen; niedrige, runde Sessel mit rotem Plastikbezug und vergoldeten Holzbeinen, die eher ins Theater als ins Wohnzimmer passen; bequeme Sofas aus schwarz lackierten Kästen in Form langer, spitzwinkliger Dreiecke, bedeckt mit Kissen in nüchternen Farben, auf die man sich legen oder setzen kann; halbrunde Tischchen, die einzeln stehen oder zusammengerückt werden können; gerade Konsolen, die in unregelmäßigen, aber harmonischen Abständen angebracht sind; weiße, ovale Lampen, die in elegantem Zusammenspiel in unterschiedlicher Höhe von der Decke hängen; wenige, aber üppige Zimmerpflanzen; einige schöne Bilder oder gerahmte Poster an den Wänden; Vorhänge, möglichst aus Seide, an den Fenstern …

Ausgedacht hat sich diese Einrichtung ein kluger, ganz besonderer Ingenieur und Architekt – oder vielmehr Anti-Architekt: Antonio Villas, der seit Jahren mit dem Team des San Giovanni und des Frauenzentrums zusammenarbeitet.

Die von ihm aufgestellten Kriterien für eine neue Außen- und Innenarchitektur, die nicht nur die Orte des Leidens betreffen, sondern auch alle Dienstleistungsgebäude, die die Bürger tagtäglich benutzen und die er »soziales Habitat« nennt, kann man seinem Anklage-Manifest entnehmen:

> Die Räume des kollektiven Gebrauchs sind Anti-Orte: Da man sie gezwungenermaßen aufsucht, werden sie ohne jede Rücksicht oder Aufmerksamkeit für die Menschen konzipiert,

die darin arbeiten, studieren, sich behandeln lassen, spielen, leben.
In diesen beliebigen Personenbehältern, die fremd, feindselig, deprimierend sind, ist der Verfall, wenn er eintritt, die natürliche Folge einer allgemeinen Gleichgültigkeit und Sinnlosigkeit.
Schulen und Kindergärten sind graue Gebäude, der Welt verschlossene, bunkerartige Kästen. Und hier sollten die Kinder leben lernen! Die Krankenhäuser sind technologische Festungen, die das Gefühl von Unsicherheit, Sorge und Angst der Kranken und derjenigen, die sich um sie kümmern, noch verstärken. Fabriken und Büros sind Werkstätten der Traurigkeit, die von Zwang und Nutzlosigkeit eines unqualifizierten Tuns künden. Die Hochhäuser sind Labyrinthe ohne Anfang und ohne Ende, in denen man nicht einmal den Eingang erkennen kann.
Es sind lauter Anti-Orte, das heißt Orte, wo nicht die geringsten Bedürfnisse des Zusammenlebens wie Anstand, Schicklichkeit und Komfort anerkannt werden, wo das Verhältnis zwischen Räumen und Personen, die Möglichkeit, mit Zeichen und Farben zu kommunizieren, Eindrücke und Anregungen zu schaffen, Reaktionen und Verhaltensweisen hervorzurufen, Veränderungen anzustoßen, gleich Null oder nur negativ ausgedrückt ist. Orte, die gegen die Menschen sind, selbstreferentielle Monumente.
Dies sind einfache Bemerkungen über das, was uns umgibt. Wir haben hier keinerlei Theorie anzubieten, sondern nur den Bericht und die Folgerungen aus einer konkreten Erfahrung, die vom Gebiet des öffentlichen Gesundheitswesens ausging und hier speziell von den besonders sensiblen Bereichen der mentalen Gesundheit, der Drogenabhängigkeit, der Rehabilitation: »soziales Habitat« ist eine Abkürzung, die eine Vorgehensweise, eine Suche nach möglicher Qualität bezeichnet, einen Versuch, ganz einfach und banal sinnvolle Räume auf sinnvolle Art zu planen.
Planen bedeutet demnach, sich auf die verschiedenen Situationen mit ihren Geschichten und Besonderheiten einzulassen, ohne ihnen vorgefertigte Schemata überzustülpen; einen Weg des Austauschs und Vergleichs einzuschlagen; Bedürfnisse, Wünsche, Potentiale erkennbar werden zu lassen; auf teilnehmende Art offene Lösungen zu erarbeiten; zu spüren, was der Ort ausdrücken, wecken, mitteilen soll, und die entsprechende Sprache

dafür zu entwickeln: und erst dann in die Endphase der Erfindung und der Entscheidungen einzutreten.
Außer den Anfangsprojekten (Zentren für mentale Gesundheit und Wohnhäuser, Drogenberatungsstellen und Einrichtungen für die Usl[2] von Triest, Werkstätten und Geschäfte für die Sozialgenossenschaften) wurden auch andere öffentliche und private Räume geplant und realisiert: Studienbereiche und Mensa für die Universität Parma, das Büro für Publikumsverkehr der Kommune von Triest, Büros, Geschäfte, Messestände für private Unternehmer, ein sozio-sanitärer Distrikt für die Usl, die nun ASS, Unternehmen Gesundheitsdienst Triest, heißt.
Anders die Wertigkeit, die Bedeutung dieser Projekte, so wie es einen Unterschied macht, ob man an der Rehabilitation und Rekonstruktion einer Person in einem Centro di Salute Mentale teilnimmt oder zur Wiederherstellung einer zivilen Beziehung zwischen Bürger und Institutionen in einem kommunalen Büro beiträgt. Gemeinsam ist bei beidem der Versuch, soziale Qualität zu schaffen.
Auch bei der Gestaltung eines Geschäfts kann man mehr auf Intelligenz als auf Stereotypen setzen, auf den Respekt vor den Personen, die keine zu rupfenden Hühner sind. Auch da kann man die Beziehung positiv ausspielen. Aber wenn das Geschäft auf Stereotypen zurückgreift und mich als Huhn betrachtet, das man rupfen muß, habe ich beim Verlassen des Geschäfts immer noch mein Leben.
Nicht so in einem Centro di Salute Mentale. Da sind die Personen im wesentlichen nur dort, oder ein großer Teil ihrer Existenz ist von ihrem Dortsein geprägt.
Mein Diskurs bezieht sich also vor allem auf öffentliche Räume, wo etwas Entscheidendes für die Menschen geschieht. Hier muß man an die erste Stelle setzen, was darin geschehen soll, die Beziehung zu den Personen, welche Vorstellung man davon hat, was das Ambiente sowohl innen als auch nach außen bewirken kann (das Territorium ist ein dynamisches Ambiente). Um diese Dinge an die erste Stelle zu setzen, ist es unerläßlich, mit den Personen, die diesen Raum verwalten und benutzen werden, über jede Einzelheit zu diskutieren, weil man die Planung nicht allein übernehmen darf, man sollte ein Fachmann in einer Endphase des Vorhabens sein. Kurz, man muß die Trennung aufhe-

ben, die normalerweise zwischen dem, der plant, und dem, der in den geplanten Dingen lebt, besteht.

Und wenn man etwas tun will, kann man das auch mit wenig, man braucht dazu keine Unmengen Geld.

Wer nicht die Absicht hegt, an der Öffnung und Erneuerung zu arbeiten, wird mich nie heranziehen, weil ich zur Nervensäge werde, ein Element des Bruchs. Mich kann man nur beauftragen, wenn man sich vorstellt, bestimmte Dynamiken aufbrechen oder verwandeln zu wollen, dort, wo nicht an der Wahrung des Bestehenden gearbeitet wird, sondern an seiner Veränderung, wo die Räume etwas bedeuten sollen, weil in ihnen ein Transformationsprozeß stattfindet. Wo man dagegen daran arbeiten muß, sich zu verstecken oder zu panzern, erweist sich mein Vorschlag als schwachsinnig und undenkbar. Seine Entscheidungen an und für sich zu verteidigen hat keinen Sinn: Wenn alles auf Abgeschlossenheit hinausläuft und ich einen offenen Raum mache, was verteidige ich dann? Mich selbst und meine Ansichten. Welchen Sinn hätte das?

Ich bin sehr beeindruckt von Antonio Villas' Theorie und Praxis. Architekten sind mir häufig wie Figuren auf der Hälfte zwischen Künstlern und Technikern vorgekommen – und deshalb auch psychisch gespalten –, der Kategorie des Nützlichen verpflichtet, aber mit größerer Unsicherheit hinsichtlich der eigenen Rolle – soll die Brücke, außer stabil, auch schön sein? Soll die Wohnung, außer schön, auch funktional sein? Bei Antonio Villas sehe ich dagegen, daß sich die Möglichkeit einer anderen Aufgabenstellung abzeichnet, die nicht a priori vorgegeben, sondern in der Beziehung mit dem Benutzer – mehr als mit dem Auftraggeber – zu definieren ist. Und dies verweist mich auf die, wie mir scheint, einzige, exemplarische Gruppenerfahrung in unserem Jahrhundert: das Bauhaus, eine Erfahrung, die bald vom aufkommenden Nationalsozialismus unterbrochen wurde.

Es gibt noch eine andere Frage. Genügt es, eine angenehme materielle Struktur zu schaffen, um einen angenehmen Empfang zu garantieren?
Und was bedeutet angenehmer Empfang? Bedeutet es, daß man, sobald man einen Raum betritt, sofort den Fachmann sprechen – und sofort in Anspruch nehmen – kann, der die Probleme lösen wird? Im Krankenhaus: den Arzt; im Centro di Salute Mentale: den Psychiater; in der Schule: den Lehrer, den Sekretär, den Rektor; auf der Bank: den Direktor ... Oder bedeutet es vielmehr, daß man außer den Fachkräften auch ein materielles und psychologisches Habitat vorfindet, das zum Wohlfühlen einlädt, das dich empfängt, das dich einstimmt, und zwar nicht so sehr auf geduldiges oder ungeduldiges Warten, als vielmehr auf vertrauten Umgang mit den Personen, die dort arbeiten oder die wie du dort vorbeikommen, und auf gegenseitige Anteilnahme an der menschlichen Situation? Zur Zeit erleben wir einen immer selbstherrlicheren, allmachtsgläubigen und blinden Einsatz von Wissenschaft und Technik bei Fragen, die mit Körper und Seele, Verstand und Herz der Menschen zusammenhängen, worauf unweigerlich eine Niederlage folgt. Nicht der Intellekt, sondern seine Unzulänglichkeit ist schuld an dieser Niederlage, wie der »Ingenieur« Robert Musil behauptete.
Doch dies ist nicht die einzige nicht direkt mit der Behandlung zusammenhängende Seite am Frauenzentrum, die mich interessiert.
Während Roberta Gemüse putzt und Pina den Schmorbraten überwacht, informiere ich mich darüber, wie die Dinge in der Küche laufen, und erfahre von Pina, daß die Cooperativa Lavoratori Uniti Franco Basaglia die Lebensmittel liefert; daß die Hilfsköchinnen Frauen sind, die

Arbeitsstipendien bekommen oder bei der Cooperativa angestellt sind; daß Pina über die Einkaufsliste und das Menü entscheidet. Die Essenszeiten stehen fest: Gegen elf gibt es einen Imbiß, Salami- und Käsebrötchen; um 13 Uhr gibt es Mittagessen, an dem etwa 50 Frauen teilnehmen; ab 18.30 Uhr gibt es Abendessen, daran nehmen ungefähr 20 Frauen teil. Beim Zubereiten der Speisen wird auch auf die Vorlieben und die Bedürfnisse derjenigen geachtet, die besondere Diät halten müssen (manche wollen oder sollen keine Tomatensauce essen; manche dürfen oder wollen kein Fleisch essen; manche wollen die doppelte Portion Salat oder Gemüse). Bei festlichen Anlässen gibt es besondere Menüs und vor allem Süßigkeiten. Um all das kümmert sich Pina, mit Hilfe der Frauen, denen es besser geht. Ihre Arbeitszeit dauert von 7 bis 15 Uhr; einen Tag pro Woche wird sie von einer Ersatzköchin vertreten. »Häufig beklagen sich die Frauen über das Essen … weißt du, kranke Menschen klagen mehr, und über die unglaublichsten Sachen … ab und zu sieht eine einen Wurm im Salat, aber im Salat ist kein Wurm, er ist in ihr. Aber wie du weißt, kommen solche Sachen auch in den Familien vor … Dein Mann merkt manchmal gar nicht, was du ihm gekocht hast, womöglich ist es ein besonderer Leckerbissen, ein andermal meckert er über alles, was er ißt, und immer bist du die Versagerin … nicht nur beim Kochen … Ich arbeite seit über 20 Jahren hier, es ist viel anstrengender als in einem Restaurant … ich muß auch Psychologin spielen … und manchmal werde ich hysterisch … In einem Restaurant würde ich mehr verdienen, aber ich arbeite lieber hier. Wenn es kein Essen gäbe, kämen viele Frauen nicht her, außer denen, die in Therapie oder vom Gesundheitsamt geschickt sind … Assunta sagt, daß die

Frauen zum Essen kommen, kann ein Zeichen von Regression sein, ich stimme ihr zu, aber es hat auch mit der Gemeinschaft zu tun ...«

Ich gehe in den großen Saal. Edoarda sitzt schon am Tisch, während die anderen Frauen allmählich zum Mittagessen hereinkommen. »Ich muß viel Wasser trinken!« sagt Edoarda. Ich bringe ihr nacheinander drei Gläser voll. Doch dann zögere ich, und Pina hilft mir: »Laß nur, sonst trinkt sie immer weiter!«

Eine Frau fragt nach den Bach-Blüten – und ich weiß nicht, was das sein soll –, die beruhigen und die Stimmung aufhellen. Maria Lourdes fragt: »Nimmst du die?« Die Frau: »Ja.« Maria Lourdes: »Mich haben sie heute früh auch schon vergiftet.«

Später erfahre ich, daß Edward Bach ein englischer Psychiater aus dem 19. Jahrhundert war, der die Eigenschaften von Pflanzen und Blüten studiert und sie zur Behandlung von seelischen Krankheiten eingesetzt hat.

Ich ziehe mich in die Bibliothek zurück, um ein bißchen allein zu sein, treffe aber Maria Lourdes. Sie raucht ununterbrochen, obwohl sie weder Zigaretten noch Feuerzeug hat, daher fragt sie jeden, der sich ihr nähert, nach einer Zigarette und nach Feuer. »Wie alt bist du?« frage ich sie. »28.« »Du siehst jünger aus.« »Das sagen alle.« Und dann: »Sind Sie von der Polizei?« »Nein, warum fragst du?« »Geht Sie nichts an.« »Vielleicht, weil ich schwarz angezogen bin?« »Herzliches Beileid.« »Aber ich trage einen roten Schal.« »Einen roten Schal ... ich werde auch mit einem roten Schal auf Reisen gehen ... Ich reise sehr gern ... Ich war in Griechenland mit der Tante ... aber ich will sie nicht mehr sehen, weil sie mich immer schizoirritiert.« »Was heißt das?« »Sie nimmt mir die Freiheit.« »Was ist

Freiheit?« »Zum Beispiel, hier eine Zigarette zu rauchen ... Mein Vater hat mich enterbt, weil er mit mir schlafen will ... Da wir schon in der Bibliothek sind, möchte ich Marc Aurel lesen.« »Warum Marc Aurel?« »Weil ich mich bilden will. Er war ein römischer Kaiser ... mein Bruder ist Sadist, wie die römischen Kaiser, meiner Schwester bin ich egal ... mein Bruder ist drogensüchtig, aber er ist nicht heilig geworden bei der Therapie in San Patrignano ... mein Vater, hat meine Mutter gesagt, wollte mich mit Wäscheklammern auf die Wäscheleine hängen ... sie haben mich verhext ... ich habe die Anzeige gegen meine Eltern zurückgezogen ... wegen moralischer Gewalt, weil sie mir die Schlüssel meiner Kammer weggenommen haben und mich nicht schlafen ließen ... jetzt schlafe ich im San Giovanni, aber sie geben mir Drogen, und ich habe nicht die Absicht, mich vergiften zu lassen ... Entschuldige, daß ich mir die Eierstöcke halte, aber ich muß sie beschützen, weil die jetzige Freundin meines Vaters sie mir mit allen inneren Organen herausreißen will ... mein Bruder hat sich erlaubt, sich nackt vor mir zu zeigen, deshalb will ich ihn nicht mehr sehen ... Hier ist die Büste von Marc Aurel ... Entschuldigen Sie, wenn ich Sie in Ihrer Inspiration störe ... Mein Vater war pervers, er ließ mich vor dem heiligen Antlitz Jesu fluchen ... bis ich ihm nicht eine Shiatsu-Massage machte, ließ er mir keine Ruhe ...« Ich hebe ihr Gesicht, das sie die ganze Zeit gesenkt hat, und bitte sie, mir etwas ins Heft zu zeichnen. Sie kritzelt lauter Herzchen und fragt dann: »Haben Sie vielleicht etwas Rot? Ich möchte sie rot ausmalen« – und dann: »Ich habe Herzen gezeichnet, weil ich die ganze Welt liebe.«

Ich gehe in den großen Saal zurück und sehe eine Frau um die 30, mit trübem Blick hinter den Brillengläsern,

langsam und plump in den Bewegungen, mit einem Seidentuch um den Hals, in einem Kleid mit kurzen Ärmeln, die mir ihre schwer verbrannten Arme enthüllen. »Ich fühle mich sehr allein in Triest«, sagt sie zu mir. »Warum?« frage ich. »Mein Freund ist mit dem Motorrad umgekommen, er war erst 19 … Ich war im Koma, weil ich mich verbrüht habe … Ich kochte Pasta auf dem Einbauherd … Das T-Shirt war zu weit und hat Feuer gefangen … ich habe mir kaltes Wasser darüber geschüttet … drei Monate habe ich im Krankenhaus gelegen … die Verbrennungen waren teilweise nur ersten Grades … ich leide an Blutleere im Gehirn … ich würde gern eine plastische Operation machen lassen, aber mit den ganzen Psychopharmaka habe ich Angst, daß ich unterm Messer bleibe … Ich habe zwei Töchter, zwölf und dreizehn, sie leben bei den Großeltern, ich darf sie nie sehen … der Vater zahlt mir nichts … ich lebe allein … früher hatte ich einen Laden, die Geschäfte liefen gut, ich besaß jede Menge Goldschmuck … wer weiß, wo meine Kleider geblieben sind. Ich hatte so viele … Ich bin etwas wirr im Kopf … ich habe kein Geld, zwei Monate lang hatte ich kein elektrisches Licht und mußte mir mit Feuerzeugen leuchten …« Eine neben ihr sitzende Frau kommentiert: »Jede Familie hat ihre Macken.« Die andere fährt fort: »Zu Hause war ich am Ersticken, das Gas strömte aus, mein Freund hat sich aufgeregt über das Gas, er hat mir gesagt, er wolle sein Leben allein leben … Ich möchte sterben, mich umbringen … ich möchte einen Freund, Kaffee trinken gehen, das Meer sehen, meine Töchter sehen … Ein junger Mann hat mir mein ganzes Gold weggenommen …«
Allegra kommt zu mir, und es bricht aus ihr heraus: »Jetzt bin ich nicht mehr Istrierin, sie haben mich zur Kroatin

gemacht. Ich bin Einzelkind. Mein Vater war Alkoholiker. Mit 17 habe ich geheiratet und eine Tochter bekommen, mein Mann trieb sich mit anderen Frauen herum, jede Nacht ging er aus, und ich lebte mit seiner Mutter. Nach dem ersten Kind bin ich wieder schwanger geworden. Eines Nachts habe ich mit meinem Mann gestritten, und meine Schwiegermutter hat mich fortgejagt, es war sechs Uhr morgens, ich bin 20 Kilometer nach Hause gelaufen, meine Mutter wollte mich nicht aufnehmen, mein Vater aber schon. Ich habe in einer Fabrik gearbeitet. Mit 27 habe ich wieder geheiratet. Ein Sohn wurde geboren. Auch diesmal verstand ich mich nicht mit der Schwiegermutter, mein Mann wollte unbedingt mit ihr leben. Da habe ich mich wieder scheiden lassen. Dann bin ich nach Triest geflüchtet. Ich arbeitete als *entraîneuse* in Lokalen, es gefiel mir, ich amüsierte mich, auch weil meine Kindheit so arm und traurig war. In Triest habe ich einen Schulangestellten kennengelernt, der mich eines Abends in sein Auto geholt hat. Drei Jahre hat unsere Liebe gedauert, aber wieder wollte die Schwiegermutter mich nicht. Deshalb haben wir miteinander gebrochen. Jetzt arbeite ich als Prostituierte, ich kriege 100000 bis 150000 Lire pro Mal. Es gefällt mir nicht. Und sie bezahlen mir wenig, weil ich auf Präservativ bestehe … Meine kleine Tochter ist zu meiner Mutter in Pflege gegeben worden. Auf dem Amt in meinem Dorf habe ich vor Wut geschrien: *›Viva l'Italia!‹* Sie haben mich für verrückt gehalten. Wenn ich keine Aufenthaltserlaubnis kriege und eine anständigere Arbeit finde, geben sie mir meine Kinder nie zurück … Bevor ich sterbe, will ich, daß meine Kinder nach Italien kommen … Ich will nicht, daß sie dort im Kroatien der Faschisten leben …«

Schon im Krankenhaus von Cattinara habe ich, außer der slowenischen Bäuerin, viele Frauen istrischer Herkunft getroffen. Und zusammen mit Allegra werde ich im Frauenzentrum noch viele weitere kennenlernen.
Ab dem Ende des 18. Jahrhunderts, als Triest ein Freihafen wurde, der bedeutendste Zugang zum Meer des österreichisch-ungarischen Kaiserreichs, erlebte die Stadt eine großartige, lange Periode wirtschaftlichen Aufschwungs, die mit Schwankungen bis zum Ersten Weltkrieg und Triests Anschluß an Italien dauerte. Mit wachsendem Handelsverkehr kamen Reeder, Industrielle, Flottenbesitzer; und von Geschäften geeint, lebten hier verschiedene ethnische oder religiöse Gemeinschaften zusammen, vor allem italienische, dalmatinische, griechische, jüdische Gruppierungen; gleichzeitig emigrierten Massen von Notleidenden aus Dalmatien, vor allem aus Slowenien, nach Triest und Umgebung. Der Anschluß an Italien nahm der Stadt ihre entscheidende Funktion als Hafen; und der Faschismus zerstörte im Namen der *italianità* und später mit den Rassengesetzen gegen die Juden die Tradition des zivilen Zusammenlebens unterschiedlicher Ethnien und Religionen, die sich hier gebildet hatte – nicht zufällig war das einzige italienische Massenvernichtungslager für Juden in Triest, in der Risiera di San Sabba. Nach dem Zweiten Weltkrieg wurde mit dem 1955 in London unterzeichneten Memorandum die jugoslawische Herrschaft über Istrien sanktioniert, was Triest von seinem Hinterland abschnitt. Die italienische Gemeinschaft in Istrien konnte wählen, ob sie nach Italien gehen oder in Jugoslawien bleiben wollte. Viele wählten Italien und insbesondere Triest, wo sie Flüchtlingslager, Arbeitslosigkeit und Feindseligkeit erwarteten. Heute, nach dem Krieg im ehemali-

gen Jugoslawien, ist Istrien zwischen Slowenien und Kroatien aufgeteilt; der istrische Schriftsteller Fulvio Tomizza hat in einem Interview erzählt, daß er auf dem Heimweg von Triest in sein nur wenige Kilometer entferntes Dorf, Materada, viermal seinen Paß zeigen mußte. Die slowenische Minderheit lebt vorwiegend im Karst und widmet sich bäuerlichen und handwerklichen Tätigkeiten.
Der Hafen von Triest, der nach den Plänen der Verwaltung und der Unternehmer als wichtigster, den Ländern des Ostens offenstehender italienischer Hafen neu lanciert werden soll, läßt mit dem Aufschwung auf sich warten, ebenso wie die gesamte Wirtschaft der Stadt, die immer mehr ein Zufluchtsort und eine Durchreisestation für die osteuropäischen Emigranten wird – und damit auch für die Mafia und den Handel mit Körpern, vor allem mit Frauenkörpern.
Triest ist daher – bis heute – ein Grenzland. Und die Grenze zwischen unterschiedlichen Ethnien, Religionen, Nationen steht immer unter einem doppeldeutigen Stern: Sie kann eine unsichtbare Demarkationslinie sein, die Austausch und Solidarität zwischen den verschiedenen Völkern, gegenseitige Bereicherung, Neugierde und Achtung der Unterschiede nicht verhindert, sondern sogar fördert; oder sich in ihr Gegenteil verkehren: in eine Trennmauer, die Intoleranz, Verschlossenheit und Haß ausdrückt.
So scheint es mir kein Zufall zu sein, daß Franco Basaglia, der unermüdlich versucht hat, die Grenze zwischen Normalität und Wahnsinn zu überwinden, ausgerechnet in Triest tätig war.

Um 14 Uhr findet im Shiatsu-Zimmer die Mitarbeitersitzung statt, in der die schwierigsten Probleme der Klien-

tinnen besprochen werden. Einige von ihnen streichen im Zimmer herum, obwohl sie wissen, daß sie nicht willkommen sind, oder schauen kurz herein.
Es geht um Melissa. Sie ist eine Sopranistin von Weltrang und stammt aus einer Musikerfamilie. Vor zehn Jahren hat sie einen bekannten Industriellen geheiratet. Schon damals hatte sie große Probleme mit dem Essen, aber ihre Lage hat sich verschlechtert: Sie hat zu singen aufgehört und schlingt jetzt hemmungslos in sich hinein, schluckt anschließend Abführmittel oder verursacht sich Brechreiz und unterzieht sich teuersten Kuren, die ihr Mann bezahlt. Sie wiegt weniger als 40 Kilo, die Zähne sind ihr ausgefallen, und der Kaliumspiegel in ihrem Blut ist besorgniserregend gesunken.
Sie verschlingt weiterhin alles mögliche, sogar kiloweise rohe Nudeln und Dutzende von Pilzen, ebenfalls roh. Dann kitzelt sie sich mit einem Röhrchen im Hals und erbricht. Ihr gesellschaftliches Leben ist gleich Null. Nachts widmet sie sich Reinigungsritualen und schläft dann den ganzen Vormittag. Nur nachmittags geht sie aus, zum Einkaufen. Vorgestern hat sie eine ganze Steige Artischocken gekauft und alle aufgegessen, roh. Man weiß nicht, wie man ihre Lage diagnostisch beurteilen soll: Handelt es sich um schwerste Symptome einer nie behandelten Schizophrenie, oder haben sich die Psychiater eher geirrt, bei denen sie bisher in Behandlung war? Man fragt sich, was man tun soll. Sie als Notfall einliefern und eine pharmakologische Behandlung anordnen? Auch die Mutter um Hilfe bitten?
Ein Notfall, diesmal praktischer Art, lenkt die Aufmerksamkeit von diesem beängstigenden Dilemma ab: Edoarda hat vergessen, die Wasserhähne zuzudrehen, und nun sind

ein Bad und ein Flur überschwemmt. Zwei Pflegerinnen verlassen alarmiert die Sitzung.

Das Gespräch nimmt eine andere Wendung. Mich beeindruckt der Ton der Diskussion, bald ernst, bald scherzhaft und voller Humor; die Aufmerksamkeit, die man nicht nur dem individuellen Leiden, sondern auch den praktischen, ökonomischen Fragen widmet; wie die Momente schmerzlicher Anteilnahme mit Pausen abwechseln, in denen das Bedürfnis überwiegt, die Gefühle »abzukühlen«.

Melissas Geschichte hat mich aufgewühlt. Diese rohen Artischocken, die sie in Riesenmengen vertilgt, erinnern mich an andere monströse Artischocken: Ein römischer Freund, der für samstags Freunde zum Abendessen eingeladen hatte, kaufte am Freitag abend etwa 20 große Artischocken, die er nach jüdischer Art zubereiten wollte, und legte sie in den Kühlschrank; am nächsten Morgen stand die Kühlschranktür offen, und ungeheure, schauderhaft riesige Artischocken waren auf den Boden gerollt; mit Hormonen vollgepumpt, waren sie während der Nacht weitergewachsen, bis sie die Tür gesprengt hatten … Und bulimische Erdbeeren, Orangen und Steaks wachsen heute an den Bäumen des modernen Schlaraffenlands.

Um diese abstoßenden Monster zu vertreiben, wähle ich am Abend bei Assunta zu Hause einen besonders erheiternden Film von Marylin: *Manche mögen's heiß*. Ein für damalige Zeiten sehr gewagter Film – und noch heute eine exemplarische Lektion für all die vulgären Spiele mit Travestie, die im Showbusiness und nicht nur dort so beliebt sind.

In einer Welt, in der alle Personen, Orte und Dinge vielfältige Identitäten annehmen, bleibt nur Sugar (Marilyn) immer sie selbst: eine Aphrodite mit maliziösen Hermesflügeln an den Füßen, die dem Meerschaum entsteigt. Wenn den Bildern Klänge entsprechen, entspricht Sugar *cherubino*.

1 Die Übersetzungen der Gedichte von Umberto Saba, zitiert unter Donnerstag, 11. Juni, Freitag, 12. Juni, Dienstag, 16. Juni, Dienstag, 15. September, und Abschied wurden dem Band Umberto Saba, *Canzoniere*. Übers. v. Gerhard Kofler, Christa Pock und Peter Rosei. © 1988 Arnoldo Mondadori Editore Spa, Milano. Klett-Cotta, Stuttgart 1997 entnommen. Alle weiteren wurden von Maja Pflug ins Deutsche übertragen.

2 Abk. für Unità sanitaria locale, jeweils für ein bestimmtes Gebiet zuständiges Gesundheitsamt. (Anm. d. Ü.)

Freitag, 12. Juni

Jeden Monat landete ein Schiff,
hier, im freundschaftlichen Handelshafen,
mit einer solchen Menge von euch, daß auch noch jeder,
der Bettler wie der Reiche, etwas davon hatte.
Ein grausamer Krieg war grad vorüber, und Friede herrschte
auf den Meeren, doch niemals herrscht er in des Menschen Herz.
Umberto Saba

Um halb neun stehen die Frauen vor der Apotheke Schlange: Sie warten auf die Therapie.
Ich fahre mit Sabina, die Marja im Auto zum Büro der Sozialversicherungsanstalt begleitet – Marja ist von einer Kooperative mit befristetem Vertrag als Putzfrau auf einem Kreuzfahrtschiff angestellt worden, das in Monfalcone vom Stapel läuft.
Danach sollen wir eine Signora abholen, die von ihrer Tochter in einer unwirtlichen Wohnung ohne Wasser, Gas und Licht untergebracht worden ist. Die Tochter sagt, sie könne sich nicht mehr um die Mutter kümmern; aber man wird sie zwingen müssen, die notwendigen Kosten zu übernehmen, da sie die Rente der Mutter verwaltet. Eines Nachts hat die Frau die ganze Wohnung verwüstet, und die Nachbarn haben protestiert. Als wir ankommen, ist sie jedoch nicht zu Hause.

Also fahren wir ins San Giovanni, wo wir Maria Lourdes und Graziella mitnehmen. Ich bemerke, daß die Dienstwagen automatische Türverriegelungen haben, um zu verhindern, daß eine der Frauen sie plötzlich öffnet. Maria Lourdes bittet mich um eine Zigarette, während sie sich die Nase putzt – und man weiß nie, ob sie beim Naseputzen auch ein paar Tränen mittrocknet. Graziella kommentiert: »Immer eins nach dem anderen. Und immer die Hände waschen!« Sabina erinnert sie gutmütig: »Du weißt ja, daß man in diesem kleinen Auto lieber nicht rauchen soll.« Da drückt Maria Lourdes fest Graziellas Hand, aber nach einer Weile begehrt Graziella auf: »Laß meine Hand los.« Maria Lourdes entschuldigt sich: »Meine Finger sind ganz klebrig wegen dem Streß.«
Als wir ins Zentrum zurückkehren, bleibe ich stehen, um ein paar Worte mit einer jungen Schwester zu wechseln, die mir anvertraut: »Am Anfang war ich schon etwas eingeschüchtert von den Verrückten. Aber sie sind besser, als ich dachte. Jetzt habe ich keine Angst mehr.« Sie kümmert sich um Graziella und erledigt die letzten Formalitäten für deren Reise nach Sperlonga: Eine Ehrenamtliche wird sie dorthin begleiten, damit sie ans Grab der Mutter gehen und die Verwandten besuchen kann.
Wieder steige ich mit Sabina ins Auto. Jetzt bringen wir Marja zu der Kooperative, um die letzten Details abzusprechen: Arbeitszeit, Entlohnung, wie sie nach Porto Marghera kommt, wo das Schiff zur Zeit ankert. Man hofft, daß die Kooperative in Zukunft auch in Udine Arbeit für sie finden wird. »Dann kannst du dein Kind sehen«, ermutigt Sabina sie. »In Marghera verdienst du mit Überstunden erst mal etwa zwei Millionen Lire im Monat und kannst ein bißchen was sparen.«

Seit einem Jahr lebt Marja mit drei Frauen in einer Wohngemeinschaft, wo sie den größten Teil der Hausarbeit und das Einkaufen übernehmen muß. Morgens arbeitet sie in einem Altersheim, wofür sie eine Art Ausbildungs- und Arbeitsstipendium von ungefähr 400 000 Lire im Monat bekommt.

Zum Schluß fahren Sabina, Marja und ich zum Polizeipräsidium: Es sind noch weitere Formalitäten zu erledigen.

Marja stammt aus einem Dorf im ehemaligen Jugoslawien. Im Dorf wirkt der Krieg noch nach, und sie hat Angst um ihren Bruder, der dort lebt. Während der Fahrt erfahre ich aus ihrem Gespräch mit Sabina ein bißchen von ihrer Geschichte. Sehr jung hat sie geheiratet und einen Sohn bekommen, der jetzt 14 ist; Marja sieht ihn nie und darf ihm auch nicht schreiben, weil der Vater es nicht will. Von ihrem ersten Mann hat sie sich scheiden lassen und hat dann wieder geheiratet. Mit dem zweiten Mann, der gestorben ist, hat sie ein zweites Kind, mit dem sie nach Triest gekommen ist. An dieser Stelle schweigt Marja und weint. Dann trocknet sie ihre Tränen und geht ins Polizeipräsidium. Sabina erzählt mir, daß die italienischen Behörden Marjas Kind bei einer Familie in Udine in Pflege gegeben haben. Aber warum, kann sie mir nicht sagen.

Ich bleibe vor dem Polizeipräsidium, das auf das römische Amphitheater hinausgeht, lange im Auto sitzen. Mehrere Gärtner säubern die Beete von Unkraut und halb verwelkten Pflanzen. Als ich aussteige, um einige noch frische Blumen aus der Abfalltonne zu holen, kommentieren die Gärtner, während ich damit fortgehe und wieder in das Klinikauto steige: »Wir haben es ja gleich gewußt, daß die verrückt ist.«

Später, im Zentrum, gibt Sabina mir eine Nummer der Zeitschrift *Luna e l'altra*, in der Marja einen Brief an ihr Kind veröffentlicht hat:

> Meine kleine Sonne,
> ich kann dir nicht sagen, wie groß mein Schmerz und Weh ist. Weil wir nicht zusammen sind. Ich würde alles geben, was ich auf der Welt habe, um diese Situation zu ändern, mein Schatz.
> Ich kann, Liebling, nichts tun, deshalb ist mein Schmerz noch größer. Wenn ich an dich denke, laufen mir die Tränen von selbst herunter, aber meine Seele tut noch mehr weh.
> Von jetzt an lebe ich, Liebling, mit der Hoffnung, daß ich dir eines Tages deinen Bruder vorstellen kann, auch er ist meine Freude, hat blaue Augen, und daran sieht man, daß ihr Brüder seid.
> Er ist jetzt schon groß, Liebling, 13 Jahre alt und schön und gut wie du.
> Auch ihn, mein Schatz, habe ich so lieb wie dich; während ich diese Zeilen schreibe, tropfen mir die Tränen von allein aus den Augen und meine Hände zittern vor Schmerz um euch, um dich, mein kleines Vögelchen, und um deinen Bruder Vladimir, den du nicht kennst.
> Lieber sterbe ich, mein Sohn, als daß ich dich allein lasse. Ich hoffe, eines Tages wirst du, meine Sonne, deine liebste Mama (wie du mich immer nennst) verstehen, denn du weißt, wie lieb ich, deine Mama, dich habe, genauso lieb wie ihn. Er ist auch mein Sohn.
> Als ich Vladimir zum letztenmal gesehen habe, zusammen mit dir, zitterte ich vor Aufregung und wußte nicht, was ich sagen sollte. Ich habe nur gefragt:
> »Kennst du deine Mama?«, und er hat geantwortet: »Ja«, und dir den Kopf gestreichelt.
> Ich träume von dem Tag, an dem ich euch zusammenbringen kann. Ich muß aufhören zu schreiben, weil meine Tränen strömen wie verrückt.
> Ich phantasiere, Liebling, daß ich euch miteinander spielen sehen, daß ich Vladimir umarmen kann wie dich, ihm einen Kuß geben und ihn duschen kann wie dich und ihn einen Teil meiner Liebe spüren lassen kann, wie du es kennst, daß ich hö-

ren kann, wie er mich »liebste Mammina« nennt, so wie du es tust.
Auch ihn, mein Sohn, habe ich so lieb wie dich. Ich würde alles geben, Liebling, um diese Situation zu ändern. Ich will, daß du, wenn du groß bist, Vladimir sagst, wie lieb eure Mama euch beide hat und wie sehr sie sich wünscht, euch gemeinsam zu umarmen.
Während ich diese Worte schreibe, meine Freude, klopft mein Herz heftig, und ich empfinde so großen Schmerz, daß ich sterben möchte, aber ich kann nicht, weil noch eine kleine Hoffnung besteht, daß ihr euch eines Tages kennen und lieben lernen könnt, als ob ihr zusammen aufgewachsen wärt.
Eines Tages wirst du entdecken, mein Herz, daß auch er ein gutes Herz hat.
Ich wollte dir nicht weh tun, Liebling, glaub deiner Mama, und ich wollte deinen Bruder nicht verlassen, aber vielleicht ist das Leben so, oder vielleicht ist es meine Schuld, ich weiß nicht, verzeiht mir alle beide.
Du, Liebling, sag deinem Bruder, wenn du groß bist, wie weich ist unsere Mama, und daß in ihrem Herzen auch für ihn Platz ist, genau wie für dich, und auch die gleiche Liebe. Du hast meine Liebe und meine Zärtlichkeit gespürt, erzähle Vladimir davon, der sie nicht gekannt hat. Umarme du ihn für mich.
Unendlich sind meine Liebe und der Schmerz.

Eure Mama

Marja ist eine scheue, tapfere Frau. Seit einem Jahr kümmert sich das Frauenzentrum um sie. Alle mögen sie sehr gern und teilen ihren Schmerz. Besonders lieb ist sie Assunta, die die ganze tragische Geschichte persönlich mit verfolgt hat.
Als ich vor etwa drei Jahren den Schreibkurs im Zentrum gab, habe ich eine andere Flüchtlingsfrau aus dem ehemaligen Jugoslawien kennengelernt, Merima Hamulič Trbojevič. Merima war es gelungen, mitten im Krieg mit ihrem Kind aus Sarajevo zu fliehen, und das Frauenzentrum hatte sie aufgenommen. Ich erinnere mich sehr lebhaft an

sie. Anders als Marja, die Kind armer Leute ist, hat Merima politische Wissenschaften studiert und war Redakteurin bei der bekanntesten Oppositionszeitung von Sarajevo, der *Oslobodjenje*. In Triest hat man ihr geholfen, sich ein neues Leben aufzubauen, Arbeit und eine Wohnung für sich und ihr Kind zu finden. Sie ist dann nach Australien gezogen, wo sie eine Arbeitserlaubnis erhalten hat und wohin ihr Mann gefolgt ist. Vor ihrer Abreise hat sie ein Büchlein veröffentlicht, das den Frauen aus der Via Gambini und denen gewidmet ist, die ihr in Belgrad geholfen haben, den »Frauen in Schwarz«; es heißt *Sarajevo oltre lo specchio* (»Sarajevo hinter dem Spiegel«), und ich habe das Vorwort verfaßt. Merima schreibt:

> Die Kriegserklärung gibt es in unserer Zeit nicht mehr. Es gibt den Krieg. Und man erklärt seine Liebe nicht mehr.
> Ich lebe jetzt, eingetragen unter einer Nummer, als Flüchtling aus Sarajevo. In meinem Personalausweis hat diese Nummer keine Farbe, keinen Duft, weder Gutes noch Böses, weder Fehler noch Tugenden. In dieser Nummer ist mein ganzes Leben enthalten. Nur das Foto bezeugt mein physisches Vorhandensein.
> Manchmal kommt mir der Zweifel: Bin ich es, oder bin ich es nicht? Dann ich sehe mich wie eine andere, die nicht zu mir gehört, die ich vorher nicht kannte. In einer Nacht, besser gesagt in einem Augenblick, ist meine Geschichte ausgelöscht worden, ich bin zu einer Unbekannten geworden, einer Person ohne Wohnung, ohne Familie, ohne Arbeit, ohne Erinnerungen.
> Sogar mein Sohn hat eine Nummer auf einem Papier, auf dem nicht einmal sein Bild ist. Mein Sohn erinnert sich nicht mehr an seinen Vater; er war noch zu klein, als wir aus Sarajevo fliehen mußten; er sagt das Wort »Papa«, ohne seinen Sinn zu erkennen.
> […] Bei meiner dramatischen Ankunft in Belgrad kam die einzige Unterstützung von den »Frauen in Schwarz«.
> Wenn ich die Augen schließe und an Jovanka denke, sehe ich das

Bild einer stets schwarz gekleideten Frau mit zwei Taschen in der Hand.

Eine Tasche ist kleiner, sie enthält ihre »kleinen Dinge«, die zweite ist groß, enthält Sachen, die für jemand anderen bestimmt sind. Jovanka betont gern, daß die großen Reden sie nicht mehr interessieren, wie die über den Krieg, über die Solidarität, über das Frauennetzwerk. Die großen Tragödien interessieren sie nicht, weil sie unsichtbar, allgemein sind. Was sie interessiert, sind konkrete Individuen, konkrete Frauen mit ihren persönlichen Geschichten, ihren Schicksalen. Im Glück und im Unglück. [...]

Andrej und ich haben in Belgrad vor allem dank der Solidarität der Frauen überlebt.

Kein Mann ist in der Lage, soviel zu ertragen und soviel zu tun wie eine Frau. Meine Geschichte bezeugt das.

In Belgrad, wo ich die erste Zeit war, haben mir nur die Aktivistinnen der Gruppe »Frauen in Schwarz« geholfen, die Ehrenamtlichen vom SOS-Telefon für Frauen und Kinder, die Opfer der Gewalt geworden sind, und die vom Frauenparlament, die beinahe die einzigen waren, denen es gelang, ihre Stimme gegen die Regierungspolitik zu erheben, gegen die Gewalttaten, gegen die Gewalt gegen Frauen, die zur Waffe wurde, um ein Volk zu vernichten. Als Journalistin der Zeitung *Oslobodjenje*, die trotz aller Katastrophen noch heute in Sarajevo erscheint und sich für die Einheit und gegen die Vernichtung der Stadt einsetzt, konnte ich in Belgrad weder sagen, wo ich arbeitete, noch wie ich heiße, weil ich Gefahr lief, daß man mir sagen würde: »Sie ist Muslimin, sie gehört nicht zu uns.« Ich, die immer geglaubt hat, nur ein Blumenkind zu sein, eine Tochter des ganzen Planeten, Bewohnerin dieser Erde und sonst nichts!

Nach Belgrad bin ich nach Triest gekommen, um an einer den Frauen aus dem ehemaligen Jugoslawien gewidmeten Konferenz teilzunehmen, die die Frauen vom Frauenzentrum in der Via Gambini organisiert hatten. Ich bin gekommen und geblieben, warte auf meinen Mann, ebenfalls Journalist, der seit über einem Jahr in dem Inferno von Sarajevo ist, um eventuell hier ein neues Leben zu beginnen.

Sie schreibt auch über Amalia, eine junge Frau, die ich vor drei Jahren im Zentrum kennengelernt habe.

Amalia hat eines Tages im großen Saal des Zentrums den Bleistift in die Hand genommen und begonnen, das Porträt einer Frau zu zeichnen, die ihr gegenübersaß und sie darum gebeten hatte.
Langsam zog sie die Linien, studierte aufmerksam das Gesicht. Jeder Strich war Leiden für sie. Amalia kann nicht auf Auftrag zeichnen oder malen, sie ist nie eine Salonmalerin gewesen.
Ich saß neben ihr, sah sie an, beobachtete sie, folgte den Veränderungen in ihren schwarzen Augen.
Am Ende sagte die porträtierte Frau: »Gut, nicht schlecht, aber mir scheint, ich bin hübscher«, nahm den Bleistift und fing an, ihr Porträt zu »verschönern«. Amalia sah ihr staunend zu, dann schlug sie die Hände vors Gesicht und begann, still zu weinen. Der Frau ist gar nicht bewußt geworden, welches Unrecht sie ihr angetan hatte.
Amalia hat es wahrscheinlich längst verstanden, und ich glaube, sie gehört zu den Frauen, die nicht gerne reden, sondern lieber »tun«, die im Tun ausdrücken, was sie denken, was sie fühlen, was sie wissen.
Nach diesem Vorfall hat Amalia begonnen, sich zu weigern, zu arbeiten, irgend etwas zu tun. Dann kam es noch schlimmer: Auch im Zeichnen fand sie keine Zuflucht, keinen Schutz, keine Rettung mehr.
Ihr Kommunikationsmittel war ihr genommen worden, sie blieb unerreichbar, voll Schrecken.

Nachdem Merima bei den »Frauen in Schwarz« in Belgrad und später bei denen des Frauenzentrums der Via Gambini Hilfe gefunden hatte, versuchte sie ihrerseits, denen zu helfen, die schwächer waren als sie – sie war nun wieder zu Kräften gekommen. Sie erbot sich zum Beispiel, Amalia zusammen mit Maria, einer Krankenschwester, nach Mailand zu begleiten, und erzählt davon folgendes:

Wir waren drei Personen, verbunden durch Gefühle, die sich schwer erklären lassen. Amalia brauchte Maria und mich, und wir brauchten sie. Amalia war in ihrer Dunkelheit, wir mußten ihr helfen, wieder herauszufinden, und zugleich war sie die Her-

ausforderung an die Welt, die uns umgibt. Amalia verkörperte unser Bewußtsein, daß man nur gewinnen kann, wenn man sein Ich verliert, daß nur dann alle Wege offen sind.
Wir sind mit dem Zug losgefahren. Maria und ich voll Angst um Amalia, Amalia voll Angst um sich selbst. Die Rückkehr nach Mailand bedeutete, sich die eigene Niederlage einzugestehen, denn das war Mailand für Amalia gewesen. Ja, wenn es nicht so wäre, wäre sie bestimmt nicht nach Triest gekommen. Ich erinnere mich an die verwunderten, fragenden Blicke der Leute im Zug: Sie wollten raten und gewinnen bei dem Spiel »Wer ist wer«, und manche zögerten nicht, ihr Unbehagen darüber auszudrücken, mit uns im gleichen Abteil zu sitzen. Amalia störte mit ihrer Anwesenheit, mit ihren gleichförmigen Fragen, mit ihrem Weinen … Mehrmals hätte ich fragen mögen: »Warum glotzt ihr so?« … doch dann sah ich Maria mit ihrem Lächeln und schwieg. Unsere einzige, wahre Verteidigungswaffe war dieses Lächeln. Damit entwaffnete sie die Passagiere, die Taxifahrer, die Verkäufer, die Kellner – alle, denen wir in den drei Tagen unseres Leidenswegs begegnet sind.
Trotz allem fühlte ich mich sicher, ich wußte, daß wir uns nur damit durchsetzen konnten: Diese Welt kennt keine anderen, keine nicht gewalttätigen Mittel zur Veränderung.
Mir ist eine schon etwas ältere Vignette von Amalia eingefallen, sie hatte eine Frau gezeichnet, die sagt: »Macht euch zur Königin eures Lebens.« In jenem Zug, in jenem befremdlichen Mailand waren wir genau das, »Königinnen unseres Lebens«, auch dank Marias Lächeln, und erkannten uns nicht in dem, was die anderen über uns dachten. Wir waren wir, und sie *sie*. Und basta.
Aus Mailand zurück, waren Maria und ich trauriger als Amalia, weil wir wußten, daß es ihr weder gelungen war, Mailand so wiederzufinden, wie sie es verlassen hatte, noch sich selbst wiederzufinden. Wie lange noch, das wußten wir nicht, und sie vermutlich auch nicht.

Ich erinnere mich noch an Amalia, wie sie 1995 war: im Äußeren und in ihrer natürlichen Eleganz einer neapolitanischen Audrey Hepburn ähnlich (sie war teilweise neapolitanischer Herkunft), verwirrt angesichts einer Welt, die von ihr verlangte, sie nicht nur gegen ihren Willen so abzubilden, wie Merima es uns schildert, sondern auch gegen ihren Willen zu *sein*; und deshalb unfähig zu wollen, nicht unzurechnungsfähig. Sie phantasierte etwas von einer großen Liebe und von einem mythischen Mailand, wohin sie unbedingt zurückkehren wollte. Im Bibliotheksraum des Frauenzentrums hängen noch ihre Bilder, abstrakt, in Farben, die von Blau in Weiß und Grau übergehen. Und ihre Comics, zart und grausam. Es freut mich, daß im Frauenzentrum Zeichen ihres kurzen Aufenthalts aufbewahrt sind – auch möchte ich nicht, daß ihre Bilder beim Umzug in die Via Androna degli Orti womöglich verlorengehen.

Maria Lourdes ist fortgelaufen. Erneut machen wir uns mit Sabina im Auto auf die Suche: Vielleicht ist sie bei einer sehr jungen Freundin, einer wirren Person und noch dazu schwanger. Eine weitere Krankenschwester begleitet uns: »Wir sind zu zweit, weil es passieren kann, daß sowohl sie als auch die Freundin gewalttätig reagieren, daß sie uns verprügeln oder uns davonlaufen. Sie sind unberechenbar und so viel schneller als wir!«
Als wir ankommen, ist weder Maria Lourdes noch die Freundin da. Im Viertel hat niemand die »Blondine« gesehen.
Wir fahren zurück zum Zentrum. Es findet gerade eine Sitzung mit Antonio Villas statt. Er wird die Renovierung und Einrichtung des neuen Frauenzentrums in der Via Androna degli Orti übernehmen, wo es auch einen Garten geben wird. Der Umzug in ein anderes Gebäude, das sich notwendigerweise von dem Sitz in der Via Gambini unterscheidet, wird auch die Beziehungen in Frage stellen, die bisher, wenn auch instabil, zwischen den Frauen

des Zentrums entstanden sind. Genau wie in einer Familie, die in eine neue Wohnung zieht.

Später, zu Hause, überdenke ich die Geschichten von Marja und Merima, vergleiche ihre Erlebnisse, die Beziehung, die jede von beiden mit dem Frauenzentrum gehabt hat. Da stellt sich mir das Zentrum wie ein Spiel dar, bei dem jedes Teil erst dann seine Form und seinen Sinn findet, wenn es sich zwischen die anderen Teile einfügt, bis eine größere, vollständige Figur entsteht, die ihrerseits, wie bei den komplexeren Puzzlespielen, nach jeder Seite weiterentwickelt werden kann – bis ins Unendliche. So stellt sich das Frauenzentrum als Kern der umfassenderen Triestiner Erfahrung dar, die im fernen Jahr 1972 begann, und die zivilen Rechte der Klienten der Zentren für mentale Gesundheit – die eng verbunden sind mit dem Recht auf Arbeit, Geld, Wohnung, Bildung, Kunst, Spiel – gruppieren sich darum wie ebenso viele »Teile«, ohne die keine psychiatrische oder psychologische Behandlung greifen kann. Nur dieser harte Kern aufklärerischen und empirischen Denkens und ausdauernder, geduldiger Praxis hat es erlaubt und erlaubt es noch, weitere Teile der Gesellschaft in das Spiel einzubeziehen: die Stadtverwaltung, die Region, das Polizeipräsidium, die Staatsanwaltschaft, das Gefängnis, die Schule, das Krankenhaus …
Der Tag war hart. Daher suche ich am Abend Zuflucht bei einem Film, *Der Prinz und die Tänzerin*, mit Laurence Olivier und Marilyn Monroe.
Sie spielt eine amerikanische Tänzerin, die bei der Krönung von König George V. am englischen Hof hereinplatzt, die Rituale stört und deren Scheinheiligkeit aufdeckt und

das Klischee von der leichtfertigen und albernen Tänzerin aus der Belle Époque auf den Kopf stellt.
Aber vor allem verkehrt sie die Rollen zwischen Nebendarsteller (sie) und Hauptdarsteller (Laurence Olivier), indem sie, ein »frivoles Starlet«, dem erklärten Idol des gebildeten Publikums die Großaufnahmen streitig macht.

Samstag, 13. Juni

Ihr wißt es, Freunde, und ich weiß es.
Auch die Verse gleichen den Seifen-
blasen; eine schwebt, eine andere nicht.
Umberto Saba

Es ist Samstag. Jenny, die Friseuse, hat offen. In dem kleinen Saal herrscht Fröhlichkeit. An den Wänden schöne Poster von Damenfrisuren und blau gerahmte Spiegel, auf einem Tischchen bunte Frauenmagazine, auf dem Sofa einige wartende Frauen.
Graziella ist unsicher, ob sie sich eine Dauerwelle machen lassen soll: »Mein Bauch tut weh, ich habe Magenschmerzen, ich habe Halsschmerzen, ich habe aber nicht meine Tage, mein Darm entleert sich nicht nach unten, sondern drückt nach oben, zum Hals.« Jemand überredet sie, zu Jenny hineinzugehen.
In der Bibliothek des Zentrums sitzt Franca. Sie nimmt mein Heft und schreibt:

> Fabrizia Ramondino, ärgere dich nicht über die Männer, die im Namen ihrer beruflichen Rolle die Intimität einer Frau schänden [sie bezieht sich auf die tendenziöse Frage über Selbstmord, die mir gestern bei der Vorstellung meines letzten Buches hier in Triest, bei der Franca anwesend war, von einem Psychiater gestellt wurde] ... Hier fühle ich mich auch angesprochen. Selbst-

> mord ist ein Thema, das nur die Stimme eines oppositionellen Dichters berühren kann. Der Selbstmord wird immer angeprangert, aber alle sind anfällig für Krisen … die nicht unbedingt enden … aber die Männer erkennen das nicht … Ich bin wieder und wieder zurückgefallen … gestolpert, aber inzwischen habe ich einen winzigen Lichtstrahl gefunden durch Meditationen, Nachdenken, Erwartungen, Ängste, wobei ich die Kraft dazu auch nur aus dem Hören kaum gemurmelter Versprechen gezogen habe. Der Verzicht zu leben ist kein Verdienst, sondern heißt, die Grenzen der Natur anerkennen, auch die des sozialen Kontexts … Da kann es keine Mißbilligung geben … je länger die Sklaverei lebt, um so mehr zwingt man uns zum Weiterleben …

Sie klappt das Notizbuch zu und fragt: »Morgen ist Sonntag … was machst du?« »Ich fahre Boot mit Carmen und Assunta. Und du?« »Ich gehe in Triest spazieren und fotografiere.«

Ich verlasse die Bibliothek. Auf dem Treppenabsatz sitzt Melania, meine staksige Gazelle; sie läßt sich darauf ein, mir von sich zu erzählen: »Ich bin Triestinerin slowenischen Ursprungs … 31 Jahre alt … ich habe hohen Blutdruck, weil ich mich verzehrt habe, ohne zu essen … jetzt bin ich voll mit Lithium, Serenase, Valium, sonst droht mir ein Lungenemphysem … man hat mir das Gesicht operiert, weil ich zu viele Mitesser habe … mein Onkel und meine Tante haben mich adoptiert, als ich wenige Monate alt war … jetzt sind sie tot … als die Tante gestorben ist, wollte ich mit ihr im Sarg liegen … mein Verehrer hat mich gezwungen, Blau zu tragen, die Farbe der Keuschheit, der Erlösung, der Trauer … ich wollte nicht, ich wollte grellere Farben … früher habe ich auch auf dem Land gearbeitet, als Bäuerin … jetzt arbeite ich nicht … Ich würde gern Fotografin werden, den Kurs in der Via Gambini mitmachen …«

Eine Frau geht mit einer Begleiterin vorbei und bleibt einen Augenblick stehen. Sie sagt: »Solange ich allein schlief, machte ich Theater, ich rief bei meinen Freunden an oder auf dem Polizeipräsidium … Meine Eltern wollen mich nicht, sie haben beschlossen, mich hierherzubringen, und ich muß mich dem italienischen Gesetz beugen.«
Mit Melania kehre ich in die Bibliothek zurück, wo sie dieses Gedicht in mein Heft schreibt:

Das Gebirge
Der schönste Tag war
der im Dorf.
Jeder von uns
im Gebirge, um nachts
die Glühwürmchen zu sehen.
Sie leuchteten
in funkelnder
Pracht.

»Wie Leopardi …«, sagt sie. »Mein Dorf lag im Karst.«
Ein Windstoß fährt durchs Zimmer, und ein an der Wand hängendes Blatt fällt herunter. Verträumt murmelt Melania: »Einmal hatte ich solche Lust, auch so durch die Luft zu fliegen.«
Wir gehen hinaus. Auf dem Flur begegnen wir Allegra: Sie ist gut gelaunt, weil ein Impresario ihr eine Arbeit angeboten hat und sie dadurch eine Aufenthaltserlaubnis bekommen kann. Lachend sagt sie, auf Giovanna anspielend, die im Krankenzimmer sitzt: »Jetzt fühle ich mich auch ein bißchen wie auf der Kanzel.« Giovanna erwidert: »Komm und setz dich auf meine Kanzel, wenn du

willst … Aber mach dir keine Illusionen über deinen Impresario.«

Ich gehe ins Sekretariatszimmer. Da sitzt Maria Antonia, die anscheinend Telefondienst macht. Sie ist eine massige Frau um die 50, mit entschlossenem und gleichzeitig unruhigem Blick. Sie erzählt mir eine wirre Geschichte: »Ich bin 1945 in Triest geboren … 20 Jahre lang habe ich in Frankreich gelebt … mit Mama, die dort arbeitete … in Dijon … Vous parlez français? … ich bin nach Triest zurückgekommen, weil ich von den Terroristen der ETA verfolgt wurde, sie wollten vom Irrenhaus in Dijon Lösegeld für mich erpressen … auch die Roten verfolgten mich, auch die Polizei … seit ich hier bin, lebe ich in Ruhe und Frieden, bin eine Freundin der Polizei … seit 18 Jahren arbeite ich hier als Sekretärin, sie garantieren mir Essen, Arbeit, psychiatrische Versorgung, die Rente … mit den Ersparnissen der Rente habe ich die Wohnung gekauft … die Möbel habe ich geerbt … jetzt lebe ich allein … ich verkaufe gebrauchte Kleider« – sie öffnet eine große Tasche – »wollen Sie einen Pullover kaufen? … nach der Geburt meines Kindes hatte ich eine Depression, weil es mit sieben Tagen gestorben ist … ein totes Kind, zwei Abtreibungen, drei tote Söhne … meine Söhne vergewaltigten mich zu Hause … dann sind sie ins Gefängnis gekommen … ich wollte nichts mehr mit ihnen zu tun haben, weil sie mit der Klinik unter einer Decke steckten, in die sie mich hatten einweisen lassen … sie haben Mama mit Messerstichen umgebracht … Ich hasse Sophia Loren und Alessandra Mussolini … ich zeige sie dauernd an, aber die Polizei tut nichts … die Ponti ist eifersüchtig auf die Mussolini, weil sie schöner und gescheiter ist … sonntags gehe ich spazieren, weil man hier nicht arbeiten kann, ich gehe im Bahnhof Kaffee trinken, weil alle Cafés geschlossen haben, und bete in der Bahnhofskapelle zum Herrn … morgen wähle ich die Democrazia Cristiana« – morgen sind Landkreiswahlen in Triest – »ich habe auch während der Ferien hier gearbeitet, sonst hätten sie mich entlassen … Alfonso hatte Frauen und Männer nicht getrennt … Rotelli hat Frauen und Männer getrennt, weil die Männer die Frauen vergewaltigen … Warum kann ich so schlecht gehen? … sie sagen, ich hätte mich aus dem Fenster gestürzt, dabei war an allem die ETA schuld … zum Glück habe ich eine gute Invalidenrente … ich darf diesen Arbeitsplatz nie verlassen … sagen Sie mal, warum machen die sich soviel Sorgen, wenn ich nicht im Zentrum bin? …« – sie öffnet erneut die große Tasche voller gebrauchter Kleidungsstücke – »wollen Sie einen Pullover kaufen?« Während sie mir den Pullover zeigt, klingelt das Telefon, sie hebt ab, geht dann mit schwerem, unsicherem Schritt zum Flur und ruft laut den Namen der verlangten Person.

Maria Antonias wirre Erzählung erinnert mich an viele meiner nächtlichen Träume oder vielmehr Alpträume, die in meinen Phasen von akutem Alkoholismus besonders häufig, unterschiedlich, verworren und beängstigend sind. Ihr Traum scheint sich dagegen unverändert zu wiederholen, in der Tat wird sie ihn mir in den folgenden Tagen noch mehrmals erzählen, mit den gleichen Worten. Und doch sind Träume einem Prozeß ständiger Veränderungen unterworfen; wenn ich aus den meinen erwache, besonders aus denen der dunklen Phasen, empfinde ich ab und zu Neugier, nicht sie zu deuten, sondern sie mit wachem, nicht mehr verstörtem Bewußtsein noch einmal zu betrachten, als handelte es sich um Filme oder Geschichten; und manchmal amüsiere ich mich auch über den sinnlosen und chaotischen Reigen von sich verwandelnden Dingen, Pflanzen, Tieren, Menschen, außerhalb von Raum und Zeit. Aber »meine« Metamorphosen verändern sich ununterbrochen, sie sind grenzenlos.

Was würde wohl geschehen, wenn ich mich für immer in einem einzigen Zustand eingesperrt fände, wie Daphne im Baum oder Echo in der Stimme? Hier erkenne ich im Werk des Frauenzentrums eine »poetische« Wirkung: Nach all den Jahren der Absonderung in der Irrenanstalt kann Maria Antonia ihren wiederkehrenden Alptraum heute um andere Personen wie Sophia Loren und Alessandra Mussolini bereichern (eine neue Metamorphose, denn die eine scheint sich in die andere zu verwandeln), die durch die Zeitschriften oder das Fernsehen – zu denen sie Zugang hat – in ihr Leben gekommen sind. Jetzt wird ihr Tag durch kleine alltägliche Handlungen gegliedert, die ihr vorher versagt waren – im Bahnhof Kaffee trinken, zur Messe gehen, die DC wählen, Pullover sammeln und verkaufen, wie eine Angestellte das Telefon abnehmen, in ihrer eigenen Wohnung aus und ein gehen, eine kleine Rente beziehen, ein eigenes Möbelstück polieren: eine Einteilung, die die Vorstellungskraft erweitert und gleichzeitig zügelt, wenn diese Gefahr läuft, ins Chaos zu stürzen oder sich auf eine Obsession zu fixieren.

Am Spätnachmittag fahren Assunta und ich mit Marja zur Casa La Madre, einer katholischen Einrichtung, in die Marja verlegt wird. Das Haus liegt in der Innenstadt, ist aber von einem großen Garten umgeben. Etwa zwölf Menschen wohnen dort, Frauen, Männer, Kinder. Marja wird das Zimmer mit einer Bekannten teilen, die ebenfalls

im Zentrum betreut wird. Das ihr bestimmte Bett ist der Tür zugewandt. Marja bittet, es umzustellen, und Assunta ist einverstanden: Wir teilen denselben Aberglauben, wie viele Leute aus dem Süden.
Am nächsten Tag wird Marja in Porto Marghera zu arbeiten anfangen, und um zu ihrer Arbeitsstelle zu gelangen, muß sie im Morgengrauen aufbrechen. Zum Glück kann sie bei zwei Personen aus der Casa mitfahren, die ebenfalls dort arbeiten.
Assunta schlägt ihr vor, auf dem Rückweg von der Arbeit in der Via Gambini zur Therapie vorbeizukommen.
Wir verabschieden uns. Der Blick, den Marja Assunta zum Abschied zuwirft, drückt Zuneigung und Mut zugleich aus, fast als wollte sie sagen: »Ich lasse mich auch deinetwegen auf dieses neue Abenteuer ein.«
Bevor Assunta und ich nach Hause fahren, machen wir noch einmal im Zentrum halt. Maria Lourdes kommt mit einer Zigarette im Mund auf uns zu. Assunta rät ihr, sich mehr zu pflegen, schönere Kleider zu tragen, ein wenig abzunehmen. Maria Lourdes beachtet sie nicht und sagt nach einer Weile, sie »höre Stimmen«. Auf Assuntas Frage: »Und was erzählen sie dir?«, erwidert sie: »Sie sagen: ›Assunta ist eine Nutte!‹« »Immerhin ein Fortschritt«, gibt Assunta zurück, »daß sie nicht sagen: ›Maria Lourdes ist eine Nutte!‹« – und dann: »Jetzt komm schon! Die Stimmen gibt es nicht!«
Zu Hause nutze ich ein paar freie Stunden, um einige Texte von Franco Rotelli über die sozialen Kooperativen zu lesen. Wenn morgen ein schöner Tag ist, werden wir mit Carmen, die eine dieser Kooperativen leitet, zum Segeln gehen, und bevor ich sie treffe, möchte ich mich über ihre Arbeit informieren.

Es handelt sich um einen aus der Ablehnung der Ergotherapie entstandenen Versuch, der sich sowohl gegen die reine Sozialhilfe als auch gegen die glänzende Effizienz des »for profit«-Unternehmens wendet.
Die Kooperativen, die der triestinischen ASS, der Azienda socio-sanitaria, angehören, sind insgesamt sechs: Produktions-, Arbeits- und Sozialkooperativen. Inzwischen zu einem Konsortium zusammengeschlossen, erreichen sie in 20 verschiedenen Produktionssektoren einen Umsatz von über 7 Milliarden Lire. Nur 15 Prozent der Investitionen sind öffentliche Zuschüsse, viel weniger als das, was der Fiat-Konzern bewilligt bekommt.
Diese Phase begann Anfang der achtziger Jahre, kurz nach der endgültigen Schließung des Ospedale San Giovanni, als die Betreuer und Betreuerinnen gezwungen waren, sich mit dem »Wahnsinn« und der Gleichgültigkeit der Gesellschaft auseinanderzusetzen.
Rotelli, damals Direktor der psychiatrischen Dienste, beschreibt das Phänomen mit folgenden Worten:

> So wie es sich heute darstellt, steht das Territorium der Irrenanstalt kaum nach, was Beschränktheit, Verschlossenheit, körperliche und kulturelle Barrieren, Mangel an Räumen, an Freiheit, unlebendige und bedrückende menschliche Beziehungen angeht. [...] Vom Gesichtspunkt der Patienten her gesehen, gibt es gleichzeitig mit der Normalisierung, dem Wohnen in der Stadt, der Suche nach Arbeit, Liebe, Freundschaft, die konkrete Erfahrung der eigenen Abwertung: Sobald die institutionelle Augenwischerei wegfällt, findet sich der Irre dort wieder, wo er immer gewesen ist: am Rand der Gesellschaft.
> Außer der Ablehnung durch die Gesellschaft und ein Territorium, das »zurückweist« anstatt zu integrieren, zeichnet sich für die Zentren für mentale Gesundheit die Gefahr ab, daß sich ihre Arbeit wegen der Nähe zum Alltag der Klienten und angesichts des massiven materiellen und sozialen Elends auf

reine Kontroll- und/oder Krisenmanagement-Funktionen reduziert.

Um dem Risiko eines solchen Rückschritts entgegenzuwirken, um mehr Berührungspunkte zu schaffen zwischen der Welt der Normalität (der Produktivität) und der Welt des Wahnsinns (der Unproduktivität), die schon in der Irrenanstalt ein stark destabilisierendes Moment gewesen war, wird vor allem an einer zentralen Idee gearbeitet: das System der mentalen Gesundheit (Institutionen und Zuständigkeiten, Ressourcen und Machtbefugnisse, professionelle und in unterschiedlichen Funktionen involvierte Personen) in ein *soziales Gesundheitsunternehmen* umzuwandeln. So entstehen in Triest immer mehr Kooperativen, die Patienten, Betreuer, Verwaltungspersonal und Politiker einbeziehen.

In diesen realen Situationen – *realen Möglichkeiten* – ändern sich die Rollen und die Identitäten der Teilnehmenden je nach den Bedürfnissen und Wünschen: Man ist Putzfrau, Transporteur, Friseur usw. … Man spricht über Geld und Markt, über Arbeiten, Geldverdienen, Geldausgeben, Wohnen, Reisen. Man erlernt einen Beruf, aber vor allem lernt man, etwas zu unternehmen … *also »normal« zu sein.*

Franco Rotelli ist nach Basaglias Tod an dessen Stelle getreten; heute ist er Generaldirektor der Triestinischen ASS, und diese empirische und prophetische Initiative Anfang der achtziger Jahre, als die neue Krise auf dem Arbeitsmarkt noch nicht zu spüren war, ist hauptsächlich ihm zu verdanken. Viel könnten Regierende und Unternehmer daraus lernen, wenn sie nur darüber nachdächten, wie unangemessen angesichts der Krise der großen Fabriken die Antwort der Kleinbetriebe mit ihrem wilden Profitstreben ist, deren größte Schattenseite die Schwarzarbeit darstellt, häufig auch im buchstäblichen Sinn – von Ehrendarlehen bis zu gesellschaftlich nützlicher Arbeit.

Heute ist Lucio zum Abendessen gekommen. Ich habe Pasta al sugo, Steak und Pommes frites für ihn gekocht,

seine Lieblingsgerichte. Zum Nachtisch gibt es ein Eis, das er gekauft hat. Dann schauen wir uns einen Film auf Video an. Wieder ist es ein Film mit Marilyn, *Niagara*, den ich auswähle, weil ich weiß, wie sehr Lucio Actionfilme auf dem Hintergrund großartiger Landschaften gefallen. Aber er ist mehr für die Musik als für die Bilder empfänglich und begleitet, unterstreicht sie, nimmt sie sogar vorweg mit seinen Gesten. Er hat die Schuhe ausgezogen und sich aufs Sofa gelegt. »Wie schmutzig deine Füße sind!« tadelt Assunta ihn. »Dabei bist du heute nicht einmal zur Arbeit in die Gärtnerei gegangen!«
Ich werde allmählich müde. Sobald Marilyn verschwindet – sie wird etwa nach der Hälfte des Films von ihrem Mann getötet –, wird dieser *film noir* langweilig, vielleicht, weil das einzige Licht an dieser mittelmäßigen Rampe verlöscht. Der Regisseur hatte Marilyn als Hauptdarstellerin für seine finstere, in einer wilden, reiseprospekthaften Natur angesiedelte Eifersuchtsgeschichte unter Männern engagiert, weil er sie als Köder für das Publikum benutzen wollte. Sie sollte die Femme fatale und das Pin-up-Girl geben, vereint in der unwahrscheinlichen Figur der *dark lady*, aber ihr Genie, das der Regisseur verkannt hat, während es dem Publikum keineswegs entgeht, sprengt die beiden Stereotypen. Ihre Bewegungen und vor allem ihr unverwechselbares Hüftwackeln erinnern nämlich weniger an den rätselhaften, wachsamen Charme der Katze als vielmehr an die Unschuld des Eichhörnchens; während die Unvorhersehbarkeit ihrer Haltungen und Posen verhindert, daß Beine, Busen und Hüften zu passiven Objekten der männlichen Begierde werden. So erleben wir die kenntnisreiche Umkehrung der festgelegten Rollen, genau wie bei einem Clown. Doch daß der Clown eine

Frau ist, noch dazu, wie in diesem Fall, ausgewählt, um eine *dark lady* und ein Pin-up-Girl zugleich darzustellen, ist ein neues und in der Geschichte des Kinos vielleicht noch unwiederholtes Phänomen.

Sonntag, 14. Juni

Die Leute, mein lieber Bruno, haben ein Bedürfnis, ein dringendes Bedürfnis, »ihre Freiheit auszuleben«, kurz, ihre Hemmungen loszuwerden. Das wäre im Alter der Beruf für mich: Unglücklicherweise, wollte ich ihn ausüben, wäre die Polizei gegen mich und gegen das Publikum … Und Ernesto hatte keine Hemmungen, oder nur sehr wenige, und in eher anmutiger als beängstigender Form. (Er war kein Dekadenter, er war ein Primitiver.)
Umberto Saba

In meiner Vorstellung habe ich den Hafen von Triest immer mit dem von Salerno verbunden – beide gehen aufs offene Meer hinaus, und in beiden herrscht emsige Geschäftigkeit. (Auf alten Stichen sah auch der Hafen von Neapel so aus, der nun von Mauern umschlossen ist.) Und die Verbindung wird mir durch ein Gedicht von Umberto Saba nahegelegt, der 1908, als »Italiener« unter der österreichisch-ungarischen Verwaltung, in Salerno seinen Militärdienst geleistet hatte:

> […] Da sitze ich, und auf den feuchten, klaren Sand
> einen Namen, vergessen seit unendlich vielen Jahren,
> schreibt die Spitze des Bajonetts.

Jener »Sand« ist in Triest wie in Salerno zugänglich für die Schritte des Soldaten, doch Neapel liegt nicht am Meer, denn hier trennt zuviel Land, unter anderem ein Teil der Stadt selbst, die Geschäfte auf dem Meer von dem Wohlergehen oder Unwohlsein ihrer Bewohner. In Triest wie in Salerno enden Straßen und Gassen am Meer, während die Gassen in Neapel in andere Gassen münden, wie in einem Labyrinth – aus dem man nur schwer herausfindet. Das Meer von Neapel drängt dich zurück in die Eingeweide der Stadt – und ihre Verliese. Das Meer von Triest läßt Saba singen:

> Kennst du eine Stunde des Tages, die schöner
> ist als der Abend? [...]
> Um diese Stunde kamst du vom Land,
> um deine dir liebe Stadt zu genießen,
> vom leuchtenden Golf bis zum Gebirge
> abwechslungsreich in ihrer schönen Einheit;
> um diese Stunde fließt mein Leben in Fülle
> wie ein Fluß zu seinem Meer; [...]

Und auf diesem Meer kreuze auch ich heute in Carmens kleinem Segelboot.

Carmen ist eine Deutsche und in der zweiten Hälfte der siebziger Jahre nach Triest gekommen. Sie gehört zu der Generation, die 1968 20 war und – auf viel traumatischere Weise als hier in Italien – mit der Generation der Väter und Mütter gebrochen hat, weil diese, eingeigelt in die Vergangenheit ihres Landes, sich nicht mit dem Grauen und der Barbarei des Nationalsozialismus auseinandersetzen wollten und konnten. Und mochte diese Haltung kurz nach der Niederlage menschlich noch begreiflich gewesen sein, als sie in den Trümmern graben mußten, um ihre Toten zu bergen, um unter größten Anstrengungen, in Elend und Demütigung, die Minimalbedingungen wiederherzustellen und die Grundbedürfnisse zu befriedigen, so war sie doch in den sechziger Jahren nicht mehr annehmbar, sondern wurde unerträglich in den Augen der Kinder, als das Wirtschaftswunder jede Spur der Vergangenheit ausgelöscht zu haben schien – und damit auch jede Schuld –, so daß der brave Bürger sich nach einem gut bezahlten Arbeitstag wieder mit einem Bier in seinem Sessel zurücklehnen und seinem Kind über den Kopf streichen konnte. Und während die Skelette im Schrank versteckt blieben, kamen die Fotos jener »siegreichen« und schrecklichen Zeit wieder zum Vorschein – sie wurden liebevoll in den Schubladen aufbewahrt.

Nie habe ich, seit den Jahren meines Aufenthalts in Deutschland, diese Fotos vergessen, die ab und zu eine einsame Frau aus der Schublade zog, um sie dem fremden Gast zu zeigen: »Mein Mann mit 20« – und es war ein Mann in Uniform; »Ich mit 15« – und lächelnd: »Hier in der Tracht meines Dorfes«; oder: »Meine Eltern bei ihrer Verlobung« – und man sah auf der Brust des jungen Mannes eine Kriegsmedaille, auf der des Mädchens das Abzeichen des Roten Kreuzes. Es gab auch unbeschwertere Fotos in den Familienalben, ein Ausflug aufs Land, ein Sonntag am See, ein Mädchen in Pose vor dem Kolosseum ... Doch wenig später kamen wieder tragischere Bilder: »Mein Sohn ... mit 15 in Polen vermißt«, »unser Haus in Breslau, das es jetzt nicht mehr gibt«, »mein Bruder in Kamerun« ... Ab und zu wurde eines rasch mit der Hand zugedeckt und dem Blick entzogen, und die Geste begleitete ein Ausruf zwischen Ablehnung und Seufzer: *»Ach!«* Manchmal gelang es, doch flüchtig etwas zu erkennen: zum Beispiel einen Offizier vor einem Haufen

Totenschädel – unklar blieb, ob von seinen Kameraden oder von Feinden.
Ich erinnere mich noch an die jungen Studenten damals in Schwabing (zu jener Zeit ein Viertel von Handwerkern, kleinen Händlern, Studenten, armen Künstlern), die schon ihre Väter und Mütter kritisierten und auf schmerzliche Distanz gingen: Sie lasen Brecht, noch nicht Böll; Hemingway, noch nicht Kerouac; sie weigerten sich, zum Bahnhof zu gehen, um mit Franz Joseph Strauß die Flüchtlinge aus Ungarn zu empfangen – obwohl doch viele von ihnen Flüchtlinge aus Schlesien oder aus Ostpreußen waren, aber mit Strauß wollten sie nichts zu tun haben. Diese jungen Leute verließen damals Deutschland mit dem Geld, das sie mühsam durch Schwarzarbeit verdient hatten: Sie trampten nach Frankreich oder nach Italien, verliebten sich in ausländische Partner, und nicht nur, um dem Mythos des Südens der Welt nachzulaufen …
Die Atmosphäre vom Aufstand der Kinder gegen die Welt der Väter und Mütter zu Beginn der sechziger Jahre hat Edgar Reitz sehr wirkungsvoll im zweiten Teil seines mehrteiligen Films *Heimat* eingefangen.
Der Film zeigt auch, wie nach den zwei tragischen Berliner Jahren 1967–68 die Vermittlung zwischen den beiden Generationen endgültig scheiterte: Ein Teil der Jugend wandte sich dem politischen Extremismus zu, während sich die Gesellschaft geschlossen um den Gott des Geldes und um die Angst vor dem Kommunismus scharte, wobei sie noch einmal ihre Weigerung bekräftigte, die nationalsozialistische Vergangenheit zu diskutieren und sich davon loszusagen.
Nun gibt es in der Beziehung zwischen Vätern/Müttern und Söhnen/Töchtern fast immer einen Augenblick des

Bruchs, doch in Westdeutschland war es viel mehr: nicht der normale Abstand, der sich immer zwischen Eltern und Kindern bildet, sondern ein Abgrund, in dessen Tiefe sich ein unaussprechliches Monster verbarg – das Vernichtungslager, an dem die Kinder den Eltern die Schuld gaben, während diese beteuerten, sie hätten nichts davon gewußt.

In den frühen siebziger Jahren studierte Carmen Psychologie in Heidelberg. Das bestätigt mich in der Idee, daß der größte Teil der zukünftigen Psychologen oder Psychiater von einer geheimen Notwendigkeit, die eigenen Probleme zu lösen, zu diesem Studium gedrängt wird. Daran ist nichts Schlechtes, wenn man nur nicht Kafkas Maxime vergißt, wonach es leicht ist, Rezepte zu schreiben, aber schwer, sich mit den Leuten zu verständigen.

Im Laufe meines anfangs sprunghaften Studiums schrieb ich selbst mich 1958 in Neapel an der medizinischen Fakultät ein, die ich allerdings bald wieder verließ, mit der Absicht, mich auf Psychiatrie zu spezialisieren, um dann Analytikerin zu werden. Es ging mir schlecht, und ich wollte lernen, die anderen zu kurieren! Eine Episode meines Lebens, die ich verdrängt hatte und die bei der Begegnung mit Carmen wiederaufgetaucht ist.

Carmen fühlte einen Kloß im Hals: Die Liebe zu einer Gleichaltrigen schnürte ihr die Kehle zu, doch Professor Huber, Ordinarius für Psychiatrie an ihrer Universität, half ihr in einer privaten Unterredung, die Sache rasch und auf eine Weise zu klären, die kaum mit der Seele zu tun hatte, da er die gesellschaftlichen Aspekte des Problems aufgriff und das Stigma und das Vorurteil gegen diejenigen wendete, die Carmen aus kleinbürgerlichem Konformismus heraus verurteilt hatten.

Vielleicht wurde Carmen auch deshalb später aktives Mitglied des Sozialistischen Patientenkollektivs (SPK), das Professor Huber im Kampf gegen die psychiatrischen Institutionen gründete.
1972 wurde Professor Huber wegen seiner Ideen und seiner Praxis gegen die offizielle Psychiatrie der Prozeß gemacht. Im selben Jahr veröffentlichte das SPK ein Pamphlet zu seiner Unterstützung, *Aus der Krankheit eine Waffe machen*, mit einem Vorwort von Jean-Paul Sartre.
Am interessantesten ist der Teil des Pamphlets, in dem eine Parallele zwischen dem Prozeß gegen Professor Huber und dessen Team und dem Nürnberger Prozeß gegen die nationalsozialistischen Ärzte und Psychiater aufgezeigt wird, wofür die Protokolle der jeweiligen Verhandlungen herangezogen werden. Noch heute würde es sich lohnen, einen Auszug daraus in viele Sprachen zu übersetzen.
Die Lektüre dieser Broschüre – einer teils illusionären, teils groben Schmähschrift – hat mich angeregt, über die Unterschiede nachzudenken, die zwischen der triestinischen und der deutschen Erfahrung im Kampf gegen die psychiatrischen Institutionen bestanden – und nicht nur dort.
In einem Land wie Italien, wo man im guten wie im bösen meisterlich die Kunst der Vermittlung beherrscht, konnten Franco Basaglia und sein Team das Gesetz 180 erreichen, indem sie mit ihrer Arbeit Schritt für Schritt die Bastion aushöhlten, die zwischen Gesundheit und Wahnsinn errichtet war. Dies wäre in jenen Jahren in der BRD, wo die Mauer zwischen Psychiatrie und Antipsychiatrie unüberwindlicher war als die Berliner Mauer, nicht möglich gewesen. Die Kunst der Toleranz war damals in der BRD nicht hoch entwickelt, und Hubers Versuch wurde

gleich zu Beginn vereitelt, was ihn und einige seiner Schüler dem politischen Extremismus in die Arme trieb. Leider hat sich dann in Italien die Kunst der Vermittlung im Bereich der Psychiatrie – und nicht nur dort – aus einem Mittel zum Zusammenleben in eine ungute Waffe zur Begünstigung verwandelt, was weder Basaglia noch dem Gesetz 180 angelastet werden kann.
Bedeutsam ist in diesem Zusammenhang, was sich 1978 in Triest auf einer Tagung zur Unterstützung des Gesetzes 180 ereignete, als Basaglia von einer Gruppe Autonomer angegriffen und verprügelt wurde – nicht einmal Dario Fo, der auch anwesend war, konnte diese Hitzköpfe zurückhalten. Franco Basaglia »ging nicht auf die Provokation ein«, er rief nicht die Polizei, zeigte die Angreifer nicht an, sondern beendete, wenn auch sehr mitgenommen, seine Rede. Oft halten ja die Schwachen wie die Sektierer denjenigen für ihren ärgsten Feind, der ihnen eigentlich am nächsten steht.
Kehren wir zu Carmen und zu mir zurück – da wir nicht wußten, wie wir uns selbst gesund machen sollten, wollten wir naiverweise lernen, die anderen zu kurieren: Wie ist nun unser Schicksal zu lesen? Von vorne oder von hinten? War unsere Vergangenheit die Ursache oder das Instrument unserer Gegenwart?
Ich betrachte Carmen heute, während sie das Segelschiff durch die glasklaren Wasser des Adriatischen Meeres steuert – so anders in seiner Schönheit als das Meer meines Südens, wo das Wasser beim Spiel mit dem Licht der Brechung die Absorption vorzieht; ich folge ihr mit den Augen, während sie für uns Spaghetti kocht, während sie Assunta im Einholen des Klüvers unterweist, während sie das Boot anhält, um mir zu gestatten, ein wenig zu schwim-

men; ich beobachte sie, als sie eher mit Scham als mit Widerstreben von ihrer deutschen Vergangenheit spricht; als sie meinem unvorsichtigen, stürmischen Versuch, in diese Vergangenheit einzubrechen, Zurückhaltung, nicht Verweigerung entgegensetzt; als sie sich über die neue »softe« Psychiatrie in Deutschland empört – Teppichboden und Psychopharmaka – und über das neue, große Landeskrankenhaus in Berlin, das soeben im Rahmen der großen öffentlichen Bauvorhaben in der zukünftigen Hauptstadt fertiggestellt wurde; als sie mit gezügelter Leidenschaft von ihrer Arbeit als Geschäftsführerin der Kooperative erzählt; und ich bemerke kleine Fältchen rund um ihre Augen, die sich zusammenziehen und wieder entspannen im Rhythmus der Gefühle, die sie bewegen, oder des Windes im geblähten Segel.

Und ich denke: Das ist ein menschliches Kunstwerk.

Und füge hinzu: Sie ist nicht in Triest gelandet, weil sie als Mädchen einen Kloß im Hals spürte, weil sie in Heidelberg Aktivistin des Sozialistischen Patientenkollektivs war usw. usw.; sondern im Gegenteil: Der Samen der Pflanze Carmen hat diesen Boden genutzt, um hier und jetzt zu erblühen. Und heute ist aus der Pflanze ein Baum geworden, so hoch wie der Mast ihres Segelschiffs.

Am Abend, während Assunta am Computer »spielt«, wie sie sagt, wähle ich aus den Videokassetten *Die bleierne Zeit*. Angesiedelt im finsteren Klima im Deutschland der siebziger Jahre, dreht sich die Geschichte im wesentlichen um die tragische Freundschaft zweier Frauen, die Schwestern sind.

Zwar bedauere ich nicht, daß ich diesmal der »Zerstreuung« das »Engagement« vorgezogen habe, doch fallen mir die Worte ein, die Marilyn sagte, als sie im Februar 1961, eineinhalb Jahre vor ihrem Tod, in eine psychiatrische Klinik eingewiesen und in eine gepolsterte Zelle gesperrt wurde, in der man sie Tag und Nacht überwachte: »Man hat mich gefragt, warum ich dort nicht glücklich war. Alles war abgeschlossen, und an den Wänden sah man Spuren von Gewalt, die vorherige Patienten hinterlassen hatten. Ich habe geantwortet: ›Ich müßte ja verrückt sein, wenn es mir hier gefiele.‹«

Daraufhin stellt sich für mich eine Verbindung her zwischen den ausgeklügelten Torturen im Gefängnis von Stammheim und der psychiatrischen Behandlung der Luxuspatientin – vollgepumpt mit Psychopharmaka in einem gepolsterten Raum –, und ich denke, daß die »wissenschaftliche« Unmenschlichkeit, die wir Modernen erreicht haben, der Unmenschlichkeit der alten, wilden, blutigen Rituale vieler unserer Vorfahren und Zeitgenossen in nichts nachsteht.

Montag, 15. Juni

Du bist wie eine junge
weiße Henne,
ihre Federn sträuben sich
im Wind, sie neigt den Hals
zum Trinken und scharrt in der Erde;
doch beim Gehen hat sie deinen
langsamen Schritt einer Königin
und schreitet übers Gras,
vollbrüstig und erhaben.
Sie ist besser als der Gockel.
Umberto Saba

Wilma ist ständig im Zentrum, wie ich auf alten Fotos feststellen konnte, ist sie schon seit Jahren hier: Sie ist rundlich, blond, rosig, immer in helle Farben gekleidet; trotz ihrer 50 Jahre hat sie den sanften Blick und das Stimmchen eines kleinen Mädchens. Sie spricht verhalten: »Früher ging ich auf den Strich: zuerst habe ich einen gefunden, der mich schlug und mir das Geld wegnahm … dann noch so einen … und noch so einen … Die Tauben – *i colombi* – landeten manchmal im Gefängnis, aber das Ei des Kolumbus legten sie mir in den Mund … Ich wollte die Tauben wiederhaben, die ich fütterte, aber sie waren unterernährt, schmutzig … sie aßen ihr Fleisch, mindestens ein Stückchen Leber … Die aus der Unterwelt besorgten sich die Tauben, weil sie amerikanisch waren, dann eine Taube, die sich als Schwarzer ausgibt, aber mit Kopfhörern … war das ein Doktor? … Sie machen mich glauben, daß ich eine bin, die Taubeneier ißt … Ich bin am Kohlkopf gestorben … als ich die Kohlköpfe gesehen habe, hat mich der Schlag getroffen … sie machen mir angst … man ißt den Kohl mit Würsten, die machen einem Lust darauf, das hilft den Hungerleidern … der Kohl, der von Hitler, mit Würstel oder ohne … Dann haben sie im Bus ein Plakat mit einem so schönen Mann aufgehängt, der mit dem Versicherungspapier über den Sand auf einen zukam … daher weiß ich, daß es in der Türkei Treibsand gibt … Dann haben sie mir gesagt, ich solle nicht ans Hafenbecken gehen, weil da eine andere Prostituierte wäre … Jetzt laufe ich viel herum, aber ich gehe oft in Kirchen, am liebsten in die des heiligen Antonius … Heute haben mich meine Verwandten adoptiert, weil es früher das KZ gab … St. Antonius ist mein Heiliger, weil sie mir in Padua gesagt haben, er sei mein Heiliger … Ich bete zu ihm um Gesundheit, wegen meiner abstehenden Ohren, damit mir neue Zähne wachsen … in der Irrenanstalt haben sie mir einen Faustschlag auf die Nase gegeben. Sie sagen, ich hätte eine Amtsperson beleidigt, ich hatte dem Mann gesagt, daß das Gesetz der Armut nicht das meine ist … daß es ungerecht ist … weil sie mich nicht in der Trattoria essen ließen …« Als sie innehält, frage ich sie, ob sie mir etwas zeichnen möchte. Sie strichelt ein Kätzchen. Dann merkt sie, daß ihm eine Pfote fehlt, und ergänzt sie. »Warum hast du ein Kätzchen gemalt?« »Weil ich die lieber mag, auch wenn ich nichts habe, um sie zu füttern … Die Tauben mag ich nicht, denn das Ei des Kolumbus kommt von den Tauben …«

Gemma, eine Psychologin, die schon bei Basaglia mitgearbeitet hat, eine sanfte, stille, starke Frau, die sehr jung aus Sizilien nach Triest gekommen ist, hat Wilmas Geschichte aufgeschrieben:

> Zum erstenmal sah ich Wilma am 23. Juli 1989, einem typischen Sommertag, heiß, sehr heiß, einer dieser Tage, an denen man kaum atmen kann, von arbeiten ganz zu schweigen … Und doch hatte ich an jenem Nachmittag Dienst im Centro di Salute Mentale in der Via della Guardia.
>
> Als ich hereinkam, fiel mir ein Wesen auf, das am Eßtisch saß, vor sich einen häßlichen Plastiknapf mit Milchkaffee, in den es hastig Brot hineinbrockte, wobei es sich von oben bis unten bekleckerte und den Tisch beschmutzte. War es ein Mann? Eine Frau? Eher ein undefinierbares Lumpenbündel, auch was Form und Farben anging, aus dem einige Haarbüschel herausragten. Dieses »Wesen« hatte eine Mähne, wage ich zu sagen, hellbraun, fast blond, dicht, gelockt und zerzaust. Die Augen waren schrecklich, wer weiß, was sie sahen, vielleicht Ungeheuer oder Feinde. Ganz bestimmt blickten sie verängstigt, besser gesagt, zu Tode erschrocken. War es ein Mensch oder ein Tier? Jedenfalls im Käfig, eingesperrt, hungrig und wütend.
>
> Man informiert mich: Es handelt sich um eine »Pennerin«, die dort, wo sie gewöhnlich hingeht, in der Nähe »ihrer« Abfallbeute, einer Studentin einen Faustschlag versetzt hat, gleich danach kam das Rote Kreuz, dann einer unserer Ärzte, und zum Schluß wurde sie ins Zentrum gebracht.
>
> Wer ist sie? Wie heißt sie? Wie alt ist sie? Etwa 40. Wo wohnt sie? Wir finden heraus, daß sie keinen festen Wohnsitz hat, wahrscheinlich schläft sie in einem Abbruchhaus in der Altstadt!
>
> Ist es sicher, daß wir für sie zuständig sind? Ja, unser Dienst ist heute mit den sogenannten »Auswärtigen« dran. Wir müssen sie also aufnehmen.
>
> Was tun? Einstweilen behalten wir sie, es geht ihr schlecht, sie ist aggressiv, vielleicht hat sie Halluzinationen. Es ist unmöglich, sich neben ihr aufzuhalten, sie ist schmutzig, stinkt. Irgendwann

bittet man mich, daß ich etwas für sie tun soll, o Gott! Von wegen etwas, alles muß getan werden. Ich habe auch ein bißchen Angst, mich ihr zu nähern, was soll ich nur machen? Was soll ich ihr sagen? Muß man sie auch waschen? Und was soll man ihr dann anziehen?

Wir geben uns größte Mühe, etwas zum Anziehen für sie zu finden. Und so schälen wir sie aus den verschiedenen Lumpenschichten, die sie über der weiten, riesigen, wirklich dreckstarrenden Männerhose trägt; und der Schlüpfer? Kein Problem, hat sie nicht. Als sie nackt ist, entdecken wir, daß sie menschliche Züge hat, sie ist eine Frau im wahren Sinne des Wortes, jung, auch gut gebaut, wohlgeformt, mit durchscheinender Haut.

Kurz, wir machen mit ihr, was man macht, wenn man einen Landstreicher aufnimmt, man stärkt ihn, dann hilft man ihm, sich zu waschen, zeigt ihm, wo er sich aufhalten kann, was er tun kann, wo er seine Bedürfnisse erledigen kann und wo er schlafen kann. Von ihrer Seite kommen keine Reaktionen, sie antwortet nicht, als wäre sie stumm, manchmal grinst sie oder schneidet eine Grimasse. Unsererseits versuchen wir, einen Dialog mit ihr herzustellen.

Ich frage mich, wer von uns beiden mehr Angst hat, ob ich vor ihren Reaktionen oder sie vor meinen, sie vielleicht, aber ganz sicher bin ich nicht.

Unterdessen vergehen die Tage, und es scheint Wilma besser zu gehen, sie hat den wilden, verstörten Ausdruck verloren. Sie hat, wie man zu sagen pflegt, »ein zivilisiertes Verhalten« angenommen. Nicht, daß sie große Anstrengungen unternahm zu sprechen, aber wenigstens antwortet sie, einsilbig, mit einem, wie wir entdeckt haben, sehr feinen und schwachen Stimmchen.

Ein sonderbares Gefühl kommt in mir auf: Es ist, als hätte ich eine geheimnisvolle Person vor mir, vielleicht ist sie verzaubert worden, wer weiß, von wem, und wer weiß, warum. Ich frage mich, ob etwas oder jemand sie – wie im Märchen – daraus erlösen kann.

Nach und nach haben wir uns allmählich alle an Wilma gewöhnt, und zuletzt scheint es uns, als hätten wir sie »gezähmt«. Sie macht den Eindruck, als hätte sie sich im Zentrum niedergelassen, es ist weder schön noch gemütlich, aber, glauben wir, immer noch besser als die Straße, der Schmutz, die dunklen, ein-

samen Nächte, die Leute, die dich verachten, dir aus dem Weg gehen, dich meiden.
Doch eines Tages sehen wir sie nicht mehr. Sie ist gegangen.
Warum? Wohin? Wie? Wann?
So vergeht etwa ein Monat. Dann kommt eines Tages ein Anruf: Jemand hat sie gesehen, immer in der gleichen Gegend, in katastrophalem Zustand. Man muß sie holen. Jemand fährt los.
Wilma kehrt ins Zentrum zurück. Die gleiche Szene wiederholt sich: Brot und Milch, Dusche, frische Kleider, Bett und so weiter. Und erneut erliegen wir der Verzauberung, sind wie gebannt von dem Geheimnis, von dieser Person, die sich vor unseren Augen ganz langsam geöffnet und dann ... uns den Rücken gekehrt hatte, davongeflogen, fortgelaufen war.
Aber wie beim vorigen Mal ... rennt sie weg.
Dieses Mal (und es wird nicht das letzte sein) gehe ich sie zusammen mit Alba, der Sozialarbeiterin, in der Altstadt suchen. Wir sehen sie, wie sie durch die Gassen irrt, ein wenig verloren, dem Müßiggang hingegeben, den nur Penner so leben und ertragen können, indem sie sich ihm völlig überlassen.
Wir sprechen sie an, begreifen instinktiv, daß wir verführerisch sein müssen, konkurrenzfähig mit der absoluten Freiheit, der Luft, der Sonne, den Gassen, den Gerüchen der Straße.
Wenigstens ein bißchen gelingt es uns, denn sie steigt ohne Widerrede ins Auto. Wir freuen uns mehr als sie, wie Kinder freuen wir uns, daß uns die Unternehmung geglückt ist, sind in unserem Narzißmus auch ein bißchen stolz auf uns, überzeugt, jemandem nützlich zu sein.
Erneut nehmen wir sie auf, etwas anderes können wir ihr nicht bieten. Nach einer Weile fragen wir uns, wie wir ihr zu etwas Geld verhelfen können. Sie bekommt eine Unterstützung, so kann man auch daran denken, ihr ein paar Sachen zu kaufen, die Qual der Wahl besteht nicht, sie besitzt nichts, man muß bei Null anfangen.
Ich gehe mit ihr einkaufen, wir bleiben vor den Schaufenstern stehen (ich betrachte die Auslagen, sie hat noch einen recht verlorenen Blick). An einem bestimmten Punkt fängt sie an, mit schrecklicher Stimme zu schreien: »Was wollen die von mir? Sie schlagen mich, aufhören, aufhören!«
Wieder habe ich ein wenig Angst. Ich kann sie beruhigen, frage mich aber, ob ich diese Reaktion bei ihr ausgelöst habe. Viel-

leicht war ich trampelig wie ein Elefant, ohne viel Taktgefühl. Endlich gelingt es mir, ihr auf dem Markt etwas zu kaufen, diesmal ohne sie viel zu fragen. Ich wähle für sie aus. »Hoffentlich nimmt sie es an!« sage ich mir.

Einige Zeit später, bei einem dieser Streifzüge durch die Stadt, gehen wir zur Piazza Unità, ich will sie ins *Caffè degli Specchi* einladen, aber sie weigert sich hineinzugehen und fängt an zu spukken. Da begreife ich, daß man sie früher vielleicht einmal auf ungute Art dort weggeschickt hat. Wir stellen eine Regel auf: Wenn wir einen Kaffee wollen, zeige ich ihr, bevor wir in das Café gehen, das Geld, das wir zum Bezahlen brauchen werden.

Mir wird bewußt, daß es in der Stadt unendlich viele Orte gibt, die tabu sind, und andere, wo mir scheint, daß uns alle anstarren, als würden sie Wilma kennen, in manchen Lokalen nennen sie sie sogar beim Namen, schieben ihr ein Stück Kuchen hin oder ein Eis. In solchen Fällen weiß ich nicht, ob ich Nachsicht üben oder durchgreifen und ihr verbieten soll, etwas anzunehmen, da sie es sich jetzt ja erlauben kann zu bezahlen. Aber sie greift sofort nach der angebotenen Süßigkeit, sie ist ein Leckermaul, kann nicht widerstehen.

Nach und nach hat sie nicht nur mich fasziniert, sondern noch viele andere, darunter Alba und Luis, einen spanischen Praktikanten – erwähnt man ihn, glänzen ihre Augen, groß und blau.

Wir entdecken, daß das Wort »nein« in ihrem Wortschatz nicht vorkommt und daß es große Unannehmlichkeiten gibt, wenn jemand von uns ihr etwas abschlagen und sich Umschreibungen ausdenken muß, um »nein« zu sagen. Ab und zu läuft Wilma davon, stellt sich dumm, vergißt etwas. Oder sie behauptet, die Schuhe, die wir für sie gekauft haben, seien ihr zu eng, um nicht sagen zu müssen, daß sie ihr nicht gefallen oder daß sie gemerkt hat, daß sie übermäßig teuer waren, denn sie ist immer noch überzeugt, kein eigenes Geld zu besitzen. Und so geraten vielleicht auch wir mit ins Delirium. In einer Alchimie aus Möglichkeiten und Tricks kommt uns die Idee, daß sie zu einer Frau ziehen könnte, die wir seit einiger Zeit kennen: Sie lebt allein, weil sie die Mutter verloren hat, und braucht jemanden, der sich um sie kümmert.

Also begleiten wir Wilma hin, fahren mit ihr Bus, bereiten dann gemeinsam das Abendessen vor, später die Dusche. Eine Zeitlang schlafen wir abwechselnd dort, ich, aber vor allem Luis, ihr großer, schöner Luis, und ein anderer Praktikant. Uns ist klargeworden, daß man ihr einen Rhythmus, eine Regelmäßigkeit vorgeben muß, damit der Tag durch eine Reihe von Terminen gegliedert ist.

Zusammen mit Wilma zieht Leben in die Wohnung ein, sie wird gemütlich. Alba arbeitet weiter an ihrem Werk, aus dem Nichts ein Individuum zu erschaffen, ein Subjekt, das Rechte hat, ein Subjekt, das Teil einer Gesellschaft ist.

Und Wilma staunt darüber, vorhanden zu sein, sich auf ihrem ersten Personalausweis zu erkennen und auf dem Ausweis für die Rente (die sie ihr erst 1992 bewilligt haben). Und so betrachtet sie noch heute immer wieder zufrieden und ungläubig das Foto auf dem Dokument samt den Daten ihrer Person.

Aber man muß weitermachen, nicht stehenbleiben, wieder etwas Neues erfinden, darf sich nicht auf der Gastfreundschaft ausruhen, die ihr gewährt wurde. Zu prekär als Lösung, auch wenn bisher alles glattzugehen scheint.

In der Zwischenzeit sind keine ernsteren Verwicklungen oder Mißgeschicke mehr passiert, im Gegenteil, wir entdecken, daß Wilma einiges kann: lesen, auch ziemlich gut schreiben, vielleicht hat sie das Gymnasium besucht, ab und zu spricht sie von einer Nonnenschule, bleibt dabei aber immer sehr im Vagen, sie kennt die Beatles-Songs, liest Zeitung, wir entdecken sogar, daß sie weiß, daß es Bot und Cct, staatliche Schatzbriefe und Pfandbriefe, gibt, ab und zu, wenn wir es am wenigsten erwarten, rückt sie mit einem »Wunder« heraus, und es ist immer eine Offenbarung, vielleicht, weil man sich von ihr – zu Unrecht – wenig oder sogar überhaupt nichts erwartet, so ähnlich wie am Anfang.

An einem gewissen Punkt fragen wir uns, ob sie wohl in der Lage ist, allein zu wohnen, vielleicht mit ein bißchen Unterstützung ihrer Betreuerin, Sofia. Wir setzen alles auf eine Karte, stellen einen Antrag auf Sozialwohnung, und nach einer Weile bekommt sie ein Ein-Zimmer-Apartment zugewiesen, endlich eine Wohnung ganz für sich allein, ihre erste eigene Wohnung. Wir schreiben das Jahr 1992.

Wieder war es eine Herausforderung an die Welt, an die Ungerechtigkeit, die Ausgrenzung, die wirtschaftliche Krise, die Kürzungen im öffentlichen Haushalt, die angedrohten Gegenrefor-

men. Eine Herausforderung an die Alleswisser, die im klinischen Bericht einer der vielen psychiatrischen Anstalten, wo sie im fernen Jahr 1978 im ehrwürdigen (!) Alter von 29 Jahren eingeliefert wurde, über sie schrieben: »Anscheinend ein Fall von schizophrener Psychose paranoiden Typs mit geringen Aussichten auf Rehabilitation.«
Seitdem lebt Wilma in ihrer Wohnung in der Altstadt und nutzt zweimal in der Woche die häusliche Betreuung. Sie genießt ihre Geranien und das Stückchen Meer, das sie vom Fenster aus sehen kann, in Gesellschaft von zwei Distelfinken namens Tim und Pim.

Ich wandere ein wenig durchs Zentrum und stoße im Shiatsu-Zimmer auf Zhu Wen Juan. Jetzt heißt sie Valentina: Das ist der italienische Name, der ihrem chinesischen am ehesten entspricht, denn dieser bedeutet sowohl »Fleiß und Geduld beim Studium« als auch »Herkunft aus alter, wichtiger Familie«. Sie ist 43, geboren in Shanghai. Vor fünf Jahren hat sie einen Italiener geheiratet und ist nach Triest gezogen. Sie hat zwei Kinder. In Shanghai hat sie westliche und östliche Medizin studiert, aber hier wird ihr Titel nicht anerkannt. Im Zentrum bot sich ihr eine Arbeitsmöglichkeit: Sie gibt Massagen, nicht Shiatsu, das macht ihre Kollegin Annamaria, sondern eine ältere chinesische Massage, die sich mehr an der Akupunktur orientiert. Sie kann Nakkenverspannungen, Kopfschmerzen, Rückenschmerzen, Gedächtnisstörungen, Angst behandeln; durch ihre Massage haben sich zum Beispiel die Phobien eines Mädchens beruhigt, die ständig fürchtet, getötet zu werden.
Ich gehe weiter in den großen Saal. Dort sind viele neue Gesichter. Ich setze mich neben eine alte Signora. Sie hat Lust zu erzählen: »Ich bin wegen meiner Depression hier, es ist vor vielen Jahren passiert, ich erinnere mich nicht genau, ich lebte mit meiner Mama und meinem Bruder …

Meine Mama ist gestorben, mein Bruder auf und davon … ich lebe allein … früher war ich Friseuse, dann bin ich krank geworden, ich weiß nicht, warum, ich schwebte in Lebensgefahr … Mama ist 1972 gestorben … heute gehe ich meinen Bruder besuchen, der krank ist … aber er läßt mich nie die Enkelkinder sehen … den ganzen Tag bin ich hier, aber ich esse nichts zu Abend, weil ich abnehmen muß … Am Sonntag erledige ich daheim die Hausarbeit … dann höre ich im Radio die Schlager und den Wetterbericht … nein, Politik nie, ich mag Politik nicht, weil sie gefährlich ist, weil jemand, der Politik macht, immer in Gefahr ist … ich schlage mich so durch, ich bekomme die Mindestrente, habe eine Sozialwohnung … Nein, Tiere habe ich keine, die leben besser in Freiheit … und dann gibt es ja die Vöglein im Wäldchen … nein, ans Meer gehe ich nie, weil mich seine Erhabenheit erschreckt … ich begnüge mich mit dem Wäldchen vor meinem Fenster … Seit der Exhumierung besuche ich Mama nicht mehr, weil ich nicht mehr weiß, wo sie liegt …«
Jemand flüstert mir zu: »Sie hat 30 Jahre Irrenanstalt hinter sich.«
Ich drehe mich um und begegne dem Blick einer Frau mit sanftem Gesichtsausdruck, die ganz selbstverständlich mit mir zu sprechen beginnt: »Ich lebe mit einem Freund zusammen … ich war Versicherungskauffrau … dann bin ich nierenkrank geworden … mein Freund und ich, wir haben beide die Mindestrente … ich komme nur zum Mittagessen her und um die Medikamente zu nehmen … früher gingen wir ins Kino, mein Freund und ich, jetzt sind wir zu faul, aber ich langweile mich beim Fernsehen, da gibt es zu viel Sport … seit Mama tot ist, kann ich nicht mehr schlafen … sie wollten sogar, daß ich eine Schlafkur mache …«

Eine Frau mittleren Alters, dunkelhaarig, ordentlich, mit lebhaften Augen, bietet mir Kekse an. Es ist Violetta. Auch sie erzählt mir von sich: »Ich befinde mich in einer schlimmen Phase meines Lebens, ich habe nämlich Brustkrebs und bin seit Monaten in Chemotherapie … ich komme seit fünf Jahren hierher, weil ich vor fünf Jahren, nach der ersten Operation, sehr deprimiert war … Ich arbeitete als Hilfskraft im Ospedale Maggiore und putzte bei mehreren Familien … jetzt bekomme ich die Mindestarbeitsrente … Ich habe eine Tochter, die jetzt 34 ist, und zwei Enkelkinder, ich sehe sie oft … im Sommer nehmen sie mich mit ins Gebirge … Ich bin mit 30 Witwe geworden, ich mußte meine vierjährige Tochter ins Heim geben, sonst hätte ich nicht arbeiten können … nach sieben Jahren habe ich wieder geheiratet, aber es ist schiefgegangen, weil er trank … Ich bin den ganzen Tag hier … hier ist mein Familien-Zuhause … ich esse auch hier zu Abend … Am Sonntag gehe ich zu meinen Verwandten, aber zur Zeit nicht, weil ich schwach bin wegen der Chemotherapie und der Bestrahlung … alle Haare sind mir ausgegangen … das hier ist eine Perücke …« Dann gibt sie mir schüchtern den Text, den sie für *Luna e l'altra* geschrieben hat:

Die Geschichte von meiner Tischdecke

Gestern abend konnte ich nicht schlafen; ich bin aufgestanden und habe im Wäscheschrank gekramt. Es war beinahe Mitternacht: Ich suchte eine Tischdecke; endlich, nachdem ich alles auf den Boden geworfen hatte, habe ich sie gefunden und bin zufrieden eingeschlafen.

Am nächsten Morgen sind mir im Zusammenhang mit dieser Tischdecke wunderschöne Erinnerungen in den Sinn gekommen, die ich euch erzählen will.

Ich war 20 und ging in einen Stickkurs; die Lehrerin sagte zu mir: »Du mußt hellblauen Stoff und weißes Stickgarn kaufen.« Ein sehr schwieriges Unterfangen für mich, da ich kein Geld in der Tasche hatte, weil ich nicht arbeitete und mir von meiner Familie keine Hilfe erwarten durfte. Also suchte ich mir eine Arbeit als Dienstmädchen bei einer Familie aus Rom; im September bekam ich meinen ersten Lohn, leider nur sehr wenig, und begann, ihn für meine ersten Ausgaben aufzuteilen: die erste Handtasche und die ersten Nylonstrümpfe, mit dem, was übrigblieb, kaufte ich den Stoff und das Garn; ganz zufrieden stickte ich die Tischdecke. Damals brauchte man wenig, um zufrieden zu sein. Mit Begeisterung stellte ich am Ende des Kurses die Tischdecke fertig.

Die Jahre vergingen, ich habe geheiratet, aber nie ergab sich eine Gelegenheit, diese Tischdecke zu benutzen, weil die Ereignisse des Lebens es mir nicht gestatteten. Die Tischdecke wurde in den Schrank geräumt, und nach 40 Jahren habe ich sie hervorgeholt und mich, während ich sie betrachtete, gefragt: »Hat es sich denn gelohnt, so viele Stunden Arbeit für nichts zu vergeuden, wenn man die Decke dann nie auflegt?«

Mir bleibt von ihr das Bild einer zarten Person, die auch im Angesicht großer Leiden die kleinen Freuden des Lebens zu schätzen weiß.

Jetzt zieht es mich zu einer älteren, noch sehr schönen Frau von königlichem Äußeren, mit geschminkten, großen, dunklen Augen und einem violetten Filzhut auf dem Kopf. Sie sitzt an einem der vergoldeten Tischchen. Ihr Name ist Anastasia. Sie sagt zu mir: »Ich bin 64 und in Italien geboren, aber als ich fünf war, ist mein Vater nach Mostar gegangen … Er war Steiger, das heißt ›König‹, er war der Chef der Goldminen … Was für Minen? Es gibt nur Goldminen … Und auf unserem Gut hatte ich auch mein eigenes Pferd … Ich bin nach Triest gekommen, weil ich einen Italiener geheiratet habe, ich habe zwei Söhne, einer ist 38, der andere 36, sie sind verheiratet und gutsituiert … Ich lebe mit meinem Mann … Ich bin

krebskrank und habe eine Kriegsverletzung …« – sie zeigt mir einen Ausweis – »Kugeln in einem Bein, eine Wunde am Kopf … das war 1942 in Mostar … Hier in der Via Gambini rede ich nie mit den anderen, weil sie Schimpfwörter benutzen … Ich war Pilotin, Ballerina, und im Krieg betreute ich Verwundete und Kinder … Jetzt arbeite ich als Journalistin … ich schreibe über die Zigeuner, weil sie frei sind und keine Wohnung haben … Ich habe jetzt auch keine Wohnung, schlimmer als die Zigeuner … Mein Vater war ein großer Herr … Ich bin Regisseurin, habe mehrere Cowboyfilme gedreht … Mein Bruder ist Regisseur in Mostar … Aber ich kann keinen Film machen, wenn ich nicht als Schauspielerin mitwirke … Ich spreche Serbisch, Kroatisch und Slowenisch, aber ich möchte in Italienisch auftreten … Ich habe sechs Kriegsverletzungen und habe wohl ein Recht auf die Rente.« Anastasia trägt ein buntes Stoffbändchen um das Handgelenk. Ich sage zu ihr: »Das bringt Glück.« Und sie: »Nichts bringt es … ich bin ein kleines Mädchen.«
An ihrem stolzen Aussehen und dem stets hoch erhobenen Gesicht erkenne ich unter den anderen eine Frau, die täglich nach dem Mittagessen den Tisch abräumen hilft. Ihr Name paßt zu ihr: Regina. »Mit zwölf«, erzählt sie, »war ich immer allein zu Haus … ich machte es mir bequem und las Bücher … ich las *Vom Winde verweht* … da kommt mein böser Papa, sagt zu mir: ›Was für Zeug liest du da! Wirf das Buch weg!‹ … und gibt mir Tolstoi zu lesen und befiehlt mir, hinterher einen Kommentar zu schreiben … Ich habe den Kommentar geschrieben, er hat mich sehr gelobt, dann hat er mir *Die Brüder Karamasow* gegeben … Ich liebe die französischen Klassiker, zum Beispiel *Die Kartause von Parma*, *Madame Bovary* … Ich

habe sie meiner Tochter zu lesen gegeben, als sie 18 war … Meine Tochter ist dann nach Frankreich gefahren, sie wollte die Kathedrale sehen, die in einem Buch beschrieben war, das ich ihr geliehen hatte … Ich erinnere mich nicht mehr an den Namen des Ortes … Mit 14 habe ich angefangen, in der Schneiderei zu arbeiten, wir waren 18 Mädchen dort, mit 27 habe ich einen Seemann geheiratet, er fuhr mit mir und meiner Tochter durch die Welt, wir bekamen 80 Prozent Rabatt … Ich bin hierhergekommen, weil ich nervlich am Ende war … vielleicht, weil ich Dr. Reali gefragt habe, ob ich als Ehrenamtliche mit den Frauen spazierengehen dürfte, wenn sie aus der Irrenanstalt herauskamen … vielleicht hat die Gesellschaft dieser Frauen mich angesteckt … mir wurde gesagt, meine Krankheit sei die Depression … Sie machen auf mich den Eindruck einer unbeschwerten Frau … Jetzt ist mir der Autor des Buches wieder eingefallen, in dem von der Kathedrale die Rede ist: Er heißt Roger Martin du Gard … das Buch ist eine lange Saga mit dem Titel *Die Thibaults* … Aber ich mußte viele Bücher verschenken, weil ich an Stirnhöhlenvereiterung leide und gegen Staub allergisch bin … Ich habe mir ein Buch von Erica Jong ausgeliehen, sie gefällt mir, weil sie die Wahrheit unverblümt ausspricht, ohne Schnörkel …« Ich bitte sie, mir etwas zu zeichnen. Sie malt einen dicht belaubten Baum und sagt dazu: »Siehst du, ich bin phantasievoll, eine Träumerin.« Dann malt sie noch einen ganz zarten Bambus: »Ich bin abstrakt, manchmal zu sehr, schau diese Pflanze an, ihr fehlt die Basis, sie hat keine Wurzeln.« Sie entfernt sich, dann kommt sie zurück und sagt: »Jetzt ist mir auch der Name der Kathedrale wieder eingefallen, es ist die von Besançon.«

Edoarda ist heute ganz traurig. Sie beklagt sich, daß die Fußpflegerin fehlt. Pina hat ihr gesagt, sie sei schon weggegangen. Sie jammert: »Wie soll ich bloß gehen mit diesen Hühneraugen an den Füßen?«
Am frühen Nachmittag findet im Shiatsu-Zimmer die Sitzung über den Gesundheitszustand der Frauen statt. Sie sprechen über ein Mädchen, Manuela: In diesem Moment ist sie zwangseingewiesen im San Giovanni; sie fühlt, daß sie nicht mehr der glitzernden Welt des Jet-set angehört, akzeptiert aber nicht, daß diese Welt sie wegen ihrer Krankheit ausgrenzt; sie weigert sich, Lithium zu nehmen, weil sie es »teratologisch« findet; sie möchte gern ein Kind bekommen, aber nicht jetzt. Paola, die junge Psychiaterin des Zentrums, mußte Manuelas Schwester fortschicken, sonst wären die beiden sich in die Haare geraten. Dann geht es um eine junge Serbin, die eben erst in der Via Gambini eingetroffen ist, und die Diskussion verlagert sich auf das Problem der Gesetzeslücken im Kampf gegen den Frauenhandel, wenn diese Frauen aus dem Osten kommen. Sie wollen das Frauenzentrum oder die Einrichtungen des San Giovanni nutzen, um eine Aufenthaltserlaubnis zu erhalten und in Italien zu bleiben; aber es gelingt im Augenblick nicht, diese Forderungen zu erfüllen; jemand schlägt ironisch vor, man solle ihnen eine Zugfahrkarte nach Serbien bezahlen und ihnen vor der Abreise eine Dosis Serenase verabreichen. Aber Hilflosigkeit und Ohnmacht sind groß unter den Betreuerinnen, die für die Zukunft breitgefächerte Initiativen unter Einbeziehung weiterer Sozialstrukturen planen, um eine Änderung des Einwanderungsgesetzes zu beschleunigen.
Nach der Sitzung frage ich Assunta, was »teratologisch« bedeutet. »Es bedeutet monströs, mißgebildet, von *teras*,

das heißt ›Wunder, Ungeheuer‹ und *logos*.« »Und warum sagt Manuela nicht monströs?« »Wenn sie deliriert, benutzt sie Argumente von unschlagbarer Logik, geometrische Figuren, Zahlen und Aufstellungen, kurz gesagt, sie wird hyperrational … ihr Delirium ist nämlich teratologisch.«

Maria Lourdes' Tante ist sie besuchen gekommen. Im Weggehen sagt sie zu mir: »Ich habe ihr einen Talisman mitgebracht, jedenfalls gilt er in Afrika als solcher … Er wird ihr helfen, wenn sie schlimme Gedanken hat.« Maria Lourdes hat sich auf die Treppe gesetzt, umklammert den Talisman, ein rotes Stoffsäckchen mit mir unbekanntem Inhalt, und beklagt sich: »Seit heute morgen weine ich immerzu, weil man im San Giovanni nicht Liebe machen darf, und jetzt muß ich jede Nacht dort schlafen … Wenn ich noch öfter mit Ihnen über ihn spreche, Signora, riskiere ich Nadeln in den Adern … Ich stamme nämlich aus Böhmen und habe Zigeuner unter meinen Vorfahren … mein Ururgroßvater fuhr in Böhmen Kutsche und hatte zehn Kinder … meine Zigeunervorfahren sind schon tot … sie zählen viel, diese Ahnen, denn ich habe böhmische breite Hüften und will zwölf Kinder: Rudolf, Erika, Andrea, Giovanni, Giacomo, Gianni, Mattia, Alessio … mal sehen, mir fehlt das Namensbuch … wie viele haben wir bis jetzt? … die achte nenne ich Maria Lourdes … dann Loredana … dann Andrea junior …« Unterdessen ist Assunta dazugekommen: »Das soll ein Mädchen werden.« »Dottoressa, würden Sie mir noch mal Feuer geben, bitterschön?« »Wieso bitter? Bitte heißt das!« »Ich bitte um den bitteren Rauchgenuß.«

In einem T-Shirt mit Haifischen, ein weißes Frotteeband um den Kopf, irrt Franca durch das Zentrum. Sie schließt halb die Augen, um zu schauen. Ich frage sie, ob sie kurzsichtig ist wie ich. »Nein, ich schiele. Ich wollte die Optik verändern, deshalb habe ich zu schielen angefangen ... wenn man schielt, sieht man das Leben mit anderen Augen ... du hast noch nicht kapiert, wie ich bin, ich lebe mal hier, mal da, sage, was mir paßt.«

Dann kommt eine Frau, die ich nun zum erstenmal sehe. Sie war im Gebirge bei Verwandten, die einen Schreibwarenladen besitzen und ihr viele Bögen schönes Geschenkpapier mitgegeben haben. Sie breitet sie auf dem Tisch aus und möchte sie dem Zentrum stiften: die mit den Tulpen für die Mädchen, die nach Amsterdam fahren, die mit den Briefmarken für mich, die ich schreibe, die mit den Vögeln für die, die keine Angst vorm Fliegen haben. Dann zeigt sie auf ein ganz rotes Papier: »Beunruhigend«, kommentiert sie, »sieht aus wie ein Brand«, und während sie einen anderen Bogen betrachtet, auf dem lauter graue Kieselsteinchen abgebildet sind: »Das schenken wir dem San Giovanni, weil sie, als ich klein war, immer zu mir gesagt haben: ›Ich schick dich zum Steinchenzählen in die Irrenanstalt.‹«

Als ich am Spätnachmittag in der Bibliothek sitze, kommt Gisella herein. Sie ist eine schöne Frau um die 40 und trägt stolz ein schwarzes T-Shirt, auf dem in Weiß geschrieben steht: »Von nah besehen ist niemand normal.« Sie setzt sich zu mir, weil sie weiß, daß ich über das Zentrum schreibe, und mir von sich erzählen will: »Ich habe einen Massagekurs mitgemacht«, beginnt sie, »aber jetzt finde ich keine Klienten, deswegen arbeite ich als Putzfrau hier bei der Kooperative. Hast du gesehen, ich habe gerade meine Schicht beendet. Ich verdiene 900 000 Lire im Monat für vier Stunden pro Tag ... Ich habe mit 20 geheiratet und lebte ganz ruhig mit meinem Mann … nach elf Jahren haben wir uns getrennt … entweder weil er mich betrog … oder weil ich es mir eingebildet habe … Ich habe eine achtzehnjährige Tochter, aber er läßt sie mich nicht sehen, weil sie mir das Sorgerecht entzogen haben … ich habe die Kleine seit neun Jahren nicht mehr gesehen … Ich habe mit einem Mann zusammengelebt, der ein Schläger und ein Säufer war, den habe ich wegen Mißhandlung angezeigt … von ihm habe ich einen Sohn, der erst einer Pflegefamilie anvertraut und dann adoptiert worden ist … Ich lebe allein … ich habe eine Beziehung, aber diesen Mann liebe ich nicht, die ersten beiden habe ich geliebt … 1988 bin ich in die Via Gambini gekommen … damals hat mich Alfonso behandelt … jetzt nehme ich keine Medikamente mehr … In der Freizeit liege ich da und rauche oder sehe mir Krimis, Mafia- und Kriegsfilme an … Es hat in meinem Leben eine große Tragödie gegeben … 1987 hat meine Schwester einen Selbstmordversuch gemacht … ihr Mann hat sie in die Irrenanstalt gebracht … als sie heimgekommen ist, ist sie gestorben … sie behaupten aber, sie hätte sich umgebracht … Ich glaube nicht, daß sie es selbst getan hat, sie hätte sich nicht auf diese Weise umbringen können, weil sie kein Blut sehen konnte, sie hätte den Gashahn aufgedreht … sie war 40 Jahre alt und hatte drei Kinder … Auf den Friedhof gehe ich nicht, weil es mir angst macht und ich es für sinnlos halte … Hier gefällt es mir jetzt, zuerst schien es mir nur eine Irrenanstalt zu sein, dann habe ich begriffen, daß es anders ist … Ich mache gern Yoga, schreibe gern, vor allem male ich gern … Siehst du« – sie zeigt mir zwei Bilder im Gang – »die sind mit ›Gisa‹ signiert, sie sind von mir … Seit meine Beziehung zu Ende ist, geht es mir schlecht … er hat sich für ein paar Nächte mit einer Zigeunerin zusammengetan und mußte sie heiraten, weil sie schwanger geworden ist und die Brüder des Mädchens ihn bedroht haben … Ich nehme keine Antidepressiva mehr, weil Assunta gesagt hat, das macht es noch schlimmer … Ich möchte zu ihm zurück, ich liebte ihn sehr, obwohl er mich schlug … meinen jetzigen Lebensgefährten dagegen liebe ich nicht, er ist Lehrer für Italienisch und Erdkunde und in mich verliebt … Was ich sagen will, ist: Das Frauenzentrum hat mir sehr geholfen, im guten wie im bösen, und außerdem, weil es mir ermöglicht hat, hier zu arbeiten … Ich habe zwei Wünsche, die nicht zu verwirklichen sind: wieder mit dem zusammenzusein, der mich schlug, und an einen einsamen Strand in der Karibik zu fahren, aber nicht allein … Nein, gestern habe ich nicht gewählt, weil sie lauter Blödsinn erzählen über die Arbeitslosigkeit … Wenn du hier reinkommst, verlierst du alle Freunde, weil sie sich deiner schämen und egoistisch sind … aber ich schäme mich nicht, hier zu sein …« Sie trägt einen seltsamen Ring am Finger, auf dem »Indianapolis« steht: »Das ist das einzige Geschenk, das mir von Rino geblieben ist, eines Tages, als ich nicht zu Hause war, ist er mit der Zigeunerin gekommen, und die Zigeunerin hat mir alles genommen, Kleider und Schmuck.« Sie hält abrupt inne, steht auf und geht weg.

Im Treppenhaus steht eine Frau um die 60. Ich trete zu ihr und frage, ob sie mir ihre Geschichte erzählen will. Sie sträubt sich, sagt lächelnd: »Mein Kopf brutzelt, es geht mir sehr schlecht.« Dann folgt sie mir in die Bibliothek. Sie heißt Edvige. Sie spricht wirr: »Ich stamme aus Istrien … mein Gehirn brutzelt … ich schlafe wenig … bin benommen … vielleicht die Medikamente … sie haben so viele an mir ausprobiert … es hat nie was genützt … Signora, sie werden mich doch deshalb nicht in die Irrenanstalt schicken? … Es heißt, die Anstalten seien geschlossen worden … warum? Ich lebe allein … ich möchte so gern aus dieser Welt heraus, aber ich habe Angst hinauszugehen … einmal bin ich mit dem Bus gefahren, er macht so viel Lärm, da brutzelt mein Kopf noch mehr … Abends esse ich hier … Ich schaue nicht fern, die Programme gefallen mir nicht, aber ich höre Radio, ich höre alle Schlager … aber mit meinem närrischen Hirn kann ich mich nicht konzentrieren … Ich habe an nichts mehr Freude … Ich gehe allein in die Kirche und bitte Gott, daß Jesus, wenn er auf die Erde kommt, alle diese Krankheiten wegfegt … seit sieben Jahren geht es mir schlecht … Zuerst habe ich als Krankenschwester gearbeitet, dann als Schneiderin … vor elf Jahren habe ich mich von meinem Mann getrennt, weil er mich schlug … wir wohnten in einer Villa, er verdiente gut … jetzt hat er mit anderen Frauen seinen Spaß in der Villa … Er gibt mir 300 000 Lire im Monat … Ich habe nur fünf Klassen Grundschule … mit 19 habe ich geheiratet … mein Mann hat mich überredet, mit dem Arbeiten aufzuhören … er war ein Egoist, wollte immer im Mittelpunkt stehen, wollte nur über Frauen reden … ›die ist schön‹ … ›die kann was‹ … ›nicht so wie du‹ … er quälte mich, und da habe ich einen Nervenzusammenbruch gekriegt … er packte mich auch an der Gurgel … schlug auch den Sohn … nach ein paar Jahren sind die Meinungsverschiedenheiten losgegangen … Ist es besser zu Haus oder in der Irrenanstalt? Besser die Irrenanstalt, ich bin gar nicht froh, daß Basaglia die Anstalten geschlossen hat, denn dort war man in Gesellschaft, es gab mehr

Leute … hier gibt es auch Leute … aber keine Männer … und man müßte öfter Ausflüge machen … ich möchte gern öfter zu Jenny fahren, weil sie mir immer sagt, daß ich schöne Haare habe, aber es ist zu teuer …« – sie lacht, streicht sich übers Haar – »… Ich habe schöne Haare … ach, ist es schön, den Kopf frei zu haben!«
Jedesmal, wenn wir uns begegnen, antwortet Edvige von da an auf meine Höflichkeitsfrage »Wie geht es dir?« mit ihrem »Mir brutzelt der Kopf!«, was sie ständig wiederholt, sobald ihr irgend jemand nahe kommt – es ist fast so etwas wie ihr Spitzname geworden im Zentrum, wo man gewöhnlich scherzhaft kontert: »Was meinst du – sollen wir Spiegeleier drin brutzeln?«, oder: »Wollen wir einen Fisch drin braten?«
Es beeindruckt mich, daß sie diesen Ausdruck verwendet anstatt eines anderen wie: »Ich habe Kopfweh«, »Mir schmerzt der Kopf«, »Mir ist schwindlig im Kopf«, »Mein Kopf ist leer«, »Mein Kopf platzt gleich«, »Mein Kopf ist schwer«, und ich frage mich, ob es etwa zusammenhängt mit der Erinnerung an ein: »Hau ab, verbrutzel dich!«, das ihr in der Vergangenheit vielleicht wer weiß wie oft beleidigend gesagt worden war.
Doch dann scheint mir, als verweise es eher auf ein ganz besonderes Gefühl, das ihr schon bekannt und ins Gedächtnis ihres Körpers eingeschrieben war, als auf eine sprachliche Formel. Ich lese nämlich in ihrem Blick so etwas wie ein Zischen, ein Beben, ein Knistern, fast einen Glanz, der sich verstärkt, wenn ich die Rede auf ihr bißchen Schmuck, ihre Pailletten, die Blümchen auf ihrem Rock bringe.
Dann sehe ich in diesem »brutzeln« weder Spiegeleier noch Fische noch sonstige Nichtigkeiten, sondern ein

kleines goldenes Aufwallen, ein Knistern von Feuer, das Flügelrauschen des kindlichen Eros.

Oder hat sie vielleicht vor langer Zeit Elektroschocks bekommen, und das heutige Gefühl ist ein Nachhall jenes Traumas?

Abseits auf den Treppenstufen sitzt noch eine Frau, die ich gerne interviewen möchte. Sie heißt Natalia. Eine würdevolle Signora, schlank und gut frisiert. Immer traurig.

Sie ist von einer schlichten, altmodischen Eleganz, scheinbar ungezwungen, leicht sportlich – blaue Jacke und weiß-blau gestreifte Leinenhose –, die in den fünfziger und sechziger Jahren viele blonde Mädchen – ihnen stand diese Kleidung besonders gut – aus dem soliden Bürgertum mancher Teile des Nordens – eher Turin als Mailand – oder des Südens – eher Positano als Capri – auszeichnete: die Farben, weiß und blau, die Stoffe, Leinen und Baumwolle oder Seide und Wolle, die Schnitte, *alla marinara*, und noch heute geht davon, in der Kombination weiße Hose, blaues T-Shirt oder umgekehrt, selbst im Wandel und Fluß der Moden jenes Flair von Klasse aus, das keiner der großen Modeschöpfer, die im Augenblick *en vogue* sind, je erreichen oder übertreffen kann.

Ich setze mich neben sie und bereite mich darauf vor, ihr zuzuhören, wenn sie Lust hat zu reden. Und sie erzählt gelassen: »Ich bin Slowenin … Ich lebe seit 28 Jahren in Triest, weil ich einen slowenischen Flüchtling geheiratet habe, der schon 1946 weggegangen ist … er hatte eine gutgehende kleine Seilfabrik … Ich kann genausogut Italienisch wie Slowenisch und kann auch Kyrillisch schreiben, weil sie uns in der Schule dazu zwangen … Es war eine glückliche Ehe, aber mein Mann ist bei einem Verkehrsunfall gestorben, die Fabrik ist eingegangen … Jetzt lebe ich mit meiner Tochter, sie ist 28 … In Slowenien hatte ich im Hotelfach Diplom gemacht … man arbeitete vor allem mit den Deutschen … Als ich nach Triest gekommen bin, wurde mein Diplom nicht anerkannt, deshalb arbeitete ich eine Zeitlang in der Altenpflege … 1989 ging es mir zum erstenmal schlecht, ich hatte Visionen … ich sah einen beleuchteten Friedhof … damals rüstete man zum Krieg in Jugoslawien … ich wurde ins San Giovanni eingeliefert … nach wenigen Tagen haben sie mich wieder entlassen, aber die Depression ist nie vorbeigegangen, vielleicht, weil sie mit meiner Einsamkeit und meinem Leid zusammenhängt … Die öffentliche Meinung ist schrecklich, wenn es dir schlecht geht, wenden sich die Freunde ab, du findest keine Arbeit … du bist verrückt, es ist, als lebtest du auf einmal auf einer kahlen Insel … Ich verbringe den ganzen Tag hier, es ist kein lustiger Ort, aber zu Hause wäre es noch schlimmer, ich wäre zuviel allein … die Freunde sind davongeflogen … Ich kann mich nicht mehr konzentrieren, früher las ich sehr viel, die klassischen russischen Autoren, die jugoslawischen Schriftsteller, besonders gut gefiel mir Ivo Andrić … jetzt gelingt es mir kaum, ein bißchen Musik zu hören … zuerst nahm ich hier an den Fortbildungskursen teil, jetzt kann ich das nicht mehr, ich hoffe, es ist nur eine Phase, die vorübergeht … Meine Kindheit war glücklich, meine Eltern waren arm, aber wunderbar … wir wohnten auf dem Land … es gefiel mir so gut … aber jetzt, seit ich krank bin, zieht es mich nicht mehr dorthin … Ich bin nicht erst nach dem Tod meines Mannes krank geworden, sondern auch gleich nach dem Krieg … ich litt an Verfolgungswahn, weil Titos Polizei mich für den Geheimdienst einspannen wollte, da ich hübsch war und Sprachen konnte …«

Edoarda überquert mit unsicheren Schritten den Treppenabsatz. Sie fragt Natalia und mich: »Hat meine Hose ein Loch?« Wir versichern ihr, daß es nicht so ist.
Ich bin des Geschichtenhörens müde. Ich flüchte mich wieder in die Bibliothek. Ich bin allein und sehe mich um. Auf einer Staffelei lehnt ein wunderschönes Foto von Tina Modotti; darunter steht ein Satz von ihr: »Ich akzeptiere den tragischen Konflikt zwischen dem Leben, das sich ständig verändert, und der Form, die es unwandelbar festhält. Mexico City, 14. November 1926.« An den Wänden hängen Amalias Bilder. Ich denke an die seltsamen Übereinstimmungen oder umgekehrt die Gegensätze, die zwischen dem Körper eines Künstlers – und dem Ambiente, mit dem er sich umgeben hat – und seinem Werk bestehen können, oder auch an die mögliche Distanz. Bei Picasso und Morandi herrscht Übereinstimmung; Gegensatz bei Bosch oder Botero; Distanz bei Mondrian.
Nun sehe ich bei Amalia Spaltung, nicht weil sie »geistig« gespalten ist – das war, unter den vielen Künstlern, auch van Gogh –, sondern weil ich einen unheilbaren Bruch sehe zwischen ihren Bildern, auf denen Formen, Farbe, Klang durch Räume irren, und ihren Comics und Zeichnungen, die unter dem Motto »Wolken, Kometen und Beignet« einige Jahre eine kleine Zeitschrift des Vereins *Luna e l'altra* zierten und die, in ihrer doch zarten Poesie, nicht zwischen den Räumen umherirren, sondern kleine Schiffchen sind, gut verankerte in Raum und Zeit – und auch in bestimmten Moden: zum Beispiel dem »Feminismus« des Zentrums. Amalias Bilder erinnern mich vage an einen von mir sehr geliebten Maler, Lyonel Feininger. Und mir fällt ein, daß er, der Künstler, den wir kennen, mit seinem so sehr verfeinerten, so geometrisch-musika-

lischen Strich, unverwechselbar in seinen Gemälden wie in seinen Zeichnungen, davor unter anderem als einfallsreicher Karikaturist für amerikanische Zeitungen gearbeitet hat. Daher frage ich mich, wodurch in Amalia diese stilistische Einheit zerbrochen ist oder was ihr, nachdem sie zerbrochen war, nicht gestattet hat, in der einen oder anderen Richtung fortzufahren oder beide auf irgendeine Weise zu vereinbaren. Ich weiß nicht, was mit Frida Kahlo geschehen wäre, wenn sie nicht Diego Rivera geheiratet hätte, doch wir wissen, was Camille Claudel, der Schülerin und Geliebten von Rodin, zugestoßen ist – er hat sich auch ihr Werk angeeignet. Auch was aus Colette geworden wäre, wenn sie sich nicht von ihrem Mann befreit hätte, wissen wir nicht. Ganz sicher aber weiß ich, wie schwierig es für Frauen war und noch heute ist, sich auszudrücken – vor allem im intellektuellen und künstlerischen Bereich. Der Einbruch der Frauen in die Männerdomänen (Beruf, Geschäfte, sogar Kriege) ist zwar gerade noch geduldet worden, doch ihre Fähigkeit, ein Werk – ein Gemälde, ein Buch, eine Symphonie – zu schaffen, verunsichert die Männer viel mehr. In der künstlerischen Erfahrung verwandelt sich der Körper in Stil und entzieht sich daher jeglicher Kontrolle. Wenn nun der Mann sich dem Körper einer Frau entgegenstellen kann bis hin zu Vergewaltigung oder Tötung, so ist er angesichts eines in Stil verwandelten Körpers so machtlos wie gegenüber einem Gespenst. Ich wünsche mir also, daß Amalias Gespenst beunruhigend umgehen möge in den Träumen der Männer ihres Lebens – und daß sie, von der ich nichts weiß, ihren künstlerischen Stil wiederfinden möge.
In der Bibliothek hängt ein rosa Vorhang. Es ist der schönste Raum im Zentrum. Es ist auch der für Gespräche aus-

gestattete Raum. Franca kommt herein und fängt an zu schreiben. Sie hat eine rote Rose mitgebracht, die sie in ein Loch im Aschenbecher steckt. Sie sagt: »Rosen müssen atmen und gepflegt werden. Paß auf, daß Graziella oder Maria Lourdes, wenn sie hereinkommen, nicht ihre Asche darauf abklopfen.« »Warum stellst du die Rose nicht ins Wasser in einem Krüglein?« schlage ich vor. »Zuviel Luxus«, antwortet sie. Sie trägt einen antiken Ring am Finger. »Er gehörte meiner Tante«, sagt sie, »ich trage ihn umgedreht, dann sieht er aus wie ein Ehering ... Oder ich verkaufe ihn, weil ich niemanden mehr habe, dem ich ihn hinterlassen könnte.« Unterdessen kommt eine Frau, die sich in Erwartung ihres Gesprächs auf einen Stuhl setzt. Franca geht: »Ich hinterlasse dir die Rose und diese Frau.« Die Frau hält mich für eine Psychologin: »Gestern habe ich zum erstenmal nervöse Beschwerden gehabt, und der Hausarzt hat mich hierhergeschickt.« Ich gehe ins Apothekenzimmer und hole Giovanna.

Es ist der Abend, an dem ich, so ist beschlossen worden, gemeinsam mit den Frauen, die zwangseingewiesen wurden oder sich freiwillig dort in Behandlung begeben haben, im San Giovanni schlafen soll. Ich bin Sabina anvertraut, die heute Nachtschicht hat. Also bleibe ich zum Abendessen in der Via Gambini bei den wenigen noch übrigen Frauen, darunter Maria Lourdes und Melania, die freiwillig in Behandlung sind, und Edoarda, für die heute nachmittag die Einweisung ins San Giovanni für diese Nacht beschlossen wurde, da sie einige klinische Untersuchungen machen lassen muß. Wie immer gibt es ein kaltes Abendessen. Um 20 Uhr lädt Sabina uns ins Auto, Melania, Maria Lourdes und mich hinten, vorn neben sich

Edoarda, die wegen der Hühneraugen an den Füßen und wegen einer allgemeinen Schwäche kaum noch gehen kann und gestützt werden muß.

Das San Giovanni liegt in einem schönen Park. Die Einrichtung der Abteilung für mentale Gesundheit trägt die unverwechselbare Handschrift von Antonio Villas. Der Gemeinschaftsraum, als Kantine, Wohnzimmer und Sitzungszimmer vorgesehen, geht auf eine große Terrasse hinaus; die Schlafzimmer, den Flur entlang, liegen nah bei den modern ausgestatteten Bädern und haben einen eigenen gemeinsamen Aufenthaltsraum mit Tischen, Sesseln, Telefonen, Kaffee- und Getränkeautomaten. Auf der Krankenstation empfängt uns Mariella, die Oberschwester, groß, blond, lächelnd und herzlich. Sie informiert Sabina und ihren Kollegen Antonino über die Situation der verschiedenen Leute während des Tages und geht. Die beiden werden sie vertreten. Das Zentrum ist nämlich gemischt, deshalb sind immer ein Pfleger und eine Schwester da. Antonino ist Sizilianer, arbeitet seit langem im San Giovanni, ist verheiratet, hat zwei Kinder.

Edoarda klagt über ihre Hühneraugen, kann aber ihre Schuhe nicht ausziehen und will sich unbedingt die Zähne putzen. Sabina säubert ihr die Brille, die etwas Zahnpasta abbekommen hat, zieht sie aus und bringt sie zu Bett.

Maria Lourdes beginnt zu weinen: »Ich halte dieses Bumbum der Musik nicht aus.« Sabina wechselt die Kassette in der Stereoanlage im Wohnzimmer.

Durch die Flure irrt ein sehr junger Mann. Antonino erzählt mir, daß er eine Haschischvergiftung hat. Maria Lourdes bietet ihm eine Zigarette an, aber er lehnt sie ab: »Tabak rauchen schadet wirklich«, sagt er. Dann beginnt er zu schreien und will gewaltsam hinaus. Antonino hält ihn fest, während Sabina telefoniert, um sich Hilfe bei den Ärzten zu holen, die diese Nacht Bereitschaftsdienst haben.

Endlich lerne ich Manuela kennen, über die ich während der Sitzung heute nachmittag viel gehört habe.

Bevor ich auf sie zugehe, frage ich Sabina, warum sie zwangseingewiesen wurde: Sie hat eine gewalttätige, manische Phase gehabt. Manuela redet gern und erzählt mir: »Ich habe 1984 mein Studium in Triest abgeschlossen mit einer Doktorarbeit über *Herkunft und Geschichte der Büffel auf der italischen Halbinsel* … Ich arbeite in einem landwirtschaftlichen Betrieb, der mir und meiner Familie gehört … Ich studiere immer … Wenn ich etwas nicht weiß, lerne ich es … Ich habe einen Kurs für kontemplative Meditation besucht, der ein Chaos in mir ausgelöst hat, eine manische Krise … Ich habe die gesamte Vergangenheit in Frage gestellt und vielleicht, wie Jung sagt, die Zukunft vorweggenommen … Ich bin 40 Jahre alt … Ich bin nicht verheiratet, weil es mich vorerst mehr interessiert, mich selbst wieder zusammenzusetzen … ich bin noch zu sehr Tochter, bevor ich heirate, muß ich zur Frau werden … Mein Vater ist gestorben, als ich 15 war, und so ist der Filter zwischen mir und meiner Mutter weggefallen … Meine Mutter war mir eine große Stütze … Ich bin in vielen psychiatrischen Kliniken behandelt worden, hier behandeln sie mich jetzt besser … Aber wie soll ich es im *day hospital* in der Via Gambini aushalten? Ich mag den großen Raum nicht, ich mag gern Tätigkeiten an der frischen Luft … Außerdem werde ich darüber nachdenken müssen, meinen Anteil am Betrieb mit Hilfe meiner Schwester zu veräußern, um endgültig zum Studium zurückzukehren … Soziologie, Landwirtschaft, Essenstabus in den verschiedenen Religionen, soziale Organisation ... vielleicht auch, um eine Familie zu gründen ... ich habe einen Menschen, der mir nahesteht, bin aber nicht wirklich in ihn verliebt ... Wenn ich in einer manischen Phase bin, spüre ich eine Riesenwut auf die nichtsnutzigen Frauen, die, die den Postfeminismus benutzen wollen, um Macht auszuüben ... Die Frauen sollen weder über noch hinter dem Mann stehen, sondern gleich sein ... Die Frau ist an sich gleich, und es gibt keine Notwendigkeit, das ständig zu beweisen ... Von den vier Pfeilern des Lebens müssen zwei von einem Mann und zwei von einer Frau gestützt werden ... Heute wollen die Frauen drei Pfeiler halten, deswegen ist das Haus des Lebens nicht mehr im Gleichgewicht und die Gesellschaft aus den Fugen.« Und um es zu verdeutlichen, zeichnet sie in mein Heft ein Quadrat, unterteilt es in vier Teile, in die sie je eine Zahl schreibt, und erklärt mir dann die verschiedenen möglichen Kombinationen: »Die Frauen wollen ihr Modell eines Hauses nach draußen tragen, in die Gesellschaft ... Es ist keine Frage von Feminismus, sondern von Kompetenz, deshalb bin ich gegen die Chancengleichheit ... Wenn ich in einer manischen Phase bin, kommt eine große verbale und physische Wut in mir hoch ... oder ich entfalte eine große Freigebigkeit ... aber immer nach dem Verdienst ... ein Adelsmotto hieß: *Merito et tempore*, also daß man durch Verdienst und Zeit alles erreicht ... in diesen Momenten von Freigebigkeit verschenke ich alles, Kleider, Schmuck, Goldmünzen, Uhren ... sie werfen mir vor, daß ich die Dinge verschleudere ... aber es liegt eine Logik im Geben und Nehmen ... Auch im Bestrafen liegt eine Logik ... ich verteile und bekomme dauernd verbale Strafen ... Aber wenn man nimmt, muß man vor allem Zuneigung und Hingabe nehmen … In solchen Augenblicken packt mich auch die Manie, die Gesellschaft und die Politik zu reformieren … Ich bin auch sehr religiös … Religion kommt von *religo*, was ›Bindung‹ bedeutet … ich bin christlich-katholischen Glaubens … Gott ist ein Einziger und hat jedem Volk seine Regeln gegeben … Die Dinge laufen schlecht, weil es keinen religiösen Staat gibt … heute gibt es nur den Gott Geld … und das Internet ruiniert alles, weil man da den virtuellen, nicht echten Personen hinterherläuft … Ich bete zu Gott, daß er mich gesund werden läßt, damit ich diese Vorstellung von der Gesellschaft in die Praxis umsetzen kann … Aus all den Büchern habe ich viel gelernt, es gibt nur ein Buch, aus dem ich wenig gelernt habe: die Bibel … ›Einer für alle, alle für mich‹ ist mein Motto.«

Manuela ist eine junge Frau mit roten Haaren; obwohl sie nicht geschminkt ist, trotz der Blässe, die ihre Sommersprossen betont, und ihrer wegen der Psychopharmaka aufgedunsenen Wangen, erkennt man, daß sie »nicht wie die anderen« ist, daß sie aus dem Großbürgertum kommt. Sie trägt einen gut geschnittenen pinkfarbenen Seidenmorgenrock mit Satinaufschlägen, der zwar auch zu ihrer Haarfarbe nicht paßt, aber noch viel weniger zu ihrem Gesicht von strenger Schönheit, zu ihrer eleganten Haltung und vor allem zum Stil ihrer Rede. Dann verstehe ich den Grund. Dieser Morgenrock ist einer Art Bonbonniere, das Behältnis einer Weiblichkeit, die ihr vielleicht aufgezwungen wurde, aber nicht zu ihr gehört. Als Gegensatz fällt mir die Hochzeitsbonbonniere[1] meiner Mutter ein: ein Kunstgegenstand – ein rechteckiges Döschen aus Teakholz mit Spiegeldeckel, verziert mit einem Jugendstilmotiv – und, für mich, ein Gebrauchsgegenstand zwischen weiblich und männlich, in dem ich bis heute unterschiedslos Ringe oder Tabak aufbewahre. Doch die meisten Bonbonnieren waren damals und sind noch immer Nippes, karikaturhaft weiblich oder betont neutral, neutral nicht so sehr hinsichtlich des Geschlechts als vielmehr hinsichtlich des Geschmacks – das heißt Gegenstände, die willkürlich hergestellt und ausgewählt werden. *»De gustibus non est disputandum«*, würde Manuela sagen, die Latein kann – über Geschmack läßt sich nicht streiten, aber ich streite darüber, und wie! Deshalb widme ich ihr, ihrer echten Sensibilität, die, so empfinde ich es, in eine »Bonbonniere« gepreßt wurde, was ihr nicht entspricht, diesen Text von Umberto Saba, denn auch er wurde von den Moden und vom Geschmack seiner Zeit beeinträchtigt, wenn auch nur im Bereich des literarischen Gewands, und wünsche ihr dazu, sie möge, während sie »ihren« Stil findet, auch sich selbst wiederfinden.

Eines Nachts, im Traum, regten sich überraschend Gefühle in mir, von denen ich mich seit Jahren geheilt glaubte, ich empfand Begierden und lebte sie selig aus, deren Verlockung ich im Wachen zumindest zu widerstehen versucht hätte. Am Tag, während ich mich in einem Spiegel ganz anders sah, als meine Einbildungskraft mich, ohne ihn, darstellt, erinnerte ich mich plötzlich an den Traum; und den Vergleich zwischen dem, was für meine Seele der Traum und für meinen Körper der Spiegel gewesen war, nahm ich zum Anlaß für ein kurzes Gedicht – hier die erste vierzeilige Strophe, so, wie ich sie aus einem Guß hinschrieb:

> Ich glaubte, Träumen sei ein Spiel;
> doch der Traum ist ein *zu fürchtender Gott*
> und der einzige, der zu enthüllen versteht
> meine Seele.

Nach einigen Tagen, beim erneuten Lesen dieser Strophe, die doch nichts offensichtlich Falsches an sich hat, spürte nur ich etwas anderes, von meinem Gedanken Abweichendes; und als ich ziemlich lang überlegt hatte, gelang es mir, den Mißton in der Ähnlichkeit zwischen dem Traum und dem zu fürchtenden Gott auszumachen. Wann hatte ich je daran gedacht, den Traum mit einer rächenden Gottheit zu vergleichen? Das war bestimmt eine literarische Reminiszenz, die sich heimlich eingeschlichen hatte aufgrund einer subtilen gedanklichen oder rhythmischen Verbindung. Ich versuchte, das Beste daraus zu machen, indem ich den Gott mit einem einfachen Richter vertauschte:

> Ich glaubte, Träumen sei ein Spiel;
> doch ein *Richter ist der Traum* …

Noch schlimmer. Ursprünglich hatte ich überhaupt nicht an Richter gedacht. Ich probierte, wieder zurückzugehen, den psychologischen Prozeß nachzuvollziehen, aus dem heraus das Gedicht entstanden war, und erst als ich an jene Umstände dachte, die ganz unerheblich erscheinen konnten, an Ort und Zeit, fiel mir der Spiegel wieder ein und der Vergleich, der mich zu den Versen angeregt hatte, darin aber gar nicht auftauchte, außer verwandelt in einen Gott oder in einen Richter.

> Ich glaubte, Träumen sei süß;
> doch der Traum ist *ein Spiegel, der ganz*
> *mich zeigt, der zu enthüllen versteht*
> *das wahre Innerste.*

Ich atmete auf. Es war, als wäre mir ein Staubkorn aus dem Auge entfernt worden oder ein verrutschter kleiner Nerv wieder an seinen Platz geglitten. Und doch, lese ich die drei Vierzeiler mit den drei verschiedenen Vergleichen, weiß ich nicht, welcher – literarisch gesehen – der wirksamste ist. Aber das ist ein Zufall. Und wenn man sich nicht zum Grundsatz macht, daß man die eigene Sicht, sei es bewußt oder unbewußt, nicht um des schöneren Verses einer Literatur willen verfälschen und aus einem Spiegel einen Richter oder einen zu fürchtenden Gott machen darf, so werden hundert Verse schlecht geschmiedet sein, und das Gesamtergebnis ist der Tod der Persönlichkeit.

Auf dem Flur irrt ein alter Herr umher, der nie aufhört zu trällern. Es ist Santo. Er war schon mehrmals hier im Krankenhaus. Jetzt grämt er sich, daß er eine kleine Wohnung hat, weil er mit seiner Frau seine ganze Habe durchgebracht hat. Er war einmal Steuereintreiber, jetzt ist er pensioniert. Er behauptet, seine Frau quäle ihn, weil es ihnen nicht gelungen ist, eine Wohnung zu kaufen. »Es ist die übliche Geschichte von der Grille und der Ameise«, kommentiert er philosophisch. Vergangene Woche hat seine Frau ihn im Schlafzimmer eingeschlossen, und er hat alles kurz und klein geschlagen.

Er ist gerade erst gründlich untersucht worden, und man weiß noch nicht, sagt Antonino, ob er wegen einer organischen Störung oder aus einem anderen Grund trällert.

Ich begleite Maria Lourdes zu Bett. Sie zieht sich aus, und ich sehe, daß ihre Brust ganz mit Brandwunden bedeckt ist. Sie sagt zu mir: »Im Büstenhalter habe ich ein Bild der Madonna von Lourdes.« Edoarda, im anderen Bett, schläft schon und hat sich aufgedeckt: Ihre Füße sind sehr schmutzig. Sabina sagt zu mir: »Sie kann sich nicht waschen, weil es in der Wohnung, die ihr die Tochter gegeben hat – wirklich eine elende Bruchbude –, kein heißes Wasser gibt … ich hoffe, daß es mir gelingt, sie morgen früh unter die Dusche zu stellen … Aber das Problem ist ernster, sie muß in die Allgemeinmedizin eingeliefert werden, weil sie an vielen Krankheiten leidet.«

Diese Nacht schlafen sieben Personen in der Abteilung. Während wir uns sehr leise unterhalten, bricht Signor Santo, der bis zu diesem Augenblick weiter geräuschvoll geträllert hat – und ich nehme sein Geträller als Vortrag verschiedener Verdi-Arien wahr –, seinen Singsang plötzlich ab und schreit uns zu: *»Silenzio!«*

Melania geht mit einer brasilianischen Betreuerin weg, die bei ihr in der Wohngemeinschaft schläft: Zur Zeit braucht sie auch nachts eine Betreuung.

Maria Lourdes kommt, nur mit einem Hemdchen bekleidet, ins Schwesternzimmer. Sie ist unschuldig und entwaffnend in ihrer Nacktheit. Sie sagt zu Antonino: »Ich will mit dir schlafen.« Antonino erwidert scherzend: »Gut ... aber hören wir erst mal, was meine Frau dazu sagt ... hier hast du die Nummer, ruf sie an.« Maria Lourdes geht wieder in ihr Zimmer.

Nachts kommen Graziella und ihre Betreuerin von der Reise nach Sperlonga zurück. Graziella sagt, während sie auf ihre Begleiterin deutet: »Ich habe ihr unsere Küste gezeigt ... die Grotte des Odysseus ... die Villa von Tiberius ... die Villa von Raf Vallone ... die Villa meines Onkels ... das Schiff des Odysseus ... zwischen Skylla ... und ... und ... Charybdis.« Sie wird zu Bett gebracht.

Sabina und Antonino machen mir im Computerzimmer ein Bett.

Ich lege mich hin, auf die Seite, die Hände am Schoß, denn leer ist der Busen, erloschen das Geschlecht. Die Hände, noch empfindsam und zärtlich, schmiegen sich an jenes warme und noch beruhigende Lebenszentrum. Ich schlafe sofort ein.

1 In Italien ist es üblich, daß die Braut den Hochzeitsgästen einige weiße Zuckermandeln in einer sogenannten *bomboniera* – ein Kästchen, ein Porzellanschälchen, ein Stückchen Tüll usw. – zum Geschenk macht. (Anm. d. Ü.)

Dienstag, 16. Juni

Aus anhänglichem Kummer,
aus hartem und verborgenem Leid,
o Seele, wollen wir heute ein Gedicht uns machen.
Umberto Saba

Ich gehe zum Frühstück in den Gemeinschaftsraum des San Giovanni.
Edoarda schleicht herum, noch schlimmer hinkend, noch melancholischer und unsicherer, auch weil sie ihre Brille nicht mehr findet. Ich helfe ihr suchen und finde sie, unter ihrem Bett. Danach begegne ich Edoarda nicht mehr: Sie wird in eine Abteilung für Allgemeinmedizin eingeliefert.
Maria Lourdes hat sich ohne Shampoo die Haare gewaschen, drückt sie, über das Frühstückstablett gebeugt, aus und läßt das Wasser in den Aschenbecher tropfen.
Manuela ist sehr freundlich zu mir: Es fällt mir schwer, ihre reizende Art und ihren sanften Blick mit den von ihr verübten Gewalttätigkeiten in Einklang zu bringen, von denen ich zum Teil von ihr selbst, zum Teil von den Pflegern erfahren habe. Ebenso widersprüchlich bin ich häufig den anderen vorgekommen, manchmal launisch, manchmal extremistisch, manchmal wild.
Ein Pfleger bringt Maria Lourdes, Graziella und mich in die Via Gambini.

Im Zimmer des Vereins sitzt Rosetta, mit langen blonden Haaren. Sie bekommt ein Arbeitsstipendium als Putzfrau. Heute hat sie angeboten, nach dem Ende ihrer Schicht etwas Büroarbeit für den Verein zu erledigen: Sie kann nämlich Maschine schreiben und soll die Adressen der Mitglieder und Freundinnen auf die Briefumschläge tippen, um die Einladungen zu einer Diskussion über Gewalt gegen Frauen und Kinder in Algerien zu verschicken. Sie macht ihre Arbeit als improvisierte Sekretärin sehr geschickt. Während sie fleißig tippt, erzählt sie mir in den Pausen zwischen einem Umschlag und dem nächsten, fast ohne mich je anzusehen: »Ich bin 27 … bis vergangenen Dezember ist nichts passiert … Aber eines Tages habe ich angefangen zu schreien. Ich bin laut geworden, weil ich von Leuten belästigt wurde, die den Hausschlüssel hatten, von Männern in Uniform … Mein Freund war gegangen, und ich weiß nicht, wie, auf einmal befand ich mich im San Giovanni … Ich war vier Monate dort, jetzt geht es mir gut, ich nehme keine Psychopharmaka mehr … Die ASS zahlt mir eine Unterstützung von 300 000 Lire dafür, daß ich morgens hier putze … Mein Exfreund war mit einer anderen zu mir gekommen, um mich zu verprügeln, weil man nicht wußte, wem die Wohnung gehörte … ich habe die andere auch geschlagen … Dann habe ich durch die Sozialarbeiterinnen des Zentrums herausgefunden, daß die Sozialwohnung mir gehört … es ging mir gut … Ich habe zugeschlagen, weil sie mich verprügelt haben, und ich sehe nicht ein, warum man mich mit so vielen Medikamenten behandeln mußte … Ich komme aus Pescara … Ich habe acht Geschwister … Mit zwölf wurde ich ins Internat geschickt, und da bin ich bis 18 geblieben … aber mit 14 bin ich abgehauen und zu meinem Freund

gezogen; ein Jahr später haben die Carabinieri mich erwischt und wieder ins Heim gesteckt … in diesem einen Jahr auf der Flucht lebte ich bei meinem Freund zu Haus, niemand kümmerte sich um mich, ich bettelte auf der Straße … Mit 18 habe ich dann die Wohnung vom Wohnungsamt bekommen … Ich habe viele Beschwerden vorzubringen … mit 14, als ich aus dem Internat fortgelaufen bin, habe ich ein bißchen schwarzgearbeitet, Kunsthandwerk aus Leder … eine Sozialarbeiterin hat mich gefunden … Ich gehe von einer Idee aus: Sie haben mir die Bilder meines Lebens verzerrt … zum Beispiel haben sie mir zwangsweise Spritzen gegeben, ich habe meinen Krankenbericht gelesen, er kam mir falsch vor … Alles mögliche haben sie geschrieben … Verfolgungswahn … widerspricht sich … aber alles beruhte auf den Berichten der Polizei und der Caritas … ich weiß, daß sie verallgemeinern müssen, aber sollen sie es für sich selbst tun, es ist nicht die Wahrheit, nicht meine … Es gibt keine Institutionen, die die Menschen schützen … sie schieben sich gegenseitig die Verantwortung zu … und sie haben mich hier reingesteckt, vollgepumpt mit Psychopharmaka … Daß ich geschrien habe, war richtig, ich hatte meine Gründe … ich habe die Ärztinnen hier auch schon herumschreien gehört … ich bin belästigt worden, ein Mann ist so weit gegangen, zu mir zu sagen: ›Du bist wie Ilona Staller!‹, der Pornostar.«
Eine andere, soeben hereingekommene Frau unterbricht sie: »Ich habe alle Krankheiten: multiple Sklerose, Zucker, Nierensteine, Magengeschwür, Bluthochdruck, Rheuma … jetzt habe ich eine Krise, weil mein Mann, ein Kroate, nach Kroatien zurückgehen will … er sagt, mit der Liebe ist es zwischen uns vorbei, will mir aber kein Geld geben,

er sagt, ich tauge nichts im Haushalt, er sagt, jetzt müssen unsere beiden Kinder mich unterstützen … Mein Mann mag den Sohn nicht … Vor zwei Jahren habe ich in seiner Tasche drei Adressen von Frauen gefunden … ich habe sie nur gesehen, weil ich seine Hose in die Waschmaschine tun mußte … Jetzt ist er in Rente, er hat am Hafen gearbeitet. Bevor ich ihn geheiratet habe, lebte ich in Ljubljana, ich war Slowenin, arbeitete als Putzfrau. Mit 25 bin ich auf einem Ausflug nach Triest gekommen, habe ihn kennengelernt, und 1970 haben wir geheiratet … Er hat mich psychisch kaputtgemacht, ich bin immer müde, schaffe den Haushalt nicht, kann nicht schlafen … er ärgert mich nachts … knipst alle Lichter an … weckt die Tochter im Wohnzimmer … wartet auf den Sohn, bis er von der Arbeit kommt, und fragt ihn über seine Privatangelegenheiten aus … Nach der Geburt meines Sohnes habe ich nicht mehr gearbeitet … Mein Mann haßte den Jungen, weil er bis zum Schulalter in die Hose pinkelte und kackte, und sagte zu meiner Tochter: ›Geh von deinem Bruder weg, er stinkt.‹ … Er wollte die Tochter nicht, er wollte, daß ich abtreibe, aber ich war dagegen … Den Sohn, den er doch gewollt hat, hat er nie lieb gehabt, aber die Tochter, die er nicht wollte, die liebt er … Der Hausarzt hat mich in die Via Gambini geschickt … jetzt nehme ich Championyl, ein Antidepressivum … aber wegen der multiplen Sklerose sehe ich manchmal doppelt, verliere manchmal das Gleichgewicht, habe manchmal Schwierigkeiten beim Sprechen … jetzt sehe ich normal … aber ich muß mich immer an etwas festhalten, auch wenn ich sitze … Mein Mann will nach Kroatien zu seiner Mutter zurückkehren, sie haben dort eine Wohnung … Ich weiß nicht, wohin ich gehen werde, einmal hierhin, einmal dorthin … Jetzt liebe ich ihn nicht mehr … nur ein bißchen … ich war ein Leben lang mit ihm zusammen, wenn's auch unangenehm war … In meinem Zustand kann ich nicht allein sein … abgesehen von den körperlichen Krankheiten, bin ich auch verwirrt im Kopf, ich möchte etwas machen mit dem Leben … ich weiß nicht … es umbringen und mich umbringen, manchmal … ich vergesse, das Gas abzudrehen, gehe bei Rot über die Straße, laufe durch die Gegend wie ein Roboter … Es geht mir schlecht … ich träume von einer Viper und halte sie für meine Mutter … ich träume von allen meinen Toten, meinem Bruder und Onkel und Tante … Man sagt, die Toten rufen die Lebenden herbei, und tatsächlich, nachdem ich von ihnen geträumt habe, ruft mich immer ein Freund oder ein Verwandter an … Zum Glück habe ich Freundinnen, die mir helfen, besonders eine Nachbarin, die kann ich auch um Mitternacht rufen … Und ständig bringe ich die Sprachen durcheinander, Slowenisch, Kroatisch, Triestinisch … Leider ist es nicht die Sprachverwirrung des Turms zu Babel, es ist nur etwas im Kopf, und ich würde sagen, es ist physiologisch, nicht psychologisch bedingt … ich habe nämlich multiple Sklerose.«

Während sie weggeht, sehe ich im Flur eine junge Frau, beladen mit Stoffsachen. Sie ist heute für den Flohmarkt zuständig: »Der Markt im Frauenzentrum findet dreimal in der Woche statt … es werden vor allem Kleider, Schuhe, Taschen, Schmuck, Halstücher verkauft … manchmal auch Bücher … aber die gehen nicht so gut … die Frauen bringen Sachen zum Verkaufen, und zehn Prozent bekommt der Verein *Luna e l'altra* … Es gibt auch einige Geschäfte, die uns Waren schenken, andere geben einen

Preisnachlaß … heute organisiere ich den Flohmarkt für das Fest im San Giovanni …«
Caterina, so heißt sie, hat ebenfalls eine Geschichte zu erzählen: »Mein Vater besaß ein Hotel im Gebirge. Ich bin im Hotel geboren, und von klein auf bis zu meiner Hochzeit habe ich im Hotelbetrieb mitgearbeitet … ich habe alles gemacht, von der Pike auf … aber es ging uns gut, und ich hatte eine glückliche Kindheit … scheinbar glücklich, denn hinter der Fassade einer reichen bürgerlichen Familie gab es ständig Schläge und Streit zwischen meinen Eltern, mein Vater betrog meine Mutter und hat ein außereheliches Kind … meine Mutter ist an Krebs gestorben … die Großmutter mütterlicherseits hat zu mir gesagt, daß ich meinem Vater verzeihen müsse … Als Kind schluckte ich alles runter, weil Kindern niemand zuhört, dabei hätte ich schreien mögen, die Eltern anschreien … Meiner Mutter ging es schlecht, meine Mutter trank … und ich habe auch zu trinken angefangen … ich habe immer gegen das Trinken gekämpft … Dann habe ich geheiratet, aber gleich nach der Hochzeit hatte ich einen Panikanfall, da haben sie mich falsch behandelt, ich schrie herum, schlug alles kurz und klein, mißhandelte meinen Mann und meine Tochter … ich schrie, damit sie mir zuhören …« – sie lächelt – »… Ich habe nachgerechnet: Die Tochter habe ich im gleichen Alter bekommen, in dem meine Mutter mich bekommen hat … mein Mann merkte, daß ich trank, obwohl ich es versteckte … ich hatte so viel Angst, daß sie mir die Kleine wegnehmen würden … Seit ich ins Frauenzentrum gekommen bin, vor einigen Jahren, geht es mir viel besser … ich bin auch zum Buddhismus übergetreten … alles in mir hat sich verändert, und die Umwelt hat sich mir gegenüber ver-

ändert … ich lebe mit meinem Mann, und wir sind glücklich … Mein Mann ist Carabiniere, er wurde bei einem Einsatz gegen die Roten Brigaden verletzt, deshalb ist er ins Gericht versetzt worden, auf eine ruhigere Stelle … Als es mir schlechtging, war er immer in meiner Nähe, sagte zu mir: ›Ich weiß nicht, wie ich dir helfen soll!‹ … Im vergangenen Jahr mußte meine kleine Tochter, die Ärmste, die Mutter für mich machen, wenn ich weinte, und wenn ich schrie, hatte sie Angst … Mein Mann, das Frauenzentrum und der Buddhismus haben mir aus der Krise herausgeholfen …«

Caterina kommt jetzt mehr als Ehrenamtliche denn als Klientin ins Zentrum. Und erst vor kurzem hat sie den Frauen, die an einem Fortbildungskurs teilnehmen, in direkter Form, und eines Abends in einer Bar mir, auch auf krasse Art, ein traumatisches Erlebnis erzählt, das zwischen ihrem »normalen« Leiden als Kind und Jugendliche und dem nachfolgenden, ebenso »normalen« Leiden als Ehefrau und Mutter zu verorten ist – ein körperliches Trauma im buchstäblichsten Sinn des Wortes, die Folge eines Autounfalls.

Zu den verschiedenen Spielen mit Worten und Gesten im Frauenzentrum gehört auch folgendes: sich nachahmen, einander porträtieren, sich gegenseitig beschreiben. Eine gute Übung, die man in die Alltagsbeziehungen übernehmen kann, wo der andere nicht mehr nur ein Spiegel ist, in dem du dich betrachtest, sondern jemand, der dich seinerseits betrachtet und dir ein anderes Bild deiner selbst zurückwirft, in dem du dich vielleicht nicht erkennst – was äußerst beunruhigend sein kann.

Hier Caterinas Unfall, beschrieben von einer der Tutorinnen des Fortbildungskurses:

Ich höre nichts, mein Körper ist unbeweglich und schmerzt, die Füße, die Beine, der Bauch, die Arme, alles schweigt. Und diese Stille ist die Stille meines Geistes, gewiß nicht die meines Todes, weil ich lebendig bin, das weiß ich.

Die Ärzte sind gekommen, sie werden mich von Kopf bis Fuß neu machen. Was ist mir bloß passiert? Ich erinnere mich an nichts mehr.

Ich habe den Eindruck, daß mich alle ansehen und davonlaufen, bin ich denn so abstoßend? Ich möchte mich im Spiegel betrachten, aber sie lassen mich nicht. Doch ich bin lebendig, lebendig …

Heute haben sie mir Hoffnungen gemacht … einstweilen haben sie mein Gesicht wieder zusammengeflickt.

Ich fühle, daß ich es auch mit den Beinen schaffen werde, die Übungen helfen mir sehr. Was ich nicht mehr aushalte, ist dieser verfluchte Krankenhausgeruch, das wißt ihr doch, oder?

Meine Mutter ist gekommen, sie hat gesagt, daß ich nächste Woche entlassen werde. Ich bin sehr aufgeregt und habe sofort einen Spiegel verlangt, es ist Zeit, mir ins Gesicht zu sehen. Gott! … ich bin grauenhaft! Aber ich will jetzt nicht daran denken, ich will aus meinem Gefängnis heraus, ich lebe, ich lebe …

Mein Bruder hat mich abgeholt, meine Beine gehorchen mir überhaupt nicht, aber ich sage niemandem etwas …

Da, jetzt sind wir aus dem Krankenhaus draußen, ja, wir sind schon draußen! Wie viele schöne Sachen sehe ich mit diesen Augen, die den Schrecken überlebt haben, ich sehe wunderschöne, liebenswerte Menschen, ich sehe lebhaftere Farben als vorher, ich rieche unglaublich viele Gerüche.

Trotz allem, was sie durchgemacht hat, verrät ihr Äußeres nichts: Sie hat ein glattes Gesicht, einen Ausdruck kindlichen Staunens in den blauen Augen, ein etwas unbewußtes Lächeln.

Ich gehe in den Büroraum zurück, zu Rosetta, die ihre Erzählung wieder aufnimmt, während sie mit gewohntem Fleiß weiter die Adressen auf die Umschläge tippt: »Mein Vater stammte aus Sarno, er war beim Militär, deshalb bin ich in Pescara geboren ... Als ich elf war, hat zum erstenmal eine Sozialarbeiterin in unserer Familie eingegriffen, weil meine Eltern wegen der Wohnung 32 Millionen Lire Schulden hatten und sie nicht zurückzahlen konnten ... wir waren acht Kinder ... Als ich 15 war, hat mein Vater eine Stelle als Verkäuferin für mich gefunden ... es ist mir gelungen, in drei Monaten zwei Millionen Lire zu sparen, ich wollte sie für eine Ausbildung verwenden, aber die Sozialarbeiterinnen haben das nicht gewollt ... Dann bin ich ins Heim gekommen ... dann hierher ... Vor zweieinhalb Jahren haben mein Freund und ich uns getrennt. Ich fühle mich noch an ihn gebunden und habe Angst, mich mit einem anderen einzulassen ... Ich würde gern eine Arbeit machen, die mir erlaubt, auf die Abendschule zu gehen ... Es gibt eine Touristik-Schule, die einzige, die nicht privat ist und daher gratis, aber mein Problem ist, wie ich Fremdsprachen lernen soll ... Als sie mich hier meinen Krankenbericht lesen ließen, habe ich ein paar Seiten hinzugefügt, mit dem Titel: *Gestatten, von seiten der Betroffenen* ... Die Wahrheit verdrehen oder einige Episoden aus dem Leben einer Person falsch erzählen bedeutet, ihr Bild zu verändern ... und ich habe auch geschrieben: ›Ich habe mir nicht widersprochen ... Sie sagen, ich leide an Verfolgungswahn, also lassen Sie mich bitte wissen, nicht, wer mich verfolgt, sondern was meine Krankheit ist, da ich es nicht weiß.‹«

Rosetta zeichnet rasch einige zarte Skizzen in mein Heft, unter anderem ein luftiges barockes Tor, über dem zwei Frauenstatuen schweben; und da sie mir erzählt hat, daß sie gern Modedesignerin werden würde, bitte ich sie, ein Kleid für mich zu entwerfen. Sie zeichnet es mir, etwas à

la d'Annunzio, lang, mit nur einem Träger, und fügt hinzu: »Die Farbe müßte Preußischblau sein.«
Maria Lourdes' Tante, die ihre Nichte besuchen gekommen ist, unterbricht unser Gespräch. Sie führt mich ins Schlafzimmer und sagt dabei, ihrer Meinung nach besäße ich pranotherapeutische Fähigkeiten, sie wolle das überprüfen. Sie nimmt meine Hand und legt sie auf ihren fleischigen Arm. »Warten Sie«, sagt sie, »konzentrieren Sie Ihre Gedanken und Ihre Energien in Ihrer Hand.« »Ich will auch eine Hand«, murmelt Maria Lourdes, die auf einem Bett ausgestreckt liegt. »Du hast schon gehabt«, weist die Tante sie sanft zurecht. Ihr Urteil über meine pranotherapeutischen Fähigkeiten lautet: »Sehr, sehr stark … Aber es ist wie bei der Hypnose, man muß erst lernen, sie auszuüben.« Sie will mir die Adresse eines Meisters geben, ich wende ein, daß ich nur vorübergehend in Triest bin, sie bietet an, mir eine in Neapel zu besorgen.
Ich nehme mein Gespräch mit Rosetta wieder auf. »Nachdem es mir nach dem Krankenhausaufenthalt lange schlechtging, würde ich jetzt lieber gar keine Psychopharmaka mehr nehmen … ich bestehe sogar darauf … Also so was, kommt eine zu mir nach Hause, verprügelt und beleidigt mich, und der tun sie nichts! Mich dagegen holen sie mit Gewalt. Ist das Gerechtigkeit?«
Ins Heft schreibt sie mir neben die Zeichnungen ein Gedicht:

> Ich spreche mit dem Wind,
> der meine Blätter fortweht.
> Und gleichzeitig meine Tage.

Im kraftvollen Fluß des Lebens
schwimme ich gegen den Strom.

Wenn ich mich umdrehe,
höre ich Stimmen, sehe glückliche Gesichter.
Aber mein Wesen dreht und windet sich
um sich selbst. Ständig blasen mir heftige Böen
um die Ohren.

Jemand hat einmal gesagt:
»Die Welt ist schön, weil sie bunt ist.«
Jetzt sage ich: »Laßt mich auch so.«

Die Schnelligkeit und Genauigkeit, mit der Rosetta gleichzeitig mehrere Dinge tut – sie tippt die Adressen, überprüft in einem Heft, welche sich in der Zwischenzeit geändert haben, überträgt die Änderungen in die Kartei, läuft hinaus und ruft die Personen, die am Telefon verlangt werden, erzählt mir ihre eigene Geschichte, macht eine kunstvolle Zeichnung, schreibt ein Gedicht für mich –, verraten einen ungewöhnlich wachen Verstand, ungewöhnlich rasche Auffassungsgabe und Wendigkeit. Rosetta an sich – jenseits ihrer »Störungen« – verdeutlicht die Lage vieler junger Italiener heute: ein reiches und anpassungsfähiges Kapital an Arbeitskraft, und niemand weiß, was man damit machen oder wohin man sie lenken soll.
Auf dem Flur begegne ich Edvige. Nach dem üblichen Satz »Mir brutzelt der Kopf« beklagt sie sich, daß sie schlecht geschlafen hat, und fügt lachend hinzu, daß sie um fünf Uhr früh schon auf der Straße war, daß sie drei Stunden spazierengegangen und dabei nur Männern auf dem Weg zur Arbeit begegnet ist. Ihr Kommentar: »Wenn

ich, statt nur herumzubummeln, auch zur Arbeit gegangen wäre, hätte ich vielleicht nicht das Gefühl, daß mein Kopf brutzelt.«

Im Büroraum arbeitet Maria Teresa am Computer. Sie läßt sich gerne ablenken und willigt ein, mir von sich zu erzählen: »Ich bin 55. Mit 16 habe ich zum erstenmal Schreibmaschine schreiben gelernt, dann mußte ich mich auf die elektrischen Maschinen umstellen, dann auf die Computer ... Mein Leben ist schnell erzählt ... Meine Familie gehörte zur unteren Mittelschicht, Vater Arbeiter, Mutter Hausfrau, Mietwohnung, zwei Kinder ... sehr wenig Geld ... Geld, um mal zu telefonieren, hatte ich erst, als ich die Handelsschule abgebrochen und zu arbeiten angefangen habe ... als Schreibkraft in einer Anwaltskanzlei, für 10000 Lire im Monat – die Stelle hatte ich durch Beziehungen gefunden ... Dann habe ich in einer Schiffsagentur gearbeitet, ebenfalls durch Beziehungen von Freunden, dann zehn Jahre lang in einer Import-Exportfirma, die Papier herstellte ... Nach der Krise in der Papierindustrie war ich dann arbeitslos ... Ich habe versucht, einen Fischladen aufzumachen, die Miete war niedrig, 30000 Lire im Monat. Vielleicht hätte ich es geschafft, aber abends zu Hause mußte ich mich von Kopf bis Fuß waschen, weil ich stank, es war sehr feucht, ich bekam Schmerzen in den unteren Gliedmaßen. Da habe ich aufgegeben ... Hinterher habe ich wieder als Angestellte gearbeitet, aber es war Wirtschaftskrise, jedes Jahr mußte ich den Arbeitsplatz wechseln. Die letzte Stelle schien gut, aber es hat eine Krise gegeben, die Firma hat Konkurs angemeldet, und wir sind alle entlassen worden ... Und mit 41 Jahren nimmt dich keiner mehr ... ich habe es als Vertreterin versucht ... aber ich war finanziell weiterhin von meinen Eltern abhängig … Kurz und gut, als ich allein leben wollte, konnte ich es nicht, und jetzt, wo ich es vielleicht könnte, will ich es nicht oder schaffe es nicht mehr … Als ich als Vertreterin im Außendienst arbeitete, konnte ich auf einmal nicht mehr ordentlich sprechen, weil ich den Mund verzog … Allerdings hatte ich schon vorher entdeckt, daß sie Frauen sowieso nur dann nehmen, wenn der Artikel gut verkäuflich ist … Jetzt bin ich hier, ich habe ein Arbeitsstipendium von der Abteilung für mentale Gesundheit … Ich lebe mit meiner dreiundachtzigjährigen Mutter und mit meiner Tochter, die 26 ist … Ja, dieses Zwischenspiel hat es auch gegeben … ich habe geheiratet, ich weiß nicht, wie, wir haben eine Tochter bekommen, aber nach drei oder vier Jahren haben wir uns wieder scheiden lassen … ich glaube, wir paßten charakterlich nicht zusammen … Meine Tochter hat zu ihrem Glück den Charakter des Vaters, geduldig, stark, nicht Höhen und Tiefen unterworfen wie ich … In einer Familie gibt es immer unendlich viele Dinge, die nicht stimmen, aber auch wenn man um sich herum eine Tragödie erlebt, muß man verstehen … zum Beispiel: wie die Stimmung hochzuhalten, wenn du um dich herum Leute siehst, die im Sterben liegen … Meine Tochter arbeitet in einem Altersheim … Zu Hause sticke ich manchmal … oder ich sehe fern … Dokumentarfilme, auch wenn ich denke, die meisten täuschen die Leute … an Filmen interessieren mich mehr die Sitten und das Milieu als die Handlung … letzthin habe ich einen Film gesehen, der mir sehr gefallen hat: Da waren Absperrungen, die Polizei, und in der Mitte tanzten die Leute einen Walzer von Strauß, und irgendwann haben die tanzenden Leute die Absperrungen umgeworfen.«

Ich bitte sie, etwas für mich zu zeichnen. Sie lächelt und sagt, das könne sie nicht. Daraufhin bitte ich sie, mir einen Satz in mein Heft zu schreiben. Sie schreibt: »Eichhörnchen mag ich nicht, Mäuse schon.« »Warum?« frage ich sie. »Weil Eichhörnchen einen Mäusekörper haben, sich aber niedlich verhalten. Das gefällt mir nicht, es wirkt wie ein Trick. Mäuse sind echter … nur in Comics sind Eichhörnchen romantisch, wenn du sie von nahem siehst, haben sie ganz zerrupfte Schwänze.«
In der Bibliothek treffe ich Franca. Es ist Zeit zum Mittagessen. Ich frage sie: »Warum ißt du nie hier? Du bist zu dünn.« »Ich bin genau richtig … und ich schlafe nicht einmal … trotzdem bin ich genau richtig.«

Am Nachmittag ist bei Assunta zu Hause noch eine Sitzung mit Antonio Villas über die Renovierung des neuen Zentrums in der Via Androna degli Orti. Eine von Assuntas Freundinnen, die zusammen mit ihr abwechselnd Lucio beherbergen, bis er seine eigene Wohnung bekommt, ruft an: Lucio braucht sommerlichere Kleidung, hat Assunta die Sachen bereit liegen? Assunta wühlt in dem Schrank, den ich mit Lucio teile. »Ja, alles gewaschen und gebügelt … Und gib ihm keine Tasche mit, hier steht noch sein Rucksack.« Dann ruft Marja an. Assunta kommt ganz begeistert in die Küche zurück, während ich mich gerade von der Gruppe entferne: »Marja hat auf dem Schiff in Monfalcone zu arbeiten angefangen und ist hochzufrieden.«
Ich verlasse die Sitzung in der Küche und schaue mir im Wohnzimmer den Film *Blondinen bevorzugt* an. Eine ungewöhnliche Hommage an die Freundschaft unter Frauen. Zwischen Dorothy (Jane Russell), vom Typ her schön

und athletisch, eher sympathisch als verführerisch, realistisch und praktisch, der die Männer ohne falsche Scham gefallen, und Lorelei (Marilyn), ihrer Arbeitskollegin im Varieté, dem närrischen »Schwesterchen«, das man beschützen muß. Lorelei liebt Brillanten, nicht, weil sie Reichtum bedeuten, sondern weil sie funkeln. Und am Ende fallen sie ihr in den Schoß. Auf die gleiche Weise wird Charlie Chaplin in *Goldrausch* plötzlich reich.

Mittwoch, 17. Juni

Es ist gut, die verlorenen Geliebten wieder-
zufinden, uns mit der Kränkung auszusöhnen;
doch wenn das Leben innen dich belastet,
trägst du es nach außen.
Umberto Saba

Heute nacht hat es ein Gewitter gegeben, aber Edvige erzählt nach dem rituellen Satz »Mir brutzelt der Kopf«, daß sie dennoch um vier Uhr früh mit Schirm hinausgegangen ist. »Ich mag Regen ... und die Blitze sahen aus wie das Licht der Straßenlaternen in dem Augenblick, in dem es verlöscht.«

Graziella ist bei Jenny. Sie bekommt eine Dauerwelle. Gestern ist sie aus Sperlonga zurückgekehrt. Sie sagt: »Signora, ich habe mich schönmachen lassen, um zur Zauberin Circe zu gehen ... und heute lasse ich mich schönmachen, weil ich wieder hier bin.«

Franca hat müde Augen: »Ich habe nicht geschlafen, aber ich habe nicht die Wohnung aufgeräumt ... Du hast mich noch nicht verstanden ... Warum sollte ich in meiner Wohnung Ordnung machen, wenn so viel Unordnung auf der Welt ist?«

Maria Lourdes' Tante hält mich auf der Treppe an. Sie hat erfahren, daß ich über das Frauenzentrum schreibe, und möchte mir unbedingt erklären, warum sie in bezug auf Maria Lourdes mit der Familie in einigen Dingen uneins ist. »Als die Krankheit aufgetreten ist, hat meine Mutter, die das wirkliche Oberhaupt der Familie und sehr religiös ist, beim Pfarrer erreicht, daß ihr eine Audienz bei Exorzisten gewährt wurde … Er muß ein weiser und vorsichtiger Mann sein, er hat sie nämlich darauf aufmerksam gemacht, daß bei den beschriebenen Symptomen keine Anzeichen für Besessenheit durch den Dämon zu finden waren …« »Und welche wären das?« frage ich. »Nun, wiederholte, absichtliche Gotteslästerung, Anrufung und Umgang mit dem Dämon … Wissen Sie, wie die schwarzen Messen heute ablaufen? … Behaupten, daß man Liebe mit ihm macht … auch das … verstehen Sie mich?« »Ja, ich verstehe, aber ich habe nicht viel Erfahrung in okkulten Fragen.« »Okkult ist nicht gleich okkult … Zum Beispiel Ihre pranotherapeutischen Fähigkeiten sind Ihnen verborgen, also okkult, und doch gibt es sie …« »Um auf den Exorzisten zurückzukommen, welchen Rat hat er Ihrer Mutter gegeben?« Sie lacht: »Maria Lourdes zum Psychiater zu bringen … Und von Psychiater zu Psychiater ist sie schließlich hier gelandet.« »Gefällt es Ihnen hier nicht?« »Doch, doch, schon … Aber es gab, es gäbe bessere Möglichkeiten … Hier machen sie Shiatsu, gut, aber warum keine Pranotherapie? Ich sage nicht, daß ich sie selbst praktizieren könnte, meine Kräfte sind begrenzt … ich weiß es, ich habe sie messen lassen … aber meine Meisterin, zum Beispiel, oder ein Meister aus Udine, den ich kenne … sie haben unendlich viel größere Kräfte …« – sie überlegt, gedankenverloren, mit niedergeschlagenen Augen – »unendlich viel größere Kräfte …« Dann verabschiedet sie sich rasch: »Nun, ich tue, was ich kann.« Und geht. Als hätte sie einen hartnäckigen Widerstand bei mir gespürt. Und ich bleibe noch lange auf der Treppe stehen, mit dem Bild jener farblosen, nachlässig gekleideten, kleinen Frau, die sich in ihrem »unendlich« verliert; und unendlich scheint mir das Geheimnis nicht der Pranotherapie, sondern ihres Wesens zu sein, während ich nicht weiß, ob ich mich leer oder zu voll fühle; jedenfalls eingeschlossen in meine Grenzen.

Graziella irrt nach der Dauerwelle weinend durch den Flur: »Ich habe Heimweh nach der Zauberin Circe ... der Villa von Tiberius und der Villa von Raf Vallone ... mein Vater ist Sportlehrer und besitzt viele Häuser ... mehr als Tiberius ... aber nicht so schöne ...«

Nachdem ihre Tante gegangen ist, klagt Maria Lourdes über Menstruationsbeschwerden: »Gestern habe ich meinen Vater nicht gesehen ... Solange er Geld lockermacht, ertrage ich ihn ...«

Marja strahlt heute. Sie muß nicht zur Arbeit nach Porto Marghera und kann deshalb ihre restlichen Sachen in die Casa La Madre umziehen. Sie erzählt: »Die Arbeit ist schwer, ich habe überall Schmerzen, aber ich weiß, daß sie nach den ersten Tagen vorbeigehen werden, wie immer, so, wie wenn man einen Tag beginnt ... Das Härteste ist die Fahrt mit dem Bus, zwei Stunden hin, zwei zurück ... Die *Princesse*, sagen sie, wird das größte Kreuzfahrtschiff der Welt ... Hoffentlich geht die Arbeit weiter.« Sie haut mit der Faust auf den Tisch. »Bei uns klopft man auf Holz, um Glück zu haben, nicht auf Eisen wie bei euch in Italien.«

Im großen Saal mische ich mich unvorsichtigerweise bei einer Gruppe Frauen ein, die sich gerade unterhalten. Eine macht mir ein Kompliment: »Was für ein schönes Kleid!« Ich antworte: »Ich habe mich schöngemacht, weil

heute das Fest im San Giovanni ist.« Dann fühle ich mich von einer anderen angesprochen – ich meine, sie heißt Italia –, verstehe sie aber nicht, doch als ich nachfrage, was sie gesagt hat, erwidert sie voll Härte: »Ich spreche nicht mit Ihnen, halten Sie sich raus, Sie interessieren mich nicht.«
Franca zeigt mir Fotos, die sie auf Spaziergängen durch Triest aufgenommen hat: Autos, Mopeds, Gebäude, oft aus gewollt schrägen Perspektiven.
Maria Teresa kommt sehr zufrieden dazu: »Der argentinische Präsident steht unter Hausarrest ... ich habe es im Radio gehört ... schon ein Fortschritt im Land der *desaparecidos* ... bevor ich heimgehe, will ich die Zeitung kaufen ... seit 14 Tagen habe ich keine Zeitung mehr gelesen.«
Caterina bringt mir ihre Märchensammlung. »Aber Gabriella habe ich sie noch nicht gezeigt«, sagt sie.
Im Shiatsu-Raum wartet Manuela auf Valentina für die Massage. Einstweilen liest sie ein Buch, in dem mit neuen Argumenten belegt wird, daß die Büffel nicht von Süden her, aus Ägypten, nach Italien eingeführt wurden, sondern von Norden her, von der Donau. Sie möchte mir draußen einen Kaffee spendieren. Bevor ich mit ihr losgehe, flüstert mir Sabina, als Manuela einen Augenblick abgelenkt ist, zu, daß Manuela doch zwangseingewiesen sei und ich deshalb sehr aufpassen müsse. Ich kenne im Viertel nur zwei sehr einfache Bars, die, vor allem um die Mittagszeit, von Arbeitern und den ganzen Tag über von Säufern bevölkert sind. Manuela lädt mich ein, in ein anderes Café zu gehen, das weiter weg, aber auch »schöner« ist. Hier trinkt sie einen Malzkaffee und entschuldigt sich bei mir, daß ihre Stimme wegen der Psychopharmaka belegt ist. Als wir ins Zentrum zurückkommen, geht sie in den Shiatsu-Raum, wo sie einschläft.

Mir wird eine Jugendliche vorgestellt, die einen Rat möchte, was sie lesen soll. Sie kommt seit sieben oder acht Monaten ins Zentrum, weil ihre Mutter sie dazu zwingt. Eines Tages, nach einem Streit mit ihrem Freund, hat sie die ganze Wohnung verwüstet und will seitdem nicht mehr in die Schule gehen. Jetzt nimmt sie zum Schlafen Medikamente, aber gegen die Depression braucht sie nur Bachblüten. Sie hat zu nichts mehr Lust, seit sie von ihrem Freund getrennt ist. Eines Tages hat sie ihn verprügelt, und er hat sie verlassen, jetzt möchte sie ihn gern zurück. Bevor ich ihr einige Bücher empfehle, frage ich, was sie bisher gelesen hat, und welche Bücher ihr am besten gefallen haben. *Die Verwandlung* von Kafka, sagt sie, *Der mit dem Wolf tanzt, Der letzte Mohikaner*, die Krimis von Simenon. Ich bitte sie, etwas für mich zu zeichnen. Sie malt ein naives Segelbötchen auf Meereswellen, darüber die halb von einer Wolke verdeckte Sonne. Darunter schreibt sie: »Gianluca, du fehlst mir so sehr. Ich hoffe, die Wolke verzieht sich.«
Auf dem Flur spricht mich ein Mädchen an: »Er wollte mich heiraten, als wir kaum fünf Tage zusammen waren. Ich wollte nicht. Dann habe ich nachgegeben. Er ist ein Psychopath. Nach der Geburt des Kindes fühlte ich mich leer. Wir haben uns getrennt. Jetzt drängt er, wir sollen wieder zusammenleben. Aber er sagt nicht, daß er an mir hängt, er sagt, er hänge nur an dem Kind.«
Aus dem großen Saal dringen Schreie. Es ist Allegra. Sie schimpft auf die Besitzerin der Pension, die sie vor die Tür gesetzt hat, weil sie nicht rechtzeitig bezahlt hat. Sie droht, sie werde sie bei den Carabinieri anzeigen. Anna geht zu ihr und versucht, sie zu beruhigen: »Wie willst du die Wirtin denn bei den Carabinieri anzeigen, wenn du gar keine Aufenthaltserlaubnis hast? … Warum gehst du nicht zu

deinen Kindern nach Hause zurück? Du weißt doch, daß es hier keine Arbeit gibt und daß sie dir keine Aufenthaltserlaubnis geben können.« Allegra schreit aufgeregt weiter: »Ich gehe nicht nach Kroatien zurück, meine Kinder sollen hierherkommen … ihr wißt ja nicht … die Kommunisten haben meinen Vater gefoltert, sie haben ihm die Nägel ausgerissen …« Dann beruhigt sie sich, lacht über sich selbst, setzt sich an den Tisch und beginnt zu essen.

Franca ist gleich nach dem Mittagessen wiedergekommen. Sie geht in die Küche und bittet Roberta, die Küchenhilfe, die gerade damit beschäftigt ist, das schmutzige Geschirr in die Spülmaschine zu räumen, ihr einen Pfirsich zu geben. Roberta antwortet: »Sie liegen da unten, nimm dir selber einen.« Franca verläßt, laut auf das »Miststück« fluchend, die Küche. Auf der Treppe begegnet sie Assunta, die zu ihr sagt: »Sag alles, was du willst, aber leise … *piano, piano.*« Franca: »*Piano* spricht das Pianoforte.« Assunta: »Dann laß uns spielen gehen« – damit verschwinden die beiden in der Mansarde, wo sie vierhändig Klavier zu spielen beginnen. Danach überredet Assunta sie, mit ins Krankenzimmer zu kommen, und gibt ihr ein Beruhigungsmittel. Und ich hake mich bei ihr ein, gehe mit ihr hinaus und lade sie ins Café ein. Ich sage zu ihr: »Also, sehen wir uns heute nachmittag auf dem Fest im San Giovanni?« Franca antwortet: »Nein, ich habe mich schon genug blamiert! … Aber ich will versuchen, trotzdem zu kommen.« Sie streichelt mir den Rücken, dann verschwindet sie auf eigenen Wegen.

In all den Tagen bin ich ständig gefragt worden: »Haben Sie eine Zigarette für mich?« Ich komme mir vor wie ein Zigarettenautomat. Dabei würde ich viel lieber Bonbons verteilen.

Nach der Szene mit Franca beklagt Pina sich bei mir: »Siehst du, sie kommen alle Augenblicke herein … daß wir arbeiten, ist ihnen egal … es wäre bequemer, die Küche abzuschließen, aber das will ich nicht.«
Um 14 Uhr findet im großen Saal die Mittwochssitzung statt. Wenn man vermeiden will, daß die ASS allein entscheidet, muß man jetzt planen, wie der Etat für das nächste Jahr ausgegeben werden soll; man muß alles rechtzeitig vorbereiten, sich in Gruppen und Untergruppen aufteilen, um festzulegen, was man will. Franco Rotelli, der Direktor der ASS, hat finanzielle Selbstverwaltung für die einzelnen Distrikte vorgeschlagen, also auch für die verschiedenen Zentren für mentale Gesundheit, darunter das Frauenzentrum. Es ist ein revolutionärer Vorschlag, man darf ihn nicht überstrapazieren, sondern muß es verstehen, damit umzugehen.
Edoarda ist sehr krank, sagt Sabina zu mir, sie hat wegen einer Infektion hohes Fieber bekommen, sie leidet an Leukozytose; sie ist in eine allgemeinmedizinische Klinik eingeliefert worden.
Assunta spricht mit zwei Schwestern, die hergekommen sind, um ihr den Fall ihres Bruders zu unterbreiten: Sie wissen nicht, was sie tun sollen, er will nämlich mit 60 Jahren seinen alten Traum verwirklichen und nach Kanada fahren … Er hat alles selbst bestens organisiert. Nach vielen Floskeln und Höflichkeiten kommt heraus, daß die Hauptsorge der beiden Schwestern folgendem gilt: Wer wird die Rechnungen des Bruders bezahlen, wenn er fort ist? »Er soll nach Kanada fahren!« befindet Assunta.
Im großen Saal bauen Marina und ihre Schwiegermutter die Rahmen auf und bereiten die Farben für die Seidenmalerei vor. Marina ist eine Ehrenamtliche. Eine anzie-

hende junge Frau. Mit 18 hat sie einen reichen Triestiner geheiratet, der sie, als sie versuchte, sich um den Haushalt zu kümmern, ermahnt hat: »Im Haus darfst du nur die Blumen auswählen und arrangieren.« Nachdem sie zwei Kinder von ihm bekommen hat, die inzwischen groß sind, hat Marina ein neues Leben mit einem Gefährten begonnen, der sich sehr in der Bürgerrechtsbewegung engagiert, vor allem für Immigranten.
Tagelang verfolge ich ihre schönen Seidenmalereien, an denen sich bald ausdauernd, bald nur sprunghaft mehrere Frauen beteiligen. Maria Lourdes hat einen Schal bemalt, Franca eine Schürze ... Der Rahmen steht da, und gleich, wie viele der Frauen sich beteiligen, es ist ein Winkel zarter Schönheit.

Am Spätnachmittag findet das Fest im San Giovanni statt. Dieses Krankenhaus hat eine besondere Geschichte. Im Lauf des 19. Jahrhunderts war eine bedeutende Erneuerung in der Behandlung der »Geisteskranken« erfolgt, die auch die Kriterien für den Bau von psychiatrischen Anstalten betraf; man begann, sich mehr an dem zu orientieren, was für den Bau von Allgemeinkrankenhäusern und Sanatorien galt. Es wurde versucht, alle Sicherheitsvorkehrungen zu verbergen, um den lästigen Zwangscharakter zu mildern, der streng bewachten Orten anhaftet, und die neue Behandlungsmethode anzuwenden, indem man den Patienten scheinbar völlige Freiheit gestattete; die hohen Mauern wurden abgeschafft, der Abstand zwischen den Pavillons erhöht, die für die verschiedenen Krankheitsformen gedacht waren, es wurden große Höfe eingeplant, in denen sich die Insassen aufhalten und zerstreuen konnten, und sogenannte Landwirtschaftskolonien gegründet.

Nicht nur unter Fachleuten, sondern auch in der Stadt stand das Problem der neuen psychiatrischen Anstalt im Mittelpunkt weitreichender Debatten und eingehender Untersuchungen. Man diskutierte sowohl über medizinische und psychologische Behandlungsmethoden als auch über Standort und Anordnung der Gebäude und Gestaltung und Strukturierung der Bereiche im Freien. Zuletzt beschloß man, die neue Heilanstalt – die 1908 eröffnet wurde – auf dem San Giovanni-Hügel zu bauen, mitten in einer sehr reizvollen Landschaft, auf einem Areal von circa 23 Hektar Grund.

Der Architekt, der mit der Planung beauftragt wurde, Ludovico Braidotti, hatte in Wien studiert und war beeinflußt von den Theorien Camillo Sittes und Otto Wagners – letzterer hatte am Steinhof-Projekt mitgearbeitet, der Wiener Irrenanstalt, die 1907 eingeweiht wurde.

Das erste Projekt stellt auch die erste »Utopie« über die Behandlung von Geisteskrankheit dar. Die zweite »Utopie« hat, im Abstand von ungefähr 60 Jahren, Franco Basaglia ersonnen. Ich zitiere wörtlich einen Abschnitt aus einer Broschüre, die 1996 von den verschiedenen das San Giovanni mittragenden Institutionen herausgegeben wurde.

> Im August 1971 übernimmt Franco Basaglia die Leitung des psychiatrischen Krankenhauses von Triest und bildet ein Team aus jungen Ärzten, Psychologen, Sozialarbeitern, Praktikanten und Studenten, das an seine vorherige Erfahrung in Görz anknüpfen und sie weiterentwickeln soll. Im August jenes Jahres waren 1182 Personen in dem Triestiner Krankenhaus untergebracht.
>
> Der *turn over* beträgt pro Jahr etwa 2500 Patienten, mehr als 90 Prozent davon werden zwangseingewiesen (auf der Grundlage des Gesetzes von 1909), und nur der restliche Prozentsatz kommt in den Genuß der freiwilligen Einlieferung, die 1968 in das italienische Gesetz aufgenommen wurde. Große Aufmerksamkeit widmet Basaglia in den ersten vier Jahren seiner Tätigkeit der

Veränderung der Innenräume und der Kommunikations- und Austauschformen innerhalb des Teams und zwischen diesem und den Patienten.
In einer ersten Phase werden tägliche Stationsversammlungen und periodische Treffen aller Patienten abgehalten. Besonders genau wird die Arbeit der Pfleger besprochen, damit sie allmählich ihre traditionelle Funktion als Wächter aufgeben und eine aktive, verantwortliche Rolle im Transformationsprozeß der Institution übernehmen.
Die Türen aller Stationen werden geöffnet, Schocktherapien und jede Form von Zwangsruhigstellung werden abgeschafft.
Ausgänge in die Stadt, die Neugier und häufig auch Beunruhigung in der Bevölkerung hervorrufen, werden gefördert.
Während der ersten Arbeitsjahre konzentriert sich das Interesse Basaglias und seines Teams weniger auf die Krankheit als vielmehr auf die persönlichen Geschichten der Patienten, auf ihre Bedürfnisse, auf ihr Verhältnis zur Herkunftsgemeinde. Es werden Wohngemeinschaften (Wohngruppen) organisiert, zuerst im Krankenhaus selbst, dann in der Stadt.
Die Patienten beginnen, sich untereinander zu organisieren, bis im Februar 1973 eine erste Kooperative mit 60 Mitgliedern gegründet wird, die Putzarbeiten auf den Stationen, in den Küchen und im Park übernehmen: Jeder hat einen regulären Arbeitsvertrag. Die Unterzeichnung des Vertrags bedeutet das Ende der Ergotherapie und ist ein erster Schritt auf dem Weg zu realen Formen der Emanzipation.
Es beginnt ein Rechtsstreit mit der Krankenhausverwaltung, damit auch solchen Patienten, die keine stationäre Aufnahme mehr brauchen, ein Recht auf Behandlung und Unterkunft zuerkannt wird, solange sie noch als Gäste der Wohngruppen im Krankenhaus leben.
Das Tor zum Park des psychiatrischen Krankenhauses wird geöffnet.
Gefördert von politischen und kulturellen Vereinigungen der Stadt, werden Konzerte und Feste organisiert, die viele Studenten, junge Menschen und ganz gewöhnliche Leute als Publikum anziehen.
Immer öfter werden für die Patienten Aufenthalte an Ferienorten und gemeinsame Ausflüge in die Stadt organisiert, um an

den normalen Freizeitaktivitäten teilzunehmen (Kino, Theater, Zirkus ...). Schon ab 1972 wird die interne Krankenhausorganisation verändert: Das Kriterium der hierarchischen Einteilung nach Schwere der Krankheit wird durch ein Prinzip ersetzt, wonach die Patienten nach geographischer Herkunft zusammengelegt werden. Das Team wird ebenfalls in fünf Gruppen aufgeteilt, die jeweils für einen genau festgelegten Einzugsbereich zuständig sind. So beginnt die Arbeit im Territorium, deren Ziel die Entlassung und die Betreuung der Patienten zu Hause ist, die Übernahme der neuen Fälle, die Suche nach einer funktionierenden Beziehung mit den Institutionen und Bürgern jenes Einzugsbereichs. Zwischen Widerständen, Erfolgen und Konflikten führt die Arbeit außerhalb des Krankenhauses zu ersten Veränderungen in der therapeutischen Praxis, im institutionellen Bereich und in der Ausbildung von Pflegepersonal und Ärzten. Anfang 1975 beträgt die Zahl der stationären Patienten noch 800, ungefähr ein Drittel hat draußen einen Platz gefunden: in der Familie, in betreuten Wohngemeinschaften, in einer Sozialwohnung. Niemand ist in eine andere Einrichtung verlegt worden. Zwischen 1975 und 1977 werden im Einzugsbereich die ersten Beratungsstellen eröffnet. Da sie so ähnlich wie Tageskliniken funktionieren, bewirken sie eine weitere Abnahme der Krankenhausbevölkerung und eine Verkürzung des stationären Aufenthalts, vor allem bei Kriseninterventionen.
Während begonnen wird, ein Netz von Beratungsstellen im Territorium aufzubauen, arbeitet das Krankenhaus noch voll weiter. Das ist der schwierigste Moment: Zwei Organisationsformen müssen gleichzeitig funktionieren, und der Bedarf an menschlicher Arbeit und Material ist größer. Der noch vorhandene Widerstand gegen die Veränderung der Krankenhausstruktur verschärft sich, während die Sorge um die Verbreitung psychiatrischer Einrichtungen in der Gemeinschaft wächst. Es muß ein Umschwung erfolgen: Das größte Engagement wird darauf verwendet, die Funktion des psychiatrischen Krankenhauses abzubauen und durch das Netz der Außenstellen im Territorium konkrete Antworten auf psychisches Leiden bereitzuhalten. 1977 gibt es nur noch 132 stationäre Patienten, von denen 81 freiwillig da sind; außerdem noch 433 Gäste. Im Ospedale Maggiore wird ein freiwilliger psychiatrischer Dienst eingerichtet, der sich dann

in ein psychiatrisches Diagnose- und Behandlungszentrum verwandelt, das den psychiatrischen Notdienst, beratende Funktion bei den einzelnen Abteilungen des Krankenhauses und die Überweisung an die im Territorium zuständigen Zentren für mentale Gesundheit übernimmt und rund um die Uhr geöffnet ist.
Am 13. Mai 1978 wird, unter dem Druck der Entwicklung, die in Triest und in anderen Teilen Italiens im Gang ist, und angesichts eines drohenden Referendums zur Abschaffung des Gesetzes 36/1904 und einer anschließenden Gesetzeslücke, das Gesetz 180 gebilligt, das ein international gänzlich innovatives Betreuungsmodell vorsieht und faktisch das Ende der Irrenanstalt sanktioniert.
1980 beschließt die Provinzverwaltung die Abschaffung des psychiatrischen Krankenhauses von Triest. Im August desselben Jahres stirbt, nach kurzer Krankheit, Franco Basaglia.

Heute fragt man sich angesichts des Verfalls der alten »prächtigen städtischen Heilanstalt« und des chaotischen Gebrauchs und vor allem Mißbrauchs, der mit dem Park, immerhin einer der wenigen grünen Lungen der Stadt, getrieben wird, was man tun soll. Und wie man wohl die Eingriffe der Stadtverwaltung, der Provinz, des Gesundheitsamts, der Universität, der Region, des Amts für Denkmalpflege für die Zukunft dieses Komplexes koordinieren kann.

Das Festprogramm ist dem vieler anderer Stadtteil- oder Dorffeste ähnlich.
Beim Gedanken an die Vergangenheit des San Giovanni gewinnt das häßliche Wort »Vereinheitlichung« für mich zum erstenmal eine positive Bedeutung. Auch weil ich unter den Veranstaltern und den Besuchern des Festes viele, mir unterdessen vertraute, Gestalten aus dem Frauenzentrum und anderen Beratungsstellen für mentale Gesundheit erkenne.

Dennoch ist die Banalität des Guten scheinbar geschichtslos, aber wieviel Geschichte hat die Banalität des Bösen gemacht!
Lucio, der zuvor mit uns ein Brötchen mit Bratwurst gegessen und eine Cola getrunken hat, kommt bestürzt angelaufen. In einer Ecke des Parks hat er einen Streit zwischen jungen Männern miterlebt. Wir vermuten, daß es um Drogen ging. Lucio erträgt keinen Streit, kein Geschrei oder Türenschlagen; nicht einmal kleine Ablehnungen. Und von mir hat er leider eine bekommen, als ich eines Abends bei Assunta ein Eis, das er uns mitgebracht hatte, aus übermäßigem Gesundheitsfanatismus nicht essen wollte.
Jetzt habe ich verstanden, daß der Abstand zwischen der eindeutigeren Gewalt, jemandem die Tür vor der Nase zuzuschlagen, und der subtileren, ein Geschenk nicht annehmen zu können, nicht so groß ist, wie es aussieht. Durch diese Lektion, die ich Lucios Geradlinigkeit und Empfindsamkeit verdanke, beginne ich über die kaum wahrnehmbare Schwelle nachzudenken, die ich ständig bei den »unschuldigsten« Alltagshandlungen überschreite. Sie wird mir von einem Gentleman mit Down-Syndrom erteilt und berührt mich, als hätte Madame de La Fayette von mir gesagt: »Aber sie versteht sich nicht auf Konversation.«
Lucio will unbedingt noch zum Rockkonzert, Assunta vertraut ihn einigen ihrer jungen Freunde an, und wir gehen nach Hause.
Heute abend wählt Assunta den Film aus der Serie »Marilyn«, denn von allen ihren Gags findet sie den mit der Brille am amüsantesten. Also schauen wir uns gemeinsam *Wie angelt man sich einen Millionär* an – und Assunta ver-

zichtet ausnahmsweise auf ihre »Spiele« am Computer. Leider ist es weder Assunta noch mir je gelungen herauszufinden, wie man das macht, und Marilyn ja auch nicht. Die Dinge laufen im Leben genauso ab wie in der Fiktion.

Drei junge Frauen ziehen zusammen mit dem Ziel, sich ebenso viele Millionäre zu angeln und sie zu heiraten: Lauren Bacall gibt die Intellektuelle, die den Schauplatz meist aristokratisch und distanziert mit ihrem Verstand beherrscht, Betty Grable die Naive, und Marilyn ist der Clown, dem es gelingt, einen körperlichen Defekt, nämlich starke Kurzsichtigkeit – um aber ihre »verführerische« Weiblichkeit nicht zu beeinträchtigen, weigert sie sich, eine Brille zu tragen –, in eine Qualität zu verwandeln, die – leider! – nicht von einem Millionär erkannt wird, sondern von einem sympathischen, ebenfalls kurzsichtigen Habenichts, der sie in einem Flugzeug mit der Brille auf der Nase erwischt und in den sie sich verliebt.

Die Brille, das Flugzeug und die Millionen sind nach dem männlichen Klischee Symbole für einen intellektuellen Beruf, hohe Beweglichkeit und Erfolg. Marilyn hat immer Probleme mit Brillenträgern gehabt – den Kritikern, die sie auf die Rolle als Sexsymbol reduzierten –, so daß sie schließlich einen von ihnen, Arthur Miller, erobern und sich ein für allemal befreien wollte.

Doch er, der einflußreiche Intellektuelle seiner Zeit, war doppelt kurzsichtig. Er sah in Marilyn nicht die große komische Schauspielerin und versuchte vergeblich, eine »engagierte« Schauspielerin aus ihr zu machen.

Donnerstag, 18. Juni

Warum erröten? Ich glaube
ja an deine Lügen.
Sie sind frommer als meine
Wahrheiten; […]
So freue dich doch. Ich glaube
nur an deine Lügen.
Deine Stimme kennt die Wege
zu meinem Herzen; auch suche ich in dir keine Spur
von Schuld; nein, reiner
sehen dich im Bösen meine Augen.
Kann andres ich dir sagen, wenn von Natur
so weiblich du gemacht bist?
Umberto Saba

Um halb drei komme ich ins Zentrum. Der Schönheitssalon ist geöffnet, und heute ist Fußpflege an der Reihe. Graziella ist da. Sie vertraut der Fußpflegerin an, daß sie Zwillinge hat in Sperlonga. Ich sage zu ihr: »Ich wußte gar nicht, daß du zwei Kinder hast.« »Ich habe zwei Kinder, die stammen von meinem Onkel und von mir … Aber ich weiß nicht, ob sie meine sind oder von einer anderen Graziella … bei mir paßten sie nicht durch die Tuben des Falloppio …«[1]
Franca malt im großen Saal auf Seide.

Allegra ist vergangene Nacht aus der Pension ausgezogen und hat bei einem Freund geschlafen, den sie auf der Straße getroffen hat, heute abend weiß sie noch nicht … aber vielleicht, mit Hilfe der Dottoressa …

Gisella unterbricht kurz ihre Putzarbeit im Bad, um mich zu fragen: »Hilfst du mir, eine bessere Arbeit zu finden?«

Ich gehe in die Mansarde hinauf, wo gerade der Kurs *Vom gefangenen Körper zum befreiten Körper* stattfindet. Man spricht vom Affen.

Manuela erzählt: »Ich war in einem Restaurant in Manhattan, *The circle*, eines der berühmtesten der Welt … Der Besitzer hat das Restaurant mit viel Humor so genannt, weil sich der Kreis der Mächtigen dort trifft … Du kannst Clinton und seiner Clique begegnen … und die Machtlosen würden sie gerne nachahmen, wie die Affen den Menschen … und ab und zu, wenn sie können, gehen sie hin, nur damit sie sagen können, daß sie dort gewesen sind und bezahlt haben … Früher habe ich auch in diesen Kreisen verkehrt, aber jetzt mag ich das nicht mehr …«

Eine Frau in einem zerschlissenen langen Kleid betritt, ein Lied der Schlagersängerin Mina singend, die Mansarde. Es ist Viviana, die geschwätzige diebische Elster des Zentrums, die alles stiehlt, was glitzert, und zu viel schwatzt oder singt. Jemand bittet sie, nicht zu stören, und sie geht in den Salon hinunter, ohne daß sie zu singen aufhört. Ich spüre in dieser Stimme einen schrankenlosen Genuß.

Heute hält Barbara, eine Theaterschauspielerin, den Kurs. Merima hat in ihrem Büchlein Barbaras faszinierende Ausstrahlung beschrieben: die einer Zauberin, deren Macht in ihren Haaren sitzt.

Sie ist 1962 in Triest geboren, ihre Mutter ist Triestinerin, der Vater stammt aus Kampanien. Die Mutter war Lehrerin, der Vater bezog eine Kriegsrente, weil er verwundet und zwei Jahre in einem Arbeitslager in Deutschland gefangengehalten worden war. Ihre Kindheit verbrachte sie in einem Dörfchen im Cadore. Sie erzählt mir von sich: »Großeltern, Verwandte, Herkunft. Wo ich geboren bin, wo ich gelebt habe? Anders, anders, immer habe ich mich anders gefühlt. Was das heißt? Ich gehörte, ich gehöre an keinen Ort. Noch nie. Weder früher, als ich im Gebirge im Cadore wohnte, noch in Triest, der Stadt, in der ich doch geboren bin. Kannst du dich an deinem Geburtsort fremd fühlen? O ja, du kannst, natürlich kannst du das, ich weiß nichts über Triest … jetzt erst fange ich an … ›Woher kommst du?‹ wurde ich immer gefragt. ›Du sprichst keinerlei Dialekt.‹ ›Das stimmt, das stimmt … aber zu Hause wurde Italienisch gesprochen‹, rechtfertigte ich mich … nur Italienisch. Also woher bin ich eigentlich? Abends fragte ich meinen Vater danach. ›Du bist mein Liebling‹, antwortete er … ›Papa, erzählst du mir eine Geschichte?‹ … O ja, darin war er gut. Er hörte gar nicht mehr auf zu erzählen … von der Kindheit und von seinem Heimatort Nusco … von der Mutter … von den Geschwistern … und vor allem vom Krieg, vom Arbeitslager in Deutschland, vom Hunger, von den Kartoffeln … Wahrscheinlich kam es von all diesen Geschichten, daß ich in der Abschlußprüfung der 5. Klasse Grundschule nur von Gewehren und Konzentrationslagern gesprochen habe, ich wußte alles darüber. Die Lehrerin verstand nicht, als ich an die Tafel schrieb: ›Mein Papa hat als Beruf das Arbeitslager, und die Kartoffeln ißt man mit der ganzen Schale.‹ … Wie du siehst, beruhen alle meine Entscheidungen auf so einem Mischmasch aus Kenntnissen, Gegenden und Dialekten, die nie meine waren und die ich mühsam an-

erkennen mußte (und wollte?), die aber heute meine Stärke ausmachen.«
Barbara schlägt den Frauen vor, sich hinzulegen und sich zu konzentrieren: »Stellt euch einen Affen vor, der fliegen kann … jetzt hebt die Arme, als sollte der Affe losfliegen …« Zu Caterina gewandt: »Will dein Affe nicht fliegen? Will er am Boden bleiben? … Jetzt fang an, die Füße zu bewegen … dann hebt ganz langsam die Beine an … dann tief durchatmen … ich will von allen den Atem hören … Einatmen und ausatmen … atmen …«

1. STIMME: Was soll ich atmen?
FRANCA: Mir tut der Hals weh!
BARBARA: Atmet ganz tief ein … und haltet den Atem an.
FRANCA: Ich habe immer viel zuviel an mich gehalten … jetzt will ich nicht mehr an mich halten …
BARBARA: Jetzt kommt ganz langsam zurück und setzt euch auf … langsam, langsam …

Caterina hat sich die ganze Zeit nicht gerührt.

ALLEGRA: Wenn ich wiedergeboren werde, will ich als Mann auf die Welt kommen.
FRANCA: Du bist doch schon ein Mann!
BARBARA: Die Affen atmen mit dem Bauch, wie wenn wir Yoga machen.
FRANCA: Wir sind doch nicht im Tauchkurs!
BARBARA: Jetzt spricht der Affe … er macht einen Ton …
FRANCA: Er will beißen.
BARBARA: Wir beginnen unsere Töne mit »a«, zuerst durch die Nase, dann durch den Mund.

Man hört verschiedene »Auh!« und »Uhuuum!«

BARBARA: Wir spielen das Grimassenspiel, wer die ärgsten Grimassen schneidet … jede betrachtet ihr Gegenüber und muß deren Grimassen nachahmen.

Bei diesem Spiel mit der Mimik lachen alle sehr.

BARBARA: Jetzt will ich ein schönes, fettes Lachen aus dem Bauch heraus.

Die Frauen lachen.

VIOLETTA: Es geht nicht. Lachen kann man nur, wenn man froh ist, und ich bin nicht froh …
2. STIMME: Man kann vor Lachen weinen.
VIOLETTA: Als ich gearbeitet habe, habe ich oft Witze erzählt, auch unanständige, und mir vor Lachen in die Hose gemacht.

Die Frauen fangen an, sich schmutzige Witze zu erzählen, und lachen hemmungslos. Barbara sagt halblaut zu mir: »Das muß auch sein.«
Nach diesem befreienden Moment läßt Barbara die Frauen etwas Gymnastik machen, dann versucht sie, zum Thema Affe zurückzukehren, mit dem sie begonnen hatten.

BARBARA: So, jetzt sucht sich jede wie vorher noch einmal eine Partnerin zum Nachahmen.

Die Frauen setzen sich einander gegenüber, ahmen einander nach, lachen.

FRANCA: Der Affe sieht nicht, hört nicht, spricht nicht, er macht nur Gesten *(imitiert Barbara)*, und ich gehe jetzt, das ist meine Geste. *(Verläßt den Raum.)*
BARBARA: Jetzt setzen wir uns alle im Kreis und probieren, wer am lautesten schreien kann.

Die Frauen schreien, dann beginnen sie unter Violettas Führung, in triestinischem Dialekt zu singen.
Auch Maria Lourdes, die vorher nicht mitgemacht, sondern auf dem kleinen Sofa neben dem Klavier hinten in der Ecke gelegen hat, kommt näher und singt mit den anderen.
Unterdessen ist Franca zurückgekommen.
Graziella greift nach Francas Zigaretten. Franca reagiert ungehalten: »Das sind meine.« Graziella wundert sich. Franca geht es heute schlecht, sie fängt an, laut auf Graziella zu schimpfen. Mara fragt sie, warum sie so schreit. Franca antwortet: »Ich kotze mich selber an, weil ich zu ihr gesagt habe: ›Die Zigaretten sind meine‹ … Sie gehören weder mir noch ihr … aber ich akzeptiere nicht, daß sie schweigt, mich anschaut, mich nachmacht wie ein Affe … Graziellas Problem ist, daß sie vögeln will …« Sie sagt es schreiend, dann brüllt sie Mara an: »Eine Mörderin bist du! Weil du einmal gesagt hast: ›Ich will sterben, aber du mußt leben!‹ … Ich bin der geschädigte Anwalt der Frauen …«
Franca geht es wirklich schlecht. Ich nehme sie mit und spendiere ihr draußen einen Fruchtsaft in einer Bar. Sie behauptet, daß meine Gegenwart sie beruhigt. Und streichelt mir weiter, wie sie es oft macht, den Rücken.
Als wir zurückkommen, gehe ich beim großen Saal vorbei. Maria Lourdes arbeitet jetzt mit Marina am Seiden-

rahmen. Sie sagt zu mir: »So habe ich einen Lendenschurz für diesen Sommer.«
Ich bin ein wenig durcheinander. Daher flüchte ich mich, wie gewöhnlich, in die Bibliothek und betrachte Amalias Bilder: Ich merke, daß sie mich aufheitern. »Was mache ich eigentlich hier?« hatte ich mich nämlich vorher gefragt, während ich mir die Witze anhörte und eifrig meine Pflicht als Schreiberin erfüllte.
Aber Franca kommt zu mir in die Bibliothek. Sie sagt: »Ich weiß nicht, ob ich lebendig oder tot bin, wie eine Schwangere, die nicht weiß, ob ihr Fötus noch lebt oder tot ist … Manchmal weiß ich nicht, ob ich ich bin … mir ist, als wäre ich mein Bruder … ich kann mit anderen Stimmen sprechen … mit der Stimme der Seele … aber ich habe keine Seele … hast du eine?« Ich antworte, daß ich es nicht weiß.
Francas Frage nach der Seele beunruhigt mich und reizt mich zugleich, mir ihre Reaktionen auf irgendeine Definition von mir vorzustellen. Obwohl ich mich immer in »Begriffen oder Landschaften der Seele« bewegt habe, hätte ich zwei verwirrende Antworten gewählt, die erste stammt von einem befreundeten Literaten, die andere habe ich selbst einmal einem fünfjährigen neapolitanischen Mädchen gegeben.
Der befreundete Literat definierte die Seele auf französisch, in einem unübersetzbaren Wortspiel: *»L'*âme *c'est l'*âne *qui porte le poids de notre corps et qui par cela se gagne la mort.«* (Die *Seele* ist der *Esel*, der die Last unseres Körpers trägt und sich dadurch den Tod verdient.) Und Franca hätte vielleicht gesagt: »Ich habe verstanden, die Seele iaht … Aber du hast mich noch nicht verstanden … Wie soll ich iahen, wenn ich keine Seele habe?«

Oder ich hätte ihr sagen können, daß ich einem kleinen Mädchen auf die Frage: »Fabbrí, was isn das, die Seele?« einmal spontan übers Gesicht gepustet und gesagt hatte: »Das hier.« Die Kleine hatte gelacht. Doch was hätte Franca getan? Gewiß hätte sie – zu sehr von einer gewissen Poesie in ihrem Leben überzeugt – nicht vulgär geantwortet. Vielleicht hätte sie angefangen, einen Beatles-Song zu trällern und sich dann unterbrochen, um mir zu sagen: »… Du hast mich noch nicht verstanden …« Und ich hätte erkannt, daß ich Franca nicht verstanden habe und auch nicht, was die Seele ist – allerdings interessiert es mich auch nicht besonders.

Assunta ist zu einem Arbeitsessen im Restaurant verabredet. Ich gehe nach Hause und schaue mir den Film *Bus Stop* an.

In der berühmten Episode im Saloon von Phoenix, in der sie die Rolle der Chérie, einer mittelmäßigen Sängerin und Tänzerin aus der Provinz spielt, die wie so viele ihrer Gefährtinnen von Hollywood träumt, zögert Marilyn – in Hollywood längst *der* Star – nicht, eine Karikatur ihrer selbst zu zeichnen, indem sie ungelenk und falsch tanzt und singt. Die Fähigkeit, sich über sich selbst lustig zu machen, ist nicht nur ein Zeichen von Klugheit, sondern auch eine Quelle der Kreativität und Bereicherung.

Dieser Film hinterläßt einen bitteren Nachgeschmack, nicht so sehr wegen der Banalität – in diesem Fall – des Happy-Ends, als vielmehr wegen eines Vorfalls in Marilyns Leben, der den Dreharbeiten vorausging. Da sie glaubte, sie brauche sie nicht mehr, hatte Marilyn ihre alte Schauspiellehrerin entlassen – ausgerechnet in dem Moment, als diese an Krebs erkrankt war –, während sie über Jahre hin-

weg aufgrund ihrer Zerbrechlichkeit als Frau und als Schauspielerin nicht ohne diesen Menschen hatte auskommen können. Und sie hatte auch kein gutes Wort eingelegt, um ihr anderswo eine Arbeit zu verschaffen.
So geht es vielen Lehrern und Ärzten – besonders Psychotherapeuten –, wenn ihre ehemaligen Schüler oder Patienten sie aus ihrem Leben verdrängen, weil sie an die frühere Unwissenheit oder das frühere Leid erinnern.

1 Gabriele Falloppio, 1523–1562, italienischer Anatom und Chirurg, Entdecker der Eileiter. (Anm. d. Ü.)

Freitag, 19. Juni

Des Dichters Tage sind
gezählt –
wie die aller Menschen; aber so
viel abwechslungsreicher!
Umberto Saba

Es ist Morgen. Das Zentrum arbeitet auf Hochtouren. Im großen Saal begrüße ich Wilma, die auf meine Frage, wie es ihr geht, mit ihrem Kinderstimmchen antwortet: »Gut … gut.« Erst nach einigem Drängen erzählt sie mir, daß sie allein lebt, daß ihr die Mitarbeiterinnen zu Hause helfen … daß sie ein uneheliches Kind ist … daß ihr die Hände zittern wegen der Psychopharmaka …
Wütend wie immer in den letzten Tagen stürmt Allegra herein. Giovanna, die andere Psychologin des Zentrums, die ich häufig bei Assunta gesehen habe, rät ihr, sie solle sich doch ein Zimmer mieten und sich als Studentin ausgeben – für 300 000 Lire im Monat findet man schon etwas – und lieber auf die Annoncen in dem Wochenblatt *Il Mercatino* antworten, als so viel Geld im Wirtshaus auszugeben … Vielleicht könne sie beim Polizeipräsidium eine Aufenthaltserlaubnis für Touristen bekommen, die allerdings nur eineinhalb Monate gilt. Allegra erwidert, auch wenn sie die Erlaubnis bekäme, hege sie keinerlei

Absicht, nach eineinhalb Monaten zu gehen, sie will nicht zurück nach Hause zu ihrer Mutter: Seit dem Tod des Vaters, des einzigen in der Familie, der sie beschützte, weigert sich ihre Mutter, mit ihr zu sprechen. Giovanna erinnert sie daran, daß im San Giovanni eine Pflegerin arbeitet, die zwischen ihnen vermitteln kann. Aber Allegra fährt sie an: »Als ich klein war, bin ich jeden Abend von zu Hause weggelaufen, weil meine Eltern immer stritten ... Damals hätten sie sich um mich kümmern müssen, mich zum Beispiel ins Internat schicken ... Nichts haben sie getan ... Meinem Vater ging es zu schlecht, die Kommunisten haben ihn gefoltert, weil er mit 27 versucht hat, mit dem Fahrrad nach Italien zu flüchten ... Seitdem war er immer betrunken ... Ich will meine Kinder wiederhaben ... meine Mutter hat mir alles genommen ... Ich gehe nicht nach Kroatien zurück ... Die, die heute regieren, sind schlimmer als die Kommunisten und die Faschisten zusammengenommen ... Tudjman ist verrückt, nicht ich ... so viele Leute hat er umgebracht ... ich habe niemanden umgebracht ... Ich würde gern nach Mailand gehen, aber ich bleibe in Triest, weil ich hier näher bei meinen Kindern bin ... es sind nur 45 Minuten mit dem Bus, auch wenn ich, um in mein Dorf zu kommen, zweimal den Paß vorzeigen muß ... Meine Tochter ist 16, ihr Freund schlägt sie, und meine Mutter tut nichts ...«

Assunta und Giovanna schenken mir ein wunderschönes Armband: Es ist nämlich eine Goldschmiedin ins Zentrum gekommen, die nach alten ägyptischen Vorlagen Schmuck aus Silber- oder Kupferdraht und Perlen macht und anbietet, im Herbst als Ehrenamtliche einen Kurs für die Frauen des Zentrums abzuhalten. Ihre Armbänder sind sehr gefragt und werden teuer verkauft, sogar in New York.

Ich frage Giovanna, wie sie ins Zentrum gekommen ist. Sie lacht und sagt scherzhaft: »Demnächst nehme ich mir mal von Kind und Franco frei, und wir gehen zusammen aus und machen uns einen schönen Abend ... Dann erzähle ich dir alles ... und noch mehr.« Ihrem Äußeren und ihrem Blick nach scheint mir Giovanna ein »stilles, ruhiges Licht« zu sein, um einen Ausdruck von Alberto Savinio auszuleihen. Und doch glimmen unter diesem Licht Funken. Wie es mir im Zentrum häufig geschieht, wenn mich etwas interessiert, kommt ein Kobold, der es mir reicht. So gibt mir jemand einen von Giovanna geschriebenen Text:

> Ich bin Ende der siebziger Jahre nach Triest gekommen, nachdem ich in Padua studiert hatte. Die Abteilungen der Irrenanstalt waren schon von Franco Basaglia geöffnet worden. Die Kranken liefen frei zwischen den Pavillons herum: Sie sangen, sie schrien. Eines Abends kam einer von ihnen in das Zimmer, das ich mit einer Kollegin teilte. Es war ein alter Mann, er onanierte. Am nächsten Tag nahm ich mein Psychologielehrbuch und warf es in den Müll. Es war, als befände ich mich mitten in der Strömung, in einem Strudel, der mich wegriß. Ich begriff, daß ich von vorn beginnen mußte, daß Verschiedenheit keine Rezepte brauchte, sondern menschliches Verständnis. Heute bin ich mit Franco verheiratet, einem Psychiater, der jahrelang mit Basaglia zusammen gekämpft hat. Wir haben einen kleinen Sohn, aber seit ich hier bin, hat die Arbeit jeden Augenblick meines Tages ausgefüllt. Wenn ich diese Frauen sehe, die sich ihr Leben neu erfinden, die schreiben und malen, Buddhistinnen werden, die Scherben ihrer Existenz einsammeln und sich eine neue Identität aufbauen, frage ich mich, wie es möglich war, etwas so Außerordentliches zu schaffen. Mit ihnen haben wir der mentalen Gesundheit einen neuen Weg eröffnet. Manchmal kommen Männer, die ihre Frauen herbringen, weil sie nach dem Wundermittel suchen, das alle

Probleme löst. Und wenn ich eine Behandlung auf der Grundlage von Bachblüten oder eine Gruppentherapie vorschlage, ziehen sie empört ab und nehmen ihre Gattin wieder mit, als wäre sie ein Postpaket. Nicht selten ahnen die Männer leider erst, wenn niemand mehr die Hausarbeit macht, daß bei der Person, die neben ihnen lebt, etwas nicht stimmt. Dann rennen sie verzweifelt hierher, ohne zu begreifen, daß man mentale Gesundheit nicht durch Medikamente erlangt, sondern durch Dialog, durch menschliche Wärme. Heute kommen auch magersüchtige oder bulimische junge Mädchen zu uns. Diese Frauen haben kein Netz, das sie auffängt, und dann stürzen sie ab. Sie brauchen nicht so sehr einen Arzt, sondern müssen ihrem Leben einen Sinn geben. Und hier finden sie ihn. Auch bei schweren Psychosen versuchen wir, das Problem mit großer Einfachheit anzugehen. Zu uns kommen Frauen, die aussehen wie Bündel, in Lumpen gehüllt. Mit vom Leiden zerstörtem Körper. Sie fangen hier neu an: lernen sich anzuziehen, sich zu waschen, sich im Spiegel zu betrachten. Sie nehmen den vor langer, langer Zeit unterbrochenen Dialog mit sich selbst wieder auf. Natürlich ist das Durcheinander von Normalität und Wahnsinn manchmal erschütternd. Aber dieses Sich-Mischen von Geschichten, Empfindungen und Gefühlen berührt uns so tief, daß es zu unserer Stärke wird. Einer Signora, die ins Zentrum gekommen war, um wegen einer schrecklichen Depression nach einer Geburt Hilfe zu suchen, hatte ich zu einer Behandlung mit Bachblüten geraten und ihr versichert, sie habe nichts Schlimmes. Aber nachdem ich ihre dramatische Geschichte gehört hatte, mußte ich Valium nehmen. Meine Betroffenheit beweist, wie sehr ich in diesen Ort verliebt bin, in die Frauen, die hier aus und ein gehen, in die Erfolge, die wir mit wenig erzielen. Und wenn ich auf der Straße jemandem begegne, der ein bißchen seltsam aussieht, mit einem komischen Hut auf dem Kopf, denke ich, daß er wenigstens frei in Triest herumlaufen kann, und bin gerührt.

Dann unterhalte ich mich mit zwei jungen Krankenschwestern, die ein Praktikum machen. Sie erzählen die Geschichte eines Klienten des San Giovanni: Er war überzeugt, die Chinesen würden die inneren Organe seiner

Mutter aufessen, und um zu sehen, ob sie noch ihr Hirn hatte, hat er ihr in den Kopf geschossen. Die Mädchen versuchen, das Grauen zu vertreiben, indem sie sich distanziert geben. Eine der beiden fügt hinzu: »Bestimmte Sachen habe ich vor dem Praktikum nur in der Zeitung gelesen.«

Ich frage Wilma: »Warum hast du immer diese Kinderstimme?« Sie antwortet pikiert: »Weil das meine Stimme ist, wie die von Frank Sinatra, während deine sehr, aber wirklich sehr gewöhnlich ist.«

Allegra klagt: »Ich bin müde, ich habe heute nacht nicht geschlafen, wo kann ich mich jetzt hinlegen?« Paola bietet ihr an, sich im Schlafzimmer auszuruhen, ermahnt sie aber, das Bett nicht den ganzen Tag zu besetzen, da noch andere es brauchen könnten.

Im großen Saal wird das Programm für den Ausflug nach Amsterdam Ende Juni verteilt. Eine Frau schlägt vor: »Nächstes Mal nach Australien!«

Während die Frauen, die mitfahren werden, über die Reise diskutieren, führt Anna, eine Krankenschwester aus den Zeiten Basaglias, mich zum Lager des EL Verlags (heute in Italien einer der besten auf dem Gebiet der Literatur für Kinder), der ihrer Familie gehört, und schenkt mir viele Bücher für Elia, meinen Enkel, und eine Kassette mit Kinderliedern, die ihren Sohn nun nicht mehr interessieren.

Anna erzählt mir, daß sie als einzige in der Familie nicht im Verlag arbeitet; daß sie – warum, weiß sie nicht – vor Jahren beschlossen hat, Krankenschwester zu werden, und sehr froh darüber ist. Sie ist eine zurückhaltende Frau, immer in deiner Nähe, aber nie aufdringlich, weder in ihrem Äußeren, noch in ihrer Kleidung, noch in ihrer Art. Sie ist

da, in ihrem Winkel, aber stets bereit herauszukommen, still, aufmerksam, bescheiden. Wenn ich sie mit einer Schriftstellerin vergleichen müßte, würde ich an Jane Austen denken.
Im großen Saal singt Viviana aus vollem Hals:

Blume, die ich nie gepflückt,
wie mein Film
der ist, den ich nie gegeben.
Ich werde dich lieben, meine glühende Liebe
aus Griechenland mit Leidenschaft
mit Zorn à la Osborne
und immer wieder mit Leidenschaft.
Gezeichnet: Frau Dr. Strangelove.

Ich gehe zu ihr. Sie sagt: »Das Lied habe ich selbst komponiert«, und fügt hinzu: »Ich habe beim Radio und im Teatro Verdi gearbeitet … ich machte die Kulturprogramme beim Radio … nach der Reform der Rundfunkanstalten haben sie uns alle hinausgeworfen … sie haben das Teatro Verdi geschlossen, weil die Bestuhlung fehlte … dort kümmerte ich mich um die Presseabteilung, um die Buchhaltung, um die Auslandsbeziehungen … ich arbeite nicht mehr, denn wenn sie anfangen herumzumauscheln, geht es nicht … So ist das, schreiben Sie: ›Leben ist eine Stilfrage‹ …« »Und jetzt schreib du etwas in mein Heft«, bitte ich sie. Sie schreibt: »Ein Mann, der Dom Perignon Jahrgang 1957 trinkt, hat bestimmt einen guten Geschmack.« Dann malt sie prächtige, unordentliche Blumen dazu, die ihrer Art, sich zu kleiden und zu sein, ähneln. Sie hält mir ihr Notizheft hin, in dem ich lese:

Oberstufe Gymnasium Dante Alighieri ... Schule ... Abschluß ... dann Goethe-Institut ... Stenotypistin ... Lohnbuchhaltung ... Rechenmaschine ... Computertechniker ... Software ... Fachabitur Kindergärtnerin ... Staatsexamen Simultandolmetscher ... Englisch, Französisch, Deutsch ... Spanisch, Türkisch, Arabisch ... Griechisch, Schwedisch, Dänisch, Holländisch ... Keramikerin, Telefonistin, Schauspieler, Regisseur, Komponist, Sänger ... Diplom ... Spediteur ... Holzfachmann ... Cambridge, Internationale Schule Salzburg ... Arbeitstätigkeit: Holz-Kaus, Progotecna AG, Holzfirma Antonini und Berlot, Obst und Gemüse AG Barberi, Handelskammer, Lloyd Adriatico Triest, Italienischer Rundfunk, Büro für Auslandsbeziehungen, Teatro Verdi, Eca, städtisches Sozialamt, Doktor der Medizin ... Arsenal von Triest – Doktor ... Birra Moretti Udine ... Messen und Ausstellungen ... Inhaber von Studio Elle – Steuernummer ... Marketing Leasing ... factoring interpretated. Technische Physik ... 3 Jahre Lehrerseminar – Psychopädagogik ... Staatsanwaltschaft – Abgeordneter D'Amico ... Algerien – Oberleutnant Dolmetscher ... Paris AG.

Jemand schimpft Viviana aus, weil sie Anna die Suppe weggegessen hat, und macht sich dann bei mir Luft: »Heute habe ich ihr keine Suppe und auch sonst nichts gegeben, weil sie gestern Kleider in der Kooperative gestohlen hat.« Viviana protestiert: »Ist doch nicht meine Schuld, wenn ich die Kleider verwechsle«, dann zieht sie mich beiseite: »Mein Lieblingssänger ist Frank Sinatra ... er ist gestern gestorben ... Ich habe zwei Kinder, einen Jungen und ein Mädchen, der Junge lebt bei meinem Exmann, das Mädchen lebt mit ihrem Freund ... Ich lebe allein ... oder mit dem Freund meiner Mutter ... also praktisch die Frauen meines Vaters, die Männer meiner Mutter ... leicht zu verstehen, oder? ... Ich bin viel unterwegs, im Januar war ich in London und in Irland ... ich habe überall Freunde ... Ich bin mit einem Iren nach Belgrad gefahren und am Dreikönigstag mit einer

irischen Kerze zurückgekommen ... Ich habe in Wien die Dolmetscherschule besucht, ich kann alle Sprachen, auch Arabisch ... In Österreich war ich überall: ›*Scheiße, keine Kupplung!*‹ ... ›*Du bist ein super superdepperter Mann*‹ ... ›*Auf italienisch, sozusagen*‹ ... Ich bin eine gute Dolmetscherin ... aber ich spreche schlecht Italienisch, weil meine Muttersprache Kroatisch ist ... Alle beneiden mich!«
Maria Lourdes, die zuhört, unterbricht sie: »Sie beneiden uns um unsere innere Schönheit.«
Allegra, die bei Vivianas wirrem Gerede dabei war, sagt zu mir: »Hast du gesehen, wie schön sie ist? ... Als ich in der Psychiatrie war, ging mein Freund mit anderen Frauen, so schönen wie sie.« Ich überlege: Allegra, die noch jung und schön ist, scheint sich nicht bewußt zu sein, daß Viviana über 50 und längst nur noch eine Parodie ihrer früheren Schönheit ist; aber wahrscheinlich nimmt sie die Spuren davon in Vivianas Lumpenpracht besser wahr als ich und setzt diese Reste zu einem idealen Körper und einem Idealbild zusammen.
Im großen Saal wird Kaffee serviert. Viviana mahnt: »Nehmt keinen Zucker ... spart den Zucker für eure bitteren Tage, die noch kommen ... die Mauer der Unwissenheit ist am schwersten zu durchbrechen. Gegen die des Neids ist kein Kraut gewachsen ... Für einen Skorpion ist Rache süß ... Noch gibt es kein Meinungsdelikt ... aber es ist fraglich, wie lange noch ... jede Meinung ist anfechtbar ... Ciao, ich gehe mir die Hände waschen, wie Pontius Pilatus.« Sie geht hinaus und hinterläßt in mir den Eindruck schrankenlosen Genusses, den sie immer macht, wenn sie singt oder sich ungehemmt ihren Assoziationen hingibt. Dieser Zustand ähnelt nicht der dionysischen

Trance der *tarantolati* oder der *»fujenti«*[1] in der Wallfahrtskirche der Madonna dell'Arco, an denen man neben der Freude einen dumpfen Schmerz wahrnimmt. Viviana ist in diesen Augenblicken einzig und allein Genuß; den anderen schließt sie völlig aus. Sie ist jenseits des Begehrens, weil sie keine Leere zu kennen scheint. Ich weiß nicht, ob es sich um eines der Gesichter des Wahnsinns handelt, doch von denen, die ich selbst in begrenztem Maß erlebe, fasziniert und verstört mich dieses gewiß am allermeisten. Was mit Viviana außerhalb dieser Augenblicke geschieht, weiß ich nicht. Ebensowenig kann ich mir vorstellen, daß sie ewig dauern.

Maria Lourdes klagt: »Ich will meinen Hund, den ich von meinem eigenen Geld gekauft habe ... Papa hat ihn mir weggenommen, er ist ein Sadist ...« Und zu mir gewandt: »Ich will eine Zigarette!« Ich sage: »Ich komme mir vor wie ein Zigarettenautomat.« Sie erwidert: »So habe ich mich auch schon gefühlt«, dann fängt sie an zu weinen: »Ich will nicht mit Ihnen nach Mergellina ... ohne Hausschlüssel, Handtasche, Papiere ... Wenn ich mitkomme, mach ich's mit dem ersten, der mir gefällt!« Zwei Frauen kommentieren: »Sehr gut!«

Ich sehe in der Küche nach, ob Pina Kaffee gemacht hat. Es ist niemand da. Ich fühle mich zu müde, um bis in die Bar zu gehen. Wie eine Schlafwandlerin schleppe ich mich zum Shiatsu-Zimmer in der Hoffnung, es leer zu finden. Statt dessen treffe ich auf Annamaria, die Masseurin, eine schöne, schmale, brünette junge Frau mit ernstem Blick, deren Bauchnabel zwischen dem kurzen T-Shirt und der Jeans hervorschaut. Wir sind allein, und ich nutze es, um sie über ihre Arbeit auszufragen.

»In die Via Gambini bin ich über eine Psychologin gekommen, die sich bei mir Shiatsu-Behandlungen machen ließ … Am Anfang habe ich ehrenamtlich mitgearbeitet … ich wollte meine Erfahrung bereichern … diese Personen entspannter und lächelnd sehen … Jetzt geben mir die, die es sich leisten können, ein bißchen Geld … Die Beziehung zum Körper ist sehr wichtig … hier sind die Frauen froh, wenn sie berührt werden … bei den sogenannten normalen Menschen dagegen habe ich oft mehr Ablehnung und größeren Widerstand gespürt … vielleicht, weil sie sich nicht gehenlassen wollen, sich nicht helfen lassen wollen … Ich würde die Frauen des Zentrums, wenn sie einmal entspannter und lächelnd aus diesem Zimmer gegangen sind, gern auch am nächsten Tag nicht mehr so traurig sehen … doch oft sind sie wieder genauso traurig … aber mein Shiatsu-Meister sagte immer: ›Hab keine Erwartungen, lerne, dem Schweigen des anderen zu lauschen …‹«

Ich sehe Maria Lourdes' Tante in den großen Saal gehen; sie hat der Nichte ein schönes geblümtes Kleid mitgebracht. Maria Lourdes zieht sich aus und schlüpft sofort hinein. Sabina bemerkt: »Du hättest es lieber für den Ausflug ans Meer aufheben sollen.«

Auch Edvige trägt ein neues Kleid, das sie auf dem Flohmarkt im San Giovanni gekauft hat, und eine rosa Halskette. Wie immer sagt sie zu mir: »Mir brutzelt der Kopf«, doch nachdem ich ihr Kleid und ihre Kette gelobt habe, fügt sie hinzu, sie sei auch heute nacht spazierengegangen, dabei aber niemandem begegnet.

Franca kommt. Sehr fröhlich beginnt sie mit ihren raschen Wortspielen und sagt am Schluß: »Gestern habe ich versucht, zu Hause aufzuräumen … wie ich mit allem gekämpft habe … ich habe die Teppiche geklopft … kost-

barste Teppiche, Dior und Versace … Hast du auch zerschlissene Teppiche großer Marken, so wie ich?«
Ich frage Paola, eine junge Psychiaterin: »Wie lange arbeitest du schon hier?« »Acht Jahre.« »Gefällt es dir?« »Ja, weil es mir nicht wie Arbeit vorkommt, ich fühle mich nicht als Psychiaterin.« Damit hakt sie sich bei Franca unter und geht lachend davon.
Graziella sagt mit ihrer sanften, weichen Stimme zu mir: »Ich sehne mich nach der Zauberin Circe … nach dem Strand … nach meinem Freund … Graziella und Alfonso … Ich weiß nicht, ob Alfonso dieses Kind von mir bekommen hat … wenn ich ihn mit einer anderen im Bett erwische, bringe ich ihn vielleicht um … auch wenn er ein Mann ist … Rutelli oder Rotelli … Es ist ein Sohn, den ich nie gesehen habe … Die Stimme des heiligen Johannes hat es mir immer gesagt: ›Du wirst ihn nie zu sehen bekommen, nie, nie nie …‹« Sie weint. »Wenn ich 35 wäre, wäre ich nach dem Gesetz volljährig und könnte ein Kind adoptieren, aber dann müßte ich immer zu Hause bleiben, sonst lachen sie mich aus … Ich möchte meinen Sohn Andrea De Juris kennenlernen, aber ich möchte nicht wegen einer Straftat ins Gefängnis kommen … Sie konnten meine Schwangerschaft nicht mit der Pille unterbrechen … Ich möchte mir gern ein eigenes Leben aufbauen, wirklich mein eigenes Leben, die richtigen Schritte tun und nicht die falschen Schritte … Papa wird es mir dann ins Ohr flüstern … Die schönste Erinnerung … als ich die Strandpromenade entlanglief oder Fahrrad fuhr … Die Strandpromenade verdanken wir Andreotti, dem Abgeordneten Giulio Andreotti … Sperlonga, Via Flacca Nr. 27, Provinz Latina … Papas Haus, zwei Apartments in einem, mit gepanzerten Türen … Wenn ich das

Püppchen auf die Torte steckte, nahm ich mit dem Finger etwas Creme, und statt sie selbst abzulecken, gab ich sie dem Püppchen … Als Dreikönigsscherz machte Papa mir eine Puppe aus einer Apfelsine und zwei Grissini … das war meine Puppe Angiolino … Bei Mama wurde eingebrochen, und die Diebe haben die Dollars hinter der Tür mitgenommen … die Dollars, die der Onkel aus London mitgebracht hatte … Ich muß der Signorelli ein paar Tritte in den Hintern verpassen … Papa zog mir die Hose runter und schlug mich mit dem Riemen, weil ich häßliche Wörter zu Mama gesagt hatte, ›Nutte‹ … Sachen, von denen ich gar nicht wußte, was sie bedeuteten … Einer mit einer beigefarbenen Krawatte sagte zu mir: ›*Sta' buttanza*!‹ – ›Du Wegwerfschlampe‹ … Rotelli sagt das zu vielen Frauen, ein Ausdruck, der herausfordert und gleichzeitig Zuneigung signalisiert … und ich höre immer noch Mucciolis Stimme: ›Keine Spielkarten, nichts zu lesen, keine Zigaretten‹ … und ich sagte: ›Lernt, den Zug zu nehmen, schwule Jungs … lernt, den Abflug zu machen, schwule Jungs‹ … statt dessen zerstachen sie sich die Adern … und Muccioli sagte … und ich sagte … und auch wenn ich sie pflegte, sind sie in Agonie gestorben … und Muccioli sagte zu mir: ›Kau Kaugummi, anstatt zu rauchen!‹ … Und Muccioli ist noch mal zurückgekommen, um mir zu sagen: ›Ich misch es für dich, du mischst es für mich, das geht immer so weiter und hört nie auf …‹«

Graziella erinnert mich an die Hauptfigur eines geheimnisvollen, Salvator Rosa zugeschriebenen neapolitanischen Liedes aus dem 18. Jahrhundert, *Michelammà*, in dem von einer »Notarstochter« die Rede ist, die von Piraten entführt wurde.

In einer Ecke am Fenster trocknen Marina und ihre Schwiegermutter unterdessen die von den Frauen bemalten Seidenstoffe mit einem elektrischen Heizlüfter.
Adele, die ich jetzt erst bemerke, hat einen Schal bemalt. Ich bitte sie, etwas in mein Heft zu zeichnen. Sie zeichnet einige sehr kindliche Bötchen und Herzchen, beinahe aus Trotz, denke ich gleich danach, als Marina mir Zeichnungen von ihr zeigt, die eine bemerkenswert geschickte Hand verraten. Adele sagt zu mir: »Wenn ich arbeite, arbeite ich sehr konzentriert, aber Ihnen habe ich jetzt nur sehr kindliche Zeichnungen gemacht ... die Herzen haben natürlich nichts mit den Booten zu tun ... ja, vor vielen Jahren habe ich bei Nino Perizzi studiert ...« Marina erklärt mir: »Er war ein bekannter Triestiner Maler«, und zeigt mir weitere Zeichnungen von Adele, unter anderem einen schönen weiblichen Akt. Adele scheint ihre eigenen Arbeiten zu betrachten, als stammten sie von einer anderen. »Warum zeichnest du nicht weiter?« frage ich sie. »Wenn ich zu zeichnen beginne, kann ich nicht mehr aufhören, und meine Hyperproduktivität treibt mich zum Wahnsinn ... also ist es besser, daß ich es lasse ... Sie geben mir Tabletten ...«
Auch heute findet in der Mansarde eine Sitzung des Kurses *Vom gefangenen Körper zum befreiten Körper* statt.
Ich bin schon bei einigen dieser Treffen dabeigewesen – und das Wort *dabeigewesen* beschreibt meine Haltung genau, denn emotional *teilgenommen* habe ich nicht. Ich habe mich darauf beschränkt, alles wie ein Schreiber aufzuzeichnen, und ich frage mich, warum ich immer so draußen geblieben bin. Mein Selbstausschluß, meine sture Weigerung, mich verwickeln zu lassen, haben nichts mit einer Ideologie zu tun: etwa der Auffassung, daß Grup-

penanalyse sowieso nichts nütze oder daß Körpertechniken (Atmen, Entspannung, Yoga, Massage, Mimik- und Stimmübungen), die für Theaterleute so hilfreich sind, nicht auch für mich wichtig wären. Nebenbei gesagt, wird in diesen Kursen keine bestimmte Technik angewendet. Es geht dabei um Zusammensein und gemeinsames Tun, mit dem Ziel, etwas Kreatives zu machen: in diesem Fall eine Fotoausstellung und ein Video. Gemeinsam etwas zu produzieren erzeugt Wohlbefinden, weil es die Solidarität miteinander stärkt und man sich besser kennenlernt. Vielleicht halte ich mich unwillkürlich abseits, weil ich in der Kindheit und Jugend ein panisches Glück in der Beziehung zu meinem Körper, zu den Körpern meiner Gleichaltrigen und zur Natur erfahren habe, das mir dann – ich weiß nicht, wie, und auch nicht, warum – abhanden gekommen ist. Mit etwa 17 Jahren ist es passiert, als ich zum Studieren und Arbeiten nach Deutschland gegangen bin: Seitdem habe ich nur die Spaltung zwischen Körper und Geist erlebt und mich immer von außen beobachtet beim Leben, außer wenn ich – und selbst dann nur manchmal – mit kleinen Kindern zusammen war. Das ist auch in den Beziehungen zu anderen zu meiner Art geworden, aber wahrscheinlich gehörte diese Spaltung seit jeher zu mir, vielleicht ist sie mir erst jetzt voll zu Bewußtsein gekommen, bei diesem Aufenthalt im Frauenzentrum.

Vor einem Menschen fühle ich mich wie vor einem Geheimnis, das ich nicht zu lüften wage, wünsche mir dabei aber, der andere durchbräche meine Abwehr, wie man einen Lattenzaun durchbricht, der ein klägliches kleines »Privateigentum« umschließt – das, worin ich eingesperrt bin. Befinde ich mich dagegen in einer Gruppe, geschieht das Gegenteil, ich errichte keinen Lattenzaun, sondern

eine regelrechte Mauer um mich herum. Und diese Schwierigkeit schließt mich zwar immer mehr aus dem sozialen Leben aus, macht mich aber kontaktfähiger in Beziehungen mit einzelnen Menschen.
Während sich die Frauen, die um den Tisch sitzen, auf ein mythologisches Thema konzentrieren – Ariadne, die von Theseus verlassen wird –, hört man aus dem unteren Stockwerk laute Schreie. Ich erkenne Graziellas Stimme und gehe kurz hinunter. Graziella ist wütend auf ihren Vater, den sie angerufen hat, und Anna versucht, sie abzulenken, indem sie mit ihr in der Bar eine Coca-Cola trinkt. Ich gehe wieder hinauf.
Jetzt schreiben die Frauen schweigend.
Dann kommt Graziella in Begleitung von Anna zurück in die Mansarde und zieht sich mit Maria Lourdes auf das kleine Sofa zurück, wo sie rauchen. Ich geselle mich zu ihnen.
Graziella: »Papa hat gesagt … aber ich war's nicht … sie haben bei Piero die Tür aufgebrochen … aber ich war's nicht … er war blutüberströmt …«
Anna streichelt ihr übers Haar und sagt sanft: »Komm, Graziella, sprich von etwas Fröhlicherem.«
Graziella beginnt, lebhaft und ohne einmal steckenzubleiben *'A livella* von Totò aufzusagen. Dann fügt sie hinzu: »Das ist ein Gedicht von Totò über den Friedhof … von Totò, dem Fürsten Antonio de Curtis.«
Beunruhigt kommt Marina herein, ruft nach einer Krankenschwester, weil Franca die Seidenmalerei unterbrochen hat und sagt, sie fühle sich schlecht. Anna läuft eilig hinunter, um sich um sie zu kümmern. Ich folge den beiden in die Apotheke. Anna kann Franca überreden, eine Beruhigungstablette zu nehmen.

Auf dem Rückweg schaue ich einen Augenblick im großen Saal vorbei, wo Marina mir das Stück Seide zeigt, das Franca bemalt hat: In einer Ecke sind die Pinselstriche sehr heftig und rasend, was nicht zum Übrigen paßt. Marina kommentiert: »Egal … man muß sie machen lassen.«

Ich gehe wieder in die Mansarde hinauf. Adele blättert in einem schönen Fotoband über Prag mit Texten von Kafka. Dann liest sie mit Präzision und viel Einfühlungsvermögen einige Seiten daraus vor. Maria Lourdes, die zu schreiben begonnen hat, schluchzt oder hustet. Dann trinkt sie sehr viel Wasser und sagt: »Niemand darf mich mehr vergewaltigen.« Ich nehme sie mit hinunter, wasche ihr im Bad das Gesicht, bitte sie, mir etwas Fröhliches zu erzählen. Sie sagt: »Ich will leben.« Dann singt sie ein Lied von Vasco Rossi.

Wir gehen wieder hinauf. Die Frauen lesen die Texte vor, die sie gerade geschrieben haben. Ich habe versucht, Edvige zum Nachkommen zu bewegen. Sie hat mich sanftmütig angelächelt, ist unsicher ein paar Stufen hinaufgestiegen und hat dann kehrtgemacht. »Mir brutzelt der Kopf.« Maria Lourdes klatscht Caterina mit Nachdruck Beifall, als diese ihren Text zu Ende gelesen hat. Dann sagt sie: »Jetzt will ich meinen lesen … Ich hasse Drogen, weil mein Bruder Drogen nimmt … Ich möchte die Welt retten, aber das geht nicht, weil bald der dritte Weltkrieg kommt … retten wir uns vor dem dritten Weltkrieg … ich habe immer noch Angst, daß ich umgelegt werde … Aber dann habe ich ausgelitten.«

An dieser Stelle hört sie auf und will zum Abendessen hinuntergehen. Doch es ist noch zu früh, und Violetta schiebt ihr eine Schachtel Kekse hin.

Eines der Mädchen, die am Kurs teilgenommen haben, Ada, mit einem traurigen, scharfen, wie in einem üppigen Körper untergegangenen Blick, erzählt mir in einer Pause, während es Tee und Kekse gibt: »Ich studiere moderne Philologie mit Fachrichtung Archäologie … ich habe das Studium aber wegen einer existentiellen und finanziellen Krise unterbrochen … Jetzt arbeite ich vier Stunden am Tag bei der Post und verdiene 500 000 bis 800 000 Lire im Monat. Ich lebe bei meinen Eltern, sonst käme ich nicht aus … Ich versuche, mich zu fangen … mir fehlen nur noch fünf Scheine … Ich würde gern eine Doktorarbeit über die Geschichte einer alten Pfarrei und ihrer Gemeinde in der Nähe des Dorfes meiner Großmutter schreiben … aber der Professor möchte eine Doktorarbeit über mittelalterliche Nägel und hat mir versprochen, daß er sie veröffentlicht … mich interessiert das nicht sonderlich … mal sehen … Jetzt geht es mir besser. Früher war ich zerstreut, wenn ich von der Arbeit heimkam, ich konnte nicht lernen, spürte nur Langeweile und den Mangel an Bestätigung … jetzt weiß ich, daß ich die Tatsachen so nehmen muß, wie sie sind … Ich würde gern eine Reise von Pfarrei zu Pfarrei machen … anscheinend gab es einen Kirchenmaler, der auf Totentanz spezialisiert war … In einer der Kirchen habe ich eine Tafel dieses Malers gesehen, auf der ein Toter mit einem Teller Krebse in der Hand dargestellt war …«

Barbara, die den letzten Teil des Gesprächs mitgehört hat, schlägt vor, im Lexikon der Symbole die Bedeutung des Krebses nachzuschlagen: Symbol für den Übergang von einem Zustand zum anderen.

1. STIMME: Aber ich will nicht rückwärts gehen!
ADA: Wer hat dir denn gesagt, wo vorne und wo hinten ist? Geh schon …
2. STIMME: Besser gehen als stillsitzen.
3. STIMME: Also gehen wir!
BARBARA: Du hast recht, wir sitzen hier schon drei Stunden still.

Sie sammelt ihre Papiere ein, um anzuzeigen, daß die Sitzung beendet ist. Sie verschwindet, und mir schwebt noch die Wolke ihrer blonden Haare vor Augen. Violetta und die anderen räumen den Tisch ab und nehmen den übrigen Tee und die restlichen Kekse mit hinaus.
Graziella ist auf dem kleinen Sofa vor dem Klavier eingeschlafen und schnarcht. An sie gekuschelt, Maria Lourdes, rauchend, die Lippen klebrig von Krümeln und Speichel.

Morgen fahre ich ab. Heute abend sind Assunta und ich in einem Restaurant verabredet. Zu den wenigen Freuden, die Assunta sich gönnt – darunter immer wunderschöne Schuhe –, gehört, ab und zu in einem guten Restaurant zu Abend zu essen. In dem Lokal, das sie heute ausgewählt hat, empfiehlt sie mir, Gerichte zu bestellen, die mit rohem Olivenöl angemacht werden. Sie zeigt mir die Flasche: Das Öl kommt aus Pantelleria und kostet 45 000 Lire pro Liter. Pantelleria ist die Insel, auf der Assunta seit einigen Jahren ihren Urlaub verbringt und wohin sie auch diesen August wieder fahren wird. So erzählt sie mir von dieser Insel, wo man nicht unter der Hitze leidet, weil stets der Wind weht, wo Öl, Honig, *gelatina di passito*, Wein, eingelegte Kapern, Ausflüge mit dem Segelboot, aber vor allem die Sonne, ja, die Sonne – denn im Wasser ist Assunta immer kalt – ihr kleines, privates, irdisches Paradies bilden. Bitter und hart, wild und stark ist im Gegensatz dazu die Insel Utopia, deren Ufer sie im Alltag, oft von den Winden wieder aufs offene Meer hinausgetrieben, beharrlich umsegelt auf der Suche nach einem Landeplatz, weil sie glauben will, daß es ihn gibt, jenseits der uneinnehmbaren Felsen, in einem lieblichen Tal.

1 Die *tarantolati* in Apulien sind vor allem Frauen, die bei bestimmten religiösen Anlässen in der Kirche, der Legende nach von der Tarantel gestochen, in ekstatische Zuckungen verfallen, ein ursprünglich heidnisches Ritual um Schmerz und Tod. Das Überleben solcher Bräuche in Süditalien, die die katholische Kirche teilweise übernommen und teilweise zu unterdrücken versucht hat, studierte Ernesto De Martino, einer der herausragendsten Anthropologen Italiens, in seinem Buch *Sud e magia*. Die *»fujenti«* (nach neapolitan. *fujente*, flüchtend, rennend) verehren die Madonna dell'Arco bei Neapel und laufen am Ostermontag zum Zeichen der Buße barfuß, in weißem Gewand mit blauer Schärpe, bis zur Wallfahrtskirche, wo sie, wie die *tarantolati*, in ekstatische Trance verfallen. (Anm. d. Ü.)

Sommerpause
Itri, Mitte August 1998

[...] Mein,
weil ich dort geboren, mehr als der anderen mein,
der ich sie als Kind entdeckte und erwachsen
für immer mit Italien sie vermählte im Gesang.
Umberto Saba

Es ist kein glühendheißer Sommer – dieses Adjektiv verbinde ich mit einer unerbittlichen Sonne, verdorrten Feldern, einem hohen, in seiner blauen Gleichgültigkeit hochmütigen Himmel, der nur nachts gnädig ist, wenn er die Sterne schier zum Greifen nahe rückt. Es ist eine überhitzte, feuchte Sauna.

Soweit die Alten zurückdenken können, hat nie eine solche Hitze geherrscht. Aber ihre Wahrnehmung, die subjektiv, ihren verbrauchten Körpern geschuldet sein könnte, wird in diesem Fall von den Statistiken und den Wetterberichten bestätigt: Seit 600 Jahren waren Temperatur und Luftfeuchtigkeit nie so hoch gewesen. Jawohl! Für die Jahrhunderte, in denen es weder Thermometer noch Hygrometer gab, wurden die entsprechenden Daten auf der Grundlage klimatischer Indikatoren wie Zusammensetzung der Eisschichten, Baumringe, Beschaffenheit der Korallen errechnet.

Die Sonne ist verhüllt, der Himmel dunstig und tief. Und doch ist die Vegetation trocken und die Brände lodern: Das verborgene Feuer der Sonne und das ebenso verborgene der Brandstifter siegen über das Wasser, das sich in unendlich vielen winzigen, unsichtbaren Tröpfchen verflüchtigt, siegen unaufhaltsam über die Erde, zum größten Teil verlassenes Land, wo niemand mehr die Stoppeln aberntet, und üben schließlich ihre Diktatur über die Luft aus, indem sie die Menschen unterdrücken und foltern, sobald jemand wagt, sich zu bewegen, die häuslichen Grenzen zu überschreiten oder den Kopf zu heben.

Wenn die Alten im Morgengrauen ausgehen oder abends auf den Mäuerchen sitzen, wirken sie immer vertrockneter.

Die jungen Männer sind matt und stellen sich nicht zu sehr zur Schau mit ihren Muskeln und Mopeds.

Die Mädchen sind sonderbar unruhig, färben sich die Haare jede Woche in einer anderen Farbe, brechen die Diät ab, verweigern sich sommerlichen Liebeleien, streiten mit ihren Müttern – die sie nie sehen – und mit ihren Freundinnen – die sie ständig sehen.

Die Kinder fahren mit ihren hemmungslosen Spielen fort, aber sie sind wie verstört, einem entkräfteten Wahnsinn verfallen, denn die überströmenden Energien in ihren kleinen Körpern haben sich niemals mit dieser feuchten Schwüle gemessen – und die Erwachsenen wissen sie nicht zu schützen.

Kurz, alle ähneln zwar weiter sich selbst, haben aber veränderte Verhaltensweisen, außer den Alten, die immer mehr, und auf unwiderrufliche Weise, dem Wort ähneln, das sie definiert.

Wer ist der *andere*, der ihre Verhaltensweisen verändert?

Kein Erdbeben, keine Sintflut, kein Krieg, sondern etwas Tückisches, kaum Wahrnehmbares, etwas Heimliches, Unzuverlässiges, das in der Luft liegt, dessen Farbe das Grau ist, die Farbe der Halbtrauer.

Der einzig bewohnbare Raum in meiner Wohnung ist der im Erdgeschoß, den ich morgens mit Andreas teile. Er arbeitet an seinem Text über Eritrea, ich an meinem über

Triest. Ab und zu unterbrechen wir die Arbeit, um uns kurz über einen Gedanken, einen Satz oder bloß eine Vokabel auszutauschen; oder um einen Happen zu essen; oder weil Andreas' Kinder und ihre Freunde aus Itri, die sich gegenseitig erziehen und verziehen, an die Tür klopfen; oder um einige Beobachtungen über die Zeiten und das Wetter anzustellen – allerdings nicht auf die steife englische Art. An einem einzigen Vormittag hat es einige Minuten lang einen Platzregen gegeben – wir sind hinausgelaufen, um das Wasser zu genießen, und waren nicht die einzigen Spinner auf der Piazzetta.

Den mit Miriam, Andreas' Lebensgefährtin, geschlossenen Pakt, die Abende zusammen zu verbringen, um uns Filme auf Video anzuschauen, während Andreas die Kinder beaufsichtigt, können wir dieses Jahr leider nicht einhalten. Der Videorecorder ist kaputtgegangen. In Itri gibt es kein Kino, und Formia, Gaeta oder Sperlonga sind für uns unerreichbar, weil weder Miriam noch ich Auto fahren. Im vorletzten Sommer haben wir zusammen alle Folgen von *Heimat* gesehen, manchmal zwei Folgen hintereinander, wofür wir bis nachts um zwei aufgeblieben sind. Voriges Jahr: die Filme von Leni Riefenstahl – Miriam hatte sie noch nie gesehen, weil sie in Deutschland verboten sind; die Videos einiger Theaterstücke von Thomas Bernhard – Miriam hat lange in Bochum am Theater gearbeitet; Filme von Fassbinder; einige Filme, die in Itri oder der Umgebung spielen, wie *Vendetta – Blutrache* und *Und dennoch leben sie* oder andere, die wir gemeinsam auswählten.

Andreas und Miriam gehören zu meinen besten Freunden. Nicht so sehr, weil viele Fäden ihre soziale, kulturelle und politische Erfahrung mit der meinen verknüpfen,

obgleich mich fast eine Generation von ihnen trennt; auch nicht, weil sie die italienische Sprache und Lebensart von Grund auf kennen, obgleich sie Deutsche sind; auch nicht, weil Deutschland, das für mich ein Land der »Seele« war, mir auch ans Herz gewachsen ist, seit meine Tochter wegen ihrer Arbeit dorthin gezogen ist, einen Deutschen geheiratet und ein Kind in die Welt gesetzt hat, dessen noch unsichere Stimme am Telefon zu mir dringt, in einem Gewirr von Sprachen und Emotionen; und letztlich auch nicht, weil wir zusammen an einem eigenen gemeinsamen Buch und an Übersetzungen anderer gearbeitet haben. Sondern vor allem, weil wir nach und nach eine große Wahlverwandtschaft in uns entdeckt haben. Uns verbindet ein aristokratischer Populismus, der zugleich Abstand und Anteilnahme ist, Streben nach Gleichheit, aber Anspruch auf Unterschiede und Achtung der Verschiedenheit, heftige, aber nicht unüberlegte Empörung über soziale Ungerechtigkeit, neugieriges oder entzücktes Staunen angesichts der Schönheit.
Und außerdem liebe ich den Stil ihres Zusammenseins: zwischen Dissonanzen und Harmonien, wie bei einer modernen, vierhändig gespielten Partitur. Und den Stil, in dem sie die Dinge anordnen, von der Kleidung bis zum Hausrat. So verwandelt sich Ärmliches in Schlichtheit, Überflüssiges in Raffinesse.
Mit ihnen fühle ich, daß Eros noch nicht ganz aus der Welt geflüchtet ist. Mit Natürlichkeit, Unschuld, Gefühl berührt Miriam zur Begrüßung meinen Mund. Andreas drückt mir fest die Hände und legt mir seine Arme um die Schultern, eher solidarisch als beschützend.
Bei der schwierigen ersten Niederschrift dieses Buches waren mir die beiden eine große Hilfe: Denn während

ich versuchte, meinen Wahnsinn und den der Frauen aus der Via Gambini – aber vor allem den allgemeineren der Welt – zu durchdringen, gelang es ihnen, obwohl auch sie privaten und öffentlichen Wahnsinn durchgemacht haben, besser als mir, die Bitterkeit durch ein Lächeln zu mildern. Und daher gehören sie zu den wenigen, die verstehen, daß mein Stil beim Schreiben übereinstimmt mit meinem Körper, dem zerbrechlichen Gefäß meines Unmaßes.

Assunta ruft aus Pantelleria an. Dort fegt der Wind die Schwüle weg. Aber das Meer ist mit Quallen verpestet. Dreimal nimmt Andreas das Gespräch entgegen. Beim dritten Anruf sagt er zu ihr: »Assunta, bist du es?«, und reicht mir den Hörer mit der Bitte, sie möge entschuldigen, daß er sie geduzt habe. »Woran hat er mich überhaupt erkannt?« fragt Assunta belustigt.
»Andreas, woran hast du sie erkannt?«
»An der Stimme.«
»Oh, meine Stimme …«
Und sie erzählt mir, daß an dem Morgen am Strand aus einer »lärmenden« Clique von Römern das Gejammer eines reifen, »dicklichen« Herrn zu ihr drang, den eine Qualle gestreift hatte, und daß sie, obwohl mit Ammoniak ausgerüstet, wegen einer instinktiven Antipathie gegen diese Leute einfach sitzen blieb, anstatt hinzulaufen, um ihm zu helfen, bis Nora, ihre Tochter, sie tadelte: »Wie kannst du nur, du bist doch Ärztin!« Daraufhin hat sie den Mann sorgfältig, aber kühl verarztet und nur einsilbig auf seinen Dank geantwortet. Auf einmal hat er zu ihr gesagt: »Ich glaube, ich kenne Sie!«
»Ich nicht«, hat sie kurz angebunden erwidert.

»Doch, doch, ich meine, ich kenne Sie … Ihre Stimme vergißt man nicht … haben Sie zufällig je mit der Irrenanstalt zu tun gehabt?«
Assunta hat zu lachen angefangen: »Seit 30 Jahren habe ich mit der Irrenanstalt zu tun.«
Und so haben sie sich wiedererkannt. Jener reife Herr war, als Basaglia seine Arbeit in Triest begann, unter den Volontären gewesen, die aus ganz Italien ins San Giovanni geeilt waren.
Assuntas Stimme ist unverwechselbar. Sie ist rauh und tief, warm und sinnlich, als hätte die Natur bei ihr durch die Stimmbänder die Präzision und Schärfe des Verstandes mildern wollen, ihren Hang zur Abstraktion, das Gefühl der *vanitas*, die Blitzartigkeit der Intuition, den schwarzen Humor – in ihrem Fall sollte man besser sagen »lila«, die Farbe der Besonnenheit, der Nachdenklichkeit, des Austauschs – und die absichtliche Parteilichkeit des Empfindens.
Aus der Via Gambini hat sie zwei schlimme Nachrichten erhalten. Es ist eingebrochen worden, und die Diebe haben die Medikamente gestohlen, aber die Computer dagelassen. »Bei uns nehmen die Diebe nur die Medikamente mit. Oder die Diebinnen, wer weiß.« Aber selbst wenn vielleicht irgendwelche Tölpel diesen Diebstahl begangen haben, denke ich doch unweigerlich an die Beziehung der Frauen im Zentrum zu diesem Arzneischrank, den sie bald mit Ehrfurcht, bald mit maßloser Begierde, bald mit Furcht betrachten, mißtrauisch, als wären Diamanten oder Gift in ihm verschlossen.
Die andere schlechte Nachricht ist, daß Paola, die junge Psychiaterin, die ich kaum kennengelernt habe, nach Udine versetzt worden ist, eine Beförderung für sie, ein

großer Verlust für Assunta, die hoffte, die Herausforderung, die das Zentrum darstellt, noch die nächsten Jahre mit ihr teilen zu können.
Paola schreibt mir einen langen Brief über die Reise nach Amsterdam. Sie berichtet mir auch von einigen Dingen, die sie irritiert haben: »... Da ist auch die Gereiztheit, die Gianna – ich weiß nicht, ob du sie kennengelernt hast – mit ihrem Gerede in mir auslöst, da es sich immer um eine feuchte, zur Schau gestellte Weiblichkeit dreht. Ich habe noch nie so oft Wörter wie Eierstöcke, Gebärmutter, Scheide und Scheidenentzündung, Schlüpfer und Monatsbinden gehört, und außerdem trägt sie die lose in ihrer Handtasche herum, auch wenn sie nicht auf ihre Regel wartet. Dabei bin ich Medizinerin und habe mein Praktikum in der Gynäkologie gemacht! Von der, leicht angewiderten, Gereiztheit bin ich zu einer fatalistischen Akzeptanz der ›Normalität‹ all dessen gelangt.«
Sie erzählt mir auch von Graziella: »Ich möchte sagen, daß ich eine tiefe Zärtlichkeit für sie in ihrem extremen Zustand empfinde; ich nenne ihn ›Wahnsinn‹, aber ich vereinfache. Ich habe mich mehrmals bei der Betrachtung ihres ausdrucksvollen, inspirierenden Gesichts überrascht, ihrer heiteren und traurigen Parodien, ihrer langen, stummen Blicke, ihres Lächelns, das sich öffnet; und dann ihre Hände, die mich suchen und die heute mein Gesicht umfaßt haben, um es an das ihre zu halten; ihr sprunghaftes, assoziatives Reden, Strudel, in denen die Liebe unmittelbar und tragisch ausbricht ... Graziella hat *A Silvia* rezitiert und die Szenen mimisch dargestellt. Sie sprach von sich selbst dabei, und ich mußte weinen wegen des lieben, intimen Gesprächs: über ihre Zuneigungen, über das, was in ihr zerbrochen ist und wieder ›repariert‹ werden muß.

Sie spricht immer auf mehreren Ebenen, einschließlich der ›verkehrten‹ einer Vagabundin.«
Paola legt dem Brief diesen kurzen Text über ihre Arbeit als Psychiaterin bei, in dem, so scheint mir, Shylocks Aufschrei widerhallt:

> Hat nicht ein Jud Augen? Hat nicht ein Jud Hände, Organe, Leib und Glieder, Sinne, Neigungen, Leidenschaften? genährt mit derselben Nahrung, verwundet mit denselben Waffen, anfällig für dieselben Krankheiten, geheilt mit denselben Mitteln, gewärmt und gekühlt von demselben Winter und Sommer wie ein Christ? – Wenn ihr uns stecht, müssen wir nicht bluten? Wenn ihr uns kitzelt, müssen wir nicht lachen? Wenn ihr uns vergiftet, müssen wir nicht sterben? Und wenn ihr uns Unrecht tut, sollen wir es nicht rächen?[1]

Ich bin Psychiaterin beim DSM von Triest; seit zwei Jahren arbeite ich in einem Bezirk, der auch über ein Centro Donna Salute Mentale verfügt, das zwölf Stunden pro Tag geöffnet ist, und bin nur mit Frauen zusammen, jedenfalls für einen – wichtigen – Teil meiner Arbeit.
Seit langem situiere ich mich in der Frauenbewegung, nehme an organisierten Gruppen teil, versuche es.
Häufig werde ich gefragt, ob man von einem »weiblichen Wahnsinnigsein« sprechen könne, ob der Wahnsinn ein Geschlecht habe und ob die Einrichtung getrennter Aufnahmeorte nicht eine weitere Verarmung des ohnehin schon kümmerlichen Verhältnisses zwischen den Geschlechtern begünstige.
Ich habe den Eindruck, darüber ist seitens der Frauen schon viel gesagt und geschrieben worden. Ich frage mich, ob man nicht vielmehr das Vorhandensein eines »weiblichen Seins« anerkennen muß, wovon das »Wahnsinnigsein« eine Erscheinungsform sein könnte. Mir ist, als würden Fragen über das »Sein« unter uns nicht häufig gestellt. Wenn es gutgeht, sprechen wir über Dinge und machen sie – ein Fest, ein Treffen mit Frauen aus anderen Ländern, einen Kurs, eine Reise; unser »Sein« – ob wahnsinnig oder nicht – schimmert an einer weißen Stelle zwischen den Zeilen durch, zeigt sich in Gesten, Blicken, in schmeichelnden

Fernen oder flüchtiger Nähe, in einer Erinnerung an unsere Mutter, in einer Sehnsucht nach Zukunft.
Davon sprachen wir kürzlich in einer Literaturgruppe mit dem Thema: Die Erfahrung der Stille in der Literatur von Frauen im 20. Jahrhundert. Unser »Wahnsinnigsein« – absolut stumm oder gelähmt oder schreiend oder unfähig, uns angstlos zu bewegen, oder zum Gerippe geworden – hat eine Form, die unserer Körper.
Es ist der »wahnsinnige Körper«, der uns am meisten bestimmt.
Wenn mich etwas rasend macht, dann ist es die systematische Tarnaktion, durchgeführt mit süßlichen Psychologismen, die die einfachste und unmittelbarste Evidenz verdunkeln.
Die Körper werden interpretiert, hin und her gewendet, übersetzt, analysiert, alles innerhalb einer bekannten und beruhigenden Ordnung dieser oder jener Schule, Richtung oder Tendenz. Aber die Kontrollaktion über die Körper, über die Körperhaltungen und die Wahrnehmungen, über die Wünsche und die Vorbilder, ist so mächtig, daß wir dadurch immer früher und immer endgültiger angepaßt, normalisiert, gleichgeschaltet werden. »Eros, die unbezähmbare Bestie«, ist in unserer Kultur zu einem vulgären männlichen Striptease-Spektakel verkommen; der »Wunsch nach Mutterschaft« hat den weiblichen Körper in einen potentiellen Behälter von Hormonen, Eizellen, überzähligen Embryonen für unterschiedliche Techniken der künstlichen Befruchtung verwandelt.
Es gibt auch keinen Platz »draußen« mehr, wo der Wahnsinn ein Zuhause fände, der Wahnsinn, bei dem man sich die Haare ausreißt oder die Kleider zerfetzt oder, wenn melancholisch, reglos dasitzt – dafür sind Wald und Heide da. Heute ist alles vernetzt, mit Wörtern beladen, rational koordiniert zwischen Gesundheitsbehörden, Volontären und Trägervereinen.
Und eine Frau hat zu mir gesagt, aber es könnte von mir stammen: »Wo kann ich hin, um zu hassen und zu schreien?«
Der Körper: Er allein kann noch den Wahnsinn ausdrücken, er ist der einzige, der das in unserer Welt noch kann, ohne auf Zahlen und Tabellen zurückgreifen zu müssen, auf die ewige Ungenauigkeit der gesprochenen Sprache, auf mehrdeutige Bewertungen, auf lästige Parolen der (guten) Psychiater – um die Klientel zufriedenzustellen.

> Die Körper schreiben die interessantesten Texte über den Wahnsinn, über die Kultur, in der wir leben, und über uns.
> Der wahnsinnige Körper entzieht sich der Kontrolle, ist ungewöhnlich erfinderisch, bäumt sich auf, scheidet aus, drückt, hat Hunger, hüllt ein, greift an.
> Von der Macht, die, wie bekannt, auf den weiblichen Körper ausgeübt wird, können die Frauen sich befreien, indem sie durch den Wahnsinn gehen, zu ihm zurückkehren, sich »eine Spur Humor im Wahnsinn« und einen gesunden Abstand zu sich und den Anforderungen der Welt wahren.
> Uns fehlen die Verankerungen, wir sind ständigen Schwankungen ausgesetzt: Nicht nur die psychiatrische Nosologie ist kümmerlich, sondern auch jedwede postmoderne *politically correct* Mythologie und sogar jede Generationenzugehörigkeit.
> Und was soll man über die Gefahr der Verarmung der Geschlechterbeziehung sagen? Welche Beziehungen kann es schon zwischen Wanderern geben außer solchen, die man auf dem kurzen gemeinsam zurückgelegten Weg unterhält?
> Man fragt sich oft, welche verschlungenen Pfade die Menschen gehen, nach welchen Beziehungen, nach welcher Einsamkeit sie sich sehnen. Zu gern würden wir lange Geschichten hören, auf dem Bettrand und am Straßenrand …
> Der Wahnsinn hat sich in Geisteskrankheit verwandelt, die Intelligenteren unter uns haben das auch offen ausgesprochen, aber das Elend ist noch genauso da und wächst wie eine monströse Schwangerschaft im Bauch der vergewaltigten Geschichte.
> Die Dummheit des Systems der Väter ist so groß, daß sie schließlich die Väter selbst umgebracht hat, und wir Frauen bedauern das zutiefst. Den Frauen bleibt nicht anderes übrig, als Beziehungen zueinander, zu den Kindern oder zur Natur zu unterhalten. Und das ist auch nichts Neues.

Und so, während ich mich in den in Triest gemachten Notizen noch gar nicht zurechtgefunden habe, kommt das Frauenzentrum direkt zu mir ins Haus, fordert mich wieder, bedrängt mich. Zum Glück sind Andreas und Miriam da, auch wenn Miriam und ich auf unsere »Kinoabende« verzichten müssen.

Der einzige Film, den wir sehen konnten, ist *Tango Lesson* von Sally Potter. Er erinnert mich an einen Freund, einen Musiker, der 1974 von seinen Eltern mit Hilfe einer Täuschung in eine luxuriöse psychiatrische Klinik eingeliefert wurde. Der Psychiater diagnostizierte eine Schizophrenie, und seine Hauptbegründung dafür lautete: »Der Patient behauptet, daß die Welt durch die Musik gerettet werde.«
In *Tango Lesson* wird die Beziehung zwischen einem Mann und einer Frau durch Tanz gerettet.

Das Problem mit dem Videorecorder besteht darin: Nach wenigen Minuten wird der Film zurückgespult.
Wie viele moderne Geräte bevölkern unsere Wohnungen! An ihrer Funktionsweise – die Menschen meines Alters oft dunkel und mysteriös erscheint – entzündet sich unsere Phantasie, vielleicht, weil wir die Apparate entzaubern und zähmen wollen, indem wir uns mit ihrem Vorhandensein anfreunden, wenn nicht im wirklichen Leben, so wenigstens durch imaginäre oder religiöse Erfahrungen, oder weil wir unsere Gespenster auf sie übertragen wollen.
So glaubte die bäuerliche Großmutter, daß sich im Radio ein Zwerg versteckt halte.
So hörte die entsetzte Signora beim Erwachen nach einer Schönheitsoperation, wie ein Mikrofon im Busen ihr befahl, die Welt mit einem Menschenopfer vor dem Verderben zu retten.
So fürchtete das verschreckte junge Mädchen, sie würde die Raketen im Golfkrieg lenken, wenn sie die Fernbedienung benutzte.
So lese ich in der Videokassette, die sich zurückspult, er-

littene Ablehnung: vom Brief, der zurückkommt, bis zur abgewiesenen Liebeserklärung.
Und vielleicht gerade weil ich diesen Defekt mit unpassenden Bedeutungen auflade, bin ich besonders empört über den Techniker, der den Apparat zweimal mitgenommen und viele Tage später wiedergebracht hat, ohne den Schaden zu beheben.
Er ist ein vierschrötiger Mann mit plumpem Körper und Gesicht, dessen Intelligenz und Sinne völlig abgestumpft zu sein scheinen.
Dann findet eines Abends auf dem Dorfplatz ein Tanzturnier statt. Der Techniker gehört zu den ausdauerndsten und besten Tänzern. Sein Körper wird leicht, seine Bewegungen sind voller Anmut, sein Gesicht leuchtet vor Witz und Sinnesfreude. Das Tanzen hat ihn verwandelt. Er ist nicht mehr bedrückt von seiner Geschichte eines Bauern, der sich als Techniker ausgibt, oder anderen Geschichten, die seinen Körper und sein Gesicht verunstaltet haben. Die Musik hat ihn sein verlorenes Selbst wiederfinden lassen.
Und so fällt die abendliche Erholung von der Augustschwüle für mich mit dem stillen Glück zusammen, der Auferstehung eines Mannes zuzusehen.

1 Zitiert nach Erich Fried, *Shakespeare*. Hg. v. Friedmar Apel. Bd. 1. Berlin: Wagenbach 1989, S. 467.

Logbuch
31. August – 16. September 1998

Montag, 31. August

O ihr, die der Schmerz gepackt,
dem nahe steht, so meint ihr, der Tod;
dem unglücklichen Jüngling, seines Schicksals
sich erbarmend; Armut schlug ihn,
mehr vielleicht noch als die Krankheit; und mich
nähme es nicht wunder,
wenn ich ihn, käme ich in einem Jahr vorbei, noch
hier draußen sitzen sähe,
wenn nicht bei blühender Gesundheit, so doch
heiterer im Gesicht, und das Lädchen voll,
nicht wie jetzt mit welkem Grünzeug,
sondern mit den schönsten und üppigsten
Früchten der Jahreszeit.
Mein Lied
bringe euch dies – wenn Gutes – o Geschöpfe.
Umberto Saba

Zwei Monate habe ich in Itri, bei mir zu Hause, in Gesellschaft der Frauen aus der Via Gambini verbracht, aber doppelt von ihnen getrennt: einerseits durch die Sehnsucht, andererseits durch das Schreiben. Und während die erste mich auf etwas Unvollständiges und noch Offenes verwies, hielt mich das zweite, als Gefangene, in den Grenzen eines Textes fest, der allmählich eine endgültige

und geschlossene Form annahm, als er noch gänzlich diskutiert und überprüft werden mußte.
Ich könnte so tun, als sei alles, was ich geschrieben habe, provisorisch – was es tatsächlich ist –, als könnte ich mich also stets umwenden und den Text verändern. Doch das unruhige Kommen und Gehen auf einer Seite gleicht nicht dem Hin und Her zwischen einer Seite und all dem, was außerhalb von ihr ist, vor allem, wenn ihr nicht literarische Gestalten anvertraut wurden, sondern vielmehr reale Personen – die ich bald wiedersehen werde. Mir scheint außerdem, als hätte ich mit den Frauen der Via Gambini zwei Monate lang in einem unterirdischen Labyrinth gelebt und dann, während ich mit ihnen den Ausgang suchte und mit ihnen das Knäuel entwirrte, meinerseits die Rettung im Schreiben gefunden. Nun ist der *Text* dort unten geblieben, während *ich* ans Licht zurückkehren *muß* – und das ist nicht nur eine Metapher: Wegen der außergewöhnlichen Hitze habe ich den ganzen August zu Hause im Erdgeschoß verbracht, das einer Höhle ähnelt. Es ist Zeit herauszukommen.
Jetzt muß ich den geschriebenen Text dort in seiner »Höhle« lassen und allein wieder hinaufsteigen, um meinen Weg fortzusetzen – zunächst: im Flugzeug nach Triest. Und es wäre sinnlos zu fürchten, mein Unternehmen könnte scheitern, wenn ich mich umwende. Denn Eurydike, die Orpheus aus dem Hades herausführen wollte – und wehe, wenn er sich umwenden würde –, ist in der Tat gestorben, meine Eurydiken in der Via Gambini aber sind quicklebendig. Doch wie es Verliebten nach einer langen Trennung ergeht, kann ich nicht umhin, mich zu fragen: »Werden sie mich noch wiedererkennen?« und: »Werde ich sie noch wiedererkennen?« Denn die Zeit

verwandelt alles, sogar sich selbst, wenn sie sich in Vergessen wandelt.
Und heute, am Tag meiner Rückkehr in die Via Gambini, ist mein Geburtstag – ein Glockenschlag der Zeit, der von einem gewissen Alter an nicht nur alles andere als freudig oder vielmehr beunruhigend ist, sondern von Notwendigkeit und Schicksal schwer.
Vielleicht gerade um die Angst vor der Begegnung und die Schatten der Zeit zu vertreiben, kaufe ich auf dem Markt bei der Via Gambini einen großen Strauß Sonnenblumen, um sie den Frauen des Zentrums zu schenken.
Ich treffe Pina sehr beschäftigt in der Küche an, wo sie das eben frisch eingetroffene Gemüse und Obst sortiert. Mit meiner Frage nach einer Blumenvase komme ich etwas ungelegen. »Schau im Regal im Speiseschrank nach«, sagt sie, das Gesicht gerötet, weil sie lang über die Kisten gebeugt stand, die der Lieferant auf den Boden gestellt hat. Die Vasen sind zu klein für meinen Strauß, und ich behelfe mich mit einem schmalen weißen Plastikeimer, der, auf eine Konsole im großen Saal gestellt, gar nicht schlecht abschneidet: Von weitem sieht er sogar aus wie ein Gegenstand mit künstlerischem Anspruch.
Es sind noch wenige Frauen im Saal.
Ich gehe auf Edvige zu und begrüße sie: »Wie hast du diesen Sommer verbracht?« »Allein …«, sagt sie, »ohne meinen Mann … Es geht mir schlecht, mir brutzelt der Kopf … Ich möchte gern gesund sein … statt dessen bin ich traurig … Ich kann kaum laufen, meine Beine zittern … meine Hände zittern nicht …« »Du trägst einen schönen alten Ring … und hast dir die Augen geschminkt.« Sie lächelt: »Meine Augen sind braun, es macht mir Spaß, sie zu schminken … Freundliche Menschen bringen

mich zum Lächeln … ich kenne Sie, Sie waren schon hier … ich wäre so gern mit meinem Mann zusammen, ich liebe ihn und er haßt mich … Ich möchte wieder so werden wir früher … Ich hasse den Tag, ich liebe die Nacht, tagsüber bin ich sehr traurig und das Herz ist mir schwer … Ich möchte ein anderer Mensch sein … Ich lebe in meiner Wohnung, aber ich lebe nicht gern allein … Im Zentrum gefällt es mir, weil viele Leute da sind, aber mir brutzelt der Kopf … Ich möchte schön sein, dabei bin ich häßlich und alt. Ich möchte einen Mann finden, der wie mein Ehemann ist … Enrico gefällt mir nicht, er arbeitet als Mechaniker und hat schwielige Hände … Giovanni ist Rentner, er ist nett, aber alt … Enzo ist Angestellter … er ist schön, und ich würde ihn gern heiraten, aber ich weiß nicht, ob ich ihm gefalle … Das sind nur Freunde, ich hätte gern einen Mann für mich … sie kennen einander nicht. Sie gehen auf eine Kreuzfahrt und nehmen mich nicht mit. Ich bleibe zu Haus …« »Gehst du immer noch oft nachts spazieren?« Wieder lächelt sie komplizenhaft und schelmisch: »Die Nacht ist jetzt länger und schöner … von der Mole aus sehe ich im Morgengrauen Schiffe, die noch beleuchtet sind … Musik weht herüber … es wird getanzt.« »Kannst du auch tanzen?« »Jetzt nicht mehr … meine Beine zittern.«

Wilma trägt eine schöne rosa Bluse zu einem hellgrünen Rock, die Farben ihrer Haut und ihrer Augen. Obwohl sie korpulent ist, bewegt sie sich federleicht, und auf meine Frage: »Wie geht es dir?«, erwidert sie wie üblich: »Gut, gut«, mit ihrem Kinderstimmchen und herzförmig gespitzten Lippen.

Marisa – die ich im Juni kaum zu Gesicht bekommen habe – ist braungebrannt. Sie gehört zu den Krankenschwestern der »ersten Stunde« in der Via Gambini. Eine auffällige Schönheit, betont durch die hohen Absätze und die grellen Farben ihrer Kleidung, unter denen, so scheint mir, Gelb überwiegt, die aber stets harmonisch aufeinander abgestimmt sind und nie zu ihrem blonden Pagenkopf im Widerspruch stehen. Sie kommt und geht, verläßt den Raum, kehrt zurück, bückt sich, richtet sich auf, setzt sich, erhebt sich rasch und geschäftig und hinterläßt einen flüchtigen, sonnigen Duft, häuslich und exotisch zugleich. Sie hat etwas Mütterliches und Jungenhaftes in ihrem Ausdruck und ihrer Art, etwas Beruhigendes und Kühnes, Zupackendes und Verspieltes. Sie ist, im Zentrum, die gelbe Frucht der Beständigkeit. Auch diesen Sommer, so erzählt sie mir, hat sie in Marokko verbracht. »Im Juni«, sagt sie, »hast du vom Krieg zwischen Marokko und dem *fronte polisario* gesprochen, erinnerst du dich? ... von deiner Erfahrung bei den Saharawi, die aus ihrem Land am Meer vertrieben worden sind ... Allerdings habe ich dein Buch vor meiner Abfahrt in Triest nicht auftreiben können ... Während der Reise habe ich den Führer unserer Gruppe mehrmals herausfordernd nach den Saharawi gefragt ... er antwortete immer: ›Ich weiß nichts davon‹ ... wie in den Mafiadörfern, weißt du ... aber schließlich ist es mir mit meinem Sticheln gelungen, ihm ein augenzwinkerndes Lächeln abzuringen, während er wieder sagte: ›Ich weiß nichts‹ ...«

Ich sehe, wie Maria Lourdes und Graziella aus dem Schlafzimmer kommen und gemeinsam ins Bad gehen, und erkundige mich bei Marisa nach ihnen. »Graziella lebt jetzt in einer Wohngruppe, wir drängen die Familie, daß sie ihr eine Betreuerin bezahlen soll ... Wir versuchen auch herauszufinden, ob es in ihrer Gegend eine passable

Einrichtung gibt, in der sie leben kann ... Sie hat großes Heimweh, und es wäre richtig, daß sie dorthin zurückkehrt ... Die Angehörigen haben sie ja nicht zu uns geschickt, weil sie denken, wir wären besser, sondern weil sie sich ihretwegen schämen ... Wir dagegen sorgen uns darum, daß sie zwar wieder in ihre Gegend kommt, aber in eine gute Einrichtung ... Du mußt mit Giovanna reden, die weiß mehr darüber, sie knüpft gerade vor Ort Kontakte ... ich habe etwas von einer Villa am Meer gehört, die Leute aufnimmt aus der Beratungsstelle des Gesundheitsdienstes von ... fällt mir nicht mehr ein.« »Latina«, schlage ich vor. »Ich lebe in der Nähe von Graziellas Dorf ... bis 1936 gehörte es zu Kampanien«, füge ich voller Stolz hinzu, »es war Teil der Provinz Gaeta, und Gaeta lag im Königreich beider Sizilien ...« Doch ich merke, daß Marisa mein kampanischer Stolz wenig interessiert. Also frage ich sie nach Maria Lourdes. »Maria Lourdes geht es besser, sie lebt bei ihrer Mutter, die jetzt mehr Geduld mit ihr hat.«

Ich folge ihr ins Krankenzimmer, wo ich Giovanna begrüße. Marisa und Giovanna beginnen, über die familiären Probleme einer Kollegin zu diskutieren und darüber, wie man ihr helfen kann. Mir ist aufgefallen, daß man sich im Zentrum oft auch um diejenigen sorgt, die »behandeln müssen«: Und nie nehmen diese Gespräche den Ton von »Büroklatsch« an. Solidarität im Team ist unerläßlich, nicht nur um die Gefahr auszuhalten, der man bei der Arbeit ausgesetzt ist – denn anders kann man psychisches Leiden nicht wirklich behandeln –, oder um die Trägheit, die Gleichgültigkeit, die Feindseligkeit der verschiedenen Institutionen anzugehen, mit denen man zu tun hat, sondern auch, um sich mit den individuellen und privaten

Problemen auseinanderzusetzen, die manchmal das Leben der Mitarbeiterinnen überschatten.

Sittsam und traurig sitzt Natalia in ihrem üblichen weißen und blauen Kostüm auf der Treppe. »Seltsam«, denke ich, »ich habe sie noch nie anders angezogen gesehen«; oder ich habe es einfach nicht bemerkt, weil Schnitt und Farben immer die gleichen sind. Ich begrüße sie, sie zündet sich eine Zigarette an, sie gehört nicht zu denen, die immer bei den anderen mitrauchen. »Wie hast du den Sommer verbracht?« »Ich mußte in Triest bleiben, weil sie meine Medikamente umgestellt haben … sie führen zu Nebenwirkungen, die beobachtet werden müssen …« »Schlimme?« »Ja, manchmal sind meine Beine gelähmt.« »Konntest du gar nicht nach Istrien in dein kleines Dorf fahren?« »Leider nicht, aber ich hoffe, daß ich bald hin kann … manchmal halte ich es kaum noch aus in Triest … ich fühle mich hier immer anders … Teil einer Minderheit … ja, der slowenischen … und außerdem erinnert mich mein Dorf bei Rijeka an meine Jugend … als ich mich noch nicht anders fühlte.« »Hast du sehr unter diesem Anderssein gelitten?« »Ja, seit ich nach Triest gekommen bin, um zu heiraten, das war 1970 … von den Faschisten wurden wir als kommunistische Slawen beschimpft, dabei war die Familie meines Mannes 1946 zur Abwanderung gezwungen worden … und die Slowenen nannten uns, obwohl ich zur slowenischen Minderheit gehöre, ›Faschisten und Verräter‹ … Daraufhin habe ich die ganze Geschichte der *esodi*, der Abwanderungen bzw. Vertreibungen, genau studiert. Es gab drei ›Abwanderungen‹: die erste war die spontane Abwanderung der Faschisten, wer blieb, hatte ein reines Gewissen; dann folgte die zweite, die ›Zwangsvertreibung‹, die tragische Sache mit den *foibe*, die bis 1947 dauerte, bis zur Unterzeichnung des Friedensvertrags; die dritte war die der armen Leute, die unterschrieben und für Italien optierten. Ich dagegen kam nur deshalb nach Triest, weil ich mich in einen Mann verliebt hatte ... Wie du weißt, ist er leider gestorben ... und seitdem geht es mir schlecht.« Maria Lourdes setzt sich neben Natalia. Ich frage sie, was sie im Sommer gemacht hat. »Ich war mit der Tante am Meer ... habe *Vom Winde verweht* weitergelesen ... Mozart gehört ...« Und während sie mich kühl ansieht: »Ich habe keine Lust mehr zu reden.«

Rosetta kommt rasch die Treppe herauf, die langen blonden Haare verdecken halb ihr Gesicht und bringen ihr rotes, enganliegendes und ausgeschnittenes T-Shirt prächtig zur Geltung. Ich erhebe mich von der Stufe, um sie zu begrüßen, sie bleibt vor mir stehen, streicht brüsk die Haare zurück und kommt mir zuvor: »Sie sind zurück? Wie geht es Ihnen?« »Haben wir uns nicht geduzt?« »Manchmal duze ich Leute, manchmal sieze ich sie ... hier ist es unklar ... das heißt, es ist klar ... aber ich bin nicht daran gewöhnt ... ich weiß nicht, ob es eine gute Gewohnheit ist ... was passiert, wenn ich eine Kundin duze, während ich als Verkäuferin arbeite ... Sie ... du ... egal ... Würden Sie eine Richterin duzen?« Sie spricht sehr schnell, mit zwingender Logik, betont jeden Satz. »Also, ich muß jetzt gehen ... vor der Arbeit habe ich noch einen Termin mit der Sozialarbeiterin ... Nein, ich arbeite jetzt nicht mehr hier ... sondern in einem anderen Zentrum.« Damit verschwindet sie im Sekretariatszimmer.

Gisella kommt aus dem Bad, das sie gerade fertig geputzt hat. Sie sieht ganz anders aus als im Juni: auffällig geschminkt, mit sorgfältig nachgezogenen Lippen und vor allem sehr gepflegten Fingernägeln – lang, geranienrot – und ganz schwarz angezogen. Während sie sich mit Schrubber, Eimer und Putzmitteln zum anderen Bad aufmacht, führt sie Selbstgespräche. Als sie mich sieht, wirft sie mir ein »Ciao« zu, als wäre es eine Kußhand.

Im Krankenzimmer begegne ich Manuela. Sie hat die roten Haare zu einem Knoten aufgesteckt und trägt ein einfach geschnittenes weißes Leinenkleid, das ihre schneeweißen Arme und Beine frei läßt. Zwischen den vielen nach den Ferien braungebrannten Frauen blendet mich diese ganze Helle, nur unterbrochen von den Lippen, angemalt in violettem Rosa wie die Fingernägel, denn auch die Handtasche und die hochhackigen Sandalen sind weiß. Ihr Blick ist ein wenig getrübt, aber nicht fiebrig wie im Juni. Freundlich erwidert sie meinen Gruß und erzählt mir, daß sie den Sommer mit »ihrem süßen Freund« in Triest verbracht hat; daß sie am Meer gewesen ist, aber stets im Schatten, weil ihre Haut keine Sonne verträgt; daß ihre Schwester die Papiere für den Verkauf ihres Anteils an dem landwirtschaftlichen Familienbetrieb fast beisammen hat. Während sie liebenswürdig und zurückhaltend spricht, erinnert mich irgend etwas, das ich nicht genau ausmachen kann, an unsere vorherige Begegnung. Als sie aufhört, mit mir zu reden, und sich Marisa zuwendet, um ihre Therapie mit ihr zu besprechen, fällt mir das »magische Quadrat« wieder ein, das sie an dem Abend, als ich mit Sabina im San Giovanni geblieben war, in mein Notizbuch gezeichnet hat und in dessen Kästchen sie Zahlen geschrieben hat, um mir die »vier männlichen und weiblichen Säulen, die die Welt tragen« und »ihre verkehrten Kombinationen« zu erläutern. Wie ich sie nun von hinten sehe, bemerke ich die klare Geometrie ihrer

Kleidung, ganz anders als im Juni, vor allem an jenem Abend, an dem sie einen sinnlichen rosa Seidenmorgenmantel trug, der so wenig zu ihr zu passen schien. Und mir ist, als habe sich die übermäßige Logik ihrer damaligen Rede, unterstrichen durch die geometrische Zeichnung in meinem Notizbuch, *jetzt* sozusagen von innen nach außen verlagert, vom Verstand auf die Sorgfalt der Erscheinung und der Kleidung.
Sabina kommt herein, und wir umarmen uns. Wie immer bereit, mich bei meiner Aufgabe als Schreiberin des Zentrums zu unterstützen, will sie mir eine alte Signora vorstellen, Zita, die eine tragische Geschichte hat, gezeichnet von den *foibe* im Karst. Hier wurde in ihrer Jugend ihr Mann getötet, als sie ein kleines Kind hatte und mit einem zweiten schwanger war. Sie ist eine blasse, gebrechliche, zitternde Frau, die einwilligt, am nächsten Tag mit mir zu sprechen.
Gleich nach dem Mittagessen, um 14 Uhr, trifft man sich im großen Saal. Anna, die Sprecherin des Vereins, führt in die Diskussion ein: Am 20. Oktober beginnen die Tagungen und Veranstaltungen zum 20. Jahrestag des Gesetzes 180, an denen Mitarbeiter und Klienten der Dienste für mentale Gesundheit aus verschiedenen Ländern teilnehmen werden. Das Frauenzentrum hat geplant, zu dieser Gelegenheit eine Fotoausstellung und ein Video über seine sechsjährige Tätigkeit zu realisieren. Assunta schlägt vor, als Leitmotiv für das Video die verschiedenen Wege von zwei Frauen zu zeigen: den einer älteren, die erst die Erfahrung der Irrenanstalt am eigenen Leib erlebt hat und dann ins Frauenzentrum gekommen ist; und den einer jungen, die gleich mit dem Zentrum Kontakt aufgenommen hat. Die erste ist Ornella, die zweite

Graziella. Ornella ist um die 50; obwohl ihre Gesichtszüge ein wenig verhärtet und starr sind, als hätten die zuerst, während der Kindheit und Pubertät, im Cotolengo in Padua und später im San Giovanni verbrachten Jahre sie bleibend geprägt, ist ihr Ausdruck doch lebhaft, offen, neugierig und fröhlich. Sie nimmt den Vorschlag begeistert an und sagt in stark venetischem Tonfall: »Ich weiß nicht, ob ich es hinkriege … aber mit Hilfe des Frauenzentrums habe ich schon so viele Sachen gemacht … da werde ich das auch noch schaffen!« Die Frauen klatschen Beifall. Auch Graziella nimmt an mit den Worten: »Ich möchte gern als Schauspielerin auftreten, aber ohne Konkurrenz.«

Die Sitzung wird durch die Ankunft von Fulvia und Roberta unterbrochen, die ein Tablett mit Gebäck, Kaffee und Spumante hereinbringen. Mir zu Ehren – ich hatte schon ganz vergessen, daß mein Geburtstag ist.

Giovannas Hilfe ablehnend, schenkt Maria Lourdes, mit gepflegten, rosa lackierten Fingernägeln, aus der großen Zwölferkanne Kaffee ein – aber nur für sich –, ohne etwas zu verschütten oder sich zu verbrennen, trotz des leichten Zitterns ihrer Hände.

Caterina winkt mir vom anderen Ende des Tisches lebhaft zum Gruß; sie hat sich die Haare geschnitten und gefärbt und trägt jetzt Locken, kupferrot. Sie ist munterer, neben ihr sitzt ihr blondes elfjähriges Töchterchen.

Mara aus Kalabrien, die Tutorin des Fortbildungskurses, zupft mich zweiundsechzigmal am Ohr, für jedes Jahr einmal, wie es in ihrem Dorf Sitte ist.

Melania, meine staksige Gazelle, ist nicht mehr so staksig: Sie hat ein wenig zugenommen, ihre Bewegungen sind nicht mehr so schroff, sie flüchtet nicht mehr hastig von

Zimmer zu Zimmer; ihre Haare sind lang und gepflegt, und sie verliert nicht mehr ständig ihre Brille.

Marisa, die Fotografin des Kurses, eine gelassene Frau mit stolzem Profil, zeigt die Fotos, die sie mit mehreren Frauen aus dem Zentrum, darunter Gisella und Caterina, im Juni in Rom aufgenommen hat.

Maria Teresa hat ihre Arbeit am Computer unterbrochen und sich neben mich gesetzt. Sie kommt mir abwesend vor. Ich frage sie, ob sie sich ein bißchen niedergeschlagen fühlt. »Nein, aber fremd schon, weil ich wegen meiner Arbeit am Computer nur selten an diesen Sitzungen teilnehmen kann.«

Mariella, die Stationsschwester aus dem San Giovanni, ist auch da: Sie ist ein Abbild der Herzlichkeit, ein bißchen dick, blond, leuchtend bunt gekleidet, lächelnd.

Maria Antonia, grob und unbeholfen, kommt herein und sagt, daß jemand am Telefon verlangt wird, sie weiß aber nicht, wer. Um die Sitzung nicht zu stören, gehe ich. Nachdem ich den Anruf notiert habe, nagelt Maria Antonia mich mit dem üblichen Satz im Sekretariat fest: »Wie Sie sehen, bin ich nach allem, was ich durchgemacht habe, immer noch hier. Wollen Sie einen Pullover kaufen?« Damit öffnet sie einen Sack voller abgetragener Pullover und versucht mich zu überreden wie ein Marktschreier.

Marisa erzählt mir später lächelnd im Flur: »Weißt du, was wir vor ein paar Tagen entdeckt haben? Maria Antonia kauft ihre Pullover nicht *secondhand*, sie macht sie selber.« »Sie sehen aber *secondhand* aus.« »Ja, weil sie alte Pullover auftrennt und aus der Wolle neue strickt … nun werden wir eben ab und zu Wolle kaufen und ihr ein paar Knäuel schenken. Wir haben auch schon daran gedacht, uns Pullover auf Bestellung stricken zu lassen. Mal sehen.«

Die Sitzung geht weiter. Barbara schlägt vor, daß in dem Kurs *Vom gefangenen Körper zum befreiten Körper* ab jetzt nur noch über die Themen diskutiert wird, die im Oktober auf der Tagung vorgestellt werden sollen: nicht nur die Geschichte des Frauenzentrums und das Verhältnis zwischen Frauen und Wahnsinn, sondern auch die Erfahrungen mit Schreiben, Malen, Erzählen, Fotografieren, Körperübungen. »Und nächstes Mal«, fügt Gabriella hinzu, »wollen wir versuchen, uns auf eine Figur des Wahnsinns zu konzentrieren, den Narren im Tarot beziehungsweise den Joker in den anderen Kartenspielen, und alle Redewendungen über Wahnsinn sammeln, auch mundartliche.« Barbara hat ihren Lebensgefährten Ennio dabei, der für VideoEst arbeitet und die technischen und finanziellen Seiten des Videoprojekts erklärt. »Und wie endet der Film?« fragt Graziella. »Damit, wie alle Frauen des Zentrums in New York landen«, schlägt Assunta provozierend vor. Anna lacht: »Schön wär's ... aber wir werden uns damit begnügen, mit allen Frauen und Marco Cavallo an den Strand von Sistiana zu fahren.«
Ich frage Mara, wer Marco Cavallo ist. »Das ist das blaue Pferd aus Pappmaché, das zu Basaglias Zeiten als Symbol für die Befreiung der Irren durch Triest getragen wurde.« Dann erkundige ich mich noch, wie der Weiterbildungskurs verwaltungstechnisch und finanziell gesehen funktioniert – im Juni habe ich es nicht begriffen oder keine Zeit gehabt, Assunta danach zu fragen ... Ich war zu überhäuft mit Notizen und Papier. »Es ist einer von vielen Kursen, die hier veranstaltet werden«, antwortet Mara. »Das gehört zum Rehabilitationsprogramm. In diesem hier gibt es drei Dozentinnen, Gabriella unterrichtet Schreiben, Barbara Theater, Marisa Fotografie; drei Tuto-

rinnen, Laura, Izabel und ich; 22 Teilnehmerinnen; die Leiterin ist Anna … Die Verträge sind auf Zeit … Ich weiß nicht, was ich täte, wenn ich diese finanzielle Hilfe nicht hätte, mit vier Kindern.« »So jung und schon vier Kinder?« »Ich habe früh angefangen und eins nach dem anderen gekriegt … bin immer sofort wieder schwanger geworden … gleich danach haben mein Mann und ich uns getrennt.« Ich würde mich gern länger mit ihr unterhalten, aber sie muß mit Marisa und Laura weggehen.

Fulvia kommt zu mir und fragt: »Du hast vorhin gesagt, daß Schreiben kein Geschlecht hat … Glaubst du das wirklich?« Ich antworte: »Ja, es ist wie bei einem Stuhl mit Strohgeflecht … merkst du da, ob ihn ein Mann oder eine Frau hergestellt hat?« Sie schaut mich verwundert an. Ich kenne Fulvia seit meinem ersten Aufenthalt vor drei Jahren, als sie sich aktiv daran beteiligte, in dem Theaterstück *Caffè degli Specchi*, dessen Handlung wir gemeinsam schrieben, die Geschicke von vier Exfreunden und anderen Personen zu schildern. Sie ist die leidenschaftliche, sexy Seele des Zentrums. Als Kind hätte sie gern vor dem Fotoapparat des ehrwürdigen Lektors für Mathematik am Christ Church College in Oxford, Charles Lutwidge Dodgson, alias Lewis Carroll, posiert wie die kleine Alice Liddell, und er wäre ihr großer Freund geworden, sie hätte ihn inspiriert zu einer *Fulvia im Wunderland*. Nachdem sie in den tiefen Brunnen gefallen ist wegen ihrer jugendlichen Verirrungen, ist Fulvia in ein unbekanntes, von seltsamen Geschöpfen bewohntes Land geraten, zuerst ins San Giovanni, dann ins Frauenzentrum. Auch sie gehört nämlich wie Marisa zu den Pflegerinnen der »ersten Stunde« im San Giovanni. Und allem Feminismus zum Trotz erwacht sie, wie Alice, immer aus dem Traum, während sie dem Prozeß gegen den Herzbuben beiwohnt: Angeklagt soll er werden, aber wehe, er wird verurteilt! *Galatea*, eine Zeitschrift aus Lugano, hat einen Text von ihr über die Erfahrungen im Frauenzentrum veröffentlicht:

> Ich arbeite seit 21 Jahren hier. Morgens stehe ich auf, dusche, schminke mich, ein bißchen Mandelöl auf den Körper, und los zum Bus. Man beginnt mit den Therapien. Das ist der langweiligste Teil, reine Monotonie, die Geste ist immer gleich, die »Vormittagstherapien« abhalten. Durch die Therapie stellt sich nichts her. Mit Begeisterung habe ich mich dagegen immer mit Texten, Büchern, Bibliotheken, Musik beschäftigt, den Mitteln, die wir dem Leiden gegenüber- und entgegenstellen. Wir haben zu Hause angefangen. Reihum tranken wir bei einer von uns Tee miteinander, ein paar Kekse dazu, und lasen Texte aus der Frauenliteratur. Ein eigenes Zentrum war eine Errungenschaft. Aber die Via Gambini hat immer eine besondere Geschichte gehabt: große Räume, mitten in der Stadt, die anderen Menschen, die »anderen«.
>
> Mit den Frauen habe ich die Möglichkeit gehabt, noch mehr Sachen auszuprobieren. Vor 14 Tagen hat eine Frau angerufen, sie hatte einen Freund, der sie ständig schlug. Wir haben ihr einen Rechtsanwalt empfohlen und die obligatorischen Antworten gegeben, aber dann haben wir gesagt: »Komm und arbeite bei uns mit.« Sie nutzt diesen Raum jetzt für Physiotherapie. Die Frauen bringen auch Schmerz mit, aber es ist möglich, ihren anderen Teil zu entwickeln. Einen ihrer anderen Teile. Heute haben wir eine Literaturgruppe, die *Das Schweigen der Frauen* heißt. Die Dienstagsgruppe. Wir lesen vier Texte: *Die Wand, Kassandra, Picknick am Valentinstag* und *Die stumme Herzogin*. Dort äußere ich mich gleichberechtigt, ich drücke mich selbst aus, mit meinen Intuitionen, meinen Fähigkeiten, etwas zu sehen oder nicht zu sehen. Dann bin ich wie Nadia, Marisa und die anderen, habe keine besondere Rolle. Die Lesedienstage laufen so ab: Gerda, die Koordinatorin der Gruppe, ist auch Assistentin an der Universität Venedig. Mit ihr lesen wir die wesentlichen Stellen dieser Texte und denken gemeinsam darüber nach. Nie geht es dabei nur um die eigene Geschichte, jede spricht von sich »durch« etwas; es ist keine Selbsterfahrung, wo man sein Innerstes nach außen kehrt. Wir

sind etwas raffinierter geworden. Dank meiner Erfahrungen in diesem Frauenzentrum bin ich überzeugt, daß hier wichtige Dinge geschehen. Wir organisieren zum Beispiel Frauentreffen. Am meisten hat mich die Begegnung mit einer Algerierin vor fast einem Jahr beeindruckt: eine bildschöne Frau, stark, gleichzeitig freundlich, die grauenvolle Geschichten aus Algerien erzählte … Dann eine Frau aus Guatemala, winzig klein, die uns beschrieb, wie die Frauen in ihrer Heimat leben. Durch sie wird mir die Kraft anderer Frauen bewußt. Hier liegt mir eine junge Frau am Herzen, die 30 Jahre alt ist, ihre Einsamkeit rührt mich. Sie erzählt mir von »früher«, als sie Athletin war. Sie hat ein sehr positives Selbstgefühl: Sie hat einen schönen Körper, ein schönes Lächeln, wir halten uns an den Händen, sie hat etwas Integeres, auch wenn sie in so viele Stücke zersplittert ist.

Sie sieht ihre toten Eltern – sieht sie tatsächlich –, auf dem Bett, unter der Decke, sie leidet ständig, noch selten habe ich einen Menschen so leiden sehen, sie schreit und weint. Ich sage zu ihr: »Du bist eine Tausend-Meter-Läuferin. Jetzt trainieren wir, machen weiter und sehen mal, was wir in acht Monaten, in eineinhalb Jahren erreichen können.« Es würde mir gefallen, ihr das Leben zurückzugeben, das sie verloren hat. Diese 20 Jahre Spielraum auf der Grundlage des Gesetzes 180 gehören zu den phantastischsten Erfahrungen meines Lebens. Wir hätten es eher tun sollen, alle Etappen beschleunigen, in denen die Befreiung stattfand.

Nach der Sitzung geht Gabriella mit zwei Mädchen, die ich nicht kenne, in die Mansarde hinauf. Sie lädt mich ein mitzukommen. Die Mädchen, Simona und Luciana, sind Schülerinnen von ihr, sie leben im Internat in Duino und kommen ab und zu als Ehrenamtliche ins Zentrum.

Gabriella öffnet ihre Mappe und legt einen Stoß Papiere auf den Tisch. »Das sind Texte, die von den Frauen in den letzten zwei Jahren für die Zeitung des Vereins geschrieben wurden … Wir haben Themen für eine Sondernummer zusammengestellt, und Simona und Luciana helfen mir, die Texte auszuwählen.« »Verbesserst du viel an den

Texten?« frage ich. »Eher weniger. Und die anderen aus dem Redaktionskomitee genausowenig ... die Grammatik, Interpunktion, Satzbau, weil viele kaum zur Schule gehen konnten ... oder weil es sich um Tonbandaufnahmen mündlicher Texte handelt ... oder wenn sie Dialekt sprechen ... oder wenn zu viele Wiederholungen drin sind ... Manchmal bitte ich eine Mitarbeiterin des Zentrums um Hilfe, die die Situation besser kennt ... oder ich arbeite, wenn es möglich ist, mit der Frau am Text, die ihn geschrieben hat ... aber wir sind wenige ... und es kommt oft vor, daß die Autorin, nachdem sie etwas gesagt oder aufgeschrieben hat, krank wird oder sich nicht mehr für ihren Text interessiert oder dem Zentrum einige Zeit fernbleibt ... ich achte mehr auf die Besonderheiten als auf die Regeln, wenn mir scheint, daß darin ein Sinn zum Ausdruck kommt, auch wenn ich ihn nicht ganz erfasse ... Nimm zum Beispiel diese Sachen ...« Sie beginnt zu lesen, ich bitte sie aber, mir die Texte zu geben, da ich kein gutes Hörgedächtnis habe und nur darüber nachdenken kann, wenn ich mich auf das geschriebene Wort konzentriere.

> Sie trug eine Schleife auf dem Kopf, um nicht zu rauchen.
> Freundschaft und Wissen sind zwei schöne Dinge, die mir sehr gefallen.
> Zwei sehr schöne Dinge, die nichts miteinander zu tun haben. [...]
> Sterben hat ein weißes Spitzenkleid, um
> seine erzwungene Reinheit zu bedecken.

»Mir«, sagt Gabriella, »scheinen sie bedeutungsvoll ... Der über den Tod hat die Prägnanz der poetischen Sprache ... der andere die Kühnheit. Die Verbindung zwischen dem ersten Satz und dem übrigen ist mir freilich nicht klar.

Er drückt einen interessanten, tiefen Gedanken aus, der mich zum Nachdenken anregt, aber da ich nicht mit der Autorin sprechen konnte, weiß ich nicht, ob der Sinn, den ich hineinlege, richtig ist.« »Entschuldige, Gabriella«, mischt sich Simona ein, »ich erinnere mich, wie die Geschichte mit der Schleife zustande kam ... Es war Frühling, das Gespräch drehte sich um Freundschaft unter Frauen ... Ein Mädchen – den Namen weiß ich nicht mehr – rauchte eine Zigarette und jammerte: ›Ich will nicht rauchen ... Rauchen schadet ... die Tante hat mir ein Amulett gegen das Rauchen geschenkt ... aber es nützt nichts ...‹«

»Vielleicht Maria Lourdes«, sage ich bei dem Gedanken an die Amulette, die die pranotherapeutische Tante ihr mitbringt.

»Die Namen kann ich nicht behalten ... wir kommen selten her ... das Lernen und die Internatsdisziplin erlauben es nicht ... und Duino ist weit weg ... hinterher muß Gabriella uns heimfahren ... Jedenfalls griff Fulvia an dem Tag ein ... an die erinnere ich mich ... sie ist so schön ... wir haben uns vorhin unten begrüßt ... Fulvia trug die Haare mit einer Schleife im Nacken zusammengebunden ... sie nahm sie ab ... machte sie auf ... band dem Mädchen liebevoll die Haare zusammen, weil sie ihr in die Augen fielen, und sagte zu ihr: ›Ich habe dir eine Schleife ins Haar gebunden, damit du dich erinnerst, daß du nicht rauchen willst‹ ... und dann ... ich weiß nicht mehr ...«

Gabriella sagt: »Dann hat sie wahrscheinlich ihre Vorstellung von Wissen und Freundschaft entwickelt ... Aber jetzt an die Arbeit! In zwei Stunden müßt ihr zurück zum Abendessen ...«

Ich bin ein bißchen unsicher, was ich tun soll. Ich fühle mich müde und ängstlich. Ich warte lieber, bis Assunta unten mit der Arbeit fertig ist, und fahre dann mit ihr nach Hause; ich nehme eine Xanax-Tablette und gehe zu dem kleinen Sofa hinten in der Mansarde. Als ich Gabriella um etwas zu lesen bitte, reicht sie mir die schon durchgesehenen, geordneten Texte. Ein blondes Mädchen, das ich nicht kenne, kommt in meine Ecke und beginnt, Klavier zu spielen. Sie hat mich nicht bemerkt. Erst übt sie ein bißchen, dann spielt sie eine Etüde von Chopin. »Was für ein Zufall …«, denke ich, denn Chopin ist einer meiner Lieblingskomponisten und einer der wenigen, die ich bei Angstanfällen ertrage. Anstatt zu lesen, schließe ich die Augen. Die Musik bricht ab. Ich öffne die Augen und begegne dem Blick des Mädchens. Vielleicht durch mich verunsichert, steht sie auf, klappt das Klavier zu, geht davon; ein Schatten auf Gummisohlen. Und ich, verunsichert, weil ich sie verunsichert habe, beginne zu lesen, während ich warte, daß die Tablette mich beruhigt.

Texte über den Körper

1) Ich bin mein Körper,
ich habe mit ihm gesprochen, durch ihn,
ich habe ihn gestärkt,
ich habe ihn unterernährt,
ich habe versucht, ihn zu zerstören.
Sie sagen über mich:
»Diese kleine
Dicke oder Dünne oder Blonde.«
Ich liebe mich nicht ganz,
ich liebe meine Hände, mit ihnen kommuniziere ich.
Ich habe meine Unruhe akzeptiert
außerhalb meines Körpers.
Mein Körper ist ein Bild,
ich bin das Bild.

2) Mein Körper hat mich immer terrorisiert. Ich weiß nicht genau, warum ich so etwas Schreckliches denke. Aber vielleicht ist es zu abstrakt, um es zu verstehen, und zu konkret, um es zu beschreiben.

3) Man muß sich waschen und alles. Man muß sich duschen und alles. Ich habe weder Seife noch Zahnpasta. Ich habe keine Wohnung. Ich bin rasiert und habe keine feste Arbeit. Ich bekomme keine Massagen. Heute habe ich gegessen. Ich habe keine Nagelschere. Ich habe keinen Kamm. Das Irrenhaus gefällt mir nicht. Ich habe keinen Atombunker. Ich habe keine Dusche. Ich weiß nicht, in welche Dusche ich gehen soll. Paola sagt, ich soll mich duschen, aber sie schwängern mich, ich werde schwanger, und dann lassen sie mich abtreiben. Sie haben mir nicht einmal die Uhr gegeben. Ich will P. nicht heiraten. Ich habe Angst vor dem Koch. Ich habe Angst vor der Lobotomie. Ich habe keine Lust, mein Leben im Irrenhaus zu verbringen. Heute habe ich unten beim Duschen einen elektrischen Schlag bekommen. Ich habe Angst vor der Polizei, die mich duschen läßt. Ich habe keine Kleider im Irrenhaus. Ich habe keinen Schlafanzug. Ich will keinen Elektroschock. Ich habe Angst vor Birolli. Ich bin nicht lesbisch. Ich habe es nicht mit einem Hund gemacht. Draußen regnet es. M. schwängert mich immer. Ich bin rasiert und abgetrocknet. Ich habe keine Ohrringe und keine Seife. Ich habe keine Brille.

4) Ich verriegelte die Tür, legte das Handtuch und die sauberen Kleider auf den Heizkörper, drehte das heiße Wasser an der Wanne ab, Gigliola war halb untergetaucht, die riesigen Brüste glichen Lotusblüten im Badeschaum. Ich bemerkte, daß bei ihren Kleidungsstücken der Schlüpfer und die Strümpfe fehlten. Wenn sie länger als eine Nacht ausblieb, kam sie immer ohne zurück. Ich habe nie erfahren, was ihr passierte bei ihrer Suche nach absoluter Freiheit. Auch an jenem Tag fragte ich sie nicht, ob sie die Männer auswählte, mit denen sie ihren wahnsinnigen, großen Körper auslebte, oder ob sie ihr Gewalt antaten. Ich nahm einen neuen Schwamm, aus den hellblonden Haaren tropfte Motoröl, ich wollte ihr nicht weh tun, unter den rot lackierten Nägeln saß schwärzlicher Schlamm. Ich mußte ihre Brüste auseinander-

schieben, um ihren schlaffen Bauch zu waschen. Ich übergab ihr den Schwamm, ich wollte nicht in ihre Welt eindringen. Diesen messerzerstochenen Bauch habe ich dann nicht wiedergesehen.

Die fünf Sinne

1) Weich fühlt sich die Haut eines Kindes an, weicher geht es nicht! Ein so kostbares Gefühl, denn später vergeht es mit den Jahren. Nichts gibt dir dasselbe Gefühl von Zärtlichkeit, weder die warme Decke, die dich an Wintertagen einhüllt, noch das Katzenfell, das dir Gesellschaft leistet. Vielleicht können die Lippen von jemandem zum Liebhaben das gleiche Gefühl auslösen.

2) Ich habe zwei Gesichter: Ein sehr ernstes, das mich an die großen klassischen Konzerte erinnert, wo wohlerzogene, gut gekleidete Leute sitzen und die Geige genau die Melodie spielt, die in den Noten vor den Musikern geschrieben steht. Das andere, lebensvolle, fröhliche Gesicht ist wie die Geige, die der Musiker überallhin mitnimmt, vielleicht auch auf ein Fest. Man greift spontan danach, improvisiert, die Leute tanzen und singen. So wird die Geige zum Beispiel von den Zigeunern benutzt.

3) Von diesem Sinn möchte ich so wenig wie möglich sprechen, weil er bei mir wirklich zu stark entwickelt ist. Ein Leben lang Leckerbissen und Schleckereien kosten und dabei aus den Augen verlieren, wie wichtig es ist, die Freude an neuen Situationen und neuen menschlichen Beziehungen auszukosten. Ich sagte, ich wünschte, dieser Sinn würde mir nicht soviel Genuß bereiten, weil ich dahinter oft meine Ängste versteckt habe, weil ich versucht habe, meinen Verzicht auf anderen Gebieten damit zu kompensieren, und darum hatte ich fast mein ganzes Leben lang Übergewicht und mußte mich mit entnervenden Diäten stressen. Ich könnte sagen, daß allerdings bei manchen Mahlzeiten angenehme Kindheitserinnerungen in mir aufsteigen, so zum Beispiel, wenn ich die Gelegenheit habe, Kipfel zu essen; ich erinnere mich, daß meine Großmutter mütterlicherseits jeden Sonntag liebevoll zum Mittagessen Kipfel zubereitete und sich die ganze Familie dann zusammensetzte, um sie zu verzehren und so einen unbeschwerten Augenblick miteinander zu teilen.

Lesen und Schreiben

1) Heute ist kein guter Tag für mein Schreiben, vielleicht hängt es damit zusammen, wie ich mich fühle, vielleicht mit den behandelten Themen, die nicht zu mir passen. »Heute« ist ein sehr starkes Wort, vielleicht das Wort, das ich am meisten fürchte. Die Vergangenheit kehrt nicht zurück, die Zukunft kann ich in Hoffnung verwandeln; diesen Augenblick muß ich erschaffen oder mit ihm sterben.

2) In der Handtasche ist immer ein Band aus der *Mille Lire*-Reihe, um die Strecke von zu Hause zur Arbeit zu füllen, um dieser Strecke, die sonst öde und langweilig wäre, eine Zeit, einen Ort, Blumen, auferstandene Tote zu geben. Der Zauber des Buches funktioniert noch, ordnet die durcheinandergewürfelten Gedanken, gibt der Intuition einen längeren Atem. Wirkliche Nahrung meiner Seele. Poesie immer und überall, auch wenn sie verletzt. In der Kloschüssel nur Scheiße. Philosophie am Nachmittag. Romane für die Nacht. Eine Seite ist mehr wert als alles, was er mir stundenlang an seiner Tür erzählt.

Vielleicht bin ich eingeschlafen, denn als ich aufstehe, sind Graziella und ihre Schülerinnen verschwunden. Unten ist es still, und einen Augenblick lang empfinde ich Panik: »Vielleicht haben sie abgeschlossen und mich hier drin vergessen.« Es ist noch taghell, aber Ende August wird es spät dunkel. Ich schaue auf die Uhr und beruhige mich: Es ist erst sechs.

Unten hält Sabina mich auf, neben ihr steht eine Frau meines Alters, groß und schlank, mit glatten grauen Haaren und einer altmodischen Brille mit feinem Metallrand; um die Taille trägt sie einen Pullover geknotet. »Darf ich dir unsere Philosophin Costanza vorstellen?« Costanza sieht mich mit dunklen, tiefliegenden Augen ruhig und durchdringend an und sagt, zu Sabina gewandt: »Und du bist meine Rettung«, dann, zu mir gewandt: »Von allen Pflegerinnen, die zu mir eilen, wenn sich meine Krämpfe

ankündigen, ist sie mir die liebste … Ich stehe da, wie in der Dämmerung, und habe sie vor mir, einen schönen roten Apfel …« Zu Sabina: »Weißt du, daß du nach Äpfeln riechst? Wäschst du dir die Haare mit Apfelshampoo?« »Wieso, gibt es das?« »Natürlich gibt es das! Sonst würden sie es extra für dich herstellen.« »Möchten Sie mit mir sprechen?« frage ich Costanza. »Ja, Sabina hat mir gesagt, daß Sie Schriftstellerin sind, und das ist eine Gattung, die ich nicht kenne.« Unterwegs zum Bibliotheks- und Sprechzimmer begegnen wir Assunta, sie bleibt stehen: »Welche Ehre, dein Besuch!« Costanza kommentiert, zu mir gewandt: »Sie macht mir immer Vorwürfe, weil ich nur zur Therapie ins Zentrum komme oder um nach den Krämpfen den Pflegerinnen zu danken.« »Wir brauchen nicht deinen Dank, sondern deinen Kopf, wir sind so viele verrückte Köpfe hier drin!« erwidert Assunta und verschwindet rasch im Sekretariat.
Wir setzen uns in die Bibliothek. Ich fühle mich eingeschüchtert und zünde mir eine Zigarette an. Costanza zieht ein Päckchen Gauloises aus der Tasche: »Ich rauche die hier. Eine Zigarette muß eine Zigarette sein.« Ich schweige weiter. Costanza: »Ich schicke voraus, daß ich keine Romane lese … im Internat habe ich welche gelesen … schon damals habe ich begriffen, daß sie mich nicht interessieren … zu viele verworrene menschliche Beziehungen … zu viele wirre Gedanken … zu viele Worte … zu viel von allem, um darüber nachzudenken und zu meditieren …«
»Und was lesen Sie?«
»Dichter oder Philosophen … aber Vorsicht … Dichter interessieren mich nur, wenn ich hinter den Bildern eine gedankliche Geometrie oder einen unsagbaren harten

Kern erahne … Dante kommt dem nahe im *Paradies*, die Dickinson, Hölderlin, Rilke … Und Philosophen lese ich … aber seit ich Wittgenstein gelesen habe, lese ich sie nicht mehr … höchstens … die Vorsokratiker gehen noch.«

Wir werden unterbrochen. Maria Antonia kommt hinkend herein und sieht mich an: »Telefon, Sie, für Sie, wurde mir gesagt.« Ich gehe ins Sekretariat. Es ist meine Tochter, die mir zum Geburtstag gratuliert.

Ich kehre zu Costanza zurück und entschuldige mich: »Das war meine Tochter … aus Deutschland.«

»Eine Tochter? Und Sie, was würden Sie sagen, wenn Sie die übliche Sprache verlassen könnten … was würden Sie fühlen, wenn Sie sagen … zum Beispiel: ›Ich habe eine Tochter‹ … ›Ich habe eine Tochter gemacht‹ …?«

Ich werde etwas verlegen bei dieser ungewöhnlichen Frage – und angesichts dieser Frau, die so verwirrend ist im Vergleich zu den anderen, die ich bisher im Zentrum kennengelernt habe. Mir ist, als würde ich einer strengen Prüfung unterzogen. Doch ich hoffe, sie zu bestehen.

»Wenn ich sage: ›Ich habe eine Tochter‹, kommt es mir vor, als legte ich die Betonung auf das Privateigentum … wenn ich sage: ›Ich habe eine Tochter gemacht‹, kommt es mir absurd vor, weil ich sie ja nicht gemacht habe … Gefühlsmäßig könnte ich eher sagen: ›Eine Tochter ist durch mich hindurchgegangen‹ … also, sie hat meinen Körper benutzt, um geboren zu werden … Aber das könnte zu Mißverständnissen führen … zum Beispiel einen Verzicht auf die Verantwortung, auf die Wahl beinhalten …« »Wieso denn? … Sehen Sie das Glas hier auf dem Tisch? Es gehört mir nicht, ich habe es nicht gemacht, aber deshalb werfe ich es doch nicht auf den Boden, im Gegenteil, ich trinke daraus, und danach wasche ich es ab und räume es wieder weg … wenn ich dann die Krämpfe habe, bürge ich nicht für mich, sie gehen durch mich hindurch … wie Sie in bezug auf die Schwangerschaft gesagt haben … Ja, ich nehme Ihre Frage vorweg, ich leide an epileptischen Anfällen … und ich nehme auch Ihre nächste Frage vorweg … ich habe keine Kinder … sehen Sie, ich bin mit acht Jahren zur Heranwachsenden geworden, als ich den ersten Anfall gehabt habe, jedenfalls soweit ich mich erinnere …« – sie lächelt – »und eine Heranwachsende bin ich geblieben … Sabina hat mir erzählt, daß Sie aus Neapel stammen, ich bin nie dort gewesen … Heute reist man so viel, aber ich habe nie aus Triest herausgewollt …«

»Könnten Sie mir dann vielleicht die Stadt zeigen?« Ich bin so eingeschüchtert, als stünde ich vor einer Gestalt aus einer anderen Welt, so daß ich mich in banale Fragen flüchte.

»Ich wäre eine sehr schlechte Fremdenführerin … denn das, was mich an Triest interessiert, gibt es überall … für einen Satz über ein Denkmal müßten Sie sich hundert in einem Café gemachte Beobachtungen anhören, über eine Flasche … einen Gesprächsfetzen … die Geste eines Kellners … die Überschrift eines Zeitungsartikels … Ich verbringe Stunden damit, über derartige Nebensächlichkeiten zu meditieren … oder es geschieht mir plötzlich, daß ich sage: ›Wie schön das ist‹, und mich für Sekunden verliere vor einem Baum … dem Meer … einem Himmel … Aber wenn Sie eine gute Schriftstellerin sind, dürfte Ihnen das nicht unbekannt sein …«

»Schreiben Sie nicht?«

»Doch, natürlich, seit ich acht bin … Aber immer von rechts nach links und in einer halb erfundenen Sprache, einer Mischung aus Latein und Französisch … Mit diesem Spiel habe ich im Internat in der Schweiz angefangen, damit die Erzieherinnen und die anderen Zöglinge nicht in meinen Sachen schnüffeln … Meine Großmutter hat mich mit sechs Jahren ins Internat geschickt, nachdem meine Eltern bei einem Autounfall umgekommen sind … Als ich mit 18 nach Triest zur Großmutter zurückgekommen bin, ist sie auch bald gestorben … Das war das einzige Jahr in meinem Leben, in dem ich mich auf komplexe menschliche Beziehungen einlassen mußte, emotional und geschäftlich … Glücklicherweise hatte ich da schon eine genaue Vorstellung von meinem Schicksal entwickelt … Ich wollte weder arbeiten noch lieben noch hassen … sondern einfach in meiner Ecke bleiben … Wenn ich einen Roman schreiben wollte, würde genügen, was in jenem Jahr geschehen ist … Ich habe mich sehenden Auges von Onkeln und Tanten, Vormunden, Cousins und Cousinen, Rechtsanwälten und Notaren betrügen lassen, mich mit einer bescheidenen, aber ausreichenden Leibrente begnügt und sie ihren Ränken um Liebe und Interessenskonflikte überlassen … Ich habe Glück gehabt, ich weiß nicht, was mit mir geschehen wäre, wenn ich arm gewesen wäre …«

Assunta unterbricht uns. Sie ist mit der Arbeit fertig und will rasch nach Hause. Später muß sie zum Flughafen, um ihre Kinder abzuholen, die aus den Ferien zurückkommen.

»Erklär du ihr«, bittet Costanza sie, »daß ich gar nicht so sonderbar bin … daß es, wenn sich deine ganze Energie ballt, bis sie in Krämpfen explodiert, normal ist, daß du dich dann in dich selbst zurückziehst und dich nur noch mit wenigen wesentlichen Dingen beschäftigst … Und

Gott allein weiß, was ich während der Anfälle erlebe … das ist so eine Redensart … wie vorhin, als wir sagten: ›Ich habe ein Kind‹ … denn natürlich weiß nur Gott, ob es Gott gibt …«

»Ciao, Costanza … und denk an unsere Abmachung … wenn ich in Rente gehe, hilfst du mir, Wittgenstein zu lesen«, verabschiedet sich Assunta von ihr und zieht mich mit.

Im Auto frage ich Assunta über Costanza aus.

»Was soll ich dir sagen? Du hast ja mit ihr gesprochen … für mich ist sie wie ein Meteor … Ich habe zwei Abmachungen mit ihr getroffen … die erste vor Jahren, als ich sie kennengelernt habe … Sie wollte die Medikamente, die sie braucht und die sehr teuer sind, aus eigener Tasche bezahlen, obwohl sie von der Krankenkasse ersetzt werden … sie behauptete, es sei nicht gerecht, daß der Staat dafür zahle, da sie ja nicht arm ist … ›Gut‹, habe ich zu ihr gesagt, ›dann laß dir die Medikamente vom Staat bezahlen und gib das Geld dafür unserem Verein.‹ … Die andere Abmachung hast du ja gehört. Und ich meinte es ernst.«

»Ich würde gern wissen, was sie den ganzen Tag macht … wie ihre Wohnung aussieht …«

»Bei ihr zu Haus war ich nur ein einziges Mal … ich hatte Bereitschaftsdienst, und es ging ihr schlecht, es gab Komplikationen … sie lebt in zwei Zimmern in der Altstadt … sehr gepflegt … es gibt darin fast nichts Überflüssiges … nur ein sehr schönes Porträt … Sabina hat mir gesagt, daß es Costanzas Großmutter darstellt … was mich beeindruckt hat, ist, daß keine Bücher da waren … nur fünf oder sechs auf einem Tisch … Ich hatte ein großes Bücherregal erwartet … ich habe aber gehört, daß man

sie oft in der Bibliothek antrifft … kurz, eine kahle, weiße Wohnung, die aussieht wie eine Klosterzelle.«
Assunta setzt mich an der Piazza Unità ab. Ich habe nämlich das dringende Bedürfnis, das Meer zu sehen. Seit einem Monat habe ich es nicht mehr gesehen.
Ich setze mich in der untergehenden Sonne auf einen Poller am Hafen und fühle mich, als säße ich auf der Schwelle meines ebenerdigen Wohnzimmers in Itri und als habe sich dieses plötzlich in eine echte Grotte verwandelt – am Meeresufer. Hinter mir vernehme ich das Geplauder von Frauenstimmen, vertraut und beruhigend, das die unerträgliche Schönheit des Meeres mildert und der hungrigen Sturzflüge der Möwen auf das Wasser. In der Mitte, ich: zuwenig – und meine Zigarette. Aus dem Stimmengewirr dringt das Wort »Krämpfe« zu mir. Ich denke an meine beschränkte Erfahrung mit Krämpfen: bei den kindlichen Wutanfällen, bei der Liebe, beim Gebären, bei dem Erdbeben von 1980, als die ganze Erde eine Minute und 20 Sekunden lang von Krämpfen geschüttelt wurde; und ich erinnere mich, *danach*, an die Entdeckung des Werts jedes kleinen Dinges, wenn, wie von einem milderen Licht erhellt, jedes einzelne Bedeutung annahm, dich für die Zuneigung öffnete, dir Schönheit offenbarte. »Vielleicht«, sage ich mir, »sind Costanzas Krämpfe der Preis, den sie für ihre ausufernden Meditationen, ihre tiefgründigen Betrachtungen bezahlt … und für den unbeschwerten Kontakt mit Dingen und Personen, den ich an ihr wahrgenommen habe. Vielleicht will sie sich nicht zu sehr auf menschliche Beziehungen einlassen, weil sie sie vermutlich alle zu intensiv erlebt, obwohl es ihr nicht bewußt ist, während der Anfälle …« Dann ist mir, als hörte ich in dem Gewirr Edviges Stimme: »Ich gehe nachts spa-

zieren … jetzt sind die Nächte länger und schöner …«
»Seit wann bin ich nicht mehr nachts spazierengegangen?« frage ich mich. »Vielleicht seit meiner Jugend … Ein paarmal noch, in den letzten Jahren, aber nur, wenn ich betrunken war.« Ich bekomme Lust zu trinken, um heute nacht durch Triest wandern zu können, mich hier zu verlaufen und zu verlieren. Doch ich vernehme wieder Edviges Stimme, die sagt: »Es geht mir schlecht, mir brutzelt der Kopf«, und ich frage mich, ob sie mit dem Satz, den sie ständig wiederholt, so wie kleine Kinder es machen, wenn sie quengeln oder ein Verbot der Erwachsenen zu übertreten versuchen, nicht ihr Begehren erneut vorbringen, dich nicht hartnäckig, schelmisch und inbrünstig auf die Probe stellen will und eine Änderung der Spielregeln verlangt. Und genauso, wie ich es mit ihr mache, wenn ich sie vom Reden über ihre Leiden ablenke, indem ich auf ihre kleinen Schmuckstücke zu sprechen komme, muß ich es jetzt mit mir machen und von mir selbst eine Änderung der Spielregeln verlangen.
Zum Glück wohnt Assunta nicht weit von hier. Auf der Piazza Hortis, an der Fassade des Palazzo, der die Stadtbibliothek und das Svevo-Museum beherbergt, prangen drei Riesenbilder von Svevo, stehend oder als Büste, mit Hut und ohne. Mit einer Handbewegung ziehe ich einen imaginären Hut vor ihm und grüße ihn mit den Worten: »Hut ab! Es ist dir gelungen, mit dem Rauchen aufzuhören.« Und lache über mich selbst, denn ich fühle mich, vielleicht wegen der Müdigkeit und der Meeresluft, ein wenig betrunken.

Dienstag, 1. September

Hammer, Sichel und Italiens Stern
zieren neu den Saal. Doch wieviel
Schmerz für jenes lange Zeichen an jener Wand!
Umberto Saba

Am späten Vormittag komme ich ins Zentrum.
Ich gehe zu Zita, die schmächtig, zerbrechlich, zitternd im Krankenzimmer sitzt. Gestern hat sie versprochen, mir ihre Geschichte zu erzählen, und wir treten gemeinsam auf den Flur. Ich schlage vor, in die Bibliothek zu gehen, aber sie möchte lieber in den großen Saal. Sie steuert auf eines der vergoldeten Tischchen zu und stellt mit unsicherer Geste das Glas ab, das sie in der Hand hält, während ich die Wasserkaraffe trage.
Auf dem Platz ihr gegenüber sitzt eine Frau und liest. Ich hole mir einen Stuhl. Aus Gründen der Diskretion ihr selbst und der anderen gegenüber schlage ich Zita vor, an ein freies Tischchen überzusiedeln. Die Lesende behauptet voller Härte, das sei ihr Platz, aber wir würden sie nicht weiter stören. Zita besteht ebenfalls darauf, daß dies ihr Platz sei. Dieses Tischchen scheint kein beliebiger Ort zu sein, sondern ein Militärstützpunkt im Kampf zwischen zwei »Feindinnen«.
Ich beginne, mit Zita zu sprechen. Die Lesende mischt

sich ein, um zu fragen, ob ich das Buch kenne, das sie gerade liest. Ich blättere im Inhaltsverzeichnis: Es ist die romanhaft gestaltete Geschichte eines Arztes aus dem Mittelalter. Zita unterbricht mich schroff: »Wollen Sie jetzt mit mir oder mit ihr reden?« »Mit Ihnen, Signora Zita«, sage ich. »Aber warum soll ich Ihnen so traurige Dinge erzählen, und warum soll die« – sie sie zeigt auf die Lesende – »alles hören?« Ungerührt wirft uns die Lesende einen kalten, schrägen Blick zu, fest entschlossen, nicht von ihrem Platz zu weichen. Zita gibt nach, erhebt sich zitternd und geht unsicher auf ein anderes Tischchen zu.
Sie erzählt. Sie ist vor kurzem operiert worden, man hat ihr mehrere Meter Darm entfernt, und sie hat sich einer Schmerztherapie unterzogen. Vor dem Eingriff mußte sie sich mit den Händen von ihrem Kot befreien. »Sogar das haben sie mir angetan!« Sie ist in Istrien geboren und als Kind nach Triest gekommen, jetzt ist sie achtundsiebzig Jahre alt. Sie hat einen Schwesternkurs besucht und in einem Krankenhaus gearbeitet. Mit 20 hat sie einen Schneider geheiratet, der 36 war. Er ist dann in den *foibe* im Karst umgekommen. »Warum?« frage ich sie verwirrt, da ich, wie viele Italiener, wenig über diese Greuel weiß. »Das müssen Sie die dort fragen … Heute habe ich mir eine Dauerwelle machen lassen, warten Sie einen Augenblick, ich kämme mich nur rasch.« Sie hat damals ein Kind verloren. Aber es ist ihr gelungen, das andere, ihren ersten Sohn, auf die Schule zu schicken. Er ist Buchhalter geworden. Sie leben zusammen, und der Sohn kümmert sich um sie. »Er ist lieb … im Verhältnis zu ihm bin ich die Älteste, aber im Verhältnis zu meinen Toten bin ich die Jüngste … Man soll nicht mit Kränzen und Lorbeer an die Gefallenen erinnern, sondern mit Blumen an die gestorbenen Kinder.«

Unterdessen hat die Lesende das Tischchen verlassen, das Zita als das ihre betrachtet, und sie will dorthin zurückkehren.
Anastasia setzt sich zu uns, wie immer stark geschminkt und mit königlicher Miene. Zita lächelt: »Die ist meine Freundin.« Anastasia erzählt mir, daß sich, als sie in ihrer Kindheit in Bosnien lebte und ihr Vater der König der Goldminen war, ein Pferd ihres Gutshofs in sie verliebt hat. Aber sie war noch zu klein für die Liebe, und das Pferd ging fort … Dann wurde sie von Zigeunern geraubt, zum Glück griff die Polizei ein, und ihr Vater bezahlte einen Sack voll Goldmünzen, um sie freizukaufen.
Zita unterbricht sie: »Ich will mich aus dem Fenster stürzen, aber ich tu's nicht, für meinen Sohn!«
Als hinten im Saal eine leicht aufgeregte Frau auftaucht, beginnen Anastasia und Zita, über sie zu lästern: Wenn sie ihnen ein Getränk ausgebe, liege es preislich immer unter dem, wozu sie sie eingeladen hätten. »Die da!« Der Ärger gegen die Frau wächst, verwandelt sich in Mißgunst; hitzig kritisieren Zita und Anastasia ihre »teuren« Kleider, ihren Geiz gegenüber den anderen; ihren Hochmut, »als wäre sie wer weiß wer«. Mir ist, als säße ich in einem der vielen Lehrerzimmer, in denen ich während meiner jahrelangen Unterrichtstätigkeit aus und ein gegangen bin. Dann kehrt Zita zum Anfangsthema zurück: »Ich habe sie zu einer Zitronenlimonade eingeladen, und sie behauptet, die wäre billiger gewesen als die Coca-Cola, die sie mir gestern gezahlt hat.«
Zum Glück kommt das Mittagessen. Anastasia rückt ihren Hut zurecht und geht langsam und stolz dem Essenswagen entgegen.

Gestern habe ich mir im Hinblick auf dieses Gespräch mit Zita eine Broschüre über die *foibe* besorgt, aber noch nicht darin gelesen. Jetzt nutze ich die Mittagszeit, zu der gewöhnlich alle Frauen unten sind, und gehe in die Mansarde hinauf, um einen Blick hineinzuwerfen. Da ich mich auch müde fühle, lege ich mich auf das Sofa gegenüber dem Klavier. Am Klavier sitzt ein Mädchen, spielt aber nicht. Sie dreht sich zu mir um, lächelt betrübt und beginnt zu spielen, als würde meine Anwesenheit sie nicht stören. Es ist dasselbe Mädchen wie gestern. Gestern hat sie eine Etüde von Chopin geübt und bei meiner Ankunft aufgehört. Heute bleibt sie. Gestern ist mir nicht aufgefallen, daß sie eine Halskrause trägt, vielleicht hatte sie einen Schal umgebunden. Sie spielt sehr gut, ich schließe die Augen und fühle mich wie in einem Zauberkreis, beschützt und frei zugleich, souverän und wehrlos.

Ich frage mich, warum bei Angstzuständen Chopins Musik die einzige ist, die ich hören kann, die mich sogar beruhigt und aufheitert, und mir fallen die Worte ein, die Savinio Chopin gewidmet hat:

> Wenn Chopins Stimme erklingt, ist es für einen, der lange durch grabesstille Lande wanderte, verdorrte Täler durchschritt, Wälder durchquerte, deren Atem erloschen ist, als sähe er auf einmal dort unten, am Ende der toten Landschaft, das Meer in der Sonne glitzern.
>
> Die Lebhaftigkeit, die aus Chopins Stimme erwächst, ist nicht Lebhaftigkeit des Menschen, sondern des Elements, wie bei der Erscheinung eines jungen Feuer-, Luft- oder Wassergottes.
>
> Die Ergriffenheit, die andere Musiker wecken, selbst die tiefste, weiteste, höchste, ist immer menschlicher Art; auch wenn titanisch, so doch nur als Verlängerung des Menschlichen; auch wenn göttlich, so doch nur als Steigerung des Menschlichen. In Chopins Stimme dagegen liegt etwas gar nicht Universelles, außerordentlich Fremdes, unendlich Fernes, das aber zugleich

etwas so Inniges in uns anrührt, daß unsere wahre Natur nicht mehr diese irdische zu sein scheint, sondern jene überirdische, von der aus er uns ruft. [...]

Keine Musik, nicht einmal der Flötengesang in Glucks *Orfeo*, klingt so einsam wie die Musik von Chopin. Einsam, aber vollständig. Einsam, aber bestehend aus der Vereinigung zweier Elemente, die wir nur, um uns zu verstehen, »männliches Element« und »weibliches Element« nennen werden. Aus Verlegenheit wird das weibliche Element von Chopins Musik »Begleitung« genannt, jene Begleitungen, weit, atmend, wellig wie das Meer, über denen das männliche Element bald dahinfliegt und sich ergötzt, bald ruht und sich ausruht.

Andere Töne lassen mich den Kopf heben. Maria Lourdes ist hereingekommen und hat sich mit ans Klavier gesetzt. Sie spielen vierhändig: Maria Lourdes haut in die tiefen Tasten, während das Mädchen, deren Name ich noch nicht kenne, die hohen leicht berührt, und mir ist, als hörte ich wie in einem alten kalabresischen Volkslied, *La morte dell'Imperatore Costantino*, die unerbittliche und obsessive Stimme des Schicksals, die pünktlich auf die Klage und das Sehnen der Seele folgt.

Von unten dringt heftiges Geschrei herauf, und Viviana stürmt in die Mansarde, gekleidet in ein langes, zerschlissenes Glitzergewand, ein Bündel in der Hand, Unverfrorenheit im Blick. Anna kommt ruhig hinterher und nimmt ihr das Bündel ab: »Du weißt genau, daß es nicht deins ist.« »Aber wenn jemand einen Fetzen auf dem Boden liegen läßt, denke ich doch, daß ich ihn nehmen kann, oder?« erwidert Viviana. »Du weißt genau, daß es kein Fetzen ist, sondern ein Kleid«, sagt Anna und hält es vor ihr in die Höhe. »Es ist mein geblümtes Kleid ...« Maria Lourdes beklagt sich: »Mein Bruder wollte mir meins auch immer schmutzig machen.«

Sie gehen alle weg, und während ich warte, daß die Frauen zum Fortbildungskurs heraufkommen, vertiefe ich mich in die Broschüre über die *foibe*.
Manchmal liegt ein schreckliches Schicksal in den Wörtern: *foiba*, von lateinisch *fovea*, heißt »Graben« oder »Grube«, und so werden im Karst die Höhlen genannt, die der Regen in die zerklüfteten Kalkfelsen gewaschen hat und die heute »Massengräber« bedeuten; von 1943 bis 1945 fanden dort Hunderte von Italienern den Tod und ihr Grab, auch Frauen und Kinder, getötet unter Mißachtung jedes Menschen- oder Kriegsrechts, von der Hand der Partisanen Titos und unter Mithilfe einiger italienischer Partisanen der Brigade Garibaldi.
Ich zitiere aus der Broschüre die Zeugenaussage eines Überlebenden:

> [...] am 2. Mai 1945 kam Giulio Prensate, begleitet von vier weiteren bewaffneten Männern, zu mir nach Hause und holte mich mit einem Lieferwagen ab, in dem schon die drei Brüder Alessandro, Francesco und Giuseppe Frezza sowie Giuseppe Benci saßen. Müde und hungrig erreichten wir Pozzo littorio, wo uns ein grauenvoller Empfang erwartete; vorgebeugt und mit gesenktem Kopf ließen sie Borsi, Cossi und Ferrarin gegen die Mauer rennen. Als diese betäubt zu Boden stürzten, wurde ihnen so lange in alle Körperteile getreten, bis sie wieder zu sich kamen, und dann wurde das makabre Schauspiel wiederholt. Aus dem Gefängnis zum Kommando gerufen, wurden sie von jungen Männern verprügelt, die mit Holzknüppeln bewaffnet waren. Abends, bevor es weiterging nach Fianona, gaben sie uns nach 30 Stunden Fasten einen Teller Wassersuppe mit schwarzen Nudeln. Auch diese Strecke zu Fuß, und noch dazu an den Handgelenken mit Draht zwei und zwei aneinandergefesselt, so eng, daß uns die Hände schwollen und wir vor Schmerz schrien. Sie schlugen uns nicht, weil es dunkel war. Irgendwann nachts holten sie uns einzeln in die Folterkammer. Ich wurde als letzter gemartert: Ich hörte, wie sie meine Unglücksgefährten schlu-

gen, und die qualvollen Schreie. Als ich an der Reihe war, zogen sie mich aus, verstärkten die Fessel an meinen Handgelenken und prügelten blindlings drauflos. Fünf Henker, darunter eine Frau, gegen mich, wehrlos und gefesselt. Einer trat mich, ein anderer schlug mich mit gewundenem Draht, ein Dritter mit einem Stück Holz, ein Vierter ging mit Fäusten auf mich los, die Frau schlug mich mit einem Lederriemen. Vor Tagesanbruch fesselten sie mir die Hände hinter dem Rücken und führten mich im Gänsemarsch zusammen mit Carlo Radolovich aus Marzana, Natale Mazzucca aus Pinesi (Marzana), Felice Cossi aus Sisano, Graziano Udovisi aus Pola, Giuseppe Sabatti aus Visinada bis zum Eingang der *foiba*. Unterwegs schlugen sie uns mit dem Gewehrkolben und dem Gewehrlauf. Als wir den Ort der Hinrichtung erreicht hatten, nahmen sie uns weg, was ihnen noch brauchbar zu sein schien. Mir nahmen sie die Socken (die Schuhe hatten sie mir schon ein paar Tage früher abgenommen), das Taschentuch und den Gürtel. Mit Draht hängten sie mir einen großen, etwa zehn Kilo schweren Stein an die schon mit einem anderen Draht gefesselten Handgelenke und zwangen mich, allein Udovisi hinterherzugehen, der schon in die *foiba* hinuntergestiegen war. Nach einigen Sekunden schossen sie ein paarmal mit dem Karabiner auf mich. Gott wollte, daß sie den Draht trafen, wodurch sich der Stein löste. So fiel ich unverletzt ins Wasser der Höhle. Mit hinter dem Rücken gefesselten Händen schwimmend, konnte ich mich bis zu festem Boden fortbewegen. Währenddessen stürzten auch meine anderen Gefährten herunter, und jedem schossen sie mit dem Maschinengewehr hinterher. Nach dem letzten Opfer warfen sie eine Handgranate, um uns alle zu erledigen. Rasend vor Schmerz, hielt ich es nicht mehr aus. Es ist mir gelungen, den Draht zu zerreißen, mit dem ich gefesselt war, wobei ich mir mein Fleisch zerfetzte, da die Handgelenke noch vor dem Draht nachgaben. So blieb ich ein paar Stunden in der *foiba*. Dann verließ ich, im Schutz der Nacht, das, was mein Grab hätte sein sollen.

Ich kann nicht mehr weiterlesen. Ich fühle einen schrecklichen Druck auf der Brust. Ich muß aufhören.

Um 16 Uhr kommt Gabriella mit einigen Frauen. Ich erkenne Ada, Mariangela, Edoarda, Violetta, Mara, Laura, Caterina, Graziella. Ich setze mich zu ihnen. Viele halten ein Blatt Papier mit einem maschinengeschriebenen Text in der Hand.

GABRIELLA *(zur Einführung)*: Bevor ich in die Ferien gefahren bin, hatten wir uns eine Aufgabe gestellt: Versuchen wir, uns auf Zehenspitzen in das Leben einer jeden hineinzubegeben … Versuchen wir, etwas Selbstgemachtes oder uns sehr Wichtiges mitzubringen … Hier bin ich stehengeblieben, weil ich weggefahren bin … Jetzt erzähl du, Mara.

MARA: Wir haben uns zweimal getroffen … Jede hat etwas mitgebracht … dann haben wir versucht, jeweils über den Gegenstand der anderen zu schreiben … du hattest uns deinen schon gezeigt …

VIOLETTA: Die Uhr … das Geschenk deines Sohnes.

MARA: Ich habe die Texte mit Caterina und Barbara gelesen und durchgesehen … hier sind wir nun … Wer möchte beginnen, seinen Text vorzulesen?

ADA: Ich fange an, weil ich über Gabriellas Uhr geschrieben habe … *(Liest:)* »Es ist eine Herrenuhr oder besser gesagt eine Knabenuhr, Geschenk des jüngeren Sohnes an seine Mutter Gabriella, auf das er stolz ist, da er es von seinem eigenen Geld gekauft hat, den sauer verdienten Ersparnissen eines kleinen Jungen.

Gabriella wäre es nicht im Traum eingefallen, sich so ein Ding zu kaufen, aber wie kannst du dich weigern, es zu tragen, wenn dein Sohn dir eifrig die Wunder eines geradezu hochprofessionellen Präzisionstimers mit Stoppuhr erklärt oder die unverzichtbare Unterwassertauglichkeit dieses lakritzfarbenen Kautschukpanzers? Das geht nicht!

Also trägt sie das Ding weiter am Handgelenk, nutzt die einzige Funktion, für die die Uhr geschaffen wurde – das schlichte Anzeigen der Zeit –, und ignoriert die erstaunlichen multifunktionalen Möglichkeiten dieser hypertechnologischen Knöpfe.«

CATERINA: Ada hat ein interessantes Buch mitgebracht. Es stammt von dem Schriftsteller Ben Jelloun und handelt von den Unterschieden zwischen den Menschen, die nicht zu Kontroversen und Ausschluß führen dürften. Es muß ein ganz besonderes Buch sein, denn bedauerlicherweise denken nicht alle so. Aber das ist leider die Regel.

MARA: Caterinas Erzählung geht so: »Verschwitzt und erhitzt nähern wir uns fast im Laufschritt, Hand in Hand, dem Brunnen, der mich sogleich erfrischt. Da hinauf will ich, dorthin, wo der Löwe ist, der mich anschaut, aus seinem Maul kommt das Wasser; es stimmt nicht, was sie mir im Kindergarten erzählen, daß die Löwen die anderen Tiere fressen. Lügen, in meinem Kinderkopf, die Löwen fressen Wasser. Der hier auf dem Brunnen hat wirklich viel davon im Bauch, wenn Papa mir hilft, kann ich sehen, wo es herkommt, den Bauch fühlen. Ich bin in der Luft, Papa hält mich in den Armen, ich strecke die Hand aus, schiebe sie ins Löwenmaul, der Strahl ist stark, ich bin klein, er stößt meine Hand weg, wer weiß, ob es mir je gelingt, bis zum Bauch des Löwen vorzudringen. Wer weiß, ob es mir je gelingt, das Geheimnis des Unterschieds zwischen diesem Löwen und dem aus dem Kindergarten zu ergründen. Wer weiß ...«

Ich bin es leid, den Geschichten zuzuhören, auch wenn mir bewußt ist, daß in den Texten und Diskussionsbeiträgen der mühevolle Weg der Gewöhnung an zwischenmenschliche Beziehungen aufscheint, den die Frauen und die Tutorinnen zusammen gehen. Vielleicht, weil ich es gern hätte, daß alles bald zu Ende wäre und ich mich ausruhen könnte, ist bei mir nur die Geschichte von der Uhr haftengeblieben. Leise stehle ich mich davon. Ich lege mich auf das kleine Sofa und betrachte meine eigene Uhr: nicht, um nach der Zeit zu sehen, sondern mehr nach dem Vollmond, der im unteren Teil des Firmaments prangt. Die einzige Uhr, die ich je in meinem Leben am Handgelenk ertragen habe und seit etwa 15 Jahren nicht ablege. Geschenkt hat sie mir Lucio Amelio, der neapolitanische Galerist, bei einem Essen mit Joseph Beuys, bei dem seltsame Dinge geschahen. Ich fragte Beuys, der sich als anarchistischen Anthroposophen bezeichnete, nach der Bedeutung eines runden Siegels, da es regelmäßig, fast wie eine Unterschrift, in vielen seiner Skizzen wiederkehrt, auf denen verschiedene geheimnisvolle Zeichen und das Wort »Hauptstrom« zu sehen sind. Dann sagte ich ihm, ich trüge nie Armbanduhren, aber eine, die seinem Siegel gliche, die würde ich gerne tragen. »Willst du eine?« fragte Lucio und zog meine jetzige Uhr aus der Tasche, eine Swatch mit schlichtem Zifferblatt, auf dem auch die Mondphasen aufgezeichnet sind. Und im Ton eines neapolitanischen Hausierers fügte er hinzu: »Sie stammt aus Forcella, hab sie ganz billig bekommen. Aber ich versichere dir, es ist eine Markenuhr.« Beuys betrachtete sie an meinem Handgelenk und kommentierte: »Jetzt haben auch Sie Ihren ›Hauptstrom‹.«

Dieser Gegenstand ist mir lieb, weil er mich an Lucio und an Beuys erinnert, und manchmal denke ich abergläubisch, sollte er je kaputt- oder verlorengehen, so wäre ich an dem Tag ihrem Reich näher, dem der Toten. Und er gefällt mir, weil er nicht nur die Zeit der Werke und Tage anzeigt, sondern mich auch auf die biologischen und kosmischen Zyklen hinweist. »Zuletzt habe ich«, sage ich mir lächelnd, »doch selbst an dem Spiel teilgenommen, sich Geschichten über Gegenstände zu erzählen.«

Es ist jetzt 16.30 Uhr. Zeit für die Pause.
Ein Tablett mit eisgekühltem Pfirsichtee und Keksen wird auf den Tisch gestellt. Violetta, immer zuvorkommend und liebevoll, reicht ihre Kekse herum. Ich frage Edoarda, wie es ihr geht. Als ich sie vor meiner Abreise im Juni gesehen habe, war sie übel zugerichtet. »Ich bin operiert worden … sie haben auch das Gas wieder angeschlossen in meiner Wohnung … jetzt kann ich wieder kochen.«
Gabriella nimmt den Faden der Sitzung erneut auf: »Ich habe über die Texte nachgedacht … Also, die Gegenstände, von denen ihr geprochen habt … stellen wir uns vor, sie lägen alle hier auf dem Tisch … so … macht euch Notizen … Jetzt versuchen wir, einzeln oder in kleinen Gruppen, uns eine Geschichte über diese Gegenstände auszudenken … Was machen sie … welche wechselseitigen Beziehungen stellen sich zwischen ihnen her?«
Die Frauen setzen sich in Grüppchen zusammen, diskutieren, zeichnen, schreiben. Ich bin unsicher, ob ich bleiben soll oder nicht, fühle mich wie ein Störenfried; mich einer der Gruppen anzuschließen, scheint mir, wäre eher eine Einmischung als eine Teilnahme. Ich mag auch mit keiner der Frauen sprechen, die sich abgesondert haben, wie Maria Lourdes, die ganz allein auf dem kleinen Sofa sitzt und raucht. Unauffällig schleiche ich mich hinaus, wie eine Schülerin aus dem Unterricht.
Unten begegne ich Anna, dei dem Vereinsvorstand an-

gehört und mir müde zulächelt. Anna stammt ursprünglich aus Süditalien. Nach einem Aufenthalt in Frankreich, wo sie auf dem Sektor der Drogenabhängigkeit und der Ausbildung von Mitarbeitern des Gesundheitsamts tätig war, ist sie vor etwa 20 Jahren nach Triest gekommen. Auf den Fotos aus der Zeit Basaglias sieht man sie häufig. Und sie fällt einem sofort auf: eine Riesenfrau voller Lebenskraft, immer in weite Gewänder aus mehreren Schichten feiner blaugrauer, grüner oder schwarzer Seide gehüllt. Im Juni habe ich sie nicht gesehen, weil sie krank geschrieben war. Sie zwinkert mir spitzbübisch zu, die Augen mit den langen Wimpern halb geschlossen, während sie mir ihre gesundheitlichen Beschwerden schildert, die sich im Lauf der Jahre verschlimmert haben. Nebenbei erzählt sie mir von einigen ihrer großen Lieben, einem Maler, einem bekannten Schweizer Liedermacher, und seufzt: »So eine wie ich kann nur Künstlern gefallen.« Und sie trällert ein Lied von Francesco de Gregori, das klingt, als sei es extra für sie komponiert: »Und hab keine Angst, wenn ich nicht so schön bin, wie du sagst.« Ja, denke ich, sie ist wirklich eine Saraghina, wie Botero sie liebte. Ich erkläre ihr meine Schwierigkeiten, am Kurs in der Mansarde teilzunehmen. Anna ist stets konziliant: »Nimm es dir nicht zu Herzen, man kann ja nicht alles teilen … ausgeschlossen … Und … sieh nur, was für ein Zufall! Vorhin hat eine Kursteilnehmerin mir dieses Kärtchen für Gabriella dagelassen … ich soll ihr ausrichten, daß ihr in nächster Zeit nicht danach ist, den Kurs zu besuchen …«

Zu Hause merke ich, daß ich meine Lesebrille im Zentrum vergessen habe. Assunta ruft an und besteht darauf, daß sie sie suchen, aber sie ist nirgends zu finden. Man

vermutet, daß Viviana sie geklaut hat, denn sie kann dem Drang, sich Kleider und alles, was glänzt, anzueignen, nicht widerstehen – und meine Brille ist leuchtend blau. Ich gehe noch ein wenig einkaufen. Auf der Piazza Hortis treffe ich Franca. Sie ist gerührt. Sie geht oft in die Stadtbibliothek am Platz. Oder geistert sie unruhig hier herum wie die unglücklich Verliebten in dem Viertel, wo der Geliebte wohnt? Hofft sie vielleicht, daß Paola, die nach Udine versetzt worden ist und von der sie sich verlassen fühlt, heute abend zu Assunta zum Essen kommt? Das habe sie von einer Freundin gehört, behauptet sie. Meine Einladung, in eine Bar zu gehen, nimmt sie nicht an, und während sie mich zu einem Geschäft begleitet, sagt sie: »Manchmal ertrage ich die Vulgarität der Welt einfach nicht mehr. Dann mache ich zu, weil das Leiden um mich herum zu groß ist, und hier, in mir, ist kein Platz mehr.«
Ich kaufe Kirschtomaten und Oliven zum Abendessen und die Zutaten, um morgen einen *sartú di riso* zu kochen – eines der Lieblingsgerichte von Assuntas Kindern. Ich koche gerne für sie, weil ich mich nach den Zeiten zurücksehne, in denen ich in einer erweiterten Familie wohnte und meine Aufgabe in der Gemeinschaft genau darin bestand, für alle zu kochen – es kommt mir so vor, als sorgte ich auf diese Weise auch für die Abwesenden und für die Toten.
Es ist kurz vor Ladenschluß, und plötzlich, ich weiß nicht recht, warum, laufe ich noch los, um ein paar Videokassetten zu besorgen. Vielleicht ängstigt mich der Gedanke, meine Lesebrille verloren zu haben. Ich hoffe, daß Viviana sie mir morgen zurückbringt – falls sie sie genommen hat. Sonst muß ich zum Augenarzt gehen. Aber was soll ich heute abend machen, wenn ich nicht lesen kann?

Ich brauche es nach diesen Tagen immer, mit einem Buch allein zu sein.
Seit einer Weile bin ich zu den Klassikern zurückgekehrt. Im August hat mir Balzac Gesellschaft geleistet, und auf der Reise nach Triest habe ich *Louis Lambert* angefangen. Gestern abend bin ich bis zu der Stelle gekommen, wo der Autor Swedenborg paraphrasiert; als junges Mädchen fand ich diese Seiten so langweilig, geradezu überflüssig, genau wie in *Die Brüder Karamasow* die über die Figur des Starez in den russischen Klöstern, doch jetzt begeistert mich dieses heftige Flattern des Gedankens – wie ein Nachtfalter, der sich im Licht verfangen hat. Und in letzter Zeit geht es mir wie in der Kindheit, wenn die Erwachsenen mich im Spiel unterbrachen, oder wie in der frühen Jugend in Frankreich, wenn ich im Internat mit Hilfe einer Taschenlampe heimlich unter der Bettdecke las und die Decke plötzlich von einer Nonne hochgehoben wurde, die kam, um mich zu tadeln – ich habe Mühe, mich aus der »anderen« Welt zu lösen, und sehne mich danach, so schnell wie möglich dorthin zurückzukehren.
Und jetzt ist mir, als habe mich dieser ganze Tag im Frauenzentrum nur von Louis Lambert und seinem sanften Wahn ferngehalten, zu dem ich nun endlich zurückkehren möchte. Statt dessen werde ich nicht lesen können.
Vielleicht verlagere ich deshalb, angeregt durch diese Kindheits- und Jugenderinnerungen, meinen Wunsch von dem Buch auf einen Film und kaufe, nicht zufällig, einige Videokassetten von Truffaut, der Balzac sehr liebte.
Da ich denke, dieser Film könnte auch Assuntas Kindern gefallen, schlage ich nach dem Abendessen vor, *Ein schönes Mädchen wie ich* anzuschauen. Aber das Telefon läutet,

Freunde laden die jungen Leute zum Eisessen ein. Also wähle ich für mich selbst den Film *Die Braut trug Schwarz*, der mehr meiner derzeitigen »Respektlosigkeit« entspricht.
Truffaut ist der Poet der Kinder und Jugendlichen. Wenn sie zu Männern werden, interessieren sie ihn nicht mehr. Ihr subversives Potential aus Liebe und Haß, Staunen und Empörung übernehmen dann die Frauen, sie geben dann dadurch, daß sie die scheinheiligen Konventionen und die bequeme Straffreiheit der Erwachsenen herausfordern, den erneuten Anstoß im Spiel des Lebens. Die fünf Enfants terribles, die auf unschuldige und grausame Weise ein junges Liebespaar, Antoine und Colette, verfolgten, sind in dem Film *Die Braut trug Schwarz* zu Provinztölpeln geworden, die zum Vergnügen mit einem Gewehr aus dem Fenster schießen und dabei aus Unachtsamkeit einen Bräutigam treffen, als er aus der Kirche tritt. Und Julie (Jeanne Moreau), die Braut, ihrer einzigen Liebe beraubt, die sie vielleicht schon seit ihrer Kindheit jungfräulich hegte, sucht nach ihnen und stöbert sie auf in ihren Nischen für erwachsene Männer, um sie einen nach dem anderen zu erledigen: den Gockel, der schon auf der Verlobungsfeier untreu ist; den pathetischen älteren Mann, der noch immer von der schicksalhaften Begegnung träumt; den bürgerlichen Spießer, der nur darauf wartet, seine Frau zu betrügen; den Künstler, einen leichtfertigen Verführer; den finsteren Verbrecher … alle nicht so sehr Opfer der Braut in Schwarz als vielmehr ihrer eigenen bürgerlichen Beschränktheit und Eitelkeit. Die Filme von Hitchcock sind berühmt für die *screen cameos*, in denen er, wenn auch nur kurz, auf dem Bildschirm erscheint. Truffauts wahre »Cameos« sind aber nicht eigentlich, wie bei

seinem Meister, die Auftritte des Regisseurs selbst, sondern die der Kinder, die sein wahres Alter ego darstellen. In *Die Braut trug Schwarz* etwa der kleine Sohn des bürgerlichen Spießers, der Julies Spiel mitspielt und am Schluß sogar vor der Polizei an seiner Lüge festhält. Dank Truffauts Kunst, die die Kunst des Lebens beflügelt, sympathisieren wir mit dem lügenden Kind und der mordenden Frau anstatt mit ihren Opfern.

Donnerstag, 3. September

Oh, kehrt zu mir zurück, Stimmen von einst,
teure, uneinige Stimmen!
Wer weiß, ob in neuen süßesten Akkorden
ich euch nicht doch noch erklingen lassen kann?
Umberto Saba

Im Apothekenzimmer höre ich Giovanna und Fulvia zu, die über zwei Frauen diskutieren. Die erste ist eine alte Frau, deren unmittelbares Problem weniger psychiatrischer als vielmehr medizinischer Natur ist: Sie hat einen völlig verkrümmten Rücken und will sich nicht behandeln lassen; sie leidet auch an Wahnvorstellungen, sie denkt, daß ihre »böse« Nachbarin ihr frisches Obst mit faulem vertauscht habe und daß der böse Geist jener Frau nicht nur in ihrer eigenen, sondern noch in fünf anderen Wohnungen niste. Das ist Giustina. Ihr Leben lang hat sie in Privathaushalten als Dienstmädchen gearbeitet und lebt jetzt allein in einer Sozialwohnung. Die zweite Frau ist gestern morgen zum erstenmal ins Zentrum gekommen, begleitet von ihrem Mann: Sie hat mit Beruhigungsmitteln einen Selbstmordversuch gemacht, und ihr wurde der Magen ausgepumpt; der Auslöser sei eine Beichte gewesen, die sie ihrem Mann endlich habe abringen können. Emma, so heißt sie, ist sich immer sicher gewesen, daß ihr

Mann sie vor etwa 25 Jahren betrogen hat. Und diese ganzen 25 Jahre hat sie ihn gedrängt, er solle es gestehen, aber der Mann hat es immer geleugnet. Bis er vor wenigen Tagen zugegeben hat: »Na ja, vielleicht, ich erinnere mich nicht genau.« Danach ist Emma zusammengebrochen. Sie hat darauf bestanden, in getrennten Zimmern zu schlafen, und dann einen Selbstmordversuch unternommen. »Stell dir mal vor, 25 Jahre lang diese fixe Idee«, sagt Giovanna. Fulvia fügt, durch den Namen Emma angeregt, hinzu: »Also war Charles Bovary der Ehebrecher!« Und ich kann mich, von einer lange zurückliegenden persönlichen Erinnerung getrieben, nicht zurückhalten anzumerken: »Vielleicht wollte sie selbst gern Ehebruch begehen!«

Auf der Treppe streiten Pina und Italia miteinander. Italia ist eine zierliche Frau, starr in ihrer Haltung und ihren Gesten, immer ein bißchen tückisch zu allen; oft, wenn ich mich in ihrer Gegenwart einer kleinen Gruppe von Frauen nähere, sagt sie zu mir: »Mischen Sie sich nicht ein!«, und starrt mich aus hellblauen, kalten, harten Augen an. Ob sie jemandem gegenüber eine grausame Bemerkung macht oder schreckliche Geschichten aus ihrem Leben erzählt – »mein einziges Kind ist mir gestorben«, »ich habe mich aus dem Fenster gestürzt« –, nie gelingt es einem, menschliche Wärme an ihr wahrzunehmen: Man empfindet sie als kalt und distanziert, im Ärger ebenso wie in der Klage. Italia ist um die 60 und lebt in einer betreuten Wohngemeinschaft. Dieser Tage hat sie mit den anderen beiden WG-Mitgliedern gestritten. Als Pina in die Küche zurückkehrt, fragt Italia mich blitzschnell auf dem Treppenabsatz: »Und wer sind Sie?« »Ich bin eine Freundin von Assunta.« Vielleicht ist Assunta ein starker emotionaler Bezugspunkt für sie, denn sie läßt sich sofort herab, mit mir zu sprechen: »Sagen Sie Assunta auch, daß ich nicht bestraft werden will … ausgerechnet von ihr, das ist ungerecht … sie zwingen mich, den ganzen Tag hier zu sein und im San Giovanni zu schlafen!« »Warum dürfen Sie nicht zu Hause schlafen?« frage ich. »Es ist gefährlich, aber die anderen merken es nicht. Der Gasboiler ist kurz vor dem Explodieren, und obwohl ich es gemeldet habe, kommt der Gasmann nicht … Und wenn er dann kommt, ist es nicht meine Aufgabe, ihn zu bezahlen.« Pina steckt den Kopf aus der Küche: »Abgesehen davon, daß das Gas funktioniert, warum beklagst du dich über das San Giovanni? Jahrelang wolltest du selber dort schlafen, um zu sparen!« Italia überhört sie und fragt mich: »Was gibt es heute? Eine Tagung? Wissen Sie, ob eine Erfrischung gereicht wird?« »Vielleicht nur Tee«, antworte ich. »Tee nicht, er regt mich auf … wird es keine Plätzchen dazu geben?«

Edvige, die sich auf dem Treppenabsatz ausruht, fragt mich nach einer Zigarette. Pina weist sie zurecht, weil sie immer schnorren will: »Du hast doch deine eigenen«, und zu mir: »Schreib das ruhig in deinem Buch, daß ich keine gute Psychologin, sondern eine hysterische Köchin bin.«

Wilma irrt durchs Treppenhaus. Obwohl sie so fett und massig ist, wirkt ihr Schritt federleicht. Und den Gruß erwidert sie mit ihrem gewohnten Kinderstimmchen.

In der Bibliothek zündet Maria Lourdes sich »allein« ihre »eigene« Zigarette an. Ein Mädchen kommt und wird schnellstens ins Apothekenzimmer geführt: Sie deliriert, man wird sie ins San Giovanni bringen.

Es ist Zeit zum Mittagessen.

Violetta, immer freundlich, sagt mir, daß sie gestern Viviana gesehen habe, die mit meiner Brille im Viertel herumstolzierte. »Und wie sie damit angab!« Mein Kommentar: »Sie muß einen sechsten Sinn haben, wenn es ihr gelingt, sicher mit meiner Lesebrille herumzulaufen!«

Genau in diesem Moment erscheint Viviana in der Tür. Ganz Femme fatale, wie gewöhnlich, offene Haare, stark geschminkt; mit langem Rock, in ihrer zerlumpten Pracht. Ich weiß, daß man ihr gestern angedroht hat, wenn sie mir die Brille nicht zurückgebe, werde ihr das Mittagessen gestrichen. Sie kommt auf mich zu und reicht sie mir: »Sie hatten sie da auf dem Tischchen vergessen, sie paßte farblich so gut zu meiner Hose ... Bitte schön, ich geb sie Ihnen nicht wegen dem Essen zurück, sondern aus Pflichtgefühl!«

Viele Frauen am Tisch, die über den kleinen Diebstahl Bescheid wissen, jubeln über die wiedergefundene Brille und lästern über Viviana.

Pina, von mir überredet, läßt Viviana am Mittagessen teilnehmen.

Es gibt einen unvorhergesehenen Zwischenfall: Eine junge Frau, die in der Putzkooperative arbeitet, schreit und versucht, sich zu entblößen. Anna und Marisa führen sie ins Krankenzimmer.

Später erzählt Marisa mir von einigen Klientinnen des Zentrums, die weggegangen sind: Allegras Aufenthaltserlaubnis war abgelaufen, und sie mußte nach Hause, nach Kroatien, zurück. Marja arbeitet jetzt in Udine bei derselben Kooperative, die sie in Mestre für Putzarbeiten auf einem Schiff eingestellt hatte. So ist sie ihrem Kind näher, das dort in einer Pflegefamilie lebt. »Sieh nur«, fügt Marisa hinzu, »was für einen Zettel Allegra mir vor ihrer Abreise hinterlassen hat: ›Mein Name ist Alba Parietti, auch sie zog mit dem Koffer durch die Lokale und trat dort auf,

wie ich. Aber sie war schlauer. Die Polizei hat recht, ich gehe! Gott segne sie! Aber wenn ich zurückkomme, sollen sie wenigstens den Mut haben, mir nach unserem kroatischen Gesetz den Prozeß zu machen. Damit ich mit meinen Kindern leben kann!‹«
Vor der Nachmittagssitzung suche ich Zuflucht in der Bibliothek, wo ich Milena antreffe, die ich von ihren Texten für die Zeitung kenne, der ich aber bei meinem Aufenthalt im Juni nicht begegnet bin. Sie ist freundlich und höflich. Sie unterrichtet in Abendkursen.
Selbstmorde von jungen Leuten beunruhigen sie, vor allem der eines Schülers aus ihrer Schule. Während wir uns unterhalten, höre ich Weinen und Klagen aus dem Schlafzimmer. Ich erkenne Graziellas Stimme. Ich gehe zu ihr. Sie jammert: »Ich habe Bauchweh!« (Später erfahre ich, daß ihr ein Abführmittel verabreicht wurde.) Ich ziehe ihr die Holzsandalen aus, helfe ihr, sich auf dem Bett auszustrecken, massiere ihr den Bauch, bis ich heftige Kontraktionen spüre. Sie redet irre: »Die Gesetzbücher … zwei … ein Strafgesetzbuch und ein bürgerliches Gesetzbuch … die Unschuldsvermutung … die Richter und Rechtsanwälte in schwarzer Toga mit gestärktem weißem Kragen … einer pro Seite …« Ich versuche, ihre juristische Obsession zu unterbrechen – worin sich das Milieu ihrer Familie widerspiegelt, in der die Männer zum größten Teil Rechtsanwälte oder Notare sind –, indem ich ihr vorschlage, *A Silvia* zu rezitieren. Sie fängt an und sagt das Gedicht bis zum Ende auf. Und es ist immer wieder, als spräche sie von sich selbst … Dann macht sie weiter mit *La cavalla storna*, wobei sie mit Tränen in den Augen die Verse betont: »Du brachtest die nach Hause, die nicht zurückkehren.« Ich halte ihre Tränen nicht mehr aus und

verlasse sie, während sie, ruhiger, mit Carduccis »Zypressen« weitermacht.

Milena hat inzwischen in den gesammelten Zeitungen des Vereins vier kurze Gedichte von sich gesucht und auch gefunden. Sie zeigt sie mir. Will, daß ich sie vorlese. »Ich kann nicht gut laut lesen«, wehre ich mich, »ein Freund sagte immer zu mir: ›Man merkt, daß du was von Dichtung verstehst, aber was Stimme und Körper angeht, bist du blockiert.‹« »Das macht nichts«, ermuntert mich Milena. »Ich bin doch gar keine richtige Dichterin, und wenn jemand meine Gedichte laut vorliest, habe ich das Gefühl, sie gehören mir mehr, als wenn ich sie selbst lese.« Also beginne ich:

Der Zauber
konnte
die Zeit
anhalten,
mir zurückgegeben,
entzogen
der finsteren Mahlzeit
der Tage.

Ein langes
intensives
Wochenende;
seit Jahren
gab es das nicht:
Sich schüchtern fühlen
am Anfang,
am Ende vollkommen.

Es waren die Tage
der Rosen:
Sie spielten
zwischen Dornen,
bis

nichts blieb außer den Sträuchern,
kahl,
mit Dornen,
spitz
wie Nägel.

Ich wende mich
immer
an die Nebel
im Verlangen
nach Stille.
Ich werfe mich
immer
aufs Gras
in Regungen
von Wärme.
In den gefürchteten
Armen
der Weite
bin ich
ein Fels.

Ich verabschiede mich von Milena, weil Giovanna hereingekommen ist. Sie hat einen Gesprächstermin mit ihr. Ich fühle mich erschöpft und suche in der Mansarde Zuflucht. Aber da ist es zu heiß, und außerdem will Maria Lourdes, die gerade etwas zeichnet, unbedingt mit mir reden.

Also gehe ich ins Shiatsu-Zimmer hinunter. Und höre, ohne die Kraft zu finden, mich von der Matratze zu erheben, Graziellas Schreie aus dem großen Saal: »Verbrecher! … Mörder! …«

Um 16 Uhr findet im großen Saal der Fortbildungskurs statt, besser besucht als gewöhnlich.

Barbara liest, nachdem sie die Fotokopien verteilt hat, Teile eines Textes über die Figur des Narren im Tarot, in der jüdischen und der buddhistischen Überlieferung vor: »Eine der vielen Arten, auf die man die Großen Arkana-Karten auslegen kann, um die Zusammenhänge zu erfassen und ein Gefühl für die Analogien zu entwickeln, ist, drei gestaffelte Reihen zu je sieben Karten von I bis XXI aufzudecken und die Karte des Narren beiseite zu lassen, die die fundamentale Karte ist, Anfang und Ende des Spiels. Als einzige von den Großen Arkana-Karten findet man sie noch bei den normalen Spielkarten, wo sie ›Joker‹ heißt, die Karte, die man anstelle jeder anderen benutzen kann. Und der Narr verkörpert die Wahrheit jeder Karte: Er ist Vorführer, Regisseur, Bühnenbildner, Bildschirm und Zuschauer und äußert sich in allen Karten. Er ist Anfang und Ende, Alpha und Omega, er ist der ›Salzmann‹ aus der buddhistischen Überlieferung, der sehen wollte, woraus der Ozean besteht: Er tauchte in den Ozean ein und kam nicht mehr heraus. So auch der Narr. Er erscheint am Anfang des Spiels, löst sich in jeder Karte auf, um am Ende erneut als der Narr wieder zu erscheinen.

Es gibt aber auch noch eine andere Deutung für den Wahnsinn des Narren, der in den herkömmlichen Kartenspielen häßlich dargestellt ist, mit einem Hund oder einer Katze oder einem Luchs, der ihm die Strümpfe zerreißt und den Hintern entblößt. Darin zeigt der Narr offen seine erhabene Doppeldeutigkeit als Verrückter und Erleuchteter: ›Der Verrückte ist weise, der Weise ist verrückt.‹ Am Anfang des Spiels ist der Narr das unbewußte Bewußtsein – sich seines Bewußtseins nicht bewußt; am Ende ist er bewußte Unbewußtheit. Der Narr steht am Abgrund: Einen Fuß erhoben, schwebt er über der Leere und ist sich dessen nicht bewußt. Überglücklich betrachtet er die Sterne. Sein Kopf muß voller Träume sein.

Der Narr ist auch der mystische Baul (und *baul* bedeutet in Sanskrit ›Narr‹). Die Baul haben nichts. Keine Schrift, keine Kirche, keinen Tempel, keine Moschee, gar nichts. Ein Baul ist einer, der immer unterwegs ist. Er hat kein Zuhause, keine Wohnung. Gott ist seine einzige Zuflucht, der Himmel sein Schutz ... Ein Narr ist jemand, der immer weiter Vertrauen hat: Ein Narr vertraut den Menschen weiterhin, trotz all seiner Erfahrungen. Du täuschst ihn, und er schenkt dir sein Vertrauen; du täuschst ihn noch einmal, und wieder vertraut er dir; erneut täuschst du ihn, und er vertraut dir immer noch. An diesem Punkt wirst du sagen, daß er ein Narr ist ... Sein Vertrauen ist unglaublich: Sein Vertrauen ist so rein, daß niemand es untergraben kann.«

Assunta fordert Graziella, die immer noch über Bauchweh klagt, auf, noch einmal den ganzen Text vorzulesen. Sie liest zu schnell, wie es Grundschulkinder häufig tun, ohne Komma, ohne Punkt. Assunta ermahnt sie, langsamer zu machen und die erforderlichen Pausen einzulegen.

Graziella liest weiter. Bei dem Wort »Aleph« kommentiert sie: »Das ist das Alpha des griechischen Alphabets«; bei »Luchs«: »Wie der Pardel in der *Göttlichen Komödie*«; bei »Symbol«: »Wie die Rose, wie die Fackel, wie das Symbol der politischen Parteien«; bei »Erdbeere«: »Sorte Glücksbringer«; bei »Buddha« dagegen hält sie eine lange, wirre Rede im Ton einer Lehrerin; bei »Fundament«: »Die Stützen des Gehirns ... Wir müssen Stützen im Hirn haben, genau wie die Häuser Stützpfeiler haben«; bei »Schöpfer«: »Der Schöpfer ist Gott, die Schöpfung ist unser Ursprung ... Adam, Eva, Äolus, Gott der Winde, Apollo« – ein kurzes Zögern – »Gott der Liebe«.

Einige Frauen mischen sich ein und korrigieren sie:

Apollo sei nicht der Gott der Liebe, sondern der Dichtung und der Schönheit.
Giovanna kommt und flüstert Assunta zu, daß eben ein junges Mädchen eingetroffen sei, offenbar Neapolitanerin, und daß man sie sofort ins San Giovanni bringen müsse – Assunta ist einverstanden.
Graziella ist des Lesens müde, aber Assunta besteht darauf, daß sie fortfährt, und nach einigem Widerstand liest sie schließlich flüssig weiter.
Adele beteiligt sich lebhafter als im Juni, doch ihr Blick ist noch erloschen hinter der Brille. Sie macht mir ein Zeichen, daß sie mit mir sprechen möchte. In der Teepause erzählt sie: »Ich fühle jetzt das Bedürfnis, mich wieder mehr mit dem Ewigen zu verbinden … Ja, mit Gott. Ich denke, daß alles von ihm vorherbestimmt ist, da möchte ich wieder anknüpfen … Hilfe bekommen, um ihn zu lieben … Mir bleibt nichts mehr, nach so viel Leiden.« Adele hat schöne, nachdenkliche Augen, graublau, wie verschleiert … Es wirkt, als käme ihre Stimme von einem sehr fernen Ort: »Wenn es einem schlechtgeht, geht es einem schlecht … In manchen Phasen habe ich mich auch besser gefühlt … Früher habe ich am Computer gearbeitet … ich hatte einen Lebensgefährten, der mich ermunterte, jetzt ist er weg … Früher besuchte ich auch Kurse, jetzt merke ich, daß ich wirklich schlecht dran bin … Ich stehe früh auf, gegen sieben, aber es sind keine schönen Tage … Ich pflege mich nicht besonders, noch weniger als früher … Ich wohne nah am Zentrum, in der Straße hier um die Ecke, räume notdürftig die Wohnung auf, ich habe ein Chaos in mir und um mich herum; ich lebe allein … Meine Mutter ist aus Istrien geflohen, während der Abwanderung nach dem Krieg, und ich bin zufälligerweise

hier geboren, 1951 … Ich habe eine Schwester, die auch in Triest lebt, sie ist 53; wir treffen uns ab und zu, aber nicht oft … Meinen Vater habe ich nie gekannt … Ich weiß, daß er in Amerika lebt, aber mit meiner Mutter wollte ich nie darüber sprechen, damit sie nicht leidet … Er stammt aus Istrien und ist dann nach Amerika gegangen.« Neben ihrer Handtasche hat sie *Die Verwandlung* von Kafka liegen. »Gefällt dir das Buch?« frage ich. »Kafka hatte alles begriffen … aber zur Zeit macht mir das Lesen Mühe … dabei lese ich es ja nicht zum erstenmal … Vielleicht, weil ich mich zu sehr darauf konzentriere, beten zu lernen.«

Der Kurs geht weiter.

Gisella unterbricht ab und zu das Putzen, um in den Saal zu spähen. Wie vorgestern trägt sie Schwarz, Hose und T-Shirt, enganliegend, und hat geranienrot angemalte Lippen und Fingernägel.

Assunta bemerkt zu einem Satz des Textes, den Graziella gelesen hat: »Der Narr ist wie das Kind auf dem Fensterbrett, das nicht weiß, daß es hinunterfallen kann … wie bei der sogenannten Intuition im Delirium, wenn man vor nichts Angst hat … Ich habe große Angst vor Gewalt, aber in meinen 30 Arbeitsjahren habe ich selten vor jemandem Angst gehabt, der im Delirium war … in solchen Momenten muß man sich der Person physisch und emotional nähern … nicht auf rationale Weise … Wenn du Angst hast, teilt sich das mit … und erst dann wird der, der im Delirium ist, aggressiv … Jede Urerfahrung ist ekstatisch … Wenn du zum Beispiel sagst: ›Ich sehe einen fliegenden Esel‹, dann siehst du ihn ja wirklich, und es ist zwecklos – und auch schädlich –, wenn dir in dem Moment jemand erwidert: ›Esel fliegen nicht.‹«

Barbara nennt die beiden Figuren, die die Frauen am meisten beeindruckt haben: der »Salzmann« und der »Mann, der allem vertraut«.

1. STIMME: Salz, Würze, Wissen …
2. STIMME: Aber der Salzmann löst sich im Ozean auf … man darf nicht zu wissend sein.
3. STIMME: Aber sich im Ozean aufzulösen bedeutet nicht, daß du verschwindest, es bedeutet, daß du mit allem in Verbindung bist.
1. STIMME: Auf der Flucht aus Sodom und Gomorrha werden die Leute zur Salzsäule, wenn sie sich umdrehen.
4. STIMME: Das bedeutet also, daß der Mensch zu Salz wird, wenn er sich zum Bösen wendet.
5. STIMME: Hatten wir denn nicht gesagt, daß zu viel Salz für Starre der Vernunft steht?
6. STIMME: Warum sollten Sodom und Gomorrha eigentlich das Böse sein?
1. STIMME: Die Lesbierinnen sind nicht das Böse … und die Homosexuellen auch nicht.

Unterdessen schreibt eine Frau den Text über den Narren fleißig von der Kopie ab. Mit einem Scherz über die Arbeit der Schreibgehilfen versucht Barbara, sie davon abzubringen, und fügt hinzu: »Und wenn schon, dann bitte in schöner Kalligraphie!« Graziella mischt sich ein: »Man sagt nicht ›schöne Kalligraphie‹, weil griechisch *kalòs* schon ›schön‹ bedeutet.«
Italia schreit Assunta an: »Wann holst du mich aus dem San Giovanni raus?« Assunta: »Wenn du brav bist …«
Fulvia interessiert der Salzmann nicht sonderlich: »Der Narr ist wirklich wie die Verliebten, er vertraut dem anderen immer wieder.«

7. STIMME: Als es mir schlechtging, hatte ich eine Phase, da habe ich allen vertraut … Sag mal, Assunta, war ich da verrückt?

Wir lachen alle.
Barbara schlägt vor, einen Satz aus den Texten auszuwählen, eine Geschichte oder persönliche Erfahrung damit zu verknüpfen und probeweise zu Papier zu bringen. Viele Frauen schreiben, andere scheinen nachzudenken oder ins Leere zu starren, wieder andere führen Selbstgespräche oder unterhalten sich. Doch insgesamt sind etwa eine halbe Stunde lang alle sehr gesammelt.
Dann fordert Barbara jede einzelne auf, ihren Text vorzulesen.
Graziella liest eine lange, wirre Abhandlung vor, die mit der Frage endet: »Wer weiß, ob Introspektion der Kranken guttut, wer weiß, ob es der Kranken guttut, zum Arzt zu gehen? … Jeder hat seine eigene Wissenschaft.«
Gisella, die sich zu uns gesetzt hat, als sie mit dem Putzen fertig war, liest ihren ebenfalls langen und wirren Text vor, mit lauter, schriller Stimme und sehr hastig. Als Barbara ihr bedeutet, sie lese zu schnell, verlangsamt sie das Tempo und endet so: »Auch der Narr flucht, aber jeder Fluch ist ein Gebet … Der Narr spielt mit verdeckten Karten, denn wenn er sie aufdeckt, wird er nicht verstanden.«
Eine Frau um die 50, die neben mir sitzt, sagt schüchtern und voller Schmerz: »Ich habe das unbewußte Bewußtsein am eigenen Leib erfahren … Wenn das Bewußtsein bewußt ist, geht es mir schlecht …« Dann schaut sie sich zögernd um und fügt hinzu: »Entschuldigt …«
Einen Augenblick herrscht Verwirrung im Saal. Einige

Frauen erwidern: »Und wofür willst du dich entschuldigen?«

ADELE: In Triest sagt man: »Reisen wie ein Baul«, das heißt, ohne sich für irgend etwas zu interessieren.

Ich melde mich zur Etymologie des Wortes *baul* oder *baule* (ital. für »Koffer«, »Truhe«): Das Wort kommt aus dem Spanischen, die Wurzel ist ungewiß, arabisch oder hebräisch, und es hängt immer mit der Leere zusammen, mit einem leeren Behälter.
Barbara schneidet ein neues Thema an: Welches Geschlecht hat der Narr? Aber einige Frauen halten sich lieber bei einem Merkmal auf, das schon herausgearbeitet wurde: daß der Narr keine Furcht kennt.

EINE STIMME: Ich fürchte mich oft vor nichts, wie der Narr aus dem Tarot. Aber warum habe ich manchmal doch Angst und fürchte mich?

Assunta drängt Graziella, die wieder zu weinen und über Bauchweh zu klagen begonnen hat, sie solle erklären, was Angst ist.

GRAZIELLA: Es ist, wie wenn du mit einem Pantoffel hier und mit dem anderen da bist.

Einige Frauen verbessern sie: wie wenn du zwei verschiedene Schuhe anhast.

GRAZIELLA: Wenn's einem schlechtgeht, hat man keine Lust, Schuhe anzuziehen, da bleibt man in Pantoffeln …

Angst … Angst ist, wenn du mit dem Kopf in den Wolken bist.

EINE ANDERE STIMME: Eher unter Wasser.

ORNELLA: Der Arzt hat mich nicht verstanden … Wahnsinn hat kein Geschlecht, weil … weil …

ASSUNTA: Weil Sexualität Wahnsinn ist.

Assunta hat in entschiedenem Tonfall gesprochen; dann reißt sie die Augen auf, als sei sie selbst erstaunt über das, was sie gesagt hat. Es folgt ein Augenblick verlegenen Schweigens, dann lachen einige, andere fragen: »Was meinst du damit?« »Sex haben?« »Weibliche Sexualität?« »Den Orgasmus?«

ASSUNTA: Ich meine die Leidenschaft, die die Körper erfaßt … die Lust … das Außer-sich-Sein … Jemand, dessen Namen ich nicht nenne, hat zu mir gesagt: »Wenn ich nach Sizilien fahre, bin ich ganz Sex und will einen Mann.«

EINE DER STIMMEN VON VORHER: Wenn man also keinen Sex hat …

ASSUNTA: Das ist der wirkliche Wahnsinn … Ich hab's erlebt …

MEHRERE STIMMEN AUF EINMAL: Oh, erzähl, erzähl!

ASSUNTA *(scherzhaft)*: Geht heim zum Lernen!

BARBARA: Jetzt sind wir vom Wahnsinn des Narren über das Geschlecht des Narren beim Wahnsinn der Sexualität gelandet.

WIEDER EINE STIMME *(zu Assunta)*: Dottoressa!

ASSUNTA: Wenn mich eine von euch Dottoressa nennt, während ich am Kurs teilnehme, dann gehe ich!

DIESELBE STIMME: Assunta, also ist es wahr? … Wo es

keine sexuelle Repression gibt, gibt es keinen Wahnsinn … ich habe es am eigenen Leib erfahren …

Die Frauen diskutieren lebhaft, kommen von den afrikanischen Stämmen auf die Völker der Antillen, bis sie, ich weiß nicht mehr, wie, bei der Pädophilie ankommen.

ASSUNTA: Das heißt, vom Griechischen her, »Liebe zu Kindern« … Sogar dieses Wort haben wir in den Schmutz gezogen!
EINE STIMME: Ja … aber …

Das Gespräch bröckelt ab. Wird wieder sprunghaft: der Trieb … die Tiere … die Tiere kennen die Grenze … die Menschen dagegen nicht … hat ein Tier seine Beute erlegt und sich gesättigt, tötet es keine weiteren Tiere … während der Mensch nicht satt wird vom Menschen … siehe die Kriege …

ASSUNTA: Reden wir lieber von Sex als von Krieg.
ORNELLA: Wißt ihr, warum ich nicht gern von Sex rede? Weil ich mit 20 in eine Schachtel eingesperrt war. Ich war im Heim, im Cottolengo in Padua. Auf der einen Seite die Jungen, auf der anderen die Mädchen … wehe, man hat sich auch nur angeschaut! … Dann bin ich Hilfskraft im Heim geworden und mußte den Männern den Hintern abputzen, die Kacke wegbringen … die Männer ekelten mich an … Daß ich eine Frau bin, habe ich erst gemerkt, als ich begriffen habe, daß ich mehr arbeiten mußte als die Männer und schlechter bezahlt wurde … Als Mädel durfte ich die Körper der Männer nicht streicheln, als Frau mußte ich sie saubermachen.

STIMMEN *(beinahe im Chor)*: Man durfte die Körper nicht streicheln, man mußte sie bedienen.

Barbara fordert die Teilnehmerinnen auf, volkstümliche Ausdrücke oder Sprichwörter zu sammeln, die mit dem »Narren«, mit Wahnsinn und Verrücktheit zu tun haben. Es bilden sich kleine Gruppen, die lebhaft diskutieren, Notizen machen, lachen. Dann geben alle die Resultate an Barbara weiter, die Mara um Hilfe bittet, weil sie einige süditalienische Ausdrücke nicht ganz versteht. Caterina und Mara lesen die Sätze zur allgemeinen Belustigung abwechselnd laut vor: »*Persa come l'Austria* – untergegangen wie die k&k-Monarchie ... *Tene 'a capa pe' sparti' 'e recchie* – Kraut und Rüben im Kopf haben ... *Se no s'e mati, no li volemo* – Wir nehmen hier nur Verrückte ... *Dare i numeri* – nicht alle Tassen im Schrank haben ... *Sbaria'* – Spinner ... *Sballato* – Ausgeflippter ... *Tempo, paroni e mati no se ghe comanda* – Zeit, Bosse und Verrückte lassen sich nicht herumkommandieren ... *Ghe s'e sarta' coverci* – Bei dem sind die Sicherungen durchgebrannt ... *Scemo 'e guerra* – Kriegstrottel ... *Amore folle* – *amour fou* ... *Non hai sale in zucca* – keinen Grips im Kopf haben ... *'O pazzariello* – das Närrchen ... *Cu li fimmini e cu lu vino o nesci pazzu o teni l'occhiu finu* – Weiber und Wein treiben einen zum Wahnsinn, wenn man nicht sehr gewieft ist ... *Mato come un caval* – Dem sind die Pferde durchgegangen ... *Andar a contar sassetti a San Giovanni* – zum Steinchenzählen ins San Giovanni kommen ... *Scacco matto* – Schachmatt ... *Lo amo da impazzire* – Ich liebe ihn wie verrückt ...«

Heute abend ist niemand zu Hause, und ich ziehe der Gesellschaft meines *Louis Lambert* einen Film von Truffaut vor. Als erstes fällt mir *Die Frau nebenan* in die Hände. Ich habe ihn noch nie gesehen. Aber als ich die Beschreibung gelesen habe, lege ich ihn weg. Nach all dem Reden über Sex und *amour fou* habe ich kein Bedürfnis, mich mit einer Liebestragödie auseinanderzusetzen. Daher wähle ich *Ein schönes Mädchen wie ich*.

Der Film nimmt, in Form einer Farce, das Thema aus *Die Braut trug Schwarz* wieder auf. Diesmal wird die Hauptfigur, Camille Bliss (Juliette Laffont), nicht von einer Obsession getrieben, sondern von der Notwendigkeit, sich im Leben gegen eine Welt zu behaupten, die ihr von Anfang an alles genommen und sie zur Beobachtung in ein Heim für minderjährige Straftäter gesteckt hat. Sie ist die weibliche Ausgabe von Antoine Doinel, dem Protagonisten aus *Sie küßten und sie schlugen ihn* – und von Truffaut selbst. Wie Antoine flüchtet auch Camille aus dem Heim. Vorurteilslos, barsch, ungezogen trickst sie alle Männer aus, die ihr auf ihrem Weg begegnen, und führt sie in den Tod oder ins Verderben – auch hier sind es fünf, und alle bemänteln ihr sexuelles Interesse an dem Mädchen mit verschiedenen Formen scheinheiliger Großmut. Am sentimentalsten von den fünf männlichen Figuren ist der Soziologe, der sie im Gefängnis interviewt, wo sie unter Mordverdacht eingesperrt ist. Er will das weibliche kriminelle Denken kennenlernen und erforschen, aber er verliebt sich in sie, und nachdem er sie aus dem Gefängnis herausgeholt hat, endet er, ihretwegen, selbst im Knast, vielleicht sogar auf Lebenszeit. Truffaut entlehnt aus dem Märchen das Spiel mit Zahlen – fünf die Männer von Julie, fünf die von Camille. Doch Truffauts moderne Scheherezaden begnügen sich nicht mehr damit, durch den Zauber der Erzählung die Gunst des Mannes zu erlangen, sie wollen ihn benutzen und außer Gefecht setzen, um selbst zur Königin des eigenen Lebens zu werden. Und wenn die Männer so töricht und ungeschickt sind, sollen mir die ketzerischen »Gottesanbeterinnen« nur recht sein. Die ketzerischste von allen ist Camille Bliss, deren Lied *Ich bin die Banjospielerin* den ganzen Film begleitet, spöttisch, schrill und grausam. Wie alle Märchen sind auch die von Truffaut unschuldig und grausam.

Verschiedene »Cameos« von Kindern kommen in dem Film vor: Camille selbst, die als Siebenjährige scheinbar ahnungslos die Leiter zum Dachboden wegnimmt, während ihr Vater (ein Vater, der sie mißhandelt und sie und ihr Lieblingsspielzeug, das Banjo, mit Fußtritten traktiert) oben ist, so daß er herunterfällt und stirbt; der Kleine, der vom Geschrei des moralistischen Kammerjägers erschreckt wird; die Gassenjungen, die mit tückischer Gewalt den Rollstuhl von Camilles Ehemann schieben; vor allem der kleine, altkluge Videofan Michou (er wirklich ein Truffaut *en miniature*), der sich weigert, seinen Film zu zeigen, weil er noch unvollendet ist ... Für die Kinder bei Truffaut ist die Welt der Erwachsenen ebenso wie für seine Camille Bliss nicht nur unverständlich, gewalttätig, stumpfsinnig und feige, sondern auch eine Welt, in der man sich straflos alles herausnehmen kann. Und wie David den Goliath besiegen sie diese tönernen Riesen mit hartnäckiger Tapferkeit, unerschrockener Entschlossenheit, mit schrägen und zwielichtigen, aber nie unlauteren Mitteln, die sie als die einzig brauchbaren erkannt haben.

Freitag, 4. September

Hier in Gesellschaft der Elenden fühle ich
meinen Gedanken reiner werden,
wo der Weg am schändlichsten ist.
Umberto Saba

Heute geht es sehr lebhaft zu, denn am frühen Nachmittag ist Pia Covre aus Pordenone eingetroffen: Sie gehört zu den Gründerinnen der Bewegung für die Rechte der Prostituierten.

Pia ist eine Signora mittleren Alters, trägt ihre weißen Haare im Pagenschnitt, dazu eine blauseidene Bluse, die ihre schönen weißen Arme frei läßt, und einen gestreiften Rock, dessen Schnitt von Fulvia sehr gelobt wird. »Ich habe ihn in Paris gekauft«, sagt Pia. An ihrem Finger steckt ein großer Aquamarin, sie ist nicht geschminkt, nur ihre Nägel sind dunkelblau lackiert. Sie bewegt ihre Hände klug und gewandt, und ihre Gesten, die nichts Geziertes haben, erinnern an die Anmut und Erfahrung von Tänzerinnen – Fähigkeiten, die mit harter Disziplin und langen körperlichen und geistigen Konzentrationsübungen erworben wurden. Mehr als die Eleganz ihres Äußeren und ihrer Verhaltensweisen beeindruckt mich jedoch, daß etwas Keusches, Asketisches von ihr ausgeht, als strahlte dieser Körper, der die wahre Kasteiung des Fleisches ken-

nengelernt hat, eine alchimistische Quintessenz aus. Drei Themen sollen auf dem Treffen besprochen werden:
1) Pias Teilnahme an der Triestiner Tagung zum 20. Jahrestag des Gesetzes 180, um auch an dieser Stelle das Problem der Prostitution einzubringen, denn es stellt sich auch in den Zentren für mentale Gesundheit immer dringlicher, seit so viele Prostituierte aus dem Osten kommen und Mafia und Menschenhandel sich immer mehr ausbreiten;
2) eine bessere Koordination der Initiativen des Zentrums in der Via Gambini und der laizistischen und kirchlichen Vereine zur Unterstützung eingewanderter Prostituierter, die von der Straße wegwollen; Ziel ist, die Anzahl der Frauenhäuser zu erhöhen und die Qualität der angebotenen Betreuung zu verbessern;
3) der Vorschlag an das Frauenzentrum, durch Beteiligung an der Unterschriftensammlung, die von der Nationalen Koordinierungskonferenz über Prostitution und Menschenhandel initiiert wird, für eine Änderung von Art. 16 des Einwanderungsgesetzes einzutreten, wonach Opfern von Gewalt und Ausbeutung nicht nur unter der Bedingung, daß die Opfer die Verantwortlichen anzeigen, sondern aus Gründen des sozialen Schutzes eine Erleichterung bei der Ausstellung einer Aufenthaltsgenehmigung gewährt wird, und die an die Minister des Inneren, für Chancengleichheit und für soziale Solidarität geschickt werden soll.

Als Alba den Raum betritt, eine alte Frau, deren Gesicht von 30 Jahren Irrenanstalt gezeichnet ist, faltig und dunkel wie das einer uralten letzten Mohikanerin, grüßt Pia sie mit einem demütigen Lächeln und winkt ihr freundlich zu.

Die Sitzung ist kurz: Pia muß noch nach Udine zu einem anderen Treffen.
Nach einem bewundernden Schweigen kommentieren die Frauen diese Erscheinung: »Wie elegant sie ist!« »Und wir haben's immer umsonst gemacht!« »Und ich habe das ganze Leben lang acht Stunden pro Tag gearbeitet und immer so wenig verdient!« »Und Bürgermeister Illy macht nachts mit Polizisten Jagd auf die Nutten!«
In der Bibliothek begegne ich Franca, die zur Zeit fast nie ins Zentrum kommt. Ich frage sie, warum sie nicht an der Sitzung teilgenommen hat. Mit ihrer zärtlichen, spitzbübischen Miene antwortet sie: »Ich hab den Kopf in den Wolken ... Von den Greueln der Welt will ich nichts wissen ... Ich bin nur gekommen, um kurz hallo zu sagen.«
Giovanna möchte, daß ich mit einer jungen Frau spreche, die in diesem Augenblick nicht im Zentrum ist: Vor einigen Monaten fühlte sie sich vom Dämon besessen und hat sich an den offiziellen Exorzisten der katholischen Kirche in Triest gewandt. Sie erzählt mir, daß die Betreuerinnen auch mit dem Exorzisten zusammengearbeitet haben, weil das Mädchen es verlangte.
Ich bewundere diese Art, Probleme anzugehen: ohne Vorurteile, mit dem Willen, Lösungen zu finden und dabei jedes Mittel einzubeziehen, das sich als nützlich erweisen kann, auch ein ganz unorthodoxes. Der unbefangene Gang zum Exorzisten erinnert mich an die Geschichte einer Somalierin, die ich im Juni eben bei Giovanna zu Hause kennengelernt habe. Sie arbeitet für eine Hilfsorganisation in einem Dorf, das nach dem Fall von Siad Barre vom Bürgerkrieg verwüstet wurde, und ist in einer ärztlichen Beratungsstelle tätig. Dorthin kommen viele Familien, um ihre kleinen Mädchen beschneiden zu lassen. »Zu

Siad Barres Zeiten«, erzählte sie mir, »wurde der Eingriff häufig im Krankenhaus mit Vollnarkose vorgenommen, was in gewisser Hinsicht schlimmer war, weil die Mädchen dann nicht schrien und noch ärgere Amputationen erlitten … Die Anarchie, die in unserem Dorf auf den Krieg folgte, hat uns begünstigt … Man spürte die Autorität der Männer weniger, denn sie waren zum Teil tot oder vermißt und vor allem von der Niederlage gedemütigt … Es ist uns Betreuerinnen gelungen, eine engere Beziehung zu vielen Frauen herzustellen, besonders zu den jungen Müttern, und wir haben sie von der Barbarei der Beschneidung überzeugt, die übrigens vom Koran nicht vorgeschrieben ist … Aber ein großes Hindernis blieb: der Aberglaube, die Angst vor der öffentlichen Meinung, die Befürchtung, alle gegen sich zu haben, wenn man die Tradition nicht achtet … Ein nicht beschnittenes Mädchen gilt bei uns als Hure! … Also haben wir, im Einverständnis mit diesen aufgeschlosseneren Frauen, entschieden, das Hindernis zu umgehen … kurz, die öffentliche Meinung zu täuschen. Die Familie brachte die Kleine zu uns … unter dem Vorwand der Operation unter Narkose schickten wir alle aus dem Behandlungszimmer und ließen nur die Mutter mit ihrem Kind herein … und dann … dann machten wir einfach gar nichts! … Anschließend zeigten wir der Kleinen ein rotbeflecktes Tuch, damit sie ein bißchen erschrak und glaubte, es wäre ihr wer weiß was angetan worden … wir verbanden ihr die Stelle mit jodbeflecktem Verbandsmull, der mit viel Desinfektionsmittel getränkt war … und Schluß!«

Regina, die ausdauernde Leserin der ganzen *Thibaults*-Saga von Roger Martin du Gard, die zu beenden mir dagegen nie gelungen ist, hält mich im Flur an: »Ich möchte dir eine Erzählung von mir geben ... teilweise ein Selbstbildnis ... du hast gesagt, du wolltest mich besser kennenlernen ... aber hier kann man sich ja vor lauter Sitzungen und Durcheinander nie unterhalten, und morgen möchte ich für ein paar Tage zu meiner Tochter aufs Land fahren ... Hier«, damit drückt sie mir einige Blätter in die Hand und entschwindet mit einer Freundin.

Ich werfe einen flüchtigen Blick auf die Geschichte:

> Ich bin eine Frau wie alle anderen, ein bißchen eigenwillig. Früher war ich die Frau eines Prominenten, jetzt lebe ich mit einem Straßenfeger zusammen. Ich bin eine Straßenfegerin, weil ich einen Straßenfeger liebe. Ich fege die Straßen meiner Stadt und bin glücklich. Ich lebe mit meinem Mann und einem wunderschönen Hund. Ich bin auch über meinen Beruf glücklich, weil es eine andere Welt für mich ist. Nun hat sich mein Leben verändert, und ich habe die Liebe gefunden.

Sieh an, sage ich mir, ein umgekehrtes Aschenputtel!

Als nächstes kommt Sabina auf mich zu. Sie ist auf dem Weg in eine betreute Wohngemeinschaft, in der zur Zeit Melania, Ada, Albina und Italia leben – letztere ist im Augenblick allerdings wegen ihrer Aufsässigkeit und Launen im San Giovanni. Sabina lädt mich ein, sie zu begleiten.

Vor ihrem Besuch bei den Frauen muß sie aber Giustina, einer Alten, die allein in einer kleinen Sozialwohnung lebt, noch Brot vorbeibringen.

Im Auto erzählt Sabina mir von ihr: Eine Siebzigjährige mit Pep, die viele Jahre lang in der alten Psychiatrie behandelt wurde. Von Kindheit an hat sie als Dienstmädchen in privaten Haushalten gearbeitet, und jetzt ist sie in Rente. Geheiratet hat sie nie. Früher wurde sie von zwei alten Pflegerinnen betreut, heute akzeptiert sie die jungen Kräfte nicht und will weder ihren kaputten Rücken behandeln lassen noch Serenase, ihr Medikament, nehmen, deshalb deliriert sie.

Wir klopfen an die Tür, Giustina will nicht öffnen und sagt, sie habe Angst vor der Nachbarin, der »Diebin«. Sabina spricht in triestinischem Dialekt mit ihr und kann sie schließlich überreden, uns einzulassen. Lange putzt Giustina mit dem Schürzensaum die Klinke und die Sicherheitskette an der Tür, bevor sie sie wieder schließt.

Die Wohnung besteht aus zwei Zimmern. Der Raum, in dem sie uns empfängt, ist hell, aber heruntergekommen. Ein alter Kühlschrank steht darin, ein Gaskocher, ein Tisch, zwei Stühle; an den Wänden von verblaßtem Gelb ein kleines Bild mit zwei Pferden, die an einem See trinken, und zwei holzgeschnitzte Vögelchen, die aus einem Schälchen trinken; auf dem Fußboden mehrere Eimer und Töpfe voll Wasser.

Sabina legt das Brot auf den Tisch. Die Alte mit dem krummen Rücken hüpft durchs ganze Zimmer und sagt dabei: »Danke für das Brot … danke …«, und dann: »Wieso öffnen Sie meinen Kühlschrank? … Sie sind indiskret … Nein, das Huhn, das Sie mir gestern mitgebracht haben, will ich nicht essen … behalten Sie es … und ich rate Ihnen, nehmen Sie es so mit, gut in Zeitungspapier verpackt … Warum fragen Sie mich nach den Sachen da drin? … es sind Lebensmittel, eingepackt in Zeitungspapier … Bringen Sie mir viele alte Zeitungen mit, wenn Sie wiederkommen … ich brauche sie, um die Sachen einzuwickeln …« Sabina füllt ein Glas mit Wasser, gibt Serenase-Tropfen dazu und fordert Giustina auf zu trinken. »Nein, die Tropfen trink ich nicht … Meine beiden Vögelchen, die trinken … aber nicht Ihre Tropfen …«, und zu mir gewandt: »Sehen Sie die schönen Pferde? …

Die trinken Wasser aus dem See ... nur Quellwasser ... es ist gereinigt ... wie das in den Eimern ... das sagte der gnädige Herr immer ... das Wasser muß man reinigen.«
Ich bemerke auf dem Tisch zwei alte Hochglanz-Zeitschriften und frage Giustina, ob sie liest. Freundlich erwidert sie: »Lesen kann ich ... aber ich bin nie zur Schule gegangen. Ich habe immer den *Reader's Digest* der Herrschaften gelesen ... Das Pferdebild hat mir die gnädige Frau geschenkt ... Von den Herrschaften habe ich auch gelernt, auf französisch bis zehn zu zählen ...*un, deux, trois, quatre, cinq, six, sept* ...«
Sabina versucht es noch einmal mit den Tropfen, aber es ist nichts zu machen, Giustina will nur, daß sie ihr am nächsten Tag alte Zeitungen und Brot vorbeibringt.
Die gleichen Rituale wie vorher begleiten das Öffnen der Tür, als wir uns verabschieden.
Wieder im Auto, frage ich mich: »Wo habe ich nur schon so ein Zimmer gesehen?«, und grüble eine Weile, bis ausgerechnet Giustinas Zählen auf französisch mein Gedächtnis auffrischt: »Es ist kein Zimmer, das ich gesehen habe, sondern eines, von dem ich gelesen habe! Nämlich das des Dienstmädchens Félicité in Flauberts Novelle *Ein schlichtes Herz*!«

> Dieser Ort, zu dem sie wenigen Menschen Zutritt gewährte, glich sowohl einer Kapelle als auch einem Basar, so viele religiöse Gegenstände und merkwürdige Dinge waren in ihm enthalten.
> Ein großer Schrank hinderte beim Öffnen der Tür. Dem Fenster gegenüber, das über dem Garten vorsprang, schaute ein Bullauge in den Hof hinab; ein Tisch neben dem schmalen Bett trug eine Wasserkanne, zwei Kämme und einen Würfel blauer Seife auf einem angeschlagenen Teller. An den Wänden sah man: Rosenkränze, Medaillen, mehrere Madonnen, ein Weihwasser-

> becken aus Kokosnuß; auf der Kommode, die wie ein Altar mit einem Tuch bedeckt war, den Muschelkasten, den Victor ihr geschenkt hatte; sodann eine Gießkanne, einen Ball, Schreibhefte, den Bilderatlas, ein Paar Stiefelchen, und am Nagel des Spiegels, an seinen Bändern aufgehängt, den kleinen Plüschhut! Félicité trieb diese Art Ehrfurcht gar so weit, daß sie einen der Gehröcke des gnädigen Herrn aufbewahrte. Allen alten Plunder, den Madame Aubain nicht mehr wollte, nahm sie sich für ihr Zimmer. So kam es, daß künstliche Blumen auf dem Rand der Kommode standen und das Bildnis des Grafen von Artois in der Nische der Dachluke.

Wie wahrhaftig Flaubert die demütige Einsamkeit und die kleinen Hände Félicités beschreibt! … Giustina wirkt, als sei sie eine seiner Feder entsprungene Figur.
Zurück im Zentrum, erzähle ich Assunta die Geschichte mit den französischen Zahlen, und sie sagt bitter und fröhlich zugleich: »Ja hättet ihr denn mit dem Serenase nicht auch *un, deux, trois* … machen und es ihr mit ein bißchen Zuckerwasser einflößen können?« Sabina erwidert lachend: »Die gnädige Giustina ist sehr schlau.« Und Assunta: »Geh morgen früh wieder hin, denn wenn sie so weitermacht, müssen wir sie zwangseinweisen … So geht es einfach nicht mehr, mit ihrem Rücken …«

Zu Hause, nach dem Abendessen, schlage ich den jungen Leuten vor, *Adele H.* von Truffaut anzusehen. »Wovon handelt der Film?« fragt Paolo mich. Ich deute ihm kurz die Geschichte an. »Nein, danke«, antwortet Nora entschieden. Und Paolo setzt hinzu: »Ist dir eigentlich klar, daß wir seit unserer Geburt zwischen Verrückten, Psychiatern, Antipsychiatern, Psychodiesem, Psychojenem, Psychoallem leben? Wir können nicht mehr! Wir brauchen Luft! Luft!« Damit geht er, unter lautem Schlüsselklap-

pern. Mit Nora schließe ich ein Abkommen: Heute abend und in den nächsten Tagen schaue ich mir bis neun einen Film an, danach gehört der Fernseher ihr; als Gegenleistung werde ich morgen Fleischküchlein machen.
Die Geschichte der Adele H. ist nicht nur – wie es der italienische Titel *Adele H. Una storia d'amore* vorgaukelt – bzw. eigentlich überhaupt keine Liebesgeschichte.
Im Original heißt der Film *L'histoire d'Adèle H.*, aber die italienische Übersetzung verzerrt mit diesem Zusatz – einem Köder für das Publikum, das immer für dümmer gehalten wird, als es ist – seine ganze Poesie und Wahrheit.
Adele (die jüngere Tochter von Victor Hugo) verläßt den berühmten Vater – für ihn zählte nur die ältere Tochter Léopoldine, die mit ihrem Mann in der Seine ertrank –, die Mutter und die Geschwister, die nach dem Putschversuch Napoleons III. auf die kleine englische Insel Guernsey geflüchtet waren, um einem Leutnant, der sie verführt hat, nach Amerika nachzureisen. In Wirklichkeit ist diese Flucht der Ausdruck ihrer Auflehnung gegen die Familie und ihres Kampfes für die Emanzipation. Und wie sehr der Liebhaber nur als Vorwand dient, zeigt sich den ganzen Film hindurch an seiner Beschränktheit und Charakterlosigkeit.
Die Tagebücher von Adele H. sind erst 1955 von einer amerikanischen Forscherin entdeckt und veröffentlicht worden. Darin heißt es unter anderem:

> Das Unglaublichste, was ein Mädchen tun kann, die heute kein anderes Brot hat außer den gelegentlichen Almosen ihres Vaters und die erst in vier Jahren über eigenes Geld wird verfügen können, dieses Unglaubliche, nämlich daß ein Mädchen übers Meer aus der Alten in die Neue Welt fährt, um den Geliebten zu erreichen, das werde ich tun.

Nicht anders brach, etwa 30 Jahre vorher, Flora Tristan mutig nach Amerika auf – ihr Ziel war Peru –, um sich das väterliche Erbe zu erstreiten – auch wenn sie den, wie bei Truffaut unzuverlässigen, Vater nie gekannt hatte. Flora Tristan kehrte aus Peru nicht mit dem materiellen Reichtum zurück, der ihr zugestanden hätte, sondern mit dem eines sozialen und politischen Bewußtseins, dank dessen sie in Frankreich zur radikalen Aktivistin der damals gerade entstehenden Arbeiterbewegung und zur militanten Vorreiterin im Kampf für die Befreiung der Frau wurde.
Hinter den scheinbaren materiellen Objekten der Begierde – für Adele der Liebhaber, für Flora das Erbe – verbirgt sich für die eine wie die andere das riesige Bedürfnis nach Freiheit und Selbstbestimmung.
Sowohl Flora als auch Adele entdecken in der Neuen Welt die Kluft zwischen dem Objekt der Begierde und ihrem eigentlichen Bestreben. Im Lauf der Suche verblaßt das Objekt, und statt dessen drängt sich – der einen wie der anderen – das wirkliche Ziel auf: das soziale Engagement für Flora, die Selbsterfahrung für Adele.
Hellsichtig schreibt Adele in ihr Tagebuch: »Ich bin nicht mehr eifersüchtig, ich habe keinen Stolz mehr, ich habe den Stolz überwunden ... jetzt will ich an meine Schwestern denken, die in den Bordellen leiden, an meine Schwestern, die in der Ehe leiden.« Doch dann hält sie ihren eigenen Ansprüchen nicht stand und wird verrückt.
In einer der subversivsten und schrecklichsten Szenen des Films sieht man Adele (Isabelle Adjani), inzwischen auf Barbados gestrandet, wie sie nun vollkommen ohne Gedächtnis mit offenen Haaren durch die Straßen der Stadt geht und ihren unbedeutenden englischen Leutnant *nicht erkennt*.

In diesem Film gilt als »Cameo« der kleine Junge, der sich unter dem Schalter in der Bank versteckt – an dem Ort, den Adele am häufigsten aufsucht: dort holt sie das Geld ab, das der Vater ihr überweist –, das einzige Wesen, dem sie unbesorgt ihren wahren Namen enthüllen kann, wie eine sich ihrer Zauberkraft sichere Fee; nur gegen die Erwachsenenwelt setzen Frauen und Kinder die ihnen gemeinsame Waffe der Lüge ein.

Mittwoch, 9. September

Heute ist das Wetter regnerisch,
gleicht der Tag einem Abend,
gleicht der Frühling
einem Herbst, und ein heftiger Wind verwüstet
das Bäumchen, das – wider Erwarten – fest steht;
es wirkt zwischen den Bäumen wie ein Jüngling,
zu hoch gewachsen für sein zu grünes Alter.
Du siehst es an. Hast Mitleid
vielleicht mit all den schneeweißen Blüten,
die die Bora ihm abreißt; und es sind Früchte,
sind süße Vorräte
für den Winter, jene Blüten, die ins Gras
fallen. Und das schmerzt deine weite
Mütterlichkeit.
Umberto Saba

Nach vier Tagen Abwesenheit bin ich wieder bei den Frauen, die mich mit viel Zuneigung empfangen, mich küssen, mich umarmen, mich nach meiner Reise fragen, denn ich war in Rovereto, um eine Ballettaufführung der Basler Oper zu sehen, in der meine Tochter mittanzte. Endlich fühle ich mich hier zu Hause. Manche schenken mir etwas, Violetta hat einen Kuchen für mich gebacken, Marisa gibt mir einen Prospekt über preiswerte Pensionen

in den Dolomiten, Gisella eine Zeichnung, die sie gemacht hat.
Ich gehe in den großen Saal, und eine etwa sechzigjährige Signora mit kurzen grauen Haaren, ein bißchen dick, in T-Shirt und Hose, tritt auf mich zu. Ich erinnere mich nicht, ihr je begegnet zu sein, sie aber erinnert sich an mich und weiß, daß ich aus Neapel stamme. Das nimmt sie zum Anlaß, um mir zu erzählen: »Mein Schwiegersohn ist Neapolitaner, früher hat er als Barmann gearbeitet, jetzt ist er Lastwagenfahrer … er ist so freundlich zu mir, fährt mich mit dem Auto, ohne daß ich ihn darum bitten muß … Mein Mann war Schiffskoch … 14 Jahre lang … wir wohnten gegenüber vom San Giovanni … Was für ein schöner Park! … Wir haben eine Terrasse, wo man die Vögelchen singen hört … aber jetzt höre ich sie weniger, weil ich mit den Medikamenten besser schlafe … dabei hab ich sie so gern im Morgengrauen zwitschern gehört … und jetzt mit den Medikamenten kann ich sie nicht mehr hören, weil sie nach Sonnenaufgang wieder still sind … Aber die Bora weht dort zu heftig … letztes Jahr sind alle Fensterscheiben zerbrochen, und es ist viel Wasser hereingekommen …« Ich frage sie, ob sie zu Hause das Essen selbst zubereitet. »Nein, ich koche nicht, mein Mann kocht jeden Abend, er war so viele Jahre lang Koch … Er holt mich jeden Abend um sieben hier ab … Heute weht der Wind in Triest, aber es ist nicht die Bora …«
»Wie heißt dieser Wind?« frage ich.
Italia, die durch den Saal irrt, antwortet: »Borino, eine kleine Bora.« Dann sieht sie sich um, als erwarte sie etwas. Sie hätte gern immerzu Sitzungen, Feste, Empfänge im Zentrum, denn »sie langweilt sich so sehr«. Irgendwann fragt sie mich: »Wann kommen bloß die Frühstücksbröt-

chen?« »Sind schon da, sind schon da«, sagt Roberta und macht mit einem Korb voll Salamibrötchen die Runde im Saal, wobei sie die Stimmen der Brötchen- und Getränkeverkäufer auf den Bahnhöfen nachahmt.
Maria Lourdes und andere Frauen warten vor der Apotheke auf ihre Therapie. Auch die, deren Mann Koch ist, gesellt sich zu ihnen: »Heute geht es mir nicht gut, ich bin vor ein paar Tagen aus der Psychiatrie entlassen worden … meine Anfälle dauern ein paar Stunden, aber danach geht es mir wochenlang schlecht … heute habe ich komische Schmerzen in den Knien, als würden die Nerven gekitzelt.«
Ich flüchte mich noch einmal in die Bibliothek – ich brauche ein wenig Alleinsein, wie immer häufiger in letzter Zeit. Doch bald kommt Giovanna, in Begleitung einer Frau um die 40, üppig, dunkler Typ: Immacolata. Giovanna stellt sie mir vor und fragt sie, ob es sie stört, wenn ich bei ihrem Gespräch dabei bin. Immacolata sagt: »Nein, nein … Im Gegenteil …« – und zu mir gewandt: »Bleiben Sie nur, bleiben Sie …« Dann beginnt sie zu reden: »Ich habe acht Kilo zugenommen, ich esse immer weiter, bin voll, übergebe mich, esse wieder …«

GIOVANNA: Und dein Mann?
IMMACOLATA: Zur Zeit trinkt er nicht … ob er trinkt, weiß ich nicht, aber er kommt nicht mehr betrunken nach Haus … Wenn ich mich übergebe, verstecke ich mich, aber mein Mann und meine Tochter haben mich zweimal erwischt.
GIOVANNA: Wie geht es Olivia?
IMMACOLATA: Dieses Jahr ist sie versetzt worden, sie ist nur einmal durchgefallen, in der ersten Klasse Mittel-

schule … zu Hause redet sie nicht … zu Hause reden wir nie … weder mein Mann noch die Kleine noch ich … Jeder leidet für sich … Die Pillen, die ich nehme, nützen gar nichts.

GIOVANNA: Was für Tabletten sind das?

IMMACOLATA: Weiß ich nicht … Zeug aus dem Kräuterladen … Ich habe Angst um die Kleine … ich fürchte, ich habe sie auch traumatisiert … Ich möchte gern verstehen, bis zu welchem Punkt ich sie traumatisiere …

GIOVANNA: Warum bleibst du nicht mal eine Weile bei uns, statt nur ab und zu zum Therapiegespräch zu kommen?

IMMACOLATA: Die Kleine ist allein zu Haus … die Schule hat noch nicht angefangen … seit Tagen gehe ich nicht mehr zur Arbeit … ich habe Angst, daß ich mich vom obersten Stock des Büros herunterstürze … Ich habe Angst, daß ich nichts esse … wenn ich nichts esse, werde ich depressiv … Ich habe Mühe, mich selbst zu verstehen, ich analysiere mich jeden Tag, aber ich fürchte, ich irre mich, ich bin nicht gebildet … Ich bin immer zu Haus, immer müde, möchte nur schlafen … Und ich esse, übergebe mich, esse wieder …

GIOVANNA: Du weißt besser als ich, daß Essen nichts mit deiner Depression zu tun hat.

Ich horche auf – bis jetzt hatte ich eher passiv zugehört.

IMMACOLATA *(weinend)*: Ich möchte auf dem Bett liegen bleiben, nichts tun, sterben.

GIOVANNA: Warum schreibst du dich nicht an der Abendschule ein? Machst den Mittelschulabschluß und …

IMMACOLATA: Ich denke, daß der Körper müde ist … bei dem ständigen Essen und Sich-Übergeben kommt die Leber nie zur Ruhe, sondern muß dauernd arbeiten … Leiden, essen, kotzen … Ich möchte schlafen … Aber dann sehe ich meinen Sohn … und kann nicht weinen … es täte mir gut zu weinen … aber statt dessen kriege ich Schweißausbrüche, Herzklopfen, Angstzustände … Vor kurzem habe ich zum erstenmal von meinem Sohn geträumt. Er baumelte am Seil … an dem Seil, mit dem er immer gespielt hat … Ich sah ihn von hinten, wie eine Gliederpuppe … und vor der hängenden Gliederpuppe sah ich meinen Sohn, schön, jung, blond, gutgekleidet, der zu mir sagte: ›Schau, Mama!‹, und auf die Puppe deutete … Mein Mann und die Kleine können nicht verstehen, warum ich seine Kleider nicht aufräume und weggebe … Olivia zieht die T-Shirts ihres Bruders an, und ich halte es nicht aus, sie an ihr zu sehen … Aber ich weine nicht … sie weinen ja auch nicht … jeder weint heimlich, vor den anderen versteckt … Und es wird nie über Erik gesprochen … ich bringe es auch nicht über mich … vielleicht vertraut Olivia sich der Betreuerin in der Schule an … Ich denke, Olivia müßte mit einem Psychologen reden … ich habe Angst um sie … die Kleine ist zu verschlossen … man weiß nicht, was in ihr vorgeht …
GIOVANNA: Wie heißt die Betreuerin? Gib mir ihre Telefonnummer … ich rufe sie gleich an.

Giovanna telefoniert, erreicht aber niemanden.

IMMACOLATA: Ich bin schon lange nicht mehr hiergewesen … seit damals … Wer weiß, was in diesen zwei Monaten mit mir passiert ist … ich weiß nicht einmal, ob ich zu

Hause war oder im San Giovanni ... Ich habe zwei Monate geschlafen, aber ich war geistig völlig klar, dabei hätte ich gern den Verstand verloren ... Ich hörte und verstand alles, aber die anderen wußten nicht, daß ich zuhörte und alles begriff ... Seit ich hiergewesen bin, hat es Höhen und Tiefen gegeben ... mein Mann benimmt sich gut, ab und zu fährt er mich ein Stück im Auto herum ... manchmal ist es mir sogar gelungen, selbst zu fahren ... aber dann breche ich sofort wieder zusammen ... deshalb bin ich wieder hier.

GIOVANNA: Warum kommst du nicht einmal in der Woche? Und schreibst dich an dieser Abendschule für Erwachsene ein?

IMMACOLATA: Ich schäme mich, in die Schule zu gehen.

GIOVANNA: Aber sie ist doch für Erwachsene!

IMMACOLATA: Du weißt ja, daß ich mit der Schule immer Probleme hatte, erinnerst du dich, daß mein Vater mich stundenlang im Restaurant arbeiten ließ und ich deshalb keine Hausaufgaben machen konnte ... und noch dazu hat mein Vater mich immer für blöd gehalten.

GIOVANNA: Ich sage dir mal den Lehrplan: Außer den üblichen Fächern für den Mittelschulabschluß gibt es noch spezielle Angebote wie Informatik, Filmforum, Landeskunde und andere Kurse – Literatur, Fotografie, Video, Englisch ...

IMMACOLATA: Lesen fällt mir auch schwer ... Ich habe in meinem Leben sehr wenig gelesen ... nur einmal habe ich mich für ein Buch begeistert, so sehr, daß ich die ganze Zeit las und auf nichts mehr achtete, bis mein Mann es mir aus der Hand gerissen hat ... Aber der Traum meines Lebens war, genug Geld zu haben, um zu studieren und Lehrerin zu werden.

GIOVANNA: Wie sieht deine finanzielle Situation jetzt aus?

IMMACOLATA: Ich habe für 800 000 Lire im Monat in der Putzkooperative gearbeitet, aber dann habe ich es nicht mehr ausgehalten … Jetzt gibt mein Mann mir seinen ganzen Lohn, damit ich ihn verwalte, etwa drei Millionen Lire im Monat … Aber vor ein paar Wochen hat er sich mit elf Millionen Lire verschuldet, hat alles auf Kneipentouren mit Freunden vertrunken … die Schulden müssen bezahlt werden.

GIOVANNA: Aber du schaffst es im Moment nicht zu arbeiten! Jetzt läßt dein Mann dich das Geld verwalten, und das kannst du gut. Warum nimmst du nicht ein Stipendium von 350 000 Lire im Monat an und gehst auf die Schule?

IMMACOLATA: Ich muß es mir überlegen … ich fühle mich fehl am Platz, ich habe schon immer Probleme mit Leuten gehabt … In meinem Sozialwohnungsblock zum Beispiel geht alles schief … ich stelle Blumentöpfe auf, und sie schütten Wäschebleiche drüber … ich schlage vor, eine gemeinsame Kasse einzurichten, um das Treppenhaus frisch zu streichen und die Briefkästen zu erneuern, die inzwischen völlig kaputt sind, aber niemand will mitmachen … Jeder lebt für sich, eingeigelt hinter seiner Tür … und die Hausgemeinschaft zerfällt … während in anderen Wohnblocks, zum Beispiel bei uns gegenüber, alles funktioniert, mit Blumen und Vorhängen an den Fenstern … Es ist, als würde bei uns niemand ans Soziale denken … Sie denken nur an den Schein, nicht ans Wesentliche … Mein Mann hat sich ruiniert mit dieser Denkweise … mit dem Trinken, damit, daß er seine Freunde immer eingeladen hat, um ihnen schönzutun …

Vorgespielter Reichtum ... Nein, er kommt jetzt nicht mehr betrunken nach Hause, aber ich weiß nicht, ob er trinkt ... Olivia hat schreckliche Angst, daß ihr Vater betrunken heimkommen könnte ... vielleicht hat er das begriffen und tut es nicht mehr ... Aber bleibt es so, bleibt's nicht so? ... Wer weiß! ... Und wenn er betrunken nach Hause kommt und seinen Lohn nicht mehr mir gibt, sondern alles in der Kneipe läßt wie früher, was mache ich dann?

GIOVANNA: Wenn er will, soll er sich ruhig mit Alkohol fertigmachen. Er hat schon genug Schaden angerichtet ... Wir sind hier, bereit, dir zu helfen, um da rauszukommen ... Du mußt nicht mehr alles ertragen, wie früher.

IMMACOLATA: Vielleicht betrinkt er sich nicht mehr, vielleicht wird er mich nicht wieder schlagen.

GIOVANNA: Wenn das passiert, kommst du sofort zu uns. Aber geh einstweilen nicht wieder zur Arbeit. Nimm das Stipendium und geh auf die Schule.

IMMACOLATA: Ob ich dem gewachsen bin?

GIOVANNA: Versuch's, dann wirst du es sehen.

Giovanna geht zum nächsten Termin. Sie fordert Immacolata auf, mit mir zu sprechen. Immacolata sieht mich an. Sie wirkt aufgeheitert. Sie lächelt.

IMMACOLATA: Sie sind Schriftstellerin? Ich schreibe immer, aber ich lese nicht. Ich habe so viele Hefte. Lassen Sie sich mein Heft geben, Assunta hat es ... Ich schreibe weder Erzählungen noch Gedichte, sondern ... wie soll ich sagen ... Gedanken ... zum Beispiel: »Wir ertrinken in unserer eigenen Scheiße« oder »Wir sind dabei, die Welt zu zerstören«.

ICH: Siehst du alles so schwarz?
IMMACOLATA: Ich weiß nicht. Ich schaue mich um ... Jeden Tag streite ich mit meinem Mann wegen der Mülltrennung, aber er schmeißt alles zusammen und sagt: »Das ändert sowieso nichts!« Und ich erwidere: »Wir müssen schon selber anfangen, auch im kleinen! Oder worauf wartest du? Auf die Regierung, auf den Erlöser?« Und wie viele Batterien, wie viele Sprays! ... Vom Fernsehen ganz zu schweigen, ein Drittel ist vielleicht gut, aber der Rest ist so schlecht, daß er auch das Drittel gute Sachen kaputtmacht.
ICH: Würdest du denn gern auf die Schule gehen, die Giovanna dir vorgeschlagen hat?
IMMACOLATA: Einen Computerkurs würde ich gern machen ... Vielleicht wäre das eine Möglichkeit, mich der Schule wieder anzunähern, die mir so verhaßt war ... und auch meinen Kindern ... Entschuldigung ... meiner Tochter ...
ICH: Willst du mir deine Geschichte erzählen?

Mit 22 hat sie einen Werftarbeiter geheiratet. »Ich träumte von der großen Liebe, vielleicht, weil meine Familie in die Brüche gegangen war, oder einfach wie so viele Mädchen. Aber das Leben ist kein Märchen.« Zwei Kinder hat sie von ihm bekommen, Erik und Olivia. Ihr Mann trank, und wenn er betrunken von der Arbeit kam, schlug er sie, aber die Kinder konnte er nicht schlagen, weil sie es nicht zuließ. »In solchen Momenten wurde ich zum Tiger.« ... Erik hat sich vor sechs Monaten in seinem Zimmer erhängt. »Vielleicht ist es meine Schuld, da ich keine Familie hatte, habe ich ihn vielleicht mit zu viel Familie erdrückt ... Ich studierte heimlich seine und Olivias Bücher, um

den beiden bei den Hausaufgaben zu helfen ... Erik ging auf die Handelsschule; ich habe sogar hinter seinem Rükken Verwaltungsrecht gepaukt, um ihm zu helfen ...« Sie weint leise. »... Gleich nach Eriks Tod habe ich seine Freunde in sein Zimmer geholt, jeder durfte sich etwas zur Erinnerung mitnehmen ... ein Mädchen hat sich sein letztes T-Shirt ausgesucht, weil es noch nach seinem Schweiß roch.« Nun ist Immacolatas Miene bekümmert und zärtlich, und ihre Augen leuchten verschmitzt auf, als sie die Liebesgeschichten des Sohnes erwähnt. Sie hat ihre Kinder Erik und Olivia genannt, weil sie ihnen außergewöhnliche Namen geben wollte und ihnen ein anderes Schicksal wünschte als ihres ... Und wieder lächelnd fügt sie hinzu: »Sie haben mich Immacolata genannt«, um dann schmerzlich fortzufahren: »Mein Name ist Immacolata, die Unbefleckte, aber du siehst ja, wie ich zugerichtet bin, ich bringe es nicht mal fertig, mich zu waschen, meine Haare zu pflegen.« Ich überrede sie, für Samstag einen Termin bei Jenny, der Friseuse, auszumachen. Wir gehen zu Jenny hinüber. »Was möchtest du, eine Dauerwelle, färben?« Immacolata lächelt zögernd: »Ich weiß nicht, was meinen Sie?« Nach einem Blick von mir antwortet Jenny gewandt: »Waschen und schneiden, das ist das Beste!« Während ich sie die Treppe hinunterbegleite, fragt Immacolata mich dann: »Findest du, daß ich verrückt bin?« Ich antworte: »Verrückt wärst du, wenn es dir, nach allem, was du durchgemacht hast, gutginge.«
Angesichts von Immacolatas Schmerz um den Verlust des Sohnes kommt mir die Ekloge von Robert Frost, *Home Burial* (»Häusliches Begräbnis«), in den Sinn. Darin wird die Beziehung eines jungen Bauernehepaars geschildert, das ein Kind verloren hat: Er steht, nachdem er das Kind

eigenhändig auf dem Feld vor dem Haus beerdigt hat, unten an der Treppe und bittet seine Frau, die oben steht, zu ihm zu kommen; doch den Vernunftgründen des Mannes, der versucht, sie ins Leben zurückzuholen, setzt sie ihren dumpfen, dunklen Schmerz entgegen.

Genauso scheint Immacolata eine Treppe hinauf- und hinunterzugehen: Oben ist ihre Wohnung mit dem Zimmer, in dem der Sohn sich aufgehängt hat; unten sind Giovanna und das Zentrum, die ihr helfen möchten, von dem Grauen loszukommen und wieder ein wenig Interesse am Leben aufzubringen. Widerstrebend hört Immacolata Giovannas vernünftige Äußerungen an, und nachdem sie erst wie verzaubert einige Stufen abwärts gegangen ist, läuft sie rasch wieder hinauf. Und das schüchterne Lächeln, das ab und zu ihr Gesicht leuchten läßt, scheint weniger der Ausdruck einer neuen Offenheit zu sein als vielmehr des Bewußtseins, wie vergeblich oder exaltiert ihr Schmerz, den sie nicht loslassen kann, den *anderen* vorkommt. Nichts vermögen sie dagegen zu tun, weder der neue gute Wille ihres Mannes, der zu trinken aufgehört hat und ihr seinen Lohn anvertraut, noch die Lebenslust der heranwachsenden Tochter, die, wenn auch verstört, die schönsten T-Shirts des Bruders anzieht, noch die geduldigen Aufforderungen Giovannas, die Schule wiederaufzunehmen, die sie früher einmal so gern zu Ende gebracht hätte. Und von ihrem Standpunkt oben an der Treppe wettert sie ab und zu gegen die Welt: den Vater, den Mann, die Nachbarn, die Gesellschaft insgesamt.

Ich gehe ins Krankenzimmer, um mir ein Aspirin zu holen. Sabina sitzt dort, umringt von einigen Frauen. Graziella klagt: »Ich habe Fieber.«

Die geheimnisvolle Pianistin, die Chopin spielte, ist auch

da. Die Halskrause trägt sie nicht mehr. Sie bittet um einen Termin für eine Röntgenuntersuchung. »Paßt es dir morgen, Alice?« fragt Sabina. So erfahre ich ihren Namen. Violetta wartet darauf, daß ihr subkutan eine Spritze mit ihrem Medikament gegen Krebs verabreicht wird.
Ich mache mich auf den Weg zum Mittagessen im Saal. Auf dem Treppenabsatz steht Zitas Sohn, mit mitleidigem, scharfem Blick, und wartet auf seine Mutter, die er, wie jeden Tag um diese Zeit, nach Hause bringt, bevor er wieder zur Arbeit zurückkehrt.
Erstaunt bemerke ich Marja, die mit trauriger Miene und sehr in sich gekehrt auf den Stufen neben der Küche sitzt. Es ist das erste Mal nach zweimonatiger Abwesenheit, daß sie wieder ins Zentrum gekommen ist. Alle begrüßen sie liebevoll und freundlich, fragen, wie es ihr geht, was das Kind macht, wie sie mit der Arbeit in Udine zurechtkommt. Marja antwortet widerstrebend, einsilbig: »Die Arbeit läuft nicht gut … das Kind habe ich seit über einer Woche nicht gesehen.« Und sie will nicht mitessen, sondern wartet lieber dort, abseits, auf Assunta und Marisa, mit denen sie um 14 Uhr einen Termin hat.
Graziella hat sich von Jenny eine Dauerwelle machen lassen. Zögernd steht sie auf dem Treppenabsatz, weiß nicht, ob sie mitessen soll oder nicht, ob sie nach Hause gehen oder bleiben soll; einstweilen zündet sie sich eine Zigarette an; dann geht sie unsicher auf den Saal zu. Ich begleite sie zum Tisch.
Maria Lourdes verschluckt sich an einem Stück Huhn. Sie ist ganz rot im Gesicht. Ich mache mir Sorgen, gehe zu ihr, klopfe ihr auf den Rücken und gebe ihr etwas zu trinken. Pina schickt mich auf meinen Platz zurück: »Sonst nimmt ihn dir jemand weg!« herrscht sie mich an, doch

vielleicht ist sie auch aufgebracht, weil ich die »unsichtbare Schwelle« übertreten habe; dann fragt sie, fast als wollte sie Abbitte leisten für ihre zu schroffe Art, ob ich noch Gemüse möchte.
Nach dem Essen setzt Edvige sich in einen kleinen Sessel neben Italia. Ich geselle mich zu ihnen. Edvige fragt mich, bis wann ich im Zentrum bleibe. »Bis vier«, sage ich. »Dann bleibe ich auch bis vier.« Danach kehrt sie zu ihren Automatismen zurück: »Mir brutzelt der Kopf … Verstehen Sie was von Medizin?« Aber ich spiele ihr Spiel nicht mit, sondern antworte mit einem Lächeln. Und das genügt, damit Edvige das Thema wechselt: »Sie sind eine so freundliche, so feine Person … Mein Mann stammte auch aus Neapel, aber er war nicht wie Sie …« – ihr Gesicht verdüstert sich – »er schlug mich immer auf den Kopf.«
»Es gibt in Neapel Leute wie die Signora …«, wirft Italia mit einem Blick auf mich ein.
»Gute und schlechte«, ergänzt Edvige.
Ich wundere mich, daß Italia, die immer so distanziert und bissig ist, sich daran erinnert, daß ich aus Neapel komme, und beschließe, neugierig geworden, noch etwas dazubleiben. Ich nehme einen Aschenbecher voller Kippen – Aschenbecher sind im Zentrum immer schwer zu finden, und das ist kein Zufall – und stelle ihn auf den Boden. Edvige bückt sich, nimmt eine Kippe und fragt mich, während sie sie zwischen den Fingern hält: »Darf ich rauchen?« Ich nehme ihr die Kippe aus der Hand und biete ihr eine Zigarette an. Italia beobachtet uns mit durchdringendem, kämpferischem Blick, aber Edvige entwaffnet sie, als sie ihr, ohne darum gebeten worden zu sein, ihre frisch angezündete Zigarette hinhält. Beide sagen ar-

tig »danke« zu mir. Eine weitere Frau, die ich nicht kenne, setzt sich zu uns. Ich komme mir vor wie in einem kleinen Salon, und als ich merke, daß es den dreien miteinander gutgeht – die Neue frischt ihr Make-up auf, und die anderen beiden sehen ihr aufmerksam zu –, stehle ich mich leise davon.

Ich habe nämlich bemerkt, daß nur noch Alice an dem langen Tisch sitzt, während die Hilfsköchin ihn abräumt, und ich möchte mit ihr sprechen. Schüchtern setze ich mich ihr gegenüber und frage, ob ich störe. An ihrem sanften Lächeln erkenne ich, daß sie mich nicht ablehnt. Sie ist traurig, gerade heute hat sie eine schlechte Nachricht erhalten: Sie hat versucht, wieder am Konservatorium anzukommen, das sie vor 13 Jahren abgebrochen hat, man hat sie aber abblitzen lassen. Mit zwölf Jahren hat sie Klarinette zu lernen begonnen. Dann trennten sich ihre Eltern, und sie konnte zu ihrem großen Kummer den Unterricht nicht mehr regelmäßig besuchen, weil sie hin und her geschubst wurde zwischen Mutter und Vater – und deren jeweiligen neuen Lebensgefährten. Mit 15 hatte sie genug: Sie lief von zu Hause fort und schloß sich Bands an, die durch Lokale zogen. »Sie hatten was Gutes und was Schlechtes, diese Gruppen, das Schlechte waren die Drogen und die mangelhaften musikalischen Kenntnisse.« Als sie mit Hilfe des Frauenzentrums aus diesem Kreis herausgefunden hatte, begann sie, bei Initiativen mitzuarbeiten, die Musikgruppen für Kinder, Kranke, Alte veranstalten. Jetzt haben sie ihr eine feste Stelle angeboten. »Aber ich muß drüber nachdenken …«, sagt sie. »Ich muß mich erst von der Enttäuschung erholen, daß sie mich am Konservatorium abgelehnt haben.« Sie hat Bauchschmerzen, wegen der »Periode«. Und sie hat ein Aspirin genommen,

weil es hier keinen Kräutertee gibt. »Ich habe ausgerechnet, wie viele Tabletten ich geschluckt habe, seit ich meine Tage bekomme, und beschlossen, damit aufzuhören ... dieses Aspirin ist eine Ausnahme, weil es heute nicht anders geht ... Jetzt tut es mir weh, aber in einer halben Stunde wird es besser, dann trinke ich einen Kaffee und los ... Zum Glück geht das Leben irgendwie immer weiter!« Ich frage sie, ob sie das Zentrum traurig findet. Sie ist doch so jung! Sie antwortet: »Natürlich, hier gibt es viel Leiden, aber auch Solidarität ... Nicht immer kann ich das Leiden der anderen und mein eigenes ertragen, das muß ich zugeben ... Man braucht Kraft ... Jetzt geht es mir schlecht, aber in einer halben Stunde, nach dem Aspirin, wird es besser.«
Italia nähert sich uns, untätig, unruhig, unzufrieden wie immer: »Was soll man hier drin bloß machen? Gibt es später noch eine Sitzung, eine Erfrischung? Was macht ihr denn?« Ich: »Wir unterhalten uns über Musik.« »Davon verstehe ich nichts« – mit diesen Worten läßt sie sich in einem Sesselchen nieder und redet von dort weiter: »Mit meinen Eltern bin ich früher in die Oper gegangen und habe im Libretto mitgelesen, das gefiel mir ... Meine Eltern sind tot ... Nein, jetzt gehe ich nicht mehr ... es ist so viele Jahre her ... Meine kleine Tochter ist auch gestorben ...«

Der vorher halb leere große Saal beginnt sich plötzlich zu füllen. Es findet nämlich ein wichtiges Treffen des Kurses *Vom gefangenen Körper zum befreiten Körper* statt. Man muß alle Tische aneinanderstellen und Stühle aus den anderen Zimmern holen, so viele Frauen sind gekommen. Auch ein Dutzend brasilianische Krankenschwestern und Psychologinnen sind dabei, die von einer psychiatrischen Einrichtung des Staates São Paulo zu einer Fortbildung nach Triest geschickt wurden. Eliana ist da, die heitere, schöne Pflegerin, die jetzt in Rente ist, aber jahrelang im San Giovanni gearbeitet und den Übergang von der Frauengruppe im San Giovanni zur Gründung des Frauenzentrums in der Via Gambini aktiv miterlebt hat. Die Dozentinnen und Tutorinnen des Kurses sind da. Und Paola, die extra aus Udine angereist ist.

Anna übernimmt die Einführung: Am 21. und 23. September findet in Rom eine große Versammlung von Klienten der Zentren für mentale Gesundheit statt, an der für die Via Gambini auch Caterina, Violetta, Mara und andere teilnehmen werden. Themen sind: die Arbeit, das Habitat, psychiatrische Behandlungsarten, die Stadt und der Bezug zur Stadt, Begegnungsstätten, Formen von Emanzipation, Stigma und Vorurteil bei Geisteskrankheit. Dann muß noch das Video für die Tagung Ende Oktober in Triest vorbereitet werden – und gleich heute werden die Techniker der VideoEst Probeaufnahmen von den Stimmen machen.

MARA: Also, in Rom sollen wir über folgendes sprechen: »Wie geht es uns? Wie geht es euch? Wie werdet ihr versorgt? Welche Probleme habt ihr? Welche Verbesserungsvorschläge möchtet ihr einbringen?«

Eine blonde Frau mittleren Alters meldet sich: »Meine Erfahrung ist gleich null ... ich bin vor zwei Jahren hierhergekommen, um einer Freundin zu helfen, die glücklich verheiratet und steinreich war. Sie schien alles zu haben, jedenfalls im Vergleich zu mir, und dann kam heraus, daß sie trank. Ich habe sie zuerst in die Abteilung für Alkoholiker im San Giovanni gebracht, aber es war zu spät, sie ist im Mai dieses Jahres gestorben. Ich habe sehr gelitten, denn obwohl ich sie seit 17 Jahren kannte, hatte ich nichts gemerkt, manchmal beneidete ich sie sogar, und dann konnte ich ihr nicht helfen ... Ich wollte wegen ihr herkommen, dann bin ich wegen mir selber gekommen, ich bin hier, weil ich verstehen will.«

Dann spricht Adele: »Hier sieht man die Dinge mit anderen Augen. Ich war jahrelang im San Giovanni, aber erst hier habe ich mehr Vertrauen gewonnen, auch in mich selbst.«

Violetta liest einen langen Dankesbrief an das Frauenzentrum vor, der folgendermaßen endet: »Besonders danke ich der einfallsreichen, müden Dottoressa Assunta.«

Bei Violettas letzten Worten erhebt sich ein Beifallschor, jemand geht und ruft Assunta, die wegen eines Paargesprächs über einen Schwangerschaftsabbruch vorher wegmußte.

GRAZIELLA: Aber wozu fahren wir denn nach Rom?

EINE STIMME *(singt)*:

Nach Rom wolln wir fahren
und Papst und König sagen
daß es das Elend gibt.

GRAZIELLA: Wie in *'A livella* von Totò.

MARA *(versucht, Graziella zu unterbrechen, weil diese das Gedicht aufzusagen beginnt, und wenn Graziella mit einem Gedicht anfängt, hört sie nicht mehr auf, sondern reiht eins ans andere)*: Das bedeutet, daß wir alle gleich sind.

Applaus für Graziella und Mara. Doch Graziella, die immer sehr viel Aufmerksamkeit braucht, verläßt den Saal, bleibt aber dann an der Schwelle stehen und rezitiert *A Silvia*. Schließlich können die Frauen sie dazu bewegen, aufzuhören und sich wieder mit an den Tisch zu setzen. Aber die Diskussion stockt, weil nun alle gleichzeitig reden. Um die Sache wieder in den Griff zu bekommen, schlägt Mara vor: »Ich lasse Caterina jetzt einen Text lesen, den sie zu diesem Thema vorbereitet hat ... Los, Caterina!« Caterina errötet, dann streicht sie ihr Manuskript glatt und liest rasch:

> Ich möchte einen Arzt, der mir zuhört, wenn ich spreche, der sich in mich hineinversetzt und mich verstehen kann. Ich möchte einen Menschen und keinen glatten Roboter, der unbewegt hinter dem Schreibtisch sitzt, so weit weg wie Australien. Ich träume von einem Menschen im weißen Kittel: Ich weiß, daß es ihn gibt, aber da er mit seinen eigenen Problemen beschäftigt ist, hört er mir nicht zu, verschreibt mir das erstbeste Medikament, das ihm einfällt, ohne auf die Folgen zu achten, nur weil er aus allem, was ich gesagt habe, das Wort »Kopf« herausgehört hat, gibt er mir Kopfschmerztabletten, obwohl ich ausgezeichnet funktioniere. Ich möchte, daß mir das Personal des Gesundheitsdienstes mit Höflichkeit, Freundlichkeit und Anstand begegnet, aber sie halten das nicht für nötig, weil sie mich nur als Klientin betrachten. Ich wollte, daß sie wenigstens einen Tag lang auf der anderen Seite der Barrikade stünden, damit sie begriffen, was es heißt zu schreien: »Hilfe, es geht mir schlecht.«
>
> Hier habe ich endlich Lächeln, Anstand, Höflichkeit, Frauen gefunden. Ärzte, Klienten, wer ist wer? Wo ist die Grenze zwischen gesund und krank, zwischen anders und »normal«? Wo ist sie? Es gibt keine Grenzen, keine Barrieren, nur Personen, Frauen, die miteinander arbeiten, denen es schlechtgeht, und es ist jemand da, der hilft, der zuhört, es wird zusammen gegessen, es gibt Kurse, Yoga, Fotografie, Shiatsu und Bachblüten, Flohmärkte und Krankenzimmer, Friseuse und Infusionen; Treffpunkt, Begeg-

> nungszentrum, Strategien, gemeinsam kämpfen, sich erneuern und sich neu erfinden. Diese große, duftende Rose hat auch Dornen, es gibt noch viel zu tun, in Ordnung zu bringen, nicht alles geht immer glatt, aber man versucht, zusammenzuarbeiten, etwas aufzubauen, endlich mit dem Leben anzufangen, immer, in der Krankheit und wenn es einem gutgeht, eine Person zu sein, die es wert ist zu leben, die Achtung verdient, die es wert ist, behandelt zu werden.

Die Frauen klatschen.
Assunta möchte einen Text in Form einer »Geschichte« vorlesen, den sie geschrieben hat.
»Es ist das erste Mal, daß ich eine Geschichte schreibe«, sagt sie. »Seid nicht zu streng mit mir.« Dann beginnt sie zu lesen.
Es beeindruckt mich zu sehen, wie feierlich dieser Augenblick für die Frauen ist und wie es Assunta gelingt, ihre Aufmerksamkeit mehr als zehn Minuten lang zu fesseln, auch wenn auf manchen Gesichtern Abwesenheit, Unverständnis und Apathie durchschimmern. Assuntas Text ist die Geschichte einer »Solostimme«, die Idee dazu kam ihr vielleicht auch wegen ihrer ernsten Beschwerden an den Stimmbändern, die das Sprechen sehr anstrengend für sie machen. Sie hat sich zur Operation entschlossen, aber erst nach der Tagung im Oktober.
Am aufmerksamsten und bewegtesten wirkt Alice, am distanziertesten Albina. Ein wenig starr sitzt sie da mit ihrem faltigen Gesicht einer Mohikanerin, die stumme und vielleicht unbewußte Zeugin des alten Regimes der Irrenanstalt, das sie überlebt hat und von dem sie unauslöschlich geprägt wurde, obwohl sie allein zum Treffen gekommen ist, ruhig auf ihrem Platz bleibt und nicht, wie gewöhnlich, von Zimmer zu Zimmer geht und die »Dottoresse« um 1000 oder auch nur 100 Lire anbettelt.

Ihr exotisches Aussehen wird noch unterstrichen durch den buntgemusterten Pullover aus grober Wolle, der vielleicht aus Norwegen stammt, wo Kunsthandwerk im Eskimostil imitiert wird, und den sie secondhand gekauft hat.

MARA *(ergreift wieder das Wort)*: Mir ist, als hätte ich meine eigene Geschichte gehört ... Auch ich wollte in einem bestimmten Abschnitt meines Lebens nicht mehr dasein, weder mit der Stimme noch mit dem Rest. Hier zusammen mit euch habe ich zum erstenmal in meinem Leben wiederentdeckt, daß es einem miteinander gutgehen kann. Vorher wollte ich entweder alles kaputtschlagen oder heulen.

Die Blonde mittleren Alters, deren Freundin Alkoholikerin war, sagt: »Am Anfang hatte ich Angst, hierherzukommen, weil ich fürchtete, die anderen könnten denken, ich sei verrückt.«

EINE STIMME: Draußen denken fast alle so.

»Aber ich denk's nicht mehr! Das ist's, was zählt!« erwidert sie.

ORNELLA: Im Frauenzentrum habe ich zum erstenmal in meinem Leben gemerkt, daß ich jemand bin, hier haben sie mich wahrgenommen, daß ich etwas bin, nicht nur die Idiotin. Hier kann ich singen, lesen, rezitieren, ich habe Spaß, fühle die Fröhlichkeit in mir, kann über meine Fehler lachen, während ich früher darüber weinte ... Einmal darf man etwas falsch machen, heißt es, nicht zweimal.

Dabei kann man auch dreimal etwas falsch machen und darüber lachen … Am Ende dieses Monats ist mir klar geworden, daß ich es endlich geschafft habe, mit dem Geld von der Rente, also, daß ich damit auskomme … und wer weiß, was ich hier durch das Frauenzentrum noch alles verstehen lerne, Schönes vor allem …

»Neues, nicht Schönes! Das Leben ist nicht schön!« unterbrechen sie mehrere Stimmen im Chor.

ORNELLA: O doch, das Leben ist schön. Jahr um Jahr haben sie mich wie eine Schwachsinnige behandelt … sieben Jahre war ich im Cottolengo in Padua und habe in der Pflege gearbeitet … aber sie behandelten mich immer noch wie eine Schwachsinnige … Jetzt würde ich wieder hingehen, um diese Körper zu pflegen, aber nicht, um als Schwachsinnige behandelt zu werden … Und ich würde sie gerne pflegen, weil ich jetzt in der Lage wäre wahrzunehmen, daß sich diese Körper über die Pflege freuen würden, während ich das früher gar nicht merkte. Aber wie kann eine Frau etwas wahrnehmen, wenn sie immer wie eine Schwachsinnige behandelt wird?

Graziella beginnt zu weinen.

ASSUNTA: Warum weinst du?
GRAZIELLA: Das ist die Depression.
ASSUNTA: Wie bekämpft man die Depression?
GRAZIELLA: Mit Lachen und Fröhlichsein.
ASSUNTA: Sehr gut! Sonst summieren sich die Depressionen nur zu einer großen Depression.
ANNA: Ich möchte diesen Satz unterstreichen, den eine

von uns vorhin gesagt hat: »Hier bekommt man eine Aufmerksamkeit mehr.« Er macht mich nachdenklich. Denn als wir das Frauenzentrum gegründet haben, wollten wir nicht unbedingt hier eine Aufmerksamkeit mehr geben oder anderswo weniger. Es war eher eine Wette: Vielleicht kann man unter Frauen besser arbeiten, etwas Neues in den menschlichen Beziehungen entwickeln.

ELIANA: Das Verhältnis zwischen Frauen macht alles einfacher ... wenn man mit Männern arbeitet, herrscht mehr Aggressivität oder eine andere Aggressivität ... Und vor allem kannst du dich unter Frauen auch mal gehenlassen, du selbst sein, nicht nur deine Rolle ... du mußt nicht ständig für den Mann verfügbar sein wie eine Mutter, sei es ein Kollege oder ein Klient. Du mußt nicht jedesmal die Beschützende sein, sondern kannst dich, wenn nötig, auch beschützen lassen, aber unter Gleichen.

EINE STIMME: Wir haben so viele Masken, unter Frauen darf auch die letzte Maske fallen.

GISELLA: Masken dienen dazu, die Wahrheit zu verstekken, sich wie ein Feigling zu benehmen.

ORNELLA: Ich weiß nur eins: Wenn Frauen aggressiv sind, dann um sich vor den Männern zu schützen.

VIELE STIMMEN IM CHOR: Das ist nicht wahr, das ist nicht wahr ... zu einfach.

An diesem Punkt entzündet sich eine lebhafte, wirre Diskussion über die Aggressivität von Frauen, an der sich fast alle Anwesenden beteiligen.

BARBARA *(in dem Versuch, Ordnung zu schaffen, zu Eliana gewandt)*: Du hast doch so lange im San Giovanni gearbeitet, erzähl uns, wir ihr von der Frauengruppe im

San Giovanni zur Gründung des Zentrums in der Via Gambini gekommen seid, da du ja persönlich beteiligt warst.

ELIANA: Es war so: Wir haben irgendwann gemerkt, daß bei der Arbeit, auch unter den Frauen, immer etwas ungesagt blieb und daß dieses Unausgedrückte meistens der Anwesenheit eines Mannes zuzuschreiben war. Als gäbe es eine Scheu, Dinge vor ihm auszusprechen und zu tun.

ASSUNTA: Eliana war mit am entschlossensten, die Frage sofort anzugehen.

EINE STIMME: Welche Frage?

ASSUNTA: Die Frage der mentalen Gesundheit, die nur von Frauen mit und für Frauen in Angriff genommen und geregelt werden mußte.

ANNA: Es war eine lange Geschichte. Sie begann 1978, als wir anfingen, uns auch mit einer Frauengruppe außerhalb des San Giovanni zu treffen. Erst Jahre später haben wir uns entschieden, die Erfahrung der Frauengruppe aus dem San Giovanni in einem getrennten, institutionalisierten Centro di Salute Mentale nur für Frauen einzubringen. Dieser Übergang geschah nicht widerstandslos, viele Frauen, auch Giovanna und ich, hatten Bedenken. Einerseits fürchteten wir, uns mit Machtfragen auseinandersetzen zu müssen, andererseits fühlten wir uns außerstande, auch noch institutionelle Aufgaben mit zu übernehmen … Es handelte sich eben nicht um kleine Veränderungen, wie sie damals in feministischen Kreisen gang und gäbe waren, wie etwa Lektüregruppen, Schreibgruppen, Selbsterfahrungsgruppen … Es handelte sich um einen Riesensprung: eine Institution zu verwalten, die als solche eine Machtstruktur ist.

ELIANA: Ich erinnere mich, daß unsere Frauengruppe in Barcola 1978 von den Ärzten ignoriert wurde, auch von den Ärztinnen.

ASSUNTA: Frauengruppen innerhalb der Institutionen sind immer subaltern … Andererseits vollziehen sich Veränderungen nicht im luftleeren Raum, sondern in der Geschichte. Unsere Erfahrung fiel – nicht zufällig – mit der Schaffung der Kommissionen für Chancengleichheit zusammen. Nicht zufällig schlägt heute ein Politiker wie Amato, der doch gegen das Abtreibungsgesetz war, als Präsidenten der Republik eine Frau vor. Kurz gesagt, die Männer wollen ihr Image aufpolieren. Die Tagungen im September und Oktober zwingen uns jetzt, Bilanz zu ziehen. Zum Glück, denn man muß sich immer wieder in Frage stellen. Und noch aufregender wird in einigen Monaten der Umzug von der Via Gambini in die Via Androna degli Orti sein. Die neue Raumaufteilung, das neue Zentrum in einem vornehmen Viertel von Triest werden uns zwingen, alles noch mal zu überprüfen. Zum Glück, ich wiederhole es … Daß Eliana heute da ist, rührt mich … mir ist, als wäre sie nie in Rente gegangen … Und Paola – sie hat zwar nach Udine gewechselt, aber sie kommt einfach nicht von hier los … in der Tat, da sitzt sie!

FULVIA: Für mich war die interessanteste Phase die von 1978 bis 1992, es war, als wäre eine Goldgrube geöffnet worden, die wir in uns hatten … Daß es zum Beispiel gelingt, alles zu nutzen, was wir wissen, und nicht nur gute Fachfrauen zu sein … Daß es zum Beispiel gelingt, die Naturheilkunde in die Psychiatrie einzubeziehen, die Kräutermedizin, Shiatsu, Bachblüten … So etwas war damals in einer öffentlichen medizinischen Einrichtung absolut die Ausnahme.

EINE STIMME: Warum sind Naturheilverfahren denn wichtig?

ELIANA: Weil die herkömmlichen Medikamente Distanz schaffen, weil mit dem Gebrauch von Naturheiltherapien die medizinischen Klassifikationsschemata aufgebrochen werden, weil man anfängt, die Sachen zusammen zu machen, Klienten und Fachleute.

FULVIA: Und es gelingt, alle Verästelungen des Leidens aufzuspüren.

PAOLA: Einverstanden, aber jetzt reicht es mit der Verherrlichung der Naturheilverfahren, inzwischen sind sie Teil des Marktes. Sie sind in den medizinischen Mechanismus integriert worden. Der ausschließliche Gebrauch von irgend etwas ist immer verkehrt ... Gestern früh in Udine kam eine Signora zu mir, die sehr litt, obwohl sie dem Homöopathen gerade 400 000 Lire gezahlt hatte ... Manchmal habe ich den Eindruck, daß Lektüre, Kunst und Poesie mehr nützen, um den richtigen Abstand zu Medikamenten zu halten. Zur Zeit wenden sich viele Frauen an mich, die mit landwirtschaftlichen Tagelöhnern verheiratet sind ... Sie, die Frauen, sind inzwischen auch von der Saisonarbeit ausgeschlossen ... Gerade war Maisernte, jetzt ist alles mechanisiert, die Männer haben irrsinnige Arbeitsrhythmen, werden schwarz bezahlt, und wenn sie nach Hause kommen, sind sie verdreckt, müde, gewalttätig. Wir haben mit den Frauen Gedichte von Emily Dickinson gelesen ... Danach waren sie entspannter ... Und auch einen erzählerischen soziologischen Text über eine sizilianische Giftmischerin ... »Warum nicht den Ehemann vergiften«, habe ich provozierend gefragt, »anstatt sich vergiften zu lassen?« Da haben alle befreit gelacht.

BARBARA: Genau das versuchen wir … Andere Dinge in die Medizin mit hineinzunehmen.

PAOLA: Ich möchte hierher zurück, aber vorerst arbeite ich in Udine und versuche, euch etwas Neues mitzubringen … Ihr habt keine Ahnung, was da los ist … Die Ärzte verschanzen sich hinter verschlossenen Türen wie die Zahnärzte … In den Krankenberichten dominiert der Satz: »Situation unverändert« … Mir ist, als machte ich in Udine die Revolution, die ich nicht miterlebt habe … Na ja, ich bin 1964 geboren … Ich versuche, dort einzubringen, was ich bei euch gelernt habe.

ANNA: Hier ist's manchmal ein bißchen so, als wäre der nächste Schritt durch den vorausgegangenen blockiert, weil der zu groß war.

BARBARA: Wie wenn nach einer Revolution die Aufmerksamkeit für die kleinen Gesten verlorengeht.

PAOLA: Jetzt, in Udine, frage ich mich, wie ich meine Erfahrungen aus dem Frauenzentrum weitergeben kann. Bei der Arbeit versuche ich es durch direktes Handeln. Aber wie soll ich sie anderen, auch an einem anderen Ort, vermitteln? Diese Erfahrung ist ja nicht durch klinische oder statistische Daten belegbar … Vielleicht kann man sie nur durch Erzählen wiedergeben.

ASSUNTA: Das Verhältnis zwischen Momenten des Bruchs und der Kontinuität ist schwierig. Ich habe nie vergessen oder geleugnet, daß ich eine Tochter Franco Basaglias bin, aber an einem bestimmten Punkt meines Lebens konnte ich nicht mehr nur Tochter sein. Metaphorisch gesprochen glaube ich, daß die Nabelschnur weder durchtrennt werden, noch zu eng bleiben soll, sie soll lang, auch kilometerlang sein, damit muß man spielen … Man darf eine Bindung nicht mit einer Fessel verwechseln … In den neuen Räumen in der Via Androna degli Orti werden wir Neuerungen ausprobieren und weitermachen müssen … Ich hoffe, daß es nicht so gehen wird wie bei allen Revolutionen bisher, wo man, um zum Neuen überzugehen, immer jemanden oder etwas töten mußte …

ANNA: Das Machtproblem haben wir nicht gelöst.

PAOLA: Das ist das große Tabu des Frauenzentrums.

GABRIELLA: Es ist das Problem, das sich in allen Institutionen stellt, wenn man das ursprüngliche Dienstleistungsmandat vergißt. Die Männer setzen dabei gewöhnlich nur auf ihre Rollen, die Frauen dagegen bringen auch ihre direkten Erfahrungen mit ein … Sie haben mehr Karten auf der Hand … Zum Beispiel nutzen sie nicht nur die Trümpfe, sondern auch die niedrigen Karten, die den Ausgang des Spiels umkehren können.

Mittlerweile sind einige Teilnehmerinnen gegangen. Es ist fast Zeit zum Abendessen.

Assunta sucht Marja. Sie hat sie in ein Restaurant eingeladen, weil Marja mit ihr allein sprechen will. Sie ist nicht zu finden, und man fürchtet, daß sie in der Stadt »verlorengegangen« sei. Statt dessen schläft sie auf dem kleinen Sofa in der Mansarde. In der Unterredung am frühen Nachmittag war Marisas Beitrag entscheidend. Mit ihrem gesunden Menschenverstand und ihrer unverdorbenen Klugheit hat sie vertreten, daß man Marja nicht zu sehr beschützen sollte, daß es einer Regression gleichkäme, sie wieder nach Triest und ins Frauenzentrum zu holen. Es sei besser, daß sie die neue Situation in Udine aus eigener Kraft angeht – was nicht bedeutet, daß das Frauenzentrum aufhört, ihr zu helfen. Zum Beispiel wäre es angebracht, daß das Zentrum ihr ein Fahrrad schenkte, um damit zur Arbeit zu fahren, und ihr auch eine bessere Wohnung suchte, denn die Unterkunft, in der sie zur Zeit Aufnahme gefunden hat, erinnert sie zu sehr an das Elend und den Krieg, vor denen sie geflohen ist.

Assunta geht mit Marja weg.

Während die etwa 20 noch übrigen Frauen sich aufs Abendessen vorbereiten, plaudere ich ein wenig mit Paola. Paola hat vor kurzem *Das Heilige und die Gewalt* von René Girard gelesen und bemerkt: »Zu den Schwierigkeiten der pädagogischen Meister-Schüler-Beziehung kommt bei den Frauen noch die der Mutter-Tochter-Beziehung hinzu. Das ist ein Thema, über das ich viel nachgedacht habe … Vor zwei Jahren haben wir hier im Zentrum ein Seminar abgehalten, das sich an Klientinnen der Zentren für mentale Gesundheit und Frauen aus ihrer Verwandtschaft richtete … Als Auftakt für die Diskussion haben wir einen ausgewählten Mythos analysiert, den von Demeter und Kore … und zum Abschluß haben wir eine Adaption der Homerischen Hymne und der Erzählung Hesiods über diesen Mythos inszeniert und die beiden Rollen mit einer einzigen professionellen Schauspielerin besetzt, die unterschiedlich beleuchtet wurde, je nachdem, ob sie Demeter oder Kore darstellte …«

»Mit diesem Mythos habe ich mich auch lange beschäftigt«, unterbreche ich sie, »und wer weiß, wie lange ich noch daran arbeiten muß … Ich leide nämlich sehr darunter, daß meine Tochter so weit weg ist.«

Daraufhin gibt Paola mir einen Text zu lesen, den sie zusammen mit einer Freundin verfaßt hat.

Hier einige Auszüge daraus:

Über die Mutter-Tochter-Beziehung zu sprechen ist besonders komplex, weil sich daran sofort hohe Erwartungen knüpfen, wir aber nicht über einen gemeinsamen theoretischen Boden verfügen, auf dem wir die unterschiedlichen Erfahrungen ansiedeln können.

Freud selbst bemerkt zu dieser Beziehung, daß sie vor dem Wort entsteht, in einem von mächtigen emotionalen Konflikten, von Ambivalenz, von Anhänglichkeit und Groll zugleich bewohnten Raum ... daher ist sie auch der Ursprungsort der Paranoia. Demnach hat die Mutter-Tochter-Beziehung für Freud ein erhöhtes »pathologisches« Potential (an Schmerz, an Leid).

Von der Psychoanalyse des Selbst, die einige nützliche Hinweise geliefert hat, sind Chodorow, Gilligan und Benjamin bei ihren Analysen über mütterliche Funktion, weibliche Aggressivität und Liebesbindungen ausgegangen und zu der Überzeugung gelangt, daß die Konsolidierung des Selbst in den Beziehungen stattfindet, nicht durch die Befreiung von ihnen (wie in der Ich-Psychologie), indem Mutter und Tochter ihre gegenseitige Abhängigkeit voneinander anerkennen.

Wenn wir alle Töchter sind, übernehmen wir gleichwohl alle, wenn auch nicht biologisch, sondern auf verschiedene andere Weise, auch mütterliche Funktionen. Deshalb meinen wir, daß die Qualität der Mutterbeziehung par excellence, die zwischen Mutter und Tochter, bei der Ausbildung unserer Identität als Frau sehr wichtig ist. Wir haben festgestellt, daß der Identifikationsprozeß der Töchter mit den Müttern sehr kontrastreich ist. Die Mutter-Tochter-Beziehung ist schwierig, konflikthaft, manchmal explosiv; heitere Gelassenheit wird nur um den Preis von Verletzungen und Leiden erlangt. Wir fragen uns, ob das immer schon so gewesen ist, oder ob diese Schwierigkeiten durch eine Verzerrung entstehen, die von einem kulturellen Modell erzeugt wird, dem heutigen nämlich, das die Frau ihrer innersten Daseinsberechtigung enteignet und sie gezwungen hat, ihr tiefstes Empfinden zu zensieren. Im wesentlichen möchten wir verstehen, ob ein Ansatz, der die matrilineare Beziehung in den Mittelpunkt stellt, bei der Behandlung psychischer Störungen bei Frauen eine Zukunft haben könnte. Wir haben deshalb den Merkmalen der Mutter-Tochter-Bindung seit frühester Zeit noch einmal nachgespürt.

Unter den zahlreichen weiblichen Archetypen, die das Binom Mutter-Tochter verkörpern und Märchen und Mythen bevölkern, haben wir Demeter und Persephone ausgewählt …
Was unterscheidet diese große Muttergöttin von den heutigen Müttern? Wir Frauen finden uns in vielen Aspekten dieser Mutter immer noch wieder. Die mütterliche Figur, die zugleich ernährt und verschlingt, ist in unserer Kultur sehr präsent. Aber wir haben die Anerkennung unserer Sakralität verloren: Die Macht der Göttin, die Macht zu ernähren, fruchtbar zu machen, zu geben und sich hinzugeben, existiert nicht mehr. Die uralte mütterliche Funktion hat sich in die moderne Mutterrolle verwandelt, die Mutter ist nicht mehr diejenige, die formt, unterweist, lehrt, Frauenwissen weitergibt, sondern sie reproduziert die Männerkultur. Der Faden, der Mutter und Tochter verband, ist gerissen.
Zwischen Demeter und Persephone dagegen reißt er nicht.
Im Mythos erleidet Persephone eine traumatische Trennung von der Mutter, und das bedeutet für sie den notwendigen Verlust des ursprünglichen Zustands der Unschuld, Passivität und Empfänglichkeit, der ihr Mädchentum kennzeichnet: Sie ist beschützt und kann ihr Leben unbeschwert genießen, hat eine symbiotische Beziehung zur Mutter. Die Angst, der Erkenntnis des Schmerzes geschuldet, die Persephone überfällt, bleibt ohne Antwort, und Persephone stürzt in den finsteren Abgrund ihrer Seele und findet sich als Frau wieder. Im Mythos ist es die weise Persephone, die Sehnsucht nach der Mutter empfindet und doch beschließt, den Granatapfelkern zu essen. Sie fürchtet sich nicht mehr vor dem Abgrund, sie hat ihn durchquert und will weiterhin die Königin der Unterwelt sein und jene dunkle Macht ausüben, die einen wichtigen Teil ihres Frauseins ausmacht, ihre wilde, kreative Kraft ist, die Quelle des Lebens selbst, das, wenn es eingezwängt, am Fließen gehindert wird, zu Wahnsinn und zum Verlust der Seele führt.
Also macht Persephone das, was sie wirklich für sich will. Doch als sie in den Armen der Mutter liegt und diese sie ängstlich ausfragt, lügt sie, sagt, daß sie genötigt wurde, den Granatapfelkern zu essen. Demeter glaubt an die Lüge der Tochter, Freude erfüllt ihre Herzen, und die Erde erblüht wieder. Demeter, die zwar ihre Persephone gern als Kind wiedergehabt, ihr gern auf ewig

ihre Unschuld und Unbewußtheit erhalten, sie gern vor dem dunklen Gang durch den Hades beschützt hätte, weist die zur Frau gewordene Tochter jedoch auf diese Weise nicht zurück, erkennt sie als solche an, nimmt sie auf und freut sich. Und Persephone freut sich mit ihr. Die Lüge, die sie der Mutter gesagt hat, war als Aufmerksamkeit ihr gegenüber gemeint, sie wollte sie nicht verletzen, indem sie ihre Wahl offen zugab: Es war jedoch ein kluger Trick, der die beiden nicht entzweite, sondern einte in gegenseitiger Liebe und Achtung.

Bei den vier Treffen, die wir diesem Mythos gewidmet haben, sind viele interessante Dinge herausgekommen. Lange haben wir uns bei dem Symbol des Granatapfelkerns aufgehalten, das bald, mit den Augen der Tochter, als sexuelle Lust gedeutet wurde, bald als Behauptung der Unabhängigkeit von der Mutter, dann wieder als Entdeckung einer unbekannten und aufregenden Realität, vergleichbar der einer Heranwachsenden, die in die Welt zieht, nachdem sie vorher nur familieninterne Beziehungen kannte.

In Persephones Lüge wird, wie aus den meisten Kommentaren hervorgeht, das »mütterliche« Gesicht von Persephone gesehen, um daran zu erinnern, daß die Rollen von Mutter und Tochter Vereinfachungen und Verkürzungen globaler und komplexer Funktionen darstellen, die stets in uns vorhanden und austauschbar sind, auch wenn es manchmal schwerfällt, sie auszudrücken. Bei Demeter fiel der wilde, unerträgliche Schmerz auf (auch als »Egoismus, Possessivität, Eifersucht« gedeutet), der sich in dem Augenblick in Freude verwandelt, in dem sie die Tochter wiederfindet und bereit ist, die neue Zeiteinteilung und die neue Realität der Tochter zu akzeptieren. Alle erkennen, daß die Beziehung zwischen Demeter und Persephone, ist die totalisierende Phase, in der man die beiden nicht mehr voneinander unterscheiden kann, erst einmal vorbei, erhalten bleibt – daß die »Nabelschnur« nicht durchtrennt wird.

Diese Lesart des Mythos unterscheidet sich wesentlich von den bekanntesten psychologischen Theorien über das Mutter-Tochter-Verhältnis und vor allem von den sehr viel subtileren und durchdringenderen Botschaften, die wir kennen: daß nämlich die Tochter sich von der Mutter lösen *muß*, daß die Nabelschnur durchtrennt werden *muß*, da sonst eine dauernde Abhängigkeitsbeziehung droht, die Leiden, Verzerrungen und Verschrobenheiten mit sich bringt. Es scheint, als müsse die Tochter die Mutter hinter sich lassen, entweder um deren Vorbild nachzuahmen und in die *gleiche* Rolle zu schlüpfen oder um sich dagegen zu stemmen und sie abzulehnen, aber ohne Freude.

Das, was in der Psychologie als strukturelles Merkmal der Frauen beschrieben wird, scheint uns, auch durch diese Erfahrung getröstet, vielmehr ein offensichtlich historisch-kulturelles Ergebnis zu sein. Es ist eine manchmal von Heimweh und Sehnsucht gefärbte Hoffnung der Töchter, die Mütter nicht zu verlieren oder sie nach eigenständigen Phasen des Wachstums und der Reife wiederzufinden.

Es war sehr leicht, in Persephone »die Frau der Möglichkeiten« zu erkennen, diejenige, die wählen und zu einem Mittelweg gelangen kann, der nichts ausschließt, sondern ihr erlaubt zu experimentieren, zu wechseln, sich auch in den dunkelsten und geheimsten Bereichen des Selbst zu »sehen« (mächtige und furchtbare Königin der Unterwelt und wieder freudig der Mutter nah).

Die Freiheit der Entscheidung macht sie in der Sprache des Mythos »weise« und »tapfer«, zwei Attribute, die nie mit der Figur der Töchter verbunden, sondern nur den Müttern aufgrund ihres Alters und der gesellschaftlichen Anerkennung zugebilligt werden.

Während ich zu Fuß nach Hause zurückkehre und noch über die gerade gelesenen Seiten nachdenke, ist mir, als ginge Paola neben mir und als wendete ich mich an sie: »Diese Deutung des Mythos überzeugt mich nicht … sie ist zu tröstlich … denn in Wahrheit ist Demeter, Göttin der Fruchtbarkeit, ja auch die Göttin der Zerstörung: Alles, was erschaffen wird, muß früher oder später sterben … Als Kore/Persephone ihr geraubt wird, entspringt ihre Verzweiflung, so scheint mir, eher dem plötzlichen, tragischen Bewußtsein, daß sie die Tochter nicht vor Schmerz bewahren kann, nur weil sie sie geboren hat, und daß diese ihrerseits im Gebären außer Leben auch Schmerz gebä-

ren wird … Zwar mag eine Lüge ihre Versöhnung ermöglichen, doch es ist, als sagten sie beide: ›Nun wissen wir's. Um zu leben, muß man so tun, als sei nichts.‹ … Diese insgeheime Anerkennung der unauflöslichen Verbindung von Leben und Tod birgt das heilige und zugleich einfache Wesen jeder echten Wahrheit … bisher dazu bestimmt, nur durch Frauenkörper weitergegeben zu werden … Je weiter sich die Menschheit von diesem Wissen entfernt, um so mehr werden die Frauen gedemütigt, wird ihnen Heiligkeit verweigert, und um so mehr wird das Gewebe des zivilisierten Zusammenlebens zerstört … Ein Dichter hat es verstanden, Leopardi, der weltlichsten einer und zugleich vom Gefühl für das Heilige durchdrungen.«
Zu Hause angekommen, wähle ich Truffauts Film *Die Frau nebenan,* um ihn mir noch einmal anzuschauen, fast als suchte ich eine Bestätigung für meine Schlußfolgerungen, denn mir scheint, daß in ihm ein möglicher Ausgang von Kores Schicksal angedeutet ist: Die eventuelle Versöhnung mit der Mutter schützt nicht vor Gefahr, die Beziehung zu Hades kann verheerend sein.
Die Frau nebenan ist einer der wenigen Filme von Truffaut, in denen der Hauptdarsteller eine eindeutig männliche Konnotation hat, ein schöner Stier, nicht zufällig verkörpert von Gérard Depardieu. Der Mann, Bernard, muß einer Frau einfach gefallen, auch wenn oder vor allem wenn sie sehr weiblich ist.
Die Frau von nebenan ist Mathilde (Fanny Ardant), die frühere Verlobte von Bernard, der unterdessen glücklich verheiratet und Vater eines hübschen Kindes ist. Von einem nicht sehr glaubwürdigen Ehemann begleitet, platzt Mathilde nach acht Jahren Trennung erneut in das Leben ihres Exgeliebten hinein. Als hätten sie sich nie getrennt,

beginnt zwischen den beiden alles von vorn, und um so stürmischer, da sie sich vor den Augen der anderen verstecken müssen (vor den jeweiligen Ehepartnern und der kleinen Gesellschaft, zu der sie gehören), aber vor allem vor sich selbst.

Wie immer bei Truffaut bestimmt Mathilde die Regeln des Spiels: die Wette auf Leben und Tod, zwischen Gefühl und gesellschaftlicher Vernunft, die sie dazu verleitet, »Heilung« in der Schlaftherapie und der Psychiatrie zu suchen (doch spottet Truffaut mit freundlicher Ironie über diese Verfahren).

Der Geliebte dagegen wählt sein kleines, beruhigendes, häusliches Glück und schwängert seine Frau erneut.

Mathilde wird diesen Kompromiß nicht akzeptieren und – nach einer letzten Liebesbegegnung – ihn und sich töten.

Der Tennisplatz, auf dem man dieser engen provinziellen Welt bei Grenoble begegnet, ist das Sinnbild für die Gesetze des Pascalschen Sinns für Präzision, während der »esprit de finesse« (die Herzensregungen) von der alten Besitzerin des Clubs, Madame Jouve, verkörpert wird, die nach und nach den Grund für die Prothese preisgibt, die sie an einem Bein trägt. Alle glauben, sie habe einen Unfall gehabt; nur den beiden Liebenden gesteht sie die Wahrheit: Vor 20 Jahren, als ihr Freund sie verließ, hat sie sich aus dem Fenster gestürzt und ist behindert geblieben. Und als Madame Jouve im Lauf von Mathildes und Bernards Geschichte von Liebe und Tod einen Brief aus Neukaledonien erhält, in dem ihr damaliger, nun verwitweter Geliebter ihr schreibt, er wolle zu ihr zurückkehren, flüchtet sie nach Paris, um sich nicht hinkend zu zeigen und vor allem, weil sie eine Aussöhnung mit der

Vergangenheit verweigert, und unterbindet so jede Möglichkeit einer Begegnung.
Madame Jouve ist die erzählende Stimme, die einzige, die Mathildes extreme Tat versteht, sie kommentiert sie mit den Worten eines berühmten Chansons von Édith Piaf: *»Non, rien de rien/non, je ne regrette rien.«*
Das Kind, das sonst als »Cameo« auftaucht, ist diesmal im Bauch von Bernards Frau versteckt.

Montag, 14. September

Licht und Schatten, Freude und Schmerz
lieben wir an euch.
Oh, kehrt zu uns zurück,
teure Stimmen von einst!
Umberto Saba

Im blauen Zimmer des Vereins *Luna e l'altra* überlegen Anna und Laura, wie sie das Budget am besten nutzen können, das der Verein für die Teilnahme an der Tagung *Tutti in gioco* in Rom bereitgestellt hat, wo sich Klienten der Zentren für mentale Gesundheit aus ganz Italien treffen werden. Sie erwägen zum Beispiel die Möglichkeit, einige Teilnehmerinnen bei Freunden anstatt in Hotels unterzubringen und das Geld für die Erstattung von Assuntas Unkosten auf mehrere Personen aufzuteilen, denn als Referentin hat Assunta ein Anrecht auf einen Flug erster Klasse und Übernachtung in einem guten Hotel, will aber auf diese Privilegien verzichten: Damit so viele Frauen wie möglich die Reise nach Rom antreten können.
Laura ist eine Psychologin ohne feste Arbeit. In den letzten Monaten hat sie, wie Mara mir vor ein paar Tagen erklärt hat, als Tutorin in dem Kurs *Vom gefangenen Körper zum befreiten Körper* mitgewirkt und als Honorar ein sehr bescheidenes Stipendium erhalten. Da ihr das, was sie

macht, gefällt, sie sich aber nicht erlauben kann, so wenig zu verdienen, arbeitet sie nachmittags für ihren Lebensunterhalt bei einer Versicherungsgesellschaft. Sie ist 26 Jahre alt, fröhlich und ausgeglichen.

Auf dem Flur fragt mich eine Frau: »Haben Sie die Dottoressa gesehen, die mir den Kühlschrank bringen soll?« Um den Hals trägt sie einen Schal, der nur teilweise ihre Verbrennungen zudeckt, und sie sieht mich verstört an, unsicher in Wort und Schritt.

Edvige stolziert in einer schönen, türkisgrünen Regenjacke herum: Die Jacke ist neu, heute ist es kalt, Türkisgrün gefällt ihr, weil es sie an das Meer von Neapel erinnert, auch wenn sie es nie zu Gesicht bekommen hat. »Wissen Sie, mein Mann schlug mich immer auf den Kopf, und nie durfte ich das Meer von Neapel sehen.«

Zita ist verzweifelt und quält Elena: immer wieder die *foibe* im Karst, das tote Kind. Elena drückt ihr fest die Hände, sieht ihr tief in die Augen und sagt mit Bestimmtheit: »Na, na, jetzt ist's aber genug mit dieser griechischen Tragödie!«

Elena schließt gerade ihr Praktikum als Psychologin im Zentrum ab; es ist ihre letzte Woche hier; danach muß sie sich auf die Prüfung für die Zulassung zur Berufsausübung vorbereiten und sich anschließend für die Fachausbildung bewerben. Sie würde sich gern weiter um die Frauen aus der Via Gambini kümmern. Heute ist sie traurig, weil sie eine Arbeit hinter sich lassen muß, die sie begeistert, und eine Gruppe, von der sie viel gelernt hat.

Aus dem Nebenzimmer höre ich die Stimme von Manuela. Sie erzählt Giovanna, daß sie nun endlich ihren Anteil an dem landwirtschaftlichen Familienbetrieb ausbezahlt bekommt. Giovanna schlägt ihr vor, auf der Ta-

gung im Oktober als freiwillige Hosteß zu arbeiten, und fügt gewinnend hinzu: »Bei deiner Figur und deiner Eleganz wirst du uns glänzend vertreten.«
Sabina mißt unterdessen im Krankenzimmer Graziella den Blutdruck: Er ist immer noch zu hoch, obwohl sie aufgehört hat, das Medikament zu nehmen, das diese Störung verursachen könnte.
Ich werde Zeugin eines Streits zwischen Giovanna und Fulvia.
In einer Woche fährt Fulvia in Urlaub und hat beschlossen, eine Reise nach Tibet zu machen. Giovanna, eine Jugendfreundin von ihr aus der Zeit, als sie beide zwischen Joints und Autonomiebewegung in Padua studierten, sorgt sich um sie: »Es geht dir nicht gut, du mußt noch die Untersuchungen abschließen und willst so eine Reise machen!« Aber Fulvia erwidert wie ein trotziges Kind: »Genau deswegen fahre ich ja, weil es mir nicht gutgeht! Und ausgerechnet du versuchst, mich davon abzubringen … dabei hast du immer zu allen Frauen gesagt, wenn es einem schlechtgeht, ist Reagieren die beste Medizin!« Fulvia bittet mich mit den Augen um Solidarität, nachdem sie Giovanna entwaffnet hat: »Und als ich gesagt habe, ich fahre allein, habe ich gemeint, daß ich nicht mit einer Reisegruppe fahre … ich fahre mit meinem Freund … So kann er lernen, mich zu umsorgen, wenn es mir schlechtgeht … Wenn er mich in Triest besucht, muß ich nämlich immer strahlend und spritzig sein, weißt du? …«
Albina will 150 Lire von Marina, die aber von Elena gezwungen wird, ihr diese Bitte abzuschlagen, weil Albina die 5000 Lire, die ihr pro Tag zustehen, schon bekommen hat. Doch sobald Elena gegangen ist, fragt Albina mich, ob ich ihr 1000 Lire gebe. Auch ich »darf« sie ihr nicht geben.

Ich frage sie, wozu sie das Geld braucht. »Wenn ich abends ausgehe …« Elena, die inzwischen zurück ist, sagt zu mir: »Sie läuft ständig durch die Gegend und gibt Geld aus … vielleicht trinkt sie auch …«
Unterdessen geht das Wortgefecht zwischen Giovanna und Fulvia weiter. »Das ist der blanke Neid, weißt du«, sagt Fulvia, auf Giovanna deutend, zu mir, »bestimmt würde sie am liebsten nach Tibet mitfahren, weil sie den Sommer ja mit ihrem Kind unter lauter reizenden Kleinfamilien am Meer verbracht hat.«
Ganz aufgekratzt und fröhlich kommt Ornella vorbei, mit einem bunten, jugendlichen Anorak und Rucksack ausstaffiert. »Die Kleider, die ich trage, stammen von meinen Enkeln … für die Jugend von heute zählt die Mode … die Mode ändert sich, und sie ziehen die Kleider, die sie gerade erst gekauft haben, nicht mehr an … sie schenken sie mir … schau dir diese modernen Jugendlichen an … schau dir die Sachen an, sie sind ganz neu.« Auf einem Kissen hockt eine der brasilianischen Volontärinnen, blond und weich. Ornella sagt zu ihr: »Sie sehen wirklich aus wie eine Glucke! Sie müßten Dutzende von Enkelkindern um sich haben … ich habe inzwischen 13 Urenkel … und sehen Sie, die schenken mir ihre abgelegten Kleider, weil sie sie nach einer Weile satt haben, und ich nehme alles. Außer den Schuhen.« Ornella befürchtet, daß es morgen regnet und der geplante Ausflug nach Sistiana mit Marco Cavallo ins Wasser fallen könnte. Lachend sagt sie: »Ich werde meine Eltern da oben bitten, daß sie was tun …« Und immer noch lachend: »Hier auf Erden haben sie nicht viel für mich tun können, hoffen wir, daß sie sich zwischen den Wolken besser aus der Affäre ziehen.«
Gisella, die gerade putzt, hält inne, als sie mich sieht, läuft

weg, um eines ihrer Bilder zu holen, und schenkt es mir. Dann macht sie sich wieder an ihre Arbeit und führt, wie gewöhnlich, aufgeregt Selbstgespräche.

Um 14 Uhr findet eine kurze Sitzung mit Lehrern einer staatlichen Schule statt, die den Zentrumsfrauen angeboten haben, an einigen Fortbildungskursen mitzuarbeiten. Danach stellt eine Schauspielerin, die zu einer vor 20 Jahren in Triest gegründeten Gruppe, der *Accademia della follia*, gehört, einen Theaterworkshop vor, der dieses Jahr allen offensteht. Vorgesehen ist die Inszenierung einer Arbeit mit dem vorläufigen Titel *Mattatoio* (»Schlachthaus«); verwendet werden Texte von Hans Magnus Enzensberger (ein Gedicht über den Erfinder des Elektroschocks), Antonin Artaud, Alda Merini und Paolo Paolini, einem Triestiner Dichter. Ich hatte schon Gelegenheit, ein paar Aufführungen dieser Gruppe zu sehen, die sich an Artauds »Theater der Grausamkeit« orientiert. »Ich kann diese Artaud-Imitationen nicht mehr ausstehen!« denke ich. »Wäre es nicht besser, für Menschen, die leiden, und auch für alle anderen, daß man etwas weniger Extremes und Zermürbendes aufführt?« Doch ich schweige und heuchle ein artiges Interesse an dem Projekt.

Mara lädt mich nach der Sitzung ein, ihr in das Zimmer des Vereins zu folgen. »Wir haben nie Zeit, miteinander zu sprechen«, sagt sie zu mir, »du fährst doch am Samstag, oder? Wer weiß, was für ein Durcheinander morgen mit Marco Cavallo in Sistiana herrschen wird … Ich möchte dich etwas lesen lassen, was ich geschrieben habe … es geht um ein Pferd … aber keines aus Pappmaché … Hast du gerade Zeit?« Ich bejahe. Wir setzen uns zusammen, und ich lese. Es ist die Geschichte ihrer Metamorphose in ein Pferd.

Ich schließe die Augen und sehe grenzenlose Ebenen und Prärien, Strände und Dünen, das Aspromonte-Gebirge und viele galoppierende Wildpferde. Wunderbare Tiere. Aus der Höhe scheint es, als schwebten sie auf der Staubwolke, die sie aufwirbeln, so anmutig, feurig, instinktsicher, frei und mutig bewegen sie sich, mit der vitalen Angriffslust und Entschlossenheit dessen, der im Vollbesitz seiner Jugend, seiner Kraft, seines Werts ist, der Leichtigkeit, noch kein vorgezeichnetes Schicksal zu haben. Der Himmel ist unermeßlich, verschwommene Regenbogen leuchten auf, alles ist geweitet, riesig, unendlich.
Ich nähere mich einem Pferd, sehe, wie es sich eine Sekunde lang aufbäumt, vielleicht hat es ebenfalls meinen schwebenden Körper gesehen und erkannt, was gleich geschehen wird: Ich werde gleich in das Tier hineinschlüpfen und das Tier in mich. Es ist ein rotes Pferd mit einem vollkommenen, muskulösen, beinahe männlichen Körper und gleichzeitig stolz und königlich. Mähne und Schweif sind seine Stärken, glänzend, leuchtend, weich wie Samt.
Ich komme ihm noch näher, fürchte mich ein bißchen, wir sind beide eckig, aber ich habe keine Hufe, ob es mir weh tun wird? Und werden ihm meine Absätze weh tun? … Nichts … Es ist stärker als ich, ich habe Vertrauen, es gefällt mir, ich will mit den anderen galoppieren, ich will ein starkes Gefühl spüren, ich will eine Überdosis Leben.
Es ist seltsam, ich dringe durch seine Augen in das Pferd ein, der sanfteste, wäßrigste, größte Teil seines Körpers, die Öffnung, die mich am meisten anzieht, da … da bin ich … einen Augenblick ist es dunkel, dann gleite ich fort, ein paar Schauer, eine große Erregung … ich bin das Pferd, sehe kopfunter ein wenig von der Welt, und hopp! richte ich mich rasch wieder auf, und alle Dinge, die Natur, die Bäume, die Täler, die Blumen, kehren auf die gerade Linie des Horizonts zurück.
Mir ist schwindlig, als wäre ich auf einem Karussell, ich beginne, die geweiteten Nüstern zu spüren, mir scheint, ich kann besser atmen, nun trotten die Beine von allein und fühlen sich leichter an, gesünder, mehr wie meine. Es geht mir gut, erneut hebe ich mein großes Maul, während meine Haarmähne mir das Gesicht streichelt, daß mich eine Gänsehaut überläuft.
Der Schwanz, der Schwanz zwischen den Beinen, ich … Wie

schön, ich bin sehr aufgeregt, ich laufe, beginne zu … zu laufen, immer schneller, alles zieht seitlich an meinem Körper vorüber wie in einem Film, alles wird flach, alles dringt durch die Nüstern in mich ein: Gerüche, Geschmäcke, Freiheit, frische Luft, saubere Luft. Ich bleibe stehen, auch die anderen bleiben stehen.
Ich bin jetzt auf einer Anhöhe und fühle mich beglückt und betrachte die Welt, wie schön sie ist, wieviel vergeudete Schönheit, ein göttliches Meisterwerk, das die meisten entweder nicht wahrnehmen oder für selbstverständlich halten, ohne es im geringsten zu schätzen. Wenn ich der Schöpfer wäre, wäre ich wütend, zumindest enttäuscht.
Und ich betrachte unter mir die riesigen, jahrhundertealten Bäume und das Gelb des Ginsters und das Grün und das Blau und eine rote Sonne, die mich mit dieser wunderbaren Bronzefarbe erleuchtet. Und ich wiehere, hi hi hi hi … Ich bin immer noch ein Pferd, ich weide, verweile und denke an sie, an die Menschen, wie verschieden sie voneinander sind und wie verschieden ihre Art ist, mit uns umzugehen.
Ich bin frei, doch ich weiß von meinesgleichen, die von den Menschen benutzt wurden, ich weiß von solchen, die ausgebeutet, eingesperrt, gepeitscht und übel zugerichtet oder aber als Trophäe ausgestellt oder gar angebetet, geliebt wurden … und wie viele wurden zu Mahlzeiten verarbeitet und aufgegessen … von ihnen … den Menschen … Wieder läuft mir ein Schauer über den Rücken, vor Grauen. Ich seufze, kehre zu meinen freien Gefährten zurück, wir sind eine schöne Herde. Ich will noch einmal laufen, ich weiß, es ist mein letzter Lauf, bald werde ich fort sein, nicht mehr den Geschmack der Erde schmekken, den wahren Geschmack des Lebens, meine Freiheit.
Ich wache auf. Ich fühle mich noch als Pferd, während ich aufstehe. Aber ich ziehe mich an, schminke mich, wecke die Kinder, sie müssen zur Schule gebracht werden … Von meinem Traum bleibt mir nur ein heftiger Schmerz in den Beinen.

Ich betrachte Mara, die mir schon immer ein ungezähmtes Wesen von bittersüßem südlichem Temperament zu sein schien, ich betrachte ihre blauen, ein wenig wäßrigen und verschleierten Augen und sage zu ihr: »Dieses Pferd

ähnelt dir ...« Und dann: »Ich erinnere mich nicht recht, hast du Kinder?«
»Vier Kinder habe ich.«
»Und wie schaffst du es, sie großzuziehen?«
»Mit Hilfe des Frauenzentrums und der städtischen Sozialarbeiterinnen ... und dank solcher Träume wie dem, den du gelesen hast ... Obwohl ich körperlich ziemlich schlecht beieinander bin, besitze ich eine große Kraft, sie kommt von diesem Gefühl der Freiheit, das ich wohl während meiner Kindheit in Kalabrien gewonnen habe ... Ein Gefühl der Freiheit, das für mich zu meiner Heimat gehört, vielleicht, weil sie immer so weit weg war von der sogenannten ›Zivilisation‹ ... Doch wer weiß, welches Ende ich ohne die Hilfe der Frauen genommen hätte, als mich der Zufall nach Triest verschlagen hat.«

Um 15.30 Uhr beginnt im Shiatsu-Zimmer die wöchentliche Sitzung, bei der die Lage der Patientinnen besprochen wird. Die Tür ist offen, doch sind, wohl aufgrund der »unsichtbaren Schwelle«, fast nie Klientinnen des Zentrums anwesend. Zuerst geht es um Marja: Sie hat Schwierigkeiten, ihren Arbeitsplatz mit öffentlichen Verkehrsmitteln zu erreichen – der Bus geht um fünf Uhr früh, die Fahrt dauert nur eine halbe Stunde, ihr Dienst beginnt aber erst um sieben –, kurz, es muß eine Summe bereitgestellt werden, um ihr ein Fahrrad zu kaufen. Marja hat Beziehungsprobleme mit der Pflegefamilie ihres Sohnes. Fälle wie der ihre sind immer sehr heikel. Wie könnte eine gute Lösung aussehen? Dann verlagert sich das Gespräch auf die Jugendschutzpolitik der Regierung, man fragt sich, warum die Pflegefamilien monatliche Zuschüsse erhalten, aber keinerlei finanzielle Hilfe für Familien mit gefährdeten Kindern vorgesehen ist. Und warum auch reiche Pflegefamilien Geld bekommen. Es wird beschlossen, diese Fragen bei der Tagung über gefährdete Jugendliche zu stellen, die im Oktober in Triest abgehalten wird.

Dann wird über eine Frau gesprochen, für die keine geeignete Sozialwohnung von der Behörde zu bekommen ist. Sie leidet an Störungen, derentwegen sie zur Beobachtung im Diabeteszentrum ist, doch hat man ihr noch keine klare Diagnose gestellt. Je nachdem, was die Untersuchungen ergeben, wird man ihr entsprechend ihrem Gesundheitszustand, sobald es ihr besser geht, eine Arbeit in der Kooperative anbieten müssen oder auch ein Stipendium für einen Fortbildungskurs.

Nun wird der Fall Graziella behandelt. Ihr Blutdruck ist zu hoch: Es müssen sofort einige klinische Untersuchungen bei ihr gemacht werden, Blutzucker, EKG usw.

Danach kommt Giuseppina an die Reihe: Sie hat sich einen reizenden Zuhälter gesucht, will aber unbedingt die Schlüssel ihrer ehemaligen Wohnung, weil sie die Katzen füttern muß. Was soll man tun? Auch die Katzen im San Giovanni unterbringen?

Als nächstes wird über Giorgia diskutiert. Sie ist eine wohlhabende Frau aus gutbürgerlicher Familie, von einer Freundin verwöhnt, die ihr ständig Geschenke macht. Sie gibt alles aus, für Schmuck, Dessous, Massagen, und hat überall Schulden, ausstehende Miete, unbezahlte Rechnungen. Wenn man sie entmündigen läßt und ihr die Vollmacht über ihr Vermögen entzieht, wird sie die gesamte Verwandtschaft belästigen. Man muß auch die Freundin schützen, die eine verquere Beziehung zu ihr hat: Sie läßt Giorgia all ihre »Kinderlaunen«, um sie gleich darauf bestrafen zu können, manchmal auch körperlich. Giorgia schläft morgens lange und geht jeden Tag um die Mittagszeit aus, ihrer Freundin sagt sie, daß sie eine Verabredung hat. Sie geht mit Männern und nimmt 200 000 Lire pro Begegnung. Sie behauptet, es mache ihr Spaß, Geld für Sex zu bekommen. Sie läuft mit einem Haufen Geld in der Handtasche herum. Gestern hatte sie sieben Millionen Lire in bar. Sie sagt, den Banken traue sie nicht, weil die zu niedrige Zinsen zahlen, und daß sie ihr Geld an jedem Monatsende einem Freund (ein Kunde? ein ehemaliger Verwalter der Familie?) übergebe, der ihr einen Zinssatz von 11 Prozent garantiere. Zu ihren galanten Verabredungen läßt sie sich manchmal von der Freundin im Auto fahren; »sonst bezahlst du mir das Taxi«, droht sie ihr. Sie scheint bei guter Gesundheit zu sein, dabei ist sie magersüchtig. Der Körper ist ihre fixe Idee, sie gibt Hunderttausende für Massagen und Kosmetika aus. »Gestern«, sagt Gemma, »ist sie hier gewesen. ›Was mache ich bloß?‹ hat sie mich gefragt. ›Was mache ich mit diesen rissigen Lippen?‹ Ich verstand nicht, was sie meinte, aber Marisa hat mir erklärt: ›Sie will keinen kompletten Verkehr haben mit den Männern, sie sagt, daß sie Oralverkehr vorziehe, weil sie Angst vor Aids hat …‹ Marisa macht sich Sorgen, Giorgia verweigert die Medikamente, weil sie angeblich dick machen … Nun fährt die Freundin in ein paar Tagen mit ihrem Lebensgefährten in Urlaub … Giorgia kann nicht allein bleiben, während es ihr so schlechtgeht … sie deliriert immer heftiger …« Assunta schlägt vor, sie eine Woche in die Tagesklinik zu schicken.

Als ich Giorgias Geschichte höre, fallen mir einige Bilder von den perversen Freundinnen aus Buñuels Film *Der diskrete Charme der Bourgeoisie* ein.

Der schwierigste Fall ist der von Alda, der es wieder schlechtgeht, und »es wird ihr immer schlechter gehen«, sagt Assunta. Vor 20 Jahren hat Alda in einem Raptus ihren fünfjährigen Sohn im Schlaf erstickt. Sie hat elf Jahre in der geschlossenen Anstalt gesessen, dann stand sie unter Hausarrest im San Giovanni, jetzt sind keine Verfahren mehr anhängig. »Für ihren jetzigen Zustand ist zum großen Teil die geschlossene Anstalt verantwortlich«, sagt Marisa. »Aber warum wird es ihr immer schlechter gehen?« fragt Laura, die junge Krankenschwester, die hier ein Praktikum macht. »Weil man dich«, erklärt Assunta, »wenn du entmündigt wirst, für komplett verantwortungslos hält, und häufig siehst du dich selbst auch so … Niemand hilft dir dabei, Trauer und Reue für deine Tat zu empfinden.« Marisa fügt hinzu: »Und nachdem du so lang da drin gesessen und deine ganze Energie für das Überleben aufgezehrt hast, sagst du dir dann: ›Ich habe genug gebüßt‹, und diese Einstellung wird zu einem weiteren Widerstand, der dich daran hindert, dir deiner Tat bewußt zu werden.« »Und es kann vorkommen«, ergänzt Assunta, »daß deine Handlung im Lauf der Jahre ihre Konkretheit verliert, sich mit dem Traum vermischt oder sogar ganz aus dem Gedächtnis gelöscht oder einer anderen Person zugeschrieben wird … Während dich, so wie dich ein Ausweis auf deine Identität hinweist, die Akten eines regulären Strafprozesses auf die Tat hinweisen, die du begangen hast … Natürlich brauchst du in dieser Zeit und auch danach psychologische und soziale Unterstützung … Voriges Jahr hatten wir zum Beispiel zwei Frauen unter Hausarrest im Zentrum … Eine kennst du, die andere ist jetzt im Gefängnis; wir besuchen sie zweimal in der Woche.«

Anna erzählt, daß sie und Giovanna von einem Herrn »verfolgt« werden: Er kommt ständig, um sich über seine Mutter zu beklagen, und verlangt, daß das Zentrum eingreifen solle. Die Mutter ist 72 Jahre alt, sie war stets eine vorbildliche Ehefrau und Mutter; vor zwei Jahren ist ihr Mann gestorben, und seitdem macht sie sich »ein schönes Leben«. Sie geht viel aus, verreist, bäckt, wenn die Enkel sie besuchen, nicht selbst Kuchen, sondern läßt ihn aus der Konditorei kommen, aber vor allem will sie das große Haus nicht mit ihrem Sohn, der Schwiegertochter und den Kindern teilen, die sehr beengt in einer kleinen Wohnung leben … und vielleicht hat sie sogar einen Geliebten. »Wir haben vom Sohn selbst erfahren, daß die Mutter nur das Geld ihrer Rente ausgibt, daß sie keine Schulden macht, daß es ihr Recht ist, in dem Haus zu leben, weil sie die Nutznießung hat, aber er will einfach nicht einsehen, daß die Mutter normal ist. Nachdem er mit mir gesprochen hat«, sagt Anna, »hat er mich nach meiner Qualifikation gefragt; ich habe geantwortet, daß ich Krankenschwester bin, und er hat erwidert, ich sei nicht qualifiziert, er verlange ein Gespräch mit einer Psychologin … daraufhin habe ich ihn zu Gemma geschickt.« »Und du«, fragt Assunta Gemma, »hast du ihn nicht hingeschickt, wo der Pfeffer wächst?« Gemma: »Ich bin seiner Ansicht nach auch nicht qualifiziert, er will mit dir reden.« »Na gut«, sagt Assunta abschließend, »gebt ihm einen Termin an den Tagen, an denen ich Angehörige empfange.« Ich muß lächeln bei dieser Geschichte, sie erinnert mich an eine kurze Erzählung von Bert Brecht, *Die unwürdige Greisin*, in der es am Ende heißt: »Genau betrachtet lebte sie hintereinander zwei Leben. Das eine, erste, als Tochter, als Frau und als Mutter, und das zweite einfach als Frau B., eine alleinstehende Person ohne Verpflichtungen und mit bescheidenen, aber ausreichenden Mitteln. Das erste Leben dauerte etwa sechs Jahrzehnte, das zweite nicht mehr als zwei Jahre.«

Assunta bespricht mit Anna noch die letzten Vorbereitungen für den morgigen Ausflug nach Sistiana. Ein junger Mann von der Cooperativa Lavoratori Uniti, der den Auftrag hat, Marco Cavallo vom San Giovanni zum Strand zu transportieren, ist auch dabei.

An diesem Punkt ziehe ich es vor, sie allein zu lassen und zu Fuß nach Hause zu gehen. Nach der Geschichte von Alda hat mich eine schreckliche Angst gepackt, und ich sage mir: »Nie könnte ich diese Arbeit machen ... Ich könnte die nötige emotionale Distanz nicht wahren.« Und während ich die Ereignisse meines Lebens bedenke und meine Unfähigkeit, damit umzugehen, wird mir klar, daß mich die beharrlich gepflegte Übung des Lesens und Schreibens gerettet hat. Ich überlege, wie sich die Nachricht von einer Straftat – in *Die Brüder Karamasow* der Vatermord, ein weiteres Tabu-Verbrechen – verbreitet, wie sie von allen Seiten beleuchtet wird und die Abgründe der menschlichen Seele berührt, indem sie die Besonderheit jeder Existenz, auch der geringsten, mit den gemeinsamen Schicksalen der Welt verknüpft. Und als der über Alda gesagte Satz in mir widerhallt: »es wird ihr immer schlechter gehen«, findet er ein Echo in den präzisen, schmerzlichen, unabänderlichen »Diagnosen« von Aljoscha Karamasow über die Brüder, über Gruschenka, über Katerina Iwanowna und viele Nebenfiguren. Und der Satz über Alda wird überlagert von Starez Zosimas Äußerungen: »Nimm die Schuld auf dich, erst dann wirst du Richter sein können«, »Die Hölle ist die Qual, nicht mehr lieben zu können«. Danach gelingt es mir, mit größerer Gelassenheit zu dem Gedanken an Alda, die Kindesmörderin, zurückzukehren.

Zu Hause schaue ich mir die letzte Videokassette von Truffaut an, die noch übrig ist, genau die richtige.
Der Film *Auf Liebe und Tod* hat eine widersprüchliche und unwahrscheinliche Krimihandlung, die als Vorwand für eine Liebesgeschichte dient, denn das wahre Verbrechen, das man dem Protagonisten anlasten kann, ist, daß er die Liebe der Frau an seiner Seite ignoriert hat.
Der Immobilienhändler Vercel (Jean-Louis Trintignant) ist zu Unrecht des Mordes an seiner Frau angeklagt, und dann kommt noch der Verdacht auf mehrere andere Morde hinzu. Seine Sekretärin verwandelt sich in eine Detektivin, um ihn vor der Justiz zu retten, und versteckt ihn einstweilen gegen seinen Willen im Keller seines Büros.
Der Film würdigt das Genie von Fanny Ardant – Truffaut hatte sich bei den Dreharbeiten für *Die Frau nebenan* in sie verliebt. Eine Fanny (im Film: Barbara), die nicht mehr den tragischen Doppelbegriff Liebe/Tod verkörpert, sondern den lebenspendenden Liebe/Rettung, wofür sie sowohl ihr komisches Talent als auch die Kunst des »ewig Weiblichen« einsetzt. Als Beispiel für ersteres mag die Szene gelten, in der sie in ihrer Rolle als Detektivin so tun muß, als sei sie eine Prostituierte, und einem Kerl, der sie fragt: »Wieviel?«, nach einem prüfenden Blick auf ihre Armbanduhr gedankenverloren zur Antwort gibt: »Sieben.« Für letzteres dagegen die Szene, in der sie entdeckt hat, daß Vercel durch das Gitter des Kellerfensters nach den Beinen der Passantinnen schielt, und beschließt, ihm

zu zeigen, welch schöne Beine sie selbst hat, indem sie wieder und wieder daran vorbeigeht.
Wie in allen Filmen von Truffaut ist auch in diesem das autobiographische Element ausschlaggebend: Nachdem er zunächst Blondinen bevorzugt hat, merkt er plötzlich, daß er Brünette liebt – solche wie Fanny, die schon in ihrem Nachnamen Ardant (die Glühende) den südlichen Dämon darstellt.
Der glückliche und komische Schluß, die Hochzeit der sichtlich schwangeren Barbara mit Vercel, vollzogen von dem Priester, den sie für einen Komplizen der Mörder gehalten hatte, hat auch etwas Beunruhigendes an sich.
Als »Cameo« treten hier die Chorkinder auf, die während der Trauung in der Kirche Fußball spielen mit einem Objektiv, das dem Fotografen aus den Händen geglitten ist. Ein unschuldiges Spiel? Eine grausame Verspottung des Kinos, das vom Fernsehen verdrängt werden wird? Eine Todesahnung?
Truffaut stirbt tatsächlich ein Jahr später. Und sein Werk wird, wie alle Werke, zum Spielball von Erinnerung und Vergessen.

Dienstag, 15. September

Auf einer Klippe, im roten Abend,
beieinandersitzend,
da ließ ich keinen Blick von ihr, und hab mich immer
mehr vertieft,
immer vergeblicher, in ihre fremdartigen Augen:
Mond, der zwischen Wolken seinen Weg nimmt;
und während ich mich um eine wilde, fremde Seele,
um eine schöne Gestalt bekümmre,
wer weiß, wo ihre Gedanken sind!
Umberto Saba

Marco war kein scharrendes, stürmisches, feuriges Wildpferd wie die, die in der mythischen Vorstellungswelt am Meeresstrand oder durch grenzenlose Prärien galoppieren; auch keines von denen, die in der historischen Vorstellung ganz eins sind mit ihrem Reiter. Er glich auch nicht Rosinante, dem schäbigen alten Gaul von Don Quijote de la Mancha. Das Pferd Marco zog den Karren, mit dem auf den Parkwegen des San Giovanni die schmutzige Wäsche und die Lebensmittel transportiert wurden.
Und doch war Marco in der Erinnerung derer, die ihm jahrzehntelang hinter Gitterstäben dabei zugeschaut hatten, noch 1971 ein Bild der Freiheit, als die Türen geöffnet wurden und die »Kutscherei« längst ersetzt worden war,

denn er hatte die baumbestandenen Wege hinauf und hinab traben dürfen, die ihnen verwehrt waren. Die Menschen, die frei dort vorübergingen, verkörperten dieses Bild keineswegs, die Ärzte und Pfleger – die »Gefängniswärter« –, die Arbeiter, Straßenkehrer, Gärtner oder die wenigen unter ihnen selbst, die »Ruhigen«, denen das Privileg zugestanden wurde, ein paar Stunden lang an der Luft »Steinchen zu zählen« oder in den Genuß der Arbeitstherapie zu kommen – wie man weiß, macht diese um so »freier«, je mehr man geknechtet und je schlechter man entlohnt wird.

Doch warum ausgerechnet das Pferd Marco? Und nicht die streunenden Katzen und Hunde? Oder die Vögel, die ab und zu auf die Gitterstäbe der »Häftlinge« zuflogen und denen manche vielleicht Brotkrumen aufs Fensterbrett streuten, damit sie wiederkämen?

Vielleicht weil die Freiheit der Vögel der des Menschen zu fern ist; die der streunenden Katzen und Hunde aber zu nah an der Verwahrlosung, wenn man sie wieder aussetzt, nachdem man sie zuerst an sich gewöhnt hat.

Das Pferd hingegen weckt eine Vorstellung von Freiheit, die der Sehnsucht des Menschen näherkommt.

Darüber hinaus sehen seine Augen, im Unterschied zu denen des Menschen, in einem Radius von 360 Grad (daher die Notwendigkeit, ihm Scheuklappen anzulegen, damit es geradeaus geht), und diese Weite des Gesichtskreises vervielfacht sich in der Dunkelheit. So kam es, daß die kleine graue Stute »diejenigen heimbrachte, die nicht wiederkehren«, wie es in Graziellas Lieblingsgedicht von Giovanni Pascoli heißt. Auch mit der antiken Figur des Wahnsinns wurde immer ein größerer Gesichtskreis verbunden als mit der modernen Vernunft.

Schließlich ist das Pferd auch ein Bild der Jugend, stürmisch, tänzelnd, ungeduldig, trunken und wie Dionysos besessen vom *Elan vital*. Wer hat noch nie davon geträumt, wie ein Pferd zu laufen? Oder auch nur, sich auf seinen Rücken zu schwingen und, wie eins geworden mit seinem Körper, zu reiten bis ans Ziel: Himmel oder Unterwelt, Abenteuer oder Reise?

Und wie oft werden die Insassen des San Giovanni die Redensart zu hören bekommen haben: *»Sei matto come un cavallo«* (»Dir sind die Pferde durchgegangen«), wenn sie, »rasend«, noch nicht durch Zwangsjacken, Streckbetten, eiskalte Duschen, Elektroschocks, Schreie und Schläge gebändigt worden waren – oder, auf moderne Art, durch »Roßkuren« mit Psychopharmaka.

Nach einer hausgemachten Legende, die man sich im San Giovanni erzählte, wurde in einer der Kunstwerkstätten, nachdem Franco Basaglia und sein Team die Insassen befreit hatten, das Pferd Marco zum Freiheitssymbol erwählt und dann aus Pappmaché nachgebaut und blau gestrichen.

Warum blau? Vielleicht, weil diese von allen Farben am ehesten die Verwandlung des Realen ins Surreale, des Rohstoffs in ein Traumbild, des Unglücks in Glück, der historischen Notwendigkeit in die Freiheit der Utopie zeigen kann. Unter den hervorragenden Künstlern, die diese Werkstatt anregten und »sich von ihr anregen ließen«, mag der eine oder andere vielleicht an die Gruppe des Blauen Reiter und die Worte eines ihrer Gründer, Wassily Kandinsky, gedacht haben: »... Bewegungen 1. vom Menschen weg und 2. zum eigenen Zentrum ... Je tiefer das Blau wird, desto mehr ruft es den Menschen in das Unendliche, weckt in ihm die Sehnsucht nach Reinem und

schließlich Übersinnlichem.« Und blau war auch das berühmte Pferdchen von Franz Marc, der ebenfalls zu den Gründern des Blauen Reiter gehörte.
Das blaue Pferd Marco wurde dann also im festlichen Triumphzug von befreiten Männern und Frauen, Mimen, Musikanten, Schauspielern und Bänkelsängern durch die Straßen von Triest geführt – und Jahre später kam es sogar bis nach Rom, nicht »um Papst und König zu sagen, daß es das Elend gibt«, sondern um zu zeigen, daß das Gesetz 180 kein leichtsinniger Avantgardismus war, sondern ein hoffnungsvolles Versprechen, das Früchte zu tragen begann.
Für die Veranstaltungen, die ab dem 20. Oktober, dem 20. Jahrestag des Gesetzes 180, in Triest geplant waren, haben die Frauen der Via Gambini, wie schon gesagt, beschlossen, einen Videofilm zu machen und eine der Szenen mit allen Frauen rund um Marco Cavallo am Strand von Sistiana zu drehen.
Heute ist der für den Ausflug nach Sistiana festgesetzte Tag.
Zum Glück ist das Wetter strahlend; so kann ich nicht nur einige Stunden am Meer verbringen, sondern Marco Cavallo auch auf seiner gefahrvollen Anreise begleiten.
Vorgesehen ist, daß das Pferd um 14.30 Uhr in Sistiana eintrifft, wo alle Frauen es erwarten werden.
Ich bin mit Anna vom Verein *Luna e l'altra*, der Verantwortlichen für diese Initiative, im San Giovanni. In ihrem kleinen Auto warten wir bei Marco Cavallo, dessen blauer Kopf aus den Kletterpflanzen einer Veranda hervorlugt, auf die »Jungs« von der Cooperativa Lavoratori Uniti, die mit allem, was zum Transport nötig ist, hierherkommen müßten.

Man braucht einen offenen Lastwagen, weil Marco sehr groß ist, ein Brett, um ihn auf seinen vier Rädern auf die Ladefläche zu bugsieren, und Seile zum Festbinden.
Die »Jungs« von der CLU kommen zu spät, sind recht trampelig – und da von Pferden die Rede ist, hat nie ein Ausdruck besser gepaßt. Anna und ich zittern bei jeder ihrer unbeholfenen Bewegungen, weil wir fürchten, Marcos Ohren oder seine staksigen Beine könnten abbrechen oder er könnte, einmal auf den Laster gehievt, umkippen oder sein Kopf könnte herunterfallen, als die »Jungs« beschließen, ihn abzuschrauben, damit das Pferd unter dem Torbogen des San Giovanni hindurchpaßt … und in der Tat fällt er, und Marco verletzt sich an den Nüstern.
Anna hantiert unterdessen mit ihrem Handy herum, fragt hier und dort um Hilfe – und kommentiert seufzend: »Sieh bloß diese Jungs von der Cooperativa … Als wir Marco Cavallo vor Jahren nach Rom mitgenommen haben, wurde er nachts von einer Gruppe dummer Jungen aus dem Testaccio-Viertel angezündet … Wirst sehen, daß ausgerechnet diese hier, die mit ihm groß geworden sind, ihm die Beine brechen … wirst sehen, sie lassen den Kopf runterfallen … da ist es schon passiert« – sie lacht nachsichtig – »… wirst sehen, wenn wir am Meer ankommen, lassen sie ihn ins Wasser fallen … erst verbrannt, dann ertränkt … Flügel hätten sie ihm machen sollen … unser ›Leonardo‹ hätte ihm Flügel bauen sollen in seiner aerodynamischen Werkstatt …« Und als wir endlich auf der Straße sind: »… Wie! Vor einer Minute war er noch vor uns, jetzt sehe ich ihn nicht mehr, wirst sehen, sie haben sich verfahren … wirst sehen, er ist vom Laster gestürzt … vielleicht dachten sie, es sei ein anderer Strand …« Und

zuletzt, fatalistisch und zugleich vertrauensvoll: »… Na ja, wird schon ankommen …«
Anna, meine von Botero geliebte Saraghina, genau so ist sie: seufzend, vertrauensvoll, ergeben, geduldig. Und genau so sind die »Jungs« von der CLU: zwar ein bißchen trampelig und ungeschickt – aber immer noch besser als die Nichtstuer in den Scheinkooperativen an gewissen Orten Süditaliens oder die Spekulanten in manchen Kooperativen, die es, wenn auch aus anderen Gründen, ebenfalls nur zum Schein in der Emilia-Romagna gibt.
Kurz nach unserer Ankunft am Strand, wo Anna beruhigend auf die Frauen einredet, sichtet eine den enthaupteten Marco Cavallo. Jubelnd und wie »gerufen« gehen wir ihm entgegen, denn nachdem die »Jungs« Marco glücklich auf dem Boden abgesetzt haben, gelingt es ihnen nicht, seinen Kopf wieder anzuschrauben. Assunta, die zu dem festlichen Anlaß einen sehr, sehr langen blauvioletten Schal trägt, nimmt ihn ab, und Frauen und »Jungs« benutzen ihn als Verband, um Marcos Rumpf und Kopf zusammenzuhalten. Die »Jungs« wissen jedoch nicht, wie sie Marco von der Straße auf den Kieseln bis ans Meer bringen sollen; da heben ihn die Frauen hoch und tragen ihn auf den Schultern zum Strand, sieben auf einer Seite, zehn auf der anderen.
»Ich hab's ja schon immer gesagt, die Frauen …«, kommentiert Assunta, an diesem Nachmittag glücklich und unbeschwert, »einfallsreich« wie immer, aber nicht »müde«, wie Violetta sie vor einigen Tagen beschrieben hat, meine freundliche Signora, die es versteht, die kleinen Freuden des Lebens zu genießen. Während Mariuccia, die andere pensionierte Krankenschwester, den »Jungs« gut-

mütig Vorhaltungen macht: »Und wir haben 20 Jahre damit verbracht, euch zu kurieren!«

Aber die »Jungs« wissen, was sich gehört. Am nächsten Tag schicken sie einen Entschuldigungsbrief: Aufträge hätten sie schon viele ausgeführt, aber es sei das erste Mal gewesen, daß sie ein Pferd transportiert hätten, noch dazu ein Trojanisches, in dessen Bauch sich nicht tückische Feinde, sondern viele Wünsche verbargen, unter anderem der ihre, beim nächstenmal besser abzuschneiden.

Vergnügt umringen die Frauen Marco, lassen sich für das Video filmen und folgen Barbaras improvisierten Regieanweisungen, während Marisa mit ihrem Fotoapparat die Momente größerer Spontaneität bei denjenigen einfängt, die das Auge der Kamera nicht erfaßt. Eine der Frauen versucht, auf Marcos Rücken zu steigen, von zwei Reihen Schultern hochgehoben, wie es die Akrobaten tun, doch muß sie wegen der gebrechlichen Beine des Pferdes davon Abstand nehmen.

Unterdessen sitzt Melania, meine staksige Gazelle, weinend auf dem Mäuerchen, und Laura kann sie weder trösten noch ins Spiel mit einbeziehen. Wer weiß, was das Meer in ihr, der Bauerstochter vom Karst, auslöst: vielleicht ein Glücksgefühl, das ihrem Gedächtnis verlorengegangen ist, das sie aber doch gekannt haben muß, wie ich vom ersten Tag an vermutete, an dem ich ihr begegnet bin. Man kann nicht das Gedächtnis verlieren außer an etwas, das man erlebt hat, und die Sehnsucht, obgleich namenlos, sucht immer unterschwellig nach Wegen, sich zu zeigen, selbst wenn unklar bleibt, woher sie rührt. So erklärt sich vielleicht Melanias untröstliches Weinen beim Anblick des Meeres.

Cecilia, bald auf eigenen Füßen, bald von anderen ge-

stützt, doch am häufigsten auf den Kieseln sitzend, lacht sich kaputt in ihrem kaputten Körper.
Sie ist ganz hellblau, von ihren Augen bis zu der Aura, die sie umgibt. »Vorher« muß sie einmal sehr schön gewesen sein, vor gar nicht allzu vielen Jahren, da sie noch eine junge Frau ist – auch wenn es seltsam anmutet, bei einem Wesen wie dem ihren, das mehr die Natur von schillernden Wolken und Himmelsfetzen hat, noch von einer Frau zu sprechen, sie als jung und schön zu beschreiben. Auf den Strandkieseln und bei den anderen Frauen empfinde ich sie mehr wie ein Stück Himmel, das zwischen uns herabgefallen ist.

Am Spätnachmittag sehe ich mir bei Assunta zu Hause den 1978 gedrehten Film *Réseau* an, der die Geschichte des Ospedale San Giovanni seit der Ankunft von Franco Basaglia schildert. Unter den Bildern, die an mir vorüberziehen, gemahnt mich eins an das Gemälde von Hieronymus Bosch, auf dem der Stein des Wahnsinns herausgeschnitten wird. Doch am nachhaltigsten beeindruckt mich dieses: das Puppentheater, das mit seinem Gefolge von ehemaligen Insassen, Ärzten, Pflegern, Hilfskräften, Künstlern durch die Stadt Triest zieht und irgendwann vor einem Sozialwohnungsblock anhält. Auf der Straße herrscht Freude, Freiheit, Spiel. An den geöffneten Fenstern – doch viele bleiben geschlossen – erscheinen schüchtern oder neugierig die Bewohner, darunter auch Kinder, die jubeln oder begierig sind, auf die Straße hinunterzulaufen, aber von Eltern und Verwandten zurückgehalten werden. In der Begegnung zwischen Weisen und Verrückten scheint ein Rollentausch stattgefunden zu haben. Welche Geheimnisse, welche Verstellungen, welche

häuslichen Zwänge, welche Widerstände oder verborgenen Phobien halten die »Gefangenen« dort an den Fenstern fest und hindern sie daran, an dem Fest der Befreiung teilzunehmen?
Am Abend, nach dem Essen, spüre ich bei Assunta so etwas wie Niedergeschlagenheit und Unwohlsein.
»Was hast du?« frage ich sie.
»Ich hasse Marco Cavallo«, antwortet sie unzugänglich und steuert auf ihr Zimmer zu, wohin ich ihr folge und wo ich wartend stehenbleibe, während sie sich an den Computer setzt.
»Assunta«, sage ich zu ihr, »du treibst mich zum Wahnsinn … Erst fährst du mit Marco Cavallo nach Sistiana, dann erzählst du mir, du haßt ihn.«
Statt einer Antwort zieht Assunta ein Buch aus dem Regal, blättert darin, schlägt es auf einer Seite auf und reicht es mir.
Das Buch ist von Franco Rotelli und trägt den Titel *Per la normalità. Taccuino di uno psichiatra* (»Für die Normalität. Notizbuch eines Psychiaters«). Ich lese:

> 1973 wird in der Werkstatt von Pavillon P des psychiatrischen Krankenhauses in Triest von Künstlern, Patienten und ehrenamtlich Mitwirkenden wie Giuliano Scabia und Vittorio Basaglia die große Pferdestatue aus Pappmaché gebaut, die dann »Marco Cavallo« getauft wird. Marco Cavallo wird später im Demonstrationszug durch die Stadt geführt, aber während der Bauphase dringt A. S., ein Patient, nachts in die Werkstatt ein und »schlägt alles kurz und klein«.
> Als S. die geduldige Arbeit vieler Monate zerstört, macht er sich unbeliebt: Er verweigert und durchbricht die Harmonie des Märchens; er ist »böse« und aristokratisch. Er spricht dem Pferd die Bedeutung ab, sieht die Mystifikation: Es gibt keinen Raum, in dem das Märchen wahr werden kann.
> In der Stadt trottet das Lumpenproletariat hinter dem Pferd her

wie die Proletarier hinter dem Wagen von Mutter Courage: Aber das Pferd, nutzlos und schön, wird immer die Ware bleiben, der produzierte Gegenstand; das Lumpenproletariat wird hier zum Warenproduzenten und somit akzeptabel, es wird akzeptiert, daß es durch die Straßen der Stadt zieht. Die Produktion hat ihre Gesetze, das Gesetz schützt und unterstützt die Produktion. Die Gesetzlosen produzieren für einen Tag, und einen Tag lang wird ihnen gestattet, mit ihrer Pferd-Maschine umherzuziehen, wieder einmal handelt es sich um eine Wunsch-Maschine und keine Politik-Maschine. Stolz paradieren sie in ihrer Lumpenkleidung; es ist der ewige Karneval der Armen: Es gibt Raum, um sich darzustellen, aber nicht, um sich dagegen zu stellen.

Hinter dem Pferd herrscht das immer gleiche Grauen, der Schmutz, die Gewalt, der Mangel in der Anstalt, die subproletarischen Bedingungen im »Krankenhaus«, wo die »Aggressivität« des »Kranken« nur verschwinden kann, um wieder aufzutauchen in der gehandicapten Fügsamkeit des Pferdes, die von seinen Reitern garantiert wird: von den »Hippokratikern« eben. Aseptisch, ohne Männlichkeit, garantiert das Pferd den Opfern die Möglichkeit zu träumen; es bietet ihnen diese einzigartige Chance.

Die Leute aus der Anstalt haben einen Gegenstand von ungewöhnlicher Schönheit produziert, tröstliches Zeichen dafür, daß auch auf Scheiße (der Anstalt) Blumen wachsen. Diese Blume gefällt uns allen. Sie ist ein Zeichen dafür, daß der Optimismus im Menschen nicht totzukriegen ist.

Nur S. gefällt diese Blume nicht. Rigider und eifriger Hüter der Klarheit der Grenzen, zerstört S. wie ein böses, »geistesgestörtes« Kind das Spiel der anderen Kinder: sich mit Traumkonstrukten die Zeit zu vertreiben. Seine verbale Gewalt ist den anderen so unangenehm wie unerklärlich: Die Isolierzelle wird der Ort sein, wo er gezwungenermaßen über seine Asozialität nachdenken kann … Aber – wie Nietzsche schreibt – volkstümlich ist und bleibt die Maske! So mag denn alles dies Maskenhafte in den Melodien und Kadenzen, in den Sprüngen und Lustigkeiten des Rhythmus dieser Opern dahinlaufen: … volkstümlich ist und bleibt die Maske.

Ich denke noch über den Titel nach, mit dem Franco Rotelli den Marco Cavallo gewidmeten Text überschrieben hat: *Das Tier mit gutem Gewissen*. Und da verstehe ich den von Assunta geäußerten Unmut. Auch für sie ist Marco Cavallo längst zu einem jener »Großen Tiere« geworden, jener Symbole für Trägheit und Schwerfälligkeit – und auch für Macht –, von denen Simone Weil spricht, indem sie das Bild bei Platon entlehnt. Und ich sehe die institutionelle Psychiatrie als das Große Tier, gegen das Franco Basaglia und seine Söhne und Töchter gekämpft haben. Und Marco Cavallo als neues Großes Tier, wenn er für manche – wie Franco Rotelli schreibt – zum »Tier mit gutem Gewissen« geworden ist, er, der doch als Symbol der Befreiung entstanden war.
Und da die Großen Tiere dazu neigen, sich zu vermehren, wenn auch in anderer Gestalt, muß man wachsam sein, die Leiter fortstoßen, wenn sie hinaufgeklettert sind, immer wieder auf das Fehlen erprobter Gewißheiten und die Unzulänglichkeit der erzielten Resultate bauen. Und weiter Wünsche hegen, vor allem nach dem Unmöglichen.
Und mir fällt ein, daß mir Assunta, als wir auf der Rückfahrt von Sistiana im Auto saßen, neben der ehemaligen, jetzt zum renommierten Kulturzentrum umgebauten Stazione marittima (dort und im Teatro Verdi wird die für Oktober geplante Tagung stattfinden) die baufälligen Lagerhallen gezeigt hat, wo die illegalen Einwanderer zusammengepfercht sind. Und untröstlich hat sie dazu gesagt: »Wir werden hier sein, und ›sie‹ dort!« *Dort*, so heißt das neue Gebiet, das sich wie ein Keil in die Irrenanstalts-Stadt hineinschiebt, und bis heute scheint es unmöglich zu sein, in dieses Gebiet vorzudringen – noch eine Grenze, die es einzureißen gilt.

Mittwoch, 16. September

[...] im Herzen hab ich eines Lebens Gesang,
wo Blut Blut war, und Tränen waren Tränen.
Italia merkte es kaum. Altes
übersteht, wie Eiche, den Verfall.
Umberto Saba

Heute abend, am Tag vor meiner Abreise, gehen Assunta und ich zu Barbara und Ennio, um einige Aufnahmen für den entstehenden Kurzfilm *Divine voci* (»Göttliche Stimmen«) anzusehen, der bis zum 20. Oktober fertig werden muß. Sie wollen ihn als kurze Geschichte gestalten, mit einem Anfang, einem Mittelteil – dem Frauenzentrum – und einem Ende. Nicht dem Ende des Zentrums, aber einer historischen Phase.

Das Ende jeder Geschichte bezeichnet ja stets den Beginn einer neuen Geschichte, in der man, auch wenn sich Orte und Personen ändern, genau wie in den Filmen von Truffaut und den Romanen von Balzac oder anderswo in Haupt- und Nebenrollen, mit ihren Gesichtern und Namen oder in anderem Gewand, dieselben Darsteller der Conditio humana wiederfinden kann, da diese der Ursprung jeder neuen und wahren Fabel ist.

Es ist amüsant und lehrreich für mich zuzuhören, wie Barbara, Ennio und Assunta die vielen Bilder und Stimmen kommentieren, die über den Bildschirm flimmern, und dabei ihre Urteilskriterien für Kino und Theater verkünden.

»Schluß mit den Avantgardisten, die dir noch heute nach 30 Jahren Verrückte zeigen, die irrereden, oder Häftlinge, die sich an die Gitterstäbe klammern ... Schluß mit dem Theater à la Castorf, der bei einer Lessing-Inszenierung zeigt, wie ein Mann sich auf dem nackten Arsch einer Frau amüsiert ... Ich sage ja nicht, daß sie in historischen Kostümen spielen sollen, aber ...«

»Unsere Räume im San Giovanni werden leer sein ... jedenfalls in Auflösung ... vielleicht genügt schon ein altes Foto mit den Frauen in dem dreieckigen Saal ...«

»Die künstlerische Avantgarde ist heute die Nachhut ... die gesamte Realität ist Avantgarde ...«

»Der Papst und die Bischöfe, alle im feierlichen Ornat, die im Petersdom einem Tanz halbnackter Eingeborener beiwohnen ...«

»Bill Clinton, der jedesmal, wenn er vögelt, mit einer Bombe droht ...«

»Das hätte sich nicht einmal Marinetti vorstellen können ...«

»Wenn der gevögelt hat, gab es wenigstens nur eine Theateraktion ...«

»Ich bin zwei jungen Frauen begegnet ... beide mit Kinderwagen ... Und wißt ihr, was sie zueinander sagten? ›Mein Kind ist am 25. Dezember geboren, wie Rita Pavone.‹ ›Wer ist denn Rita Pavone?‹ ›Eine Schlagersängerin, die meiner Mutter gefiel, meine Mutter hat beim Friseur ihr Geburtsdatum und das Horoskop gelesen.‹ ›Und was stand in dem Horoskop?‹ ...«

Spät in der Nacht, wieder bei Assunta zu Haus, vermischen sich die Frauen aus der Via Gambini mit den Frauen von Truffaut. Ein Satz von Hitchcock fällt mir ein: »Für mich sind Schauspieler Vieh.« Für Truffaut dagegen, obwohl er Hitchcock zu seinen Lehrern zählte, waren die Schauspieler Personen, und selbst während er ihnen Anweisungen gab, ließ er sich von ihnen leiten und kümmerte sich um sie; man nehme zum Beispiel Jean-Pierre Léaud, den Truffaut durch viele Filme von der Jugend zur Reife geführt hat wie ein guter Lehrer, genauso wie er es mit Musikern, Schauspielerinnen, Schauspielern in Nebenrollen, Technikern usw. gemacht hat. Gleichzeitig blieb er seiner Idee von Kino treu – »Welche ist die beste Art, eine Geschichte zu erzählen?« – und denen, die ihm halfen, sie zu verkörpern; er zitierte gern Pascal: »Der Mensch interessiert sich für den Menschen.« Ein Satz, den Marx vielleicht unwissentlich paraphrasierte: »Die Wurzel für den Menschen ist aber der Mensch selbst«, und den Basaglia und seine Schülerinnen aus der Via Gambini bis an die Grenzen des Möglichen in die Praxis umsetzten.

Das Kino gebe jedesmal sein Bestes, wenn es dem Regisseur, also dem Menschen, gelinge, die Maschinerie seinem Wunsch zu unterwerfen und, in diesem Fall, uns in seinen Traum hineinzulassen, schreibt Truffaut.

Basaglia und den Regisseurinnen und Regisseuren der Psychiatrie ist es gelungen, die Maschinerie der Institutionen ihrem Wunsch zu unterwerfen und uns in ihren Traum hineinzulassen.

Wenn die Regisseure den Menschen und seinen Wunsch, der keine materiellen Grenzen kennt – auch wenn er sich dann in der Wirklichkeit mit diesen auseinandersetzen muß –, in den Mittelpunkt stellen, geschieht im psychia-

trischen Setting genau wie auf dem Filmset alles auf die gleiche Weise.
Ich höre wieder Basaglias Stimme bei seinen brasilianischen Vorträgen im Jahr 1979: »Wichtig ist, daß wir bewiesen haben, daß das Unmögliche möglich werden kann. Vor 10, 15, 20 Jahren war es undenkbar, daß die Irrenanstalten zerschlagen werden könnten. Übrigens kann es passieren, daß die Anstalten wieder geschlossen werden, und zwar noch geschlossener als vorher, ich weiß es nicht! Aber wir haben jedenfalls bewiesen, daß man dem Verrückten auf andere Art beistehen kann, das ist das Wesentliche. Ich glaube nicht, daß wir nun endgültig gewonnen haben, weil es uns gelungen ist, unsere Aktion durchzuführen. Wichtig ist etwas anderes, nämlich zu wissen, was man erreichen kann. Ich habe es schon tausendmal gesagt: Wir sind schwach, wir sind in der Minderheit, wir können nicht gewinnen. Die Macht gewinnt immer. Wir können höchstens überzeugen. In dem Moment, in dem wir überzeugend sind, gewinnen wir, das heißt, wir lösen einen Veränderungsprozeß aus, der schwer rückgängig gemacht werden kann.«
Und da taucht Graziellas belegte, unsichere Stimme wieder auf:
»Sie waren alle verrückt … Alle verrückt … Alle übel zugerichtet … Es gab keine Unordnung in der Irrenanstalt … Es gab keine Ordnung in der Irrenanstalt … Es gab keine Ordnung … weil alle verrückt waren … verrückt … es gab Leute, die schrien … die sogar die Leute an den Haaren zogen … Und ich, ich mußte die Mißhandlungen ertragen … weil dort alles abgeschlossen war und ich mich fühlte, als würde ich wahnsinnig … Ich bin nach Triest gekommen, weil es mir besser gefallen hat … weil

eure Zuneigung ... von der ... Fra ... Fra ... Frauengruppe ... Ihr, die Gruppe vom Verein *Luna e l'altra*, ihr gebt mir mehr Liebe ... weil man gleichzeitig auch arbeitet ... ein bißchen beschäftige ich mich mit Poesie, mit Lesen ... mit ... mit ... mit was ... ja, was mache ich eigentlich hier? ... Ich muß was aus mir machen.«
Ich höre die sich überlagernden Stimmen von Mariuccia und Eliana, den beiden ehemaligen Krankenschwestern: »Ich war 24 und neugierig. Ich bin allein die Treppe hinaufgegangen und habe viele Häuschen gesehen, die alle hoch mit Maschendraht eingezäunt waren, und ich habe diese Leute gesehen, die jammerten ... Sie haben mir unendlich leid getan ...« »Wenn ich weggehen wollte, mußte ich Ablösung anfordern, mußte abschließen ... sie saßen da wie lauter Nippesfiguren, 130 Frauen, immer zu sechst aufgereiht auf diesen Bänken ... Und ich wußte nichts, ob sie gefährlich waren, worin die Gefahr bestand, ich sah nichts, nicht einmal auf menschlicher Ebene, ich verstand nicht ... es herrschte eine schreckliche Gewalt ... Den sympathischen Leuten erlaubten die Oberaufseherinnen zur Belohnung, die schmutzige Bettwäsche zu zählen, Stöße von Plastiktellern zu spülen, zwei Päckchen Zigaretten pro Woche zu erhalten. Als Basaglia kam, hieß es auf einmal: ›Weg mit den Uniformen. Der Verrückte darf sich nicht vom Pfleger oder vom Arzt unterscheiden‹, und: ›Türen auf!‹ Zuerst habe ich mich gesträubt, weil ich mir sagte: ›Erst immer abschließen und jetzt aufmachen!‹ Ich begriff nicht. Aber dann war es hinreißend, weil ... weil beim Ablegen meiner Uniform, beim Umziehen der Leute, jeder, jede Person mit ihrer individuellen Kleidung, einfach so ... das war hinreißend.«
Jetzt spricht Ornella, deutlich, aber ein bißchen aufgeregt:

»Ja, früher habe ich meistens geschwiegen, aber, na ja, jetzt erinnere ich mich nicht mehr, wie lange ich schon hierherkomme, ins Frauenzentrum, ich hab gemerkt, daß damals gesagt wurde: ›Ornella ist nichts wert‹, ›sie kommt nicht weiter‹, ›die wird nie was machen‹, und ich hab gemerkt, daß ich doch weiterkomme, unter Umständen zu spät, aber ich komme weiter. Ich mache nichts? Ist gar nicht wahr, weil ich viele Sachen gemacht habe in meinem Leben. Und jetzt schreibe ich und lese und singe, werde wütend, spiele Theater, ich mache von allem etwas.«
Zuletzt Assuntas Stimme: »Wir haben das hier gemacht. Wir haben das aufgebaut, und wenn es nicht verstanden wird, können wir wenig dran ändern. Ich will damit sagen, es ist ein Spiel und gleichzeitig etwas sehr Ernstes.«
Um die langen Stunden zu verkürzen, die ich halbwach daliege, genügt es mir nicht mehr, mich auf ein Bild zu konzentrieren. Ich brauche eine Geschichte, einen Faden, an den ich anknüpfen kann und der mich, während sich das Knäuel aufwickelt, zum Schlaf hinführt. Nur – auch wenn ich ihn finde, den Faden einer Geschichte, passiert es mir, daß sich das Knäuel plötzlich abwickelt und ich erneut wach werde, nach zwei Stunden oder auch nach fünf Minuten.
Als ich in dieser langen Nacht wieder einmal aufwache, höre ich wieder Graziellas Worte: »Es gab keine Unordnung in der Irrenanstalt … Es gab keine Ordnung in der Irrenanstalt …« Der Widerspruch Unordnung/Ordnung, den ich bei Barbara und Ennio zu Hause oberflächlicherweise ihrem Verwirrungszustand zugeschrieben habe, erscheint mir jetzt, in meinem klarsichtigen Halbschlaf, sinnvoll und konsequent. Weder die Ordnung noch die Unordnung und schon gar nicht zu große Ordnung – sie-

he die verschiedenen militärischen, religiösen, politischen, wissenschaftlichen Ordnungen – und zu große Unordnung – das Chaos – können Gesetze sein, die den Menschen Schutz und Wachstum garantieren, denn dafür ist ein Kompromiß zwischen den beiden Extremen vonnöten. Hier ein Gleichgewicht zu finden ist nicht leicht, es ist eher ein Balanceakt auf einem Hochseil zwischen Maß und Maßlosigkeit. Graziella in ihrer scheinbaren logischen Inkonsequenz ist weiser als ich. Daß ihre Sprache und ihr Zustand von der Psychiatrie auch als schizophren bezeichnet werden können, ist mir gleichgültig, denn ich weiß nicht, und niemand weiß bis jetzt wirklich, was Schizophrenie ist, obwohl sie zu den extremen Formen psychischen Leidens gezählt wird.
Ich denke zurück an eine Rede Basaglias auf einer Tagung 1974: »Angesichts unseres Kenntnisstandes im Bereich der Geisteskrankheit (insbesondere bei der Schizophrenie kennen wir zwar die verschiedenen Ausdrucksformen, aber über Ursachen und Entstehung der Krankheit wissen wir fast nichts) können wir die Kranken nicht weiterhin ›ausklammern‹, bis wir ein tieferes Verständnis für das erreicht haben, worunter sie leiden, und so ihr Leiden durch Gewahrsam und Absonderung vergrößern; versuchen wir lieber, die Krankheit als leere Definition und belanglose Etikettierung ›auszuklammern‹, und bemühen wir uns, Lebens- und Kommunikationsmöglichkeiten zu schaffen, die es gestatten, daß Elemente auftauchen und freigesetzt werden, die uns Hinweise für die zukünftige Forschung geben können. Wenn die Krankheit von der institutionellen Krankheit verdeckt bleibt, wird es niemals gelingen, aus dieser totalen Identifikation herauszukommen, die uns jede Verständnismöglichkeit nimmt.«

Und da balanciere ich mit Graziella auf einem Seil, sie streckt ihre Arme vor, die sie erst ausgebreitet hatte, um sich im Gleichgewicht zu halten, und umfaßt sanft mein Gesicht mit den Händen. Und sie fällt nicht, auch ich falle nicht.

Abschied

Ich liebte abgegriffene Wörter, die niemand mehr
wagte. Mich verzauberte der Reim von Blume
und Liebe,
der älteste und schwierigste der Welt.

Ich liebte die Wahrheit, die auf dem Grund ruht,
fast wie ein vergessener Traum, und die der Schmerz
als Freundin erkennt. Ängstlich nähert sich ihr
das Herz und verläßt sie nimmermehr.

Ich liebe dich, der du mir zuhörst, und mein gutes
Blatt, das ich zurückhielt für das Ende meines Spiels.
Umberto Saba

Nicht wie eine distanzierte Beobachterin habe ich von den Frauen der Via Gambini erzählt, sondern ich habe auch mich selbst ins Spiel gebracht, mich entblößt, soweit ich konnte, indem ich mich Gefühlen und intellektuellen Herausforderungen stellte, die oft mein schon fragiles Gleichgewicht ins Wanken brachten. Doch anders hätte ich es nicht gekonnt.

Die Krankenberichte der Frauen, die sich in Behandlung befanden, wollte ich auch dann nicht lesen, als es mir angeboten wurde.

Das bedeutet nicht, daß ich keine Dokumente einsehen wollte, ich habe es für die Erzählung einfach für überflüssig, wenn nicht gar irreführend gehalten.

Wenn es nötig ist, tue ich es, in den Grenzen meiner Möglichkeiten und der Anforderungen, die das Werk stellt.

Ich bin nicht taub für die wissenschaftliche Vernunft.

Dieses »Schreibgesetz« gilt nicht nur für die Menschen, es gilt auch für die Tiere, die Pflanzen, die Mineralien, die menschlichen Werke, über die ich Mal für Mal schreibe. Aber Botanik, Mineralogie, Geschichte, Philosophie, Medizin, Musik sind nicht mein Fach, da bin ich Dilettantin – und oft halbe Analphabetin.

Nicht einmal in dem Handwerk, das ich am besten be-

herrsche und das mich am meisten begeistert, dem Bauen eines Textes mit Wörtern, Grammatik und Syntax, so wie der Schreiner ein Möbelstück baut mit Holzbrettern, Nägeln, ineinandergefügten Teilen, kann ich mich für eine Spezialistin halten.
Hätte ich in den fernen Zeiten der Bänkelsänger gelebt – und hätte es damals auch Bänkelsängerinnen gegeben – oder in weniger fernen Zeiten, als die Großmütter am Feuer Hausmärchen erzählten, dann hätte ich wahrscheinlich nicht geschrieben, sondern eher mündlich erzählt.
Doch wer ist heute noch bereit, einfach Geschichten zu lauschen, von Mund zu Ohr?
Hierzu hatte ich einmal einen erhellenden Traum. Ich träumte von meiner Großmutter. Es war im Jahr 1977, und ich war gerade krank geschrieben. Ich unterrichtete damals an einem technischen Gymnasium in Neapel. Es war die Zeit der Autonomen, und ich, zu den wenigen Gesprächspartnern zählend, die die jungen Leute unter den Lehrern hatten, bemühte mich auf jede Weise, sie von den Versuchungen der Gewalt und des bewaffneten Kampfes abzubringen. Ich träumte also, ich ginge in eine Kirche, um meine Großmutter zu suchen, und fand dort statt dessen zwei Tanten vor. Beunruhigt fragte ich die Tanten: »Wo ist die Großmutter?« »Du müßtest es wissen«, erwiderten sie, »sie vertritt dich doch in deiner Schule.« In Eile verließ ich die Kirche und noch mehr in Angst. Wie hätte die Großmutter mit den schrecklichen Jungen von den Autonomen zurechtkommen sollen? Atemlos erreichte ich das Schultor und sah die Großmutter, die angeregt sprach und mit Respekt angehört wurde. »Großmutter«, fragte ich sie, »was machst du hier?« »Und was machst du hier!? Siehst du nicht, daß ich dich vertrete? Warum gehst

du nicht nach Hause, anstatt deine Zeit zu vertrödeln, und schreibst die Geschichten auf, die ich nicht habe erzählen können, weil mir keiner zuhörte?«

Daher ist es kein Zufall, daß mein erster Roman, dessen letzten Teil ich schon Jahre vorher zu Papier gebracht hatte, mit einem Kapitel beginnt, das *Die Großmutter* heißt. Aber beschrieb ich da wirklich die Großmutter oder eher mich selbst, wie ich später werden würde?

Nach dem Erscheinen dieses ersten Romans, in dem viele Personen aus meiner Familie vorkamen, wußten die noch lebenden Verwandten nicht, ob sie beleidigt sein oder darüber lächeln sollten, wie ich sie dargestellt hatte, und soweit ich weiß, diskutierten sie die Frage in einem richtigen Familienrat. Zum Glück erklärte eine geniale Tante kurz und bündig: »Diese Personen sind nicht wir, die sind nur so, wie sie uns sieht!«

Ein ähnlicher, aber informellerer Rat wurde einberufen, diesmal von Weggefährten des politischen Kampfes, nachdem mein Roman *Ein Tag und ein halber* herausgekommen war, der zur Zeit der Gruppen der Neuen Linken, im Herbst 1969, spielt. Auch in diesem Fall suchte man nach Übereinstimmungen zwischen den Gestalten der Geschichte und den realen Personen.

Und wie viele endlose Forschertreffen hat es in der Literaturgeschichte gegeben, um festzustellen, wer wer war in diesem oder jenem Roman; und welcher Ort jener Ort war …

Die Frage ist nicht so müßig, wie es auf den ersten Blick scheinen könnte.

In den mündlichen Erzählungen von früher wurde die Kluft zwischen Wirklichkeit und Darstellung zum Teil durch die körperliche Nähe überbrückt, Mund und Ohr,

Auge und Auge, Gesten und Taten vereint; und es konnte vorkommen, daß sich plötzlich zwischen Bänkelsängern und Zuhörern die Rollen verkehrten, wie bei einem Wettbewerb darum, wer mehr und besser Bescheid wußte, und daß, wenn auch selten, Stumme das vergessene oder begrabene Wort wiedererlangten.

In der Beziehung zwischen Schriftsteller und Leser kommt das nicht mehr vor, weil ihre Körper nicht in direktem Bezug zueinander stehen.

Der Körper des Schriftstellers kann sich im Stil seines Schreibens ausdrücken, während der des Lesers fast immer weit entfernt bleibt.

Diese Ferne der Körper ist ein großer Mangel beim Schreiben – um so größer, je weniger der Stil die körperlichen Merkmale des Schreibenden enthält. Bei Carlo Emilio Gadda, von dem ich Fotos gesehen habe, ist der Körper für mich in seinem Stil genauso präsent wie bei Dante, von dessen realem Körper wir so gut wie gar nichts wissen, oder bei Shakespeare, wobei noch diskutiert wird, ob es sich in seinem Fall um einen oder mehrere Körper handelt.

Und spürt man diesen Abstand auch nicht so sehr, wenn man über Freuden schreibt, so wird er doch unüberbrückbar, wenn man über Leiden schreibt.

Denn alle haben schon Freude erlebt, wenn auch flüchtig, und sehnen sich nach ihr, wenn sie lange ausbleibt. Niemand aber sehnt sich nach Leiden, auch wenn alle es erlebt haben.

Freude und Leid sind gleichermaßen in den Körper eingeschrieben. Doch kann sich ein sehnsüchtiger Körper auch auf Distanz mit einem anderen sehnsüchtigen Körper treffen. Während es den Körpern nicht gelingt, sich im

Leid zu begegnen. Und es gibt keine Worte, es auszudrükken.

Deshalb habe ich, während ich von den Frauen der Via Gambini erzählte, versucht, auch von Freude und sehnsüchtigen, begehrenden Körpern zu sprechen.

Doch kann man es denn vermeiden, von leidenden Körpern zu sprechen? Die Frage scheint sich im Sinne einer moralischen Forderung zu stellen.

Ich habe in meinen Büchern über das Leiden geschrieben. Wie viele andere Schriftsteller. Ich denke aber, daß alle meine Beschreibungen und auch die, die ich gelesen habe, bald tröstende, bald moralisierende, bald nur erzählerische Versuche sind, sich dem Unsagbaren zu nähern. Doch die Welt braucht Fabeln. Deshalb hat Primo Levi geschrieben; deshalb ist nicht wahr, was Adorno behauptet hat, daß es nach Auschwitz keine Dichtung mehr geben kann.

Wenn Leiden nicht teilbar und nicht mitteilbar ist, kann man dennoch dem Leidenden nahe sein, so nahe wie möglich – ohne Allmachtswahn medizinischer oder psychiatrischer, spekulativer oder religiöser, künstlerischer oder erzählerischer Art, in dem Bewußtsein vielmehr, daß immer eine unüberwindliche Kluft bleibt zwischen erlebtem Leiden und dem Sprechen darüber.

An diesem Punkt wird man begriffen haben, daß ich – obwohl ich als Laie Freud und Jung, Jaspers und Binswanger, Groddeck und Laing, Minkowski und Melanie Klein gelesen habe und seinerzeit auch Lombroso und Krafft-Ebing und heute noch Hillman, Galimberti, Giovanni Jervis und Oliver Sacks –, wenn ich von Leiden spreche, nicht groß unterscheide zwischen Körper und Seele, Geist und Herz.

Für mich sind sie unteilbar. Und eingeschrieben in Raum und Zeit, in unsere Lebensart – und somit in die Gesellschaft und die Geschichte.
Deshalb überzeugt mich die Triestiner Erfahrung vollkommen, die aus dem aufgeklärten und nicht aufklärerischen Empirismus Franco Basaglias und seines Teams hervorgegangen ist. Man kann Leidende nicht kurieren, man kann sich nur ihrer annehmen.
Man kann das Leiden nicht definieren, man kann es nur mit Gesten und Worten umkreisen. Kurz, sich ihm widmen.
Dieses Kreisen um etwas, das seinem Wesen nach nie erreicht werden kann, verweist auf einige Redewendungen, die Verhaltensstörungen bezeichnen: »sich im Leerlauf drehen«, »sich im Kreis drehen«, »die Situation herumdrehen«, »das Wort im Mund herumdrehen«, »sich drehen und winden«, »durchdrehen«, »sich im Bett hin und her drehen« …
Und es ähnelt auch der Methode, die ein großer Dichter, Friedrich Hölderlin, beim Schreiben anwendete – ein »ruhiger« Wahnsinniger, der 40 Jahre bewacht und umsorgt in einem Turm eingeschlossen lebte. Ich hatte Gelegenheit, seine Handschriften einzusehen, die in der Bibliothek in Stuttgart aufbewahrt werden: In der Mitte jeder Seite stand ein Kernwort, das Zentrum seiner Inspiration, und darum kreisten unordentlich andere Wörter, Sätze, unfertige Verse, bis dann, aber nicht immer, am Rand oder am Ende der Seite ein vollständiges Gedicht folgte.
Versuchte man nun, zwischen den einzelnen Wörtern auf der Seite Linien zu ziehen, könnte man ein Labyrinth konstruieren, in dessen Zentrum das Kernwort eingeschlossen wäre.

So war in der griechischen Mythologie, die Hölderin teuer war, der Minotaurus im Labyrinth eingeschlossen, dieses geheimnisvolle, heilige und gewalttätige Wesen, dem mit Vernunft nicht beizukommen war; um es zu besiegen und aus dem Gewirr der Gänge herauszufinden, mußte Theseus dem Ariadnefaden folgen, einem fragilen Liebesband.

Assunta Signorelli
Warum wir uns erzählen ließen

Um ihrem Handeln einen Sinn zu geben, schreibt die Psychiatrie, wie man weiß, die Geschichte der Verrückten auf (»Anamnese«), bedient sich einer »wissenschaftlichen und neutralen« Sprache, um zu verschleiern, wie weit sie vom konkreten Alltag entfernt ist, versucht, Gefühle, Affekte, Empfindungen, die der Vernunft fremd sind, auf die Sphäre der Rationalität zurückzuführen, konstruiert diagnostische Kategorien auf der Grundlage einer Normalität, die statistisch definiert wird, und kann auf diese Weise nie Rechenschaft ablegen über das »praktisch Wahre« des Leidens. Sie spricht von Krankheiten und Pathologien, benutzt dabei den Mann oder die Frau, die leiden, als Forschungsobjekt und verliert so notwendig den einzelnen aus den Augen, denn dieser wird entweder zum erzählenden Subjekt seines Schlechtgehens, oder er verschwindet, weil er »entfremdet« ist und ihm das Recht auf sein eigenes Wort genommen wird.

Während die Psychiatrie dich erzählt, interpretiert sie dich, erfindet dich nach einem abstrakten Modell neu, und als Mann oder Frau verschwindest du, deine Körperlichkeit wird deformiert, verliert ihre natürlichen Grenzen, um im unterschiedslosen Magma der Wissenschaft unterzugehen; Sätze, Schreie werden ununterscheidbar; dein Schmerz heißt »Depression«, deine Freude »mani-

sche Phase«; und niemanden interessiert es, ob dieser Schrei, dieses Lachen von einer Tatsache berichteten, einer Niederlage oder einem Sieg, den du mitteilen wolltest.
Da ist es besser zu schweigen, als Ausgangspunkt den Anlaß zu nehmen, durch den die Begegnung zustande kam, die Geschichte des Verhältnisses zwischen öffentlichen Einrichtungen und Krankheit zu dokumentieren, die Ereignisse zu erzählen, die von Mal zu Mal ausprobierte Praxis, und die unterschiedlichen Arten zu beschreiben, wie Leiden sich ausdrückt, sich, je nachdem, was geschieht, verändert – und all dem Hinweise darauf zu entnehmen, wie es weitergehen soll.
Aus diesem Grund haben wir uns bis heute immer geweigert, am »kollektiven Delirium« der Inszenierung von »wahren Geschichten« teilzunehmen, die Frauen aus dem Frauenzentrum als Musterfälle hinzustellen, die sich gut eignen für die zahlreichen Talkshows im Fernsehen oder für eine pseudowissenschaftliche Literatur, die seit Jahren den Markt überschwemmt.
Wir wollten von uns als Individuen und als Kollektiv erzählen und suchten nach einer Möglichkeit, nach einer Form, die dies gestattete; und zahlreich waren in diesen Jahren die Vorstöße, die in diese Richtung gemacht wurden: von Schreibkursen über Theaterkurse bis hin zur Produktion von zwei Videofilmen. Lauter Versuche, die andeutungsweise Ausschnitte aus einer komplexen, vielschichtigen, nie ganz abgeschlossenen Realität zeigten.
Und so haben wir es gehalten, bis ein Termin, die Tagung zum 20. Jahrestag des Gesetzes der Psychiatriereform, und eine Schriftstellerin, Fabrizia, uns erlaubt haben, unserer Erfahrung Körper und Form zu geben, was ja unser Wunsch, aber, so glauben wir, auch unsere Pflicht

war gegenüber denjenigen Männern und Frauen, die sich notgedrungen oder aus freien Stücken mit dem Problem auseinandersetzen, wie man den heutigen Formen von Leiden entgegenwirken kann.

Fabrizia, eine Freundin, die verschiedene Male, zuerst mit mir und dann mit den Mitarbeiterinnen des Zentrums, einige Momente in unserem Leben und unserer Arbeit geteilt hat, begrenzte Erfahrungen von kurzer Dauer, doch besonders intensiv, so daß sie uns die Möglichkeit zeigten, auch auf Entfernung Bindungen und eine große Übereinstimmung aufzubauen, sich zu erkennen und wiederzufinden und die abstrakten Grenzen der Spezialgebiete und Kompetenzen zu durchbrechen auf dem gemeinsamen Boden der Mühe des Lebens.

Sie erzählt, wie wir sie angerufen haben, von der Verpflichtung, die wir gemeinsam eingegangen sind, und was während ihres Aufenthalts in Triest geschehen ist. Was sie nicht erwähnt, ist, wie ihr Hiersein auf uns gewirkt hat, wie sie uns mit ihrem schwarzen, von Notizen überquellenden Heft, mit ihrer diskreten, teilnahmsvollen Aufmerksamkeit Kraft und Bewußtheit geschenkt hat, wie leicht es war, ihr zu vertrauen und sich ihr anzuvertrauen, wieviel jede von uns von ihrem dauernden Hinsehen und Dasein gelernt hat und wie wichtig es war zu entdecken, daß es nicht nur möglich ist, sich zu erzählen, sondern daß es sogar lustig und befriedigend sein kann.

Wie Franco Rotelli in *Per la normalità. Taccuino di uno psichiatra* (»Für die Normalität. Notizbuch eines Psychiaters«) schreibt:

> Die Lebensgeschichten, die jeweilige Biographie der Frauen und Männer sind die einzigen glaubwürdigen Formen von Widerstand gegen die aktuellen Psychologierichtungen. Es muß

noch ein weiter kultureller, vielleicht auch wissenschaftlicher Weg zurückgelegt werden, bis eine Psychologie anhand von Lebensläufen, Milieu, Existenzentwürfen von Individuen und Gruppen, Ethnien und anderen Zugehörigkeitsbereichen begründet werden kann.

Die Möglichkeiten des Erzählens wieder zugänglich zu machen, Normalität und normalen Wahnsinn ineinanderzufügen, sich am Leben und an den Leben der anderen zu freuen bedeutet nicht, jemandem das Recht auf Behandlung abzusprechen, sondern das Recht zu fordern, sich um die anderen zu kümmern und daß sich jemand um dich kümmert, wer immer du bist, wo immer du stehengeblieben bist, eingeschlossen in Schmerz oder in eine fixe oder unabänderliche Idee, in der ziellosen Wiederholung oder im Verfall, in der Abkehr von der Welt oder in der Loslösung von der Sprachkette, die eine Zugehörigkeit zur Welt darstellt.

Der andere kann dich immer neu erfinden oder dir das Wort abschneiden. Aber das zweite ist immer ein Übergriff, ist nie wissenschaftlich, ist immer Gewalt.

Fabrizia hat uns neu erfunden, hat uns das Wort gegeben und die Lust weiterzumachen, unser Abenteuer wieder fortzusetzen in dem neuen Haus in der Via Androna degli Orti, wohin wir inzwischen umgezogen sind.

Verzeichnis der Filme in der Reihenfolge ihrer Erwähnung

Filme mit Marilyn Monroe:

Das verflixte siebte Jahr *(The Seven Year Itch)*
Regie: Billy Wilder. 1955
Manche mögen's heiß *(Some Like It Hot)*
Regie: Billy Wilder. 1959
Der Prinz und die Tänzerin *(The Prince And The Showgirl)*
Regie: Laurence Olivier. 1957
Niagara *(Niagara)*
Regie: Henry Hathaway. 1952
Blondinen bevorzugt *(Gentlemen Prefer Blondes)*
Regie: Howard Hawks. 1953
Wie angelt man sich einen Millionär *(How To Marry A Millionaire)*. Regie: Jean Negulesco. 1953
Bus Stop *(Bus Stop)*
Regie: Joshua Logan. 1956

Filme unter der Regie von François Truffaut:

Ein schönes Mädchen wie ich *(Une belle fille comme moi)*. 1972
Die Braut trug Schwarz *(La mariée était en noir)*. 1968
Die Frau nebenan *(La femme d'à côté)*. 1981
Sie küßten und sie schlugen ihn *(Les quatre cents coups)*. 1959
Die Geschichte der Adele H. *(L'histoire d'Adèle H.)*. 1975
Auf Liebe und Tod *(Vivement dimanche!)*. 1983

Weitere erwähnte Filme:

Heimat. Eine deutsche Chronik
Regie: Edgar Reitz. 1984
Die bleierne Zeit
Regie: Margarethe von Trotta. 1981
Goldrausch *(The Gold Rush)*
Regie: Charlie Chaplin. 1924
Vendetta – Blutrache *(Non c'è pace tra gli ulivi)*
Regie: Giuseppe de Santis. 1949
Und dennoch leben sie *(La ciociara)*
Regie: Vittorio de Sica. 1960
Tango Lesson *(Tango Lesson)*
Regie: Sally Potter. 1997
Der diskrete Charme der Bourgeoisie *(Le charme discret de la bourgeoisie)*. Regie: Luis Buñuel. 1972

Danksagung

Ohne die liebevolle Unterstützung der Frauen aus der Via Gambini und ihre Kompetenz auf ihren jeweiligen Gebieten, von Vera Maone Di Rosa, Annamaria Di Maggio und Evelina Santangelo wäre dieses Buch nicht möglich gewesen.

F. R.

Fabrizia Ramondino, geboren 1936 in Neapel, wuchs in Palma di Mallorca, in Neapel und Umgebung und in Frankreich auf. Sprachstudium in Deutschland, gab Abendkurse an der Berlitz School in München. Seit 1957 wieder in Italien. Übersetzerin in Mailand, Dolmetscherin in Rom. Mitbegründerin der A. R. N. *(Associazione Risveglio Napoli)*, die sich um unterprivilegierte Kinder kümmerte und Abendkurse für Arbeiter organisierte. Gleichzeitig Studium der Romanischen Philologie an der Universität Neapel. Mitbegründerin des C. C. C. *(Centro Coordinamento Campano)*, einer Organisation der Neuen Linken, die sich mit sozialen Fragen Süditaliens beschäftigte. Ab 1966 Studienrätin für Französisch an der Staatlichen Oberschule in Neapel. Seit 1983 freie Schriftstellerin, Übersetzerin und Literaturkritikerin. Hat eine Tochter. Lebt heute in Itri bei Neapel. Veröffentlichte neben Artikeln und Essays in Zeitungen und Literaturzeitschriften Romane und Erzählungen und schrieb verschiedene Drehbücher zu italienischen Filmen sowie Theaterstücke. Bei Arche erschienen: *Althénopis.* Kosmos einer Kindheit (1986), *Die Vögel des Narcís.* Zehn Erzählungen (1987), *Ein Tag und ein halber.* Roman (1989), *»Nicht sehr verläßlich zu Haus …«.* Erinnerungen an Neapel (1992), *»Steh auf und geh!«.* Kosmos eines Lebens (1996), *Im Spiegel einer Insel* (1999) sowie die Anthologie *Neapel. »… Da fiel kein Traum herab / … Da fiel mir Leben zu …«*, hg. von Fabrizia Ramondino und Andreas F. Müller (1988).

Fabrizia Ramondino im Arche Verlag

Im Spiegel einer Insel
Aus dem Italienischen von
Maja Pflug
240 Seiten. Gebunden

»Bei aller sprachlichen Leichtigkeit, mit der Fabrizia Ramondino von privaten Schiffbrüchen und politischen Schurkereien aller Art erzählt, ist immer eine rigorose Moral zu spüren, eine Haltung, die in dieser Epoche der medialen Mirakel aus der Mode gekommen ist. Ihre Sprache verliert auch vor den schwärzesten Katastrophen nicht den Witz, behauptet sich mit luzider Heiterkeit gegen jede Tücke der Wirklichkeit.« Franz Haas, *Neue Zürcher Zeitung*
Ausgezeichnet mit dem Premio Grinzane Cavour.

Fabrizia Ramondino im Arche Verlag

Althénopis
Kosmos einer Kindheit
Aus dem Italienischen von
Maja Pflug
Mit einem Nachwort von
Lea Ritter-Santini
368 Seiten. Gebunden

»Steh auf und geh!«
Kosmos eines Lebens
Aus dem Italienischen von
Maja Pflug
Mit einem Nachwort von
Lea Ritter-Santini
346 Seiten. Gebunden

Die Vögel des Narcís
Zehn Erzählungen
Aus dem Italienischen von
Maja Pflug
310 Seiten. Gebunden

Fabrizia Ramondino im Arche Verlag

»Nicht sehr verläßlich zu Haus …«
Erinnerungen an Neapel
Aus dem Italienischen von
Maja Pflug
155 Seiten. Gebunden

Neapel
»… Da fiel kein Traum herab
… Da fiel mir Leben zu …«
Herausgegeben von
Fabrizia Ramondino und
Andreas F. Müller
264 Seiten. Leinen

»Eine in der Fülle der Wahrnehmungen opulente Erzählerin …« Barbara von Becker, DIE ZEIT